作家的劳动绝不仅是为了取悦于当代
而更重要的是给历史一个深厚的交代

路遥

纪念路遥先生诞辰七十周年

路遥

1949.12.2—1992.11.17

1949年生于陕北，1973年进入延安大学中文系，开始文学创作。1982年发表《人生》，轰动全国。1988年完成《平凡的世界》全三部，1991年获第三届茅盾文学奖。

路遥全集

·典藏版·

长篇小说卷

平凡的世界

第一部

北京出版集团公司
北京十月文艺出版社

谨以此书

献给我生活过的土地和岁月

卷一

第一章

一九七五年二三月间，一个平平常常的日子，细濛濛的雨丝夹着一星半点的雪花，正纷纷淋淋地向大地飘洒着。时令已快到惊蛰，雪当然再不会存留，往往还没等落地，就已经消失得无踪无影了。黄土高原严寒而漫长的冬天看来就要过去，但那真正温暖的春天还远远地没有到来。

在这样雨雪交加的日子里，如果没有什么紧要事，人们宁愿一整天足不出户。因此，县城的大街小巷倒也比平时少了许多嘈杂。街巷背阴的地方，冬天残留的积雪和冰溜子正在雨点的敲击下蚀化，石板街上到处都漫流着肮脏的污水。风依然是寒冷的。空荡荡的街道上，有时会偶尔走过来一个乡下人，破毡帽护着脑门，胳膊上挽一筐子土豆或萝卜，有气无力地呼唤着买主。唉，城市在这样的日子里完全丧失了生气，变得没有一点可爱之处了。

只有在半山腰县立高中的大院坝里，此刻却自有一番热闹景象。午饭铃声刚刚响过，从一排排高低错落的石窑洞里，就跑出来了一群一伙的男男女女。他们把碗筷敲得震天价响，踏泥带水、叫叫嚷嚷地跑过院坝，向南面总务处那一排窑洞的墙根下蜂拥而去。偌大一个院子，霎时就被这纷乱的人群踩踏成了一片烂泥滩。与此同时，那些家在本城的走读生们，也正三三两两涌出东面学校的大门。他们撑着雨伞，一路说说笑笑，通过一段早年间用横石片插起的长长的下坡路。不多时便纷纷消失在城市的大街小巷中。

在校园内的南墙根下，现在已经按班级排起了十几路纵队。各班的值日生正在忙碌地给众人分饭菜。每个人的饭菜都是昨天登记好并付了饭票的，因此程序并不复杂，现在值日生只是按饭表付给每人预订的一份。菜分甲、乙、丙三等。甲菜以土豆、白菜、粉条为主，里面有些叫人嘴馋的大肉片，每份三毛钱；乙菜其他内容和甲菜一样，只是没有肉，每份一毛五分钱；丙菜可就差远了，清水煮白萝卜——似乎只是为了掩饰这过分的清淡，才在里面象征性地漂了几点辣子油花。不过，这菜价钱倒也便宜，每份五分钱。

各班的甲菜只是在小脸盆里盛一点，看来吃得起肉菜的学生没有几个。丙菜也用小脸盆盛一点，说明吃这种下等伙食的人也没有多少。只有乙菜各班都用烧瓷大脚盆盛着，海海漫漫的，显然大部分人都吃这种既不奢侈也不寒酸的菜。主食也分三等：白面馍，玉米面馍，高粱面馍；白、黄、黑，颜色就表明了一种差别；学生们戏称欧洲、亚洲、非洲。

从排队的这一片黑压压的人群看来，他们大部分都来自农村，脸上和身上或多或少都留有体力劳动的痕迹。除过个把人的衣装和他们的农民家长一样土气外，这些已被自己的父辈看做是“先生”的人，穿戴都还算体面。贫困山区的农民尽管眼下大都少吃缺穿，但孩子既然到大地方去念书，家长们就是咬着牙关省吃节用，也要给他们做几件见人衣裳。当然，这队伍里看来也有个把光景好的农家子弟，那穿戴已经和城里干部们的子弟没什么差别，而且胳膊腕上往往还撑一块明晃晃的手表。有些这样的“洋人”就站在大众之间，如同鹤立鸡群，毫不掩饰自己的优越感。他们排在非凡的甲菜盆后面，虽然人数寥寥无几，但却特别惹眼。

在整个荒凉而贫瘠的黄土高原，一个县的县立高中，就算是本县的最高学府吧，也无论如何不可能给学生们盖一座餐厅。天好天坏，大家都是露天就餐。好在这些青年都来自山乡圪崂，谁没在野山野地里吃过饭呢？因此大家也并不在乎这种事。通常天气好的时候，大家都各自和要好的同学蹲成一圈，说着笑着就把饭吃完了。

今天可不行。所有打了饭菜的人，都用草帽或胳膊肘护着碗，趔趔趄趄穿过烂泥塘般的院坝，跑回自己的宿舍去了。不大一会工夫，饭场上就稀稀落落的没有几个人了。大部分班级的值日生也都先后走了。

现在,只有高一（1）班的值日生一个人留在空无人迹的饭场上。这是一位矮矮胖胖的女生。她面前的三个菜盆里已经没有了菜，馍筐里也只剩了四个焦黑的高粱面馍。看来这几个黑家伙不是值日生本人的，因为她自己手里拿着一个白面馍和一个玉米面馍，碗里也像是乙菜。她端着自己的饭菜，满脸不高兴地立在房檐下，显然是等待最后一个姗姗来迟者——这必定是一个穷小子，他不仅吃这最差的主食，而且连五分钱的丙菜也买不起一份啊！

雨中的雪花陡然间增多了，远远近近愈加变得模模糊糊。城市寂静无声。隐约地听见很远的地方传来一声公鸡的啼鸣，给这灰蒙蒙的天地间平添了一丝睡梦般的阴郁。

就在这时候，在空旷的院坝的北头，走过来一个瘦高个的青年人。他胳膊窝里夹着一只碗，缩着脖子在泥地里蹒跚而行。小伙子脸色黄瘦，而且两颊有点塌陷，显得鼻子像希腊人一样又高又直。脸上看来才刚刚褪掉少年的稚气——显然由于营养不良，还没有焕发出他这个年龄所特有的那种青春光彩。

他蹽开两条瘦长的腿，扑踏扑踏地踩着泥水走着。这也许就是那几个黑面馍的主人？看他那一身可怜的穿戴想必也只能吃这种伙食。瞧吧，他那身衣服尽管式样裁剪得勉强还算是学生装，但分明是自家织出的那种老土粗布，而且黑颜料染得很不均匀，给人一种肮肮脏脏的感觉。脚上的一双旧黄胶鞋已经没有了鞋带，凑合着系两根白线绳；一只鞋帮上甚至还缀补着一块蓝布补丁。裤子显然是前两年缝的，人长布缩，现在已经短窄得吊在了半腿把上；幸亏袜腰高，否则就要露肉了。（可是除过他自己，谁又能知道，他那两只线袜子早已经没有了后跟，只是由于鞋的遮掩，才使人觉得那袜子是完好无缺的。）

他径直向饭场走过来了。现在可以断定，他就是来拿这几个黑面馍的。值日生在他未到馍筐之前，就早已经迫不及待地端着自己的饭碗离开了。

他来到馍筐前，先怔了一下，然后便弯腰拾了两个高粱面馍。筐里还剩两个，不知他为什么没有拿。

他直起身子来，眼睛不由得朝三只空荡荡的菜盆里瞥了一眼。他瞧见乙菜盆的底子上还有一点残汤剩水。房上的檐水滴答下来，盆底上的菜汤四处飞溅。他扭头瞧了瞧：雨雪迷濛的大院坝里空无一人。他很快蹲下来，慌得如同偷窃一般，用勺子把盆底上混合着雨水的剩菜汤往自己的碗里舀。铁勺刮盆底的嘶啦声像炸弹的爆炸声一样令人惊心。血涌上了他黄瘦的脸。一滴很大的檐水落在盆底，溅了他一脸菜汤。他闭住眼，紧接着，就见两颗泪珠慢慢地从脸颊上滑落了下来——唉，我们姑且就认为这是他眼中溅进了辣子汤吧！

他站起来，用手抹了一把脸，端着半碗剩菜汤，来到西南拐角处的开水房前，在水房后墙上伸出来的管子上给菜汤里搀了一些开水，然后把高粱面馍掰碎泡进去，就蹲在房檐下狼吞虎咽地吃起来。

他突然停止了咀嚼，然后看着一位女生来到馍筐前，把剩下的那两个黑面馍拿走了。是的，她也来了。他望着她离去的穿破衣裳的背影，怔了好一会。

这几乎成了一个惯例：自从开学以来，每次吃饭的时候，班上总是他两个最后来，默默地各自拿走自己的两个黑高粱面馍。这并不是约定的，他们实际上还并不熟悉，甚至连一句话也没说过。他们都是刚刚从各公社中学毕业后，被推荐来县城上高中的。开学没有多少天，班上大部分同学相互之间除过和同村同校来的同学熟悉外，生人之间还没有什么交往。

他蹲在房檐下，一边往嘴里扒拉饭，一边在心里猜测：她之所以也常常最后来取饭，原因大概和他一样。是的，正是因为贫穷，因为吃不起好饭，因为年轻而敏感的自尊心，才使他们躲避公众的目光来悄然地取走自己那两个不体面的黑家伙，以免遭受许多无言的耻笑！

但他对她的一切毫无所知。因为班上一天点一次名，他现在只知道她的名字叫郝红梅。

她大概也只知道他的名字叫孙少平吧？

第二章

孙少平上这学实在是太艰难了。像他这样十七八岁的后生，正是能吃能喝的年龄。可是他每顿饭只能啃两个高粱面馍。以前他听父亲说过，旧社会地主喂牲口都不用高粱——这是一种最没营养的粮食。可是就这高粱面他现在也并不充足。按他的饭量，他一顿至少需要四五个这样的黑家伙。现在这一点吃食只是不至于把人饿死罢了。如果整天坐在教室里还勉强能撑得住，可这年头“开门办学”，学生们除过一群一伙东跑西颠学工学农外，在学校里也是半天学习，半天劳动。至于说到学习，其实根本就没有课本，都是地区发的油印教材，课堂上主要是念报纸上的社论。开学这些天来，还没正经地上过什么课，全班天天在教室里学习讨论无产阶级专政理论。当然发言的大部分是城里的学生，乡里来的除过个别胆大的外，还没人敢说话。

每天的劳动可是雷打不动的，从下午两点一直要干到吃晚饭。这一段时间是孙少平最难熬的。每当他从校门外的坡底下挑一担垃圾土，往学校后面山地里送的时候，只感到两眼冒花，天旋地转，思维完全不存在了，只是吃力而机械地蠕动着两条打颤的腿一步步在山路上爬蜒。

但是对孙少平来说，这些也许都还能忍受。他现在感到最痛苦的是由于贫困而给自尊心所带来的伤害。他已经十七岁了，胸腔里跳动着一颗敏感而羞怯的心。他渴望穿一身体面的衣裳站在女同学的面前；他愿自己每天排在买饭的队伍里，也能和别人一样领一份乙菜，并且每顿饭能搭配一个白馍或者黄馍。这不仅是为了嘴馋，而是为了活得尊严。他并不奢望有城里学生那样优越的条件，只是希望能像大部分乡里来的学生一样就心满意足了。

可是这绝对不可能。家里能让他这样一个大后生不挣工分白吃饭，让他到县城来上高中，就实在不容易了。大哥当年为了让他和妹妹上学，十三岁高小毕业，连初中也没考，就回家务了农。至于大姐，从小到大连一天书也没有念过。他现在除过深深地感激这些至亲至爱的人们，怎么再能对他们有任何额外的要求呢？

少平知道，家里的光景现在已经临近崩溃。老祖母年近八十，半瘫在炕上；父母亲也一大把岁数，老胳膊老腿的，挣不了几个工分；妹妹升入了公社初中，吃穿用度都增加了；姐姐又寻了个不务正业的丈夫，一个人拉扯着两个幼小的孩子，吃了上顿没下顿，还要他们家经常接济一点救命的粮食——他父母心疼两个小外孙，还常常把他们接到家里来喂养。

家里实际上只有大哥一个全劳力——可他也才二十三岁啊！亲爱的大哥从十三岁起就担起了家庭生活的重担；没有他，他们这家人不知还会破落到什么样的境地呢！

按说，这么几口人，父亲和哥哥两个人劳动，生活是应该能够维持的。但这多少年来，庄稼人苦没少受，可年年下来常常两手空空。队里穷，家还能不穷吗？再说，父母亲一辈子老实无能，老根子就已经穷到了骨头里。年年缺空，一年更比一年穷，而且看来再没有任何好转的指望了……

在这样的情况下，他能上到高中，还有什么可说的呢？话说回来，就是家里有点好吃的、好穿的，也要首先考虑年迈的祖母和年幼的妹妹；更何况还有姐姐的两个嗷嗷待哺的小生命！

他在眼前的环境中是自卑的。虽然他在班上个子最高，但他感觉他比别人都低了一头。

而贫困又使他过分地自尊。他常常感到别人在嘲笑他的寒酸，因此对一切家境好的同学内心中有一种变态的对立情绪。就说现在吧，他对那个派头十足的班长顾养民，已经产生了一种强烈的反感情绪。每当他看见他站在讲台上，穿戴得时髦笔挺，一边优雅地点名，一边扬起手腕看表的神态时，一种无名的怒火就在胸膛里燃烧起来，压也压不住。点名的时候，点到谁，谁就答个到。有一次点到他的时候，他故意没有吭声。班长瞪了他一眼，又喊了一声他的名字，他还是没有吭声。如果在初中，这种情况说不定立即就会引起一场暴力性的冲突。大概是因为大家刚升入高中，相互不摸情况，班长对于他这种侮辱性的轻蔑，采取了克制的态度，接着去点别人的名了。

点完名散场后，他和他们村的金波一同走出教室。这家伙喜眉笑脸地对他悄悄伸出一个大拇指，说："好！"

"我担心这小子要和我打架。"孙少平事后倒有点后悔他刚才的行为了。

"他小子敢！"金波瞪起一双大花眼睛，拳头在空中晃了晃。

金波和他同龄，个子却比他矮一个头。他皮肤白皙，眉目清秀，长得像个女孩子。但这人心却生硬，做什么事手脚非常麻利。平静时像个姑娘，动作时如同一只老虎。

金波他父亲是地区运输公司的汽车司机，家庭情况比孙少平要好一些，生活方面在班里算是属于较高层次的。少平和这位"富翁"的关系倒特别要好。他和他从小一块耍大，玩性很投合。以后又一直在一起上学。在村里，金波的父亲在门外工作，他家里少不了有些力气活，也常是少平他父亲或哥哥去帮忙。另外，金波的妹妹也和他妹妹一块上学，两个孩子好得形影不离。至于金波对他的帮助，那就更不用说了。他们在公社上初中时，离村十来里路，为了省粮省钱，都是在家里吃饭——晚上回去，第二天早上到校，顺便带着一顿中午饭。每天来回二十里路，与他一块上学的金波和大队书记田福堂的儿子润生都有自行车，只有他是两条腿走路。金波就和他共骑一辆车子。两年下来，润生的车子还是新的，金波的车子已经破烂不堪了。他父亲只好又给他买了一辆新的。现在到了县城，离家六七十里路,每星期六回家,他更是离不开金波的自行车了。另外，到这里来以后，金波还好几次给他塞过白面票。不过，他推让着没有要——因为这年头谁的白面票也不宽裕；再说，几个白面馍除顶不了什么事，还会惯坏他的胃口的……

唉，尽管上这学是如此艰难，但孙少平内心深处还是有一种说不出的高兴滋味。他现在已经从山乡圪崂里来到了一个大世界。对于一个贫困农民的儿子来说，这本身就是一件了不起的事啊！

每天，只要学校没什么事，孙少平就一个人出去在城里的各种地方转：大街小巷，城里城外，角角落落，反正没去过的地方都去。除过几个令人敬畏的机关——如县革委会、县武装部和县公安局外，他差不多在许多机关的院子里都转过了——大多是假装上厕所而哄过门房老头进去的。由于人生地不熟，他也不感到这身破衣服在公众场所中的寒酸，自由自在地在这个城市的四面八方逛荡。他在这期间获得了无数新奇的印象，甚至觉得弥漫在城市上空的炭烟味闻起来都是别具一格的。当然，许许多多新的所见所识他都还不能全部理解，但所有的一切无疑都在他的精神上产生了影响。透过城市生活的镜面，他似乎更清楚地看见了他已经生活过十几年的村庄——在那个他所熟悉的古老的世界里，原来许多有意义的东西，现在看起来似乎有点平淡无奇了。而那里许多本来重要的事物过去他却并没有留心，现在倒突然如此鲜活地来到了他的心间。

除过这种漫无目的地转悠，他现在还养成了一种看课外书的习惯。这习惯还是在上初中的最后一年开始的。有一次他去润生家，发现他们家的箱盖上有一本他妈夹鞋样的厚书，名字叫《钢铁是怎样炼成的》。起先他没在意——一本炼钢的书有什么意思呢？他随便翻了翻，又觉得不对劲。明明是一本炼钢的书，可里面却不说炼钢炼铁，说的全是一个叫保尔·柯察金的苏联人的长长短短。他突然对这本奇怪的书产生了强烈的好奇心。他想看看这本书倒究是怎么回事。润生说这书是他姐的——润生他姐在县城教书，很少回家来；这书是润生他妈从城里拿回来夹鞋样的。

润生妈同意后，他就拿着这本书匆匆地回到家里，立刻看起来。

他一下子就被这书迷住了。记得第二天是星期天，本来往常他都要出山给家里砍一捆柴；可是这天他哪里也没去，一个人躲在村子打麦场的麦秸垛后面，贪婪地赶天黑前看完了这本书。保尔·柯察金，这个普通外国人的故事，强烈地震撼了他幼小的心灵。

天黑严以后，他还没有回家。他一个人呆呆地坐在禾场边上，望着满天的星星，听着小河水朗朗的流水声，陷入了一种说不清楚的思绪之中。这思绪是散乱而飘浮的，又是幽深而莫测的。他突然感觉到，在他们这群山包围的双水村外面，有一个辽阔的大世界。而更重要的是，他现在朦胧地意识到，不管什么样的人，或者说不管人在什么样的境况下，都可以活得多么好啊！在那一瞬间，生活的诗情充满了他十六岁的胸膛。他的眼前不时浮现出保尔瘦削的脸颊和他生机勃勃的身姿。他那双眼睛并没有失明，永远蓝莹莹地在遥远的地方兄弟般地望着他。当然，他也永远不能忘记可爱的富人的女儿冬妮娅。她真好。她曾经那样地热爱穷人的儿子保尔。少平直到最后也并不恨冬妮娅。他为冬妮娅和保尔的最后分手而热泪盈眶。他想：如果他也遇到一个冬妮娅该多么好啊！

这一天，他忘了吃饭，也没有听见家人呼叫他的声音。他忘记了周围的一切。一直等到回到家里，听见父亲的抱怨声和看见哥哥责备的目光，在锅台上端起一碗冰凉的高粱米稀饭的时候，他才回到了他生活的冷酷现实中……

从此以后，他就迷恋上了小说，尤其爱读苏联书。在来高中之前，他已经看过了《卓娅和舒拉的故事》。

现在，他在学校和县文化馆的图书室里千方百计搜寻书籍。眼下出的书他都不爱看，因为他已经读过几本苏联小说，这些中国的新书相比而言,对他来说已经没什么意思了。他只搜寻外国书和“文化大革命”前出的中国书。

渐渐地，他每天都沉醉在读书中。没事的时候，他就躺在自己的一堆破烂被褥里没完没了地看。就是到学校外面转悠的时候，胳膊窝里也夹着一本——转悠够了，就找个僻静地方看。后来，竟然发展到在班上开会或者政治学习的时候，他也偷偷把书藏在桌子下面看。

不久，他这种不关心无产阶级政治，光看“反动书”的行为就被人给班主任揭发了。告密者就是离他座位不远的跛女子侯玉英。这是一位爱关心别人私事的女同学。生理的缺陷似乎带来某种心理的缺陷：在生活中她最关注的是别人的缺点，好像要竭力证明这世界上所有的人都是不完整的——你们的腿比我好，但另外的地方也许并不如我！侯玉英讨论时常常第一个发言，像干部们一样头头是道地解释无产阶级专政理论。劳动时尽管腿不好，总是扑着干。当然也爱做一些好人好事，同时又像纪律监察委员会的书记一样监督着班上所有不符合革命要求的行为。

那天班上学习《人民日报》社论《领导干部带头学好》的文章，班主任主持，班长顾养民念报纸。孙少平一句也没听，低着头悄悄在桌子下面看小说。他根本没有发现跛女子给班主任老师示意他的不轨行为。直等到老师走到他面前，把书从他手里一把夺过去后，他才猛地惊呆了。全班顿时哄堂大笑。顾养民不念报了，他看来似乎是一副局外人的样子，但孙少平觉得班长分明抱着一种幸灾乐祸的态度，看老师怎样处置他呀。

班主任把没收的书放在讲桌上，先没说什么，让顾养民接着往下念。

学习完了以后，老师把他叫到宿舍，意外地把书又还给了他，并且说："《红岩》是一本好书，但以后你不要在课堂上看了。去吧……"

孙少平怀着感激的心情退出了老师的房子。他从老师的眼睛里没有看出一丝的谴责，反而满含着一种亲切和热情。这一件小小的事，使他对书更加珍爱了。是的，他除过一天几个黑高粱面馍以外，再有什么呢？只有这些书，才使他觉得活着还是十分有意义的，他的精神也才能得到一些安慰，并且唤起对自己未来生活的某种美好的向往——没有这一点，他就无法熬过眼前这艰难而痛苦的每一个日子。

而在他眼下的生活中，实际上还有一件令他无法言明的、给他内心带来一丝温暖和愉快的小小的事情。这件事实际上我们已经知道了，这就是：每天吃饭的时候，在众人散尽而他一个人去取自己那两个黑馍——每当这样的时候，他总能看见另外一个人做同样一件事。

当然，在起先的时候，他和那个叫郝红梅的女生都是毫不相干地各自拿了自己的馍就离开了。

不知是哪一天，她走过来的时候，看了他一眼。他也看了她一眼。尽管谁也没说话，但实际上说了。人们在生活中常常有一种没有语言的语言。从此以后，这种眼睛的"交谈"就越来越多了。

孙少平发现，郝红梅实际上是班里最漂亮的女生。只是因为她穿戴破烂，再加上一脸菜色，才使得所有的人都没有发现这一点。这种年龄的男青年，又刚刚有了一点文化，往往爱给一些“洋女生”献殷勤。尤其是刚从农村来的男生，在他们的眼里，城里干部的女儿都好像是下凡的仙女。当然，这般年龄的男女青年还说不上正经八百地谈恋爱，但他们无疑已经肤浅地懂得了这种事，并且正因为刚懂得，因此比那些有过经历的人具有更大的激情。唉，谁没有经过这样的年龄呢？在这个维特式的骚动不安的年龄里，异性之间任何微小的情感，都可能在一个少年的内心掀起狂风巨浪！

孙少平目前还没有到这样的地步。他只是感到，在他如此潦倒的生活中，有一个姑娘用这样亲切而善意的目光在关注他，使他感到无限温暖。她那可怜的、清瘦的脸颊，她那细长的脖项，她那刚能遮住羞丑的破烂衣衫，都在他的内心荡漾起一种春水般的波澜。

他们用眼睛这样“交谈”了一些日子后，终于有一天，她取完那两个黑面馍，迟疑地走到他跟前，小声问他：“那天，老师没收了你的那本书，叫什么名字？”

“《红岩》。我在县文化馆借的。”他拿黑面馍的手微微抖着，回答她。她离他这么近，他再也不敢看她了。他很不自在地把头低下，看着自己手里的那两个黑东西。

“那里面有个江姐……”她本来不紧张，但看他这样不自在，声音也有点不自然了。

他赶忙说：“是。后来牺牲了……很悲壮！”他加添了一个自认为很出色的词，头仍然低着。

“还有一个双枪老太婆。”她又说。

“你也看过这书？”他现在才敢抬起眼皮看了她一眼。

“我没看过。以前听我爸说过里面的故事。”

“你爸？你爸看过？”

“嗯。”

“你爸在？……”少平显然有点惊讶这位穿戴破烂的女生，她父亲竟然看过《红岩》，因此弄不明白她父亲是干什么的了。

“我爸是农民，成份不好，是地主，不，我爷爷是地主，所以……”

“那你爸上过学？”

“我爸没上过。我爷上过。我爸的字是我爷教的。我爷早死了……我没看过《红岩》小说，但我会唱《红岩》歌剧里的歌。我的名字就是我爸从这歌词里面取的。那歌剧里有一句歌词是：红岩上，红梅开……”

她这样轻声慢语地说着，他呆呆地听着。

她突然红着脸说：“你的书还了没有？”

他说：“还没。”

“能不能借我看一下？”

“能！”他爽快地回答。

于是，第二天他就把书交到了她的手里。

在这以后，只要孙少平看过的书，就借给郝红梅看。无论是他给她借书，还是她给他还书，两个人不约而同地都是悄悄进行的。他们都知道，一个男生和一个女生这样过分亲密的交往，如果让班里的同学们发现了，会引起什么样的反响——那他们也就别想安宁地过日子了！

第三章

惊蛰过后很长一段日子，尽管节令也已经又越过了春分，但连绵的黄土高原依然是冬天的面貌。山野里草木枯黑，一片荒凉。只是夜晚的时间倒明显地缩短了。

一直到了四月初，清明节的前一天，突然刮起了一场铺天盖地的大黄风。风刮得天昏地暗，甚至大白天都要在房子里点亮灯。根据往常的经验，这场黄风是天气变暖的先兆。是的，从节令来看，也应该有些春天的迹象了。

清明那一天，黄风停了。但天空仍然弥漫着尘埃，灰蒙蒙一片笼罩着天地。

以后紧接着的几天，气候突然转暖了。人们惊异地发现，街头和河岸边的柳树不知不觉地抽出了绿丝；桃杏树的枝头也已经缀满了粉红的花蕾。如果留心细看，那向阳山坡的枯草间，已经冒出了一些青草的嫩芽。同时，还有些别的树木的枝条也开始泛出鲜亮的活色，鼓起了青春的苞蕾，像刚开始发育的姑娘一样令人悦目。

孙少平的日子过得和往常差不多：吃黑高粱面馍；看借来的课外书；在城里的各个地方转悠。他继续把看完的书又借给郝红梅看。他们两个人现在的交往，倒比开始时自然多了，并且对对方的一些情况也有所了解。

时间长了一些，班上同学之间也开始变得熟悉起来。他和乡里来的一些较贫困的学生初步建立起了某种友谊关系。由于他读书多，许多人很爱听他讲书中的故事。这一点使孙少平非常高兴，觉得自己并不是什么都低人一等。加上气候变暖，校园里已经桃红柳绿，他的心情开朗了许多。而且他的单衣薄裳现在穿起来倒也正合适，不冷不热。除过肚子照样填不饱外，其他方面应该说相当令人满意了。

这天下午劳动，全班学生在学校后面的一条拐沟里挖他们班种的地。不到一个小时，孙少平就感到饿得头晕眼花。他有气无力地抡着镢头，尽量使自己不落在别人的后面。

好不容易熬到快要收工的时候，他们村的润生突然来到他跟前，说：“少平，我姐中午来找我，说让我把你带上，下午到我二爸家去一下。她说有个事要给你说。我姐还说让你下午别在学校灶上吃，到我二爸家去吃饭……”

润生说完这话，就又回到他挖地的地方去了。

孙少平一下子被这意外的邀请弄得不知所措。

润生的姐姐叫他有什么事呢？而且还叫他到她二爸家去！

这使他感到惶恐不安——润生他二爸是县革委会的副主任，在县上可是一个大人物。有时他二爸路过回村子，坐的都是吉普车呢。记得当时他常常想走近去看看停在公路边的小车，都吓得不敢去，何况现在要叫他去他们家吃饭呢！

不过，他对润生的姐姐润叶倒怀有一种亲切的感情。尽管润叶她爸是他们村的支部书记，她二爸又是县上的领导，门第当然要高得多，但润叶姐不管对村里的什么人都特别好。而最主要的是，润叶姐小时候和他大哥一块耍大，又一起念书念到小学。后来润叶姐到县城上了中学，而哥哥因为家穷回村当了农民。但润叶姐对哥哥还像以前一样好。后来润叶姐在县上的城关小学教了书，成了公家人，每次回村来，还总要到他们家来串门，和哥哥拉家常话。她每次来他们家都不空手，总要给他祖母带一些城里买的吃食。最叫全村人惊讶的是，她每次回村来，还提着点心去看望她户族里一个傻瓜叔叔田二。田二自己傻不说，还有个傻儿子，父子俩经常在窑里屙尿，臭气熏天，村里人一般谁也不去他家踏个脚踪；而润叶姐却常提着点心去看他们，这不得不叫全村人夸赞她的德行了。

相比之下，润叶她爸倒没有她在村里威信高。由于少平的父亲和哥哥性子都很耿直，少不了常和书记顶顶碰碰，因此他们两家的关系并不怎么好。但润叶姐却始终和他们家保持着一种亲密关系。也许因为这一点，平时书记才没有过分地和他们一家人过不去。少平在内心一直对润叶姐充满了尊敬和感激。

按说，润叶姐要求他的事，他都应该按她说的做。但现在叫他到她二爸家去吃饭，他倒的确有点惶恐和为难了。他想到他穿这么一身破烂衣服，要跑到尊贵的县领导家里去做客，由不得一阵阵心跳耳热。

一直到收工回了宿舍，学校马上要开饭的时候，孙少平还是拿不定主意。他想他如果不去，就太对不起润叶姐了，况且润叶姐还有话要对他说呢；他不去，说不定还会误了润叶姐的什么事。如果去，他又感到有点惧怕。他长这么大，还没到这么大的领导家里去过，更不要说还要在人家家里吃饭。另外，他感到他的这身衣服也太丢人了。

他突然想到了一个折衷的办法：他先不去润叶她二爸家吃饭。等他在学校吃完饭后，过一段时间，他直接到城关小学去找润叶。这样既见了润叶姐，又可以不去她二爸家。至于城关小学，他知道就在中学下面不远的地方，他前一段瞎转悠的时候，还到这小学的操场上去过。

他这样决定以后，又想到润生说不定马上就要叫他来了，因此不能呆在宿舍里，得找个地方去躲一躲。

他很快出了宿舍，来到院子里。

到哪里去呢？现在还没开饭——就是开了饭，他也要等别人吃完以后才去。这期间还有一段时间，反正总得找个去处。

他于是出了南边总务处旁边的一个小门，来到学校围墙外面。他沿着墙根向西面的一个小沟岔走去。

孙少平在这小山沟里消磨了一阵时间，并且还折了一枝发绿的柳枝，做了一只哨子，噙在嘴里吹着——他身上显然还有些孩子气。

他约摸别人已经打完饭后，才又从那个小门进了校园，来到饭场上。他走到馍筐前，看见里面只留了两个黑面馍——这说明郝红梅已经把自己的两个拿走了。

他取了这两个黑馍，向宿舍走去。他想，等他吃完这两个馍，再喝一点开水，就去小学找润叶姐呀；也许那时润叶姐还没从她二爸家返回学校，但这不要紧，他可以在她门外等一等。

孙少平这样想着，拿着两个黑馍走到了他宿舍的门口。

他在门口一下子愣住了：他看见润叶姐正坐在他宿舍的炕边沿上，望着他发笑——显然在等他回来。

少平一下子连话也说不出来了。倒是润叶姐走前来，仍然笑着说：“我让润生叫你到我二爸家去，你怎不来呢？”

“我……”他不知说什么才对。

润叶姐敏捷地一把从他手里夺过那两个黑馍，问：“哪个是你的碗？”

他指了指自己的碗。

她把馍放在他碗里，说：“走，跟我吃饭去！”

“我……”

润叶已经过来，扯着他的袖口拉他了。

现在没办法拒绝了，少平只好跟着润叶姐起身了。

他一路相跟着和润叶姐进了县革委会的大门。进了大门后，他两只眼睛紧张地扫视着这个神圣的地方。县革委会一层层窑洞沿着一个小斜坡一行行排上去，最上面蹲着一座大礼堂，给人一种非常壮观的景象。在晚上，要是所有的窑洞都亮起灯火，简直就像一座宏伟的大厦。

现在，少平看见最上面一排窑洞的砖墙边上，润生探出半截身子正看着他们往上走。润生抽着纸烟，不老练地弹着烟灰。田福堂的这个宝贝儿子刚一进城，就把干部子弟的派势都学会了。

少平跟润叶进了她二爸家的院子，润生走过来对他说："我到宿舍找了你两回，你到哪里去了？"

少平有点不好意思，说："我……去给学校还镢头去了。"他一边撒谎，一边瞥了一眼这家著名人物的院子：一共四孔窑洞，一个不大的独院；墙那边看来还住着另外几家领导，格局和这院子一模一样。院子东边有个小房，旁边垒一堆炭块，显然是厨房。院子西边有个小花坛，一位穿灰毛线衣的人正拿把铁锨翻土。他以为这就是润叶她二爸。仔细一看，是位头发花白的老干部，他并没见过。

他心慌意乱地跟润叶进了边上的一孔窑洞。润生说他要去看电影，和他打了个照面就走了。

润叶让他坐在一个方桌前，接着就出去为他张罗饭去了。

现在他一个人坐在这陌生的地方，心还在咚咚地跳着。两只手似乎没个搁处，只好规规矩矩放在自己的腿膝盖上。还好，这屋子里没人。他环顾四周，发现这窑洞里不盘炕，放着一些箱子、柜子和其他杂物。窑洞不小，留出很大一块空间。这张方桌的四周摆着一圈椅子、凳子，显然是专门吃饭的地方。

正在这时，他听见外面有个女的和润叶说话。听见润叶叫这人二妈，少平便知道这是田主任的爱人——听说她在县医院当大夫，动手术非常能行，老百姓到县医院治病，都抢着找徐大夫。

听见徐大夫声音很大地喊着说："爸，你怎不穿棉衣？小心感冒！"又听见一个老人瓮声瓮气地回答说："我不冷……"少平估计这就是他刚才在院子花坛边看见的那个翻土的老头——原来这是田主任的老丈人。

不一会，润叶便端着一个大红油漆盘子进来了。

他赶忙站起来。润叶把盘子放在方桌上，然后把一大碗猪肉烩粉条放在他面前，接着又把一盘雪白的馒头也放在了桌子上。她亲切地用手碰了碰他的胳膊，说："快坐下吃！我们已经吃过了，你吃你的，我出去刷一下碗筷。不要怕，好好吃，我知道你在学校吃不好……"她拿着木盘出去了。

孙少平的喉眼骨剧烈地耸动起来。肉菜和白馍的香味使他有些眩晕。

他坐下来，拿起筷子，先长长地吐了一口气。他什么也不想了，闷着头大口大口地吃起来。感谢润叶姐把他一个人留在这里，否则他吃这顿好饭会有多别扭！

他把一大碗猪肉粉条刨了个净光，而且还吞咽了五个馒头。他本来还可以吃两个馒头，但克制住了——这已经吃得不像话了！

他放下碗筷，感到肚子隐隐地有些不舒服。他吃得太多太快了；他那消化高粱面馍的胃口，经不住这种意外的宠爱。

他从凳子上立起身来，在脚地上走了两步。这时，润叶姐进来了，她后边还跟进来一个姑娘，对他笑了笑。

润叶姐对他说："这是晓霞，我二爸的女子。你不认识？她也是才上高中的。"

"你和润生是一个班的吧？"田晓霞大方地问他。

"嗯……"少平一下子感到脸像炭火一般发烫。他首先意识到的是他的一身烂脏衣服。他站在这个又洋又俊、穿戴漂亮的女同学面前，觉得自己就像一个叫化子到她家门上讨吃来了。

润叶收拾他的碗筷，晓霞热情地给他泡茶。

晓霞把茶杯放在他面前，说：“咱们是一个村的老乡！你以后没事就到我们家来玩。我长了十七岁，还没回过咱村呢！什么时间我跟你和润生一起回一次咱们双水村……我是高一（2）班的，听润生说过咱村还来了两个同学，都分在高一（1）班了，也没去认识你们。你看，我这个老乡真是太不像话了！”

晓霞用一口标准的普通话连笑带说。她的性格很开朗，一看就知道人家是见过大世面的人！少平同时发现，田晓霞外面的衫子竟然像男生一样披着，这使他感到无比惊讶。

他立在脚地上，仍然紧张得火烧火燎。等润叶把他的碗筷送到厨房重新返回来的时候，他赶快对她说：“姐，没什么事我就走呀……”

润叶大概也看出了他的窘迫，笑着说：“我还没跟你说话呢！”

少平这才想起，润叶姐不光是叫他来吃饭的，她还有事要给他说哩！

润叶姐看来很理解他的难处，马上又说：“那好，我去送送你，咱们路上再说。”

“喝点水再走吧！”晓霞把水杯往他面前挪了挪。

“我不渴！”他像农民一样笨拙地说。

晓霞露出两排白牙齿笑了，说：“那我这杯水算是给你白倒了！”

少平立刻意识到这是一句略带揶揄意味的玩笑话。这种玩笑话实际上是一种亲切的表示。不过，这却使他更拘束了，竟然满脸通红，无言对答。

晓霞看他这样难为情，赶忙笑着给他点了点头，就出去了。

他于是就和润叶姐相跟着起身回学校去。

当他们走到县革委会大门口的时候，迎面碰上了回家的田主任。

少平认识润叶她二爸——他有时路过常回村子里来。

“你还没吃饭哩？”润叶问她二爸。

“刚开完会……”这位县领导五官很像他哥田福堂，只是头发背梳着，脸面也比他哥和善多了。

“这是谁家的娃娃？”田主任指着他问润叶。

“这就是咱村少安他弟弟嘛！也是今年才上的高中……”润叶说。

“噢……孙玉厚的二小子！都长这么大了。和你爸一样，大个子！……是不是和晓霞一个班？”他扭头问润叶。

“和晓霞不一个班，和润生是一个班。”润叶回答他。

“咱村里还有谁家的娃娃来上高中了？”田主任又问少平。

少平拘束地抠着手指头，说：“还有金波。”

“金波？他的娃娃……”

少平头“轰”地响了一声，知道他回答问题不准确。

润叶嘿嘿笑了，赶忙对二爸说：“金波是金俊海的小子。”

田主任也笑了，说：“噢噢，俊海在地区运输公司开车……天这么黑了，到家里吃饭去嘛！”他招呼少平说。

润叶说：“已经吃过了。我去送送他！”

“那好。常来啊……”田主任竟然伸出了手要和少平握手。

少平慌得赶紧把手伸了出去。田主任握了握他的手，笑着点点头，就背抄起胳膊转身回家去了。

少平在衣服襟子上把右手冒出的汗水揩了揩，就跟润叶来到通往中学的石坡路上。

走了一段路以后，润叶突然问他：“你这个星期六回不回家去？”

“回。”他回答说。

“你回去以后，给你哥说，让他最近抽个空，到我这里来一下……”她说话的时候，也不看他，头低着，用脚把一颗碎石块踢得老远。

少平一时想不开她叫他哥来做什么。既然润叶姐不明说，他也不好问。他只是随便说："家里一烂包，怕他抽不开身……"

"不管怎样，无论如何叫他最近来一次！一定把这话给他捎到！叫他到城里后，直接到小学来找我！"她态度坚决地对他说。

少平知道，他哥看来非来不行了，就认真地对润叶姐说："我一定把你的话捎给他！"

"这就好……"她亲切地看了他一眼。

天开始模模糊糊地黑起来了。城市的四面八方，灯火已经闪闪烁烁。风温和地抚摸着人的脸颊。隐隐地可以嗅到一种泥土和青草芽的新鲜味道。多么好呀，春夜!

现在，润叶姐把他送到了学校的大门口。她站定，说："你快回去……"说完这话后，便从自己的衣袋里摸出个什么东西，一把塞进他的衣袋，旋即就转过身走了。走了几步她才又回过头说："那点粮票你去换点细粮吧……"

少平还没有反应过来这是怎么一回事，润叶姐就已经消失在坡下的拐弯处了。

他呆呆地立在黑暗中，把手伸进自己的衣袋，紧紧地捏住了那个小纸包。他鼻子一酸，眼睛顿时被泪水模糊了……

第四章

星期五，孙少平请了半天假，来到城关粮站，拿润叶姐给他的五十斤粮票，按粗细粮比例，买了二十斤白面和三十斤玉米面。这年头，五十斤粮票可不是一个小数字啊！

润叶姐塞给他的那个小纸包里，还有三十元钱，买完这些粮，还剩了拾元，他准备拿这钱给祖母买点止痛片和眼药水，然后再给自己换一点学校大灶上的菜票。

他把这些粮食从粮站上背到学校，换了三十斤“亚洲”票和五斤“欧洲”票。另外的十五斤白面他舍不得吃，准备明天带回家去，让老祖母和两个小外甥吃。三十斤玉米面他已经够满足了。在以后一段日子里，他可以间隔地在自己的黑“非洲”中夹带一个金黄色的“亚洲”。至于那五斤“欧洲”票，他是留着等哥哥来一起吃的。哥哥来城里，总不能顿顿饭都在润叶姐那里吃；要是亲爱的哥哥来学校吃饭，他不能让他也在中学的饭场上让别人冷眼相看……

第二天中午，他先到街上给祖母买好了药，然后就把那一小袋面粉提到金波的宿舍里。两个人相帮着把它绑在后车座的旁边，就准备一起相跟着回家了。

每到这个时候，学校就乱成一团。乡里的学生纷纷收拾起空瘪的干粮袋，离城近的步行，离城远的骑自行车，纷纷涌出了校门口。他们要回家去度过一个舒服的夜晚。在家里，光景好些的人家，大人们总要给回家的孩子做两顿好吃的，然后再打闹一口袋像样的干粮，以便下一个星期孩子在大灶饭外有个补充。这期间，偌大的学校里就像退了潮的海滩那般宁静。到了星期天下午，乡里的学生又都纷纷返回来，这个世界才又恢复了它那闹哄哄的局面……

少平和金波骑着车子出了县城，便沿着向西的一条公路，一个带着一个，往家里赶去。两个人共同骑过好几年车子，他们一路上换着蹬，轻松而愉快。

从县城到他们村有七十华里路。这条路连接着黄土高原两个地区，因此公路上的汽车还是比较繁多的。从出县城起，川面比较宽阔，以后就越走越狭窄。约摸到五十华里外，川道完全消失了。两山夹峙的深沟，刚刚能摆下一条公路。接着，便到了分水岭。壁立的横断山脉陡然间堵住了南北通道。在以前，公路只好委屈地从这里盘山而上，才能伸到山那面。前几年在一个山腰里捅开了一个豁口，才把公路从山顶降到了半山腰。不过，山两面公路的坡度还是很长很陡的。这里汽车事故也最多，公路边的排水沟里，常常能看见翻倒的车辆——上坡时慢得让司机心烦，下坡时他们往往发疯地放飞车，结果……

上这坡时，所有的自行车都不可能再骑了。少平和金波这时就轮换推着车子，两个人都累得满头大汗。

翻过分水岭就是他们公社。沟道仍然像山那面一样狭窄。这道沟有十来个村子，每个村相隔都不到十华里，被一条小河串连起来。小河叫东拉河，就是在这分水岭下发源的。

下了山，过了一个叫下山村的村子，再走十华里路，就是公社所在地石圪节村了。他们双水村离石圪节公社也是十里路，中间隔一个罐子村——少平他姐兰花就出嫁在这村里。

少平和金波翻过分水岭，骑着车便像风一般从大坡上飞下来了。下山村一闪而过。接着就到了石圪节公社。

公社在公路对面，一座小桥横跨在东拉河上，把公路和镇子连结起来。一条约摸五十米长的破烂街道，惟一的一座像样的建筑物就是供销社的门市部。但这镇子在周围十几个村庄的老百姓眼里，就是一个大地方。到这里来赶一回集，值得乡里的婆姨女子们隆重地梳洗打扮一番。另外，这街上的南头，还有个小食堂。食堂里几个吃得胖乎乎的炊事员，在本公社和公社主任一样有名气——生活在这穷乡僻壤的人们，对天天能吃肉的人多么羡慕啊！

石圪节今天不遇集，因此街上没什么人。少平和金波也没打算过桥去逛一逛。前两年在这里上初中时，他们常爱到这条街道上来溜达。那时，这地方在他们眼里也是大地方。可现在，他们已经逛过更大的世界，这条破败的街道对他们来说，已经没有什么吸引力了。

只是到了公社前面的中学附近时，他两个却不约而同地停住了车子。中学也在河对面，四五间教室，两排石窑洞；窑洞下面，一个小土操场上安一副破烂的篮球架。多么可爱的地方啊！他们在此度过了两年的时光，对这地方熟悉得就像自己的身体一样。现在他们虽然到了一个大学校，但这里的一切却常常出现在他们的睡梦中。

现在是星期六下午，他们知道，除过几个公派老师外，学生和挣工分的老师都回家去了。他们的妹妹兰香和金秀大概也走了。

太阳已经快要落山，沟道里暗了下来，风也有些凉森森的。他俩立了一会，谁也没说什么话，就骑着车子又上路了。少平蹬车，金波坐在车后，用一只手亲热地搂着他的腰，一口好嗓音唱起了信天游：“提起我的家来家有名，家住在绥德州三十里铺村……”像银子一般清亮的东拉河，到这里水量已经大点了，此刻在夕阳的辉映下，波光闪闪地流淌着，和公路并行，在沟道里蜿蜒盘绕……

到了罐子村的时候，少平猛一下停住了车。他突然看见他妹妹兰香站在公路边，像是在等人——说不定就是在等他哩！

他和金波跳下车子，兰香已经跑到跟前来了。少平吃惊地看见妹妹脸蛋上挂着两颗泪珠，赶忙问："出什么事了？"

"姐夫……"兰香刚一开口，就哭得说不下去了。

少平扭头对金波说："你骑车先回去。那点面先搁在你家里，罢了我来取……"

金波是个聪敏小子，他明白少平姐夫家大概出了事，他也许不便帮什么忙，就骑着车子走了。上车子后，他又扭过头说："需要我，你言传一声……"

金波走后，为了使妹妹平静一点，少平用手在她头上亲切地摸了摸，说："别哭了，你快给我说，出什么事了？"

兰香揩了一把眼泪说："姐夫叫公社拉到工地上劳教去了……"

"我还以为他死啦！在什么地方？"少平问妹妹。

"就在咱村里。"

"为什么劳教？"

"出去贩卖了点老鼠药，人家说他走资本主义道路……"

"姐姐呢？"

"姐姐抱着猫蛋狗蛋到咱家去了，让我留在这里照门。我急得不行，就在路边等你回来。"

"爸爸和哥哥现在在什么地方？"

"我不知道。我还没回家去，姐姐就在这里把我拦住了……"

孙少平一下子感到又急又难受。他知道这件事会把他们家在全公社扬臭。这年头，老百姓尽管少吃缺穿，但非常看重政治名誉。谁家的一个人给糟践上这么一次，家里另外的人跟集上会都有人指着后脑勺说长道短。更不要说，以后公家在农村需要个人，家庭成员有政治问题，那就只能靠边站了。另外，他姐夫平时就溜溜达达不好好劳动，家里光景一烂包，全凭姐姐一个人拉扯两个孩子。要是劳教，丢人不算，还不给工分，一年下来又不知要出多少粮钱——现在他们家多年的粮钱都堆在一起还不了账。

“王八蛋！”孙少平气愤地骂了一句他姐夫。

“就苦了个姐姐……”兰香难受地说。她今年十三岁，身体已经扯开了条，尽管穿一身旧衣服，但乌黑的短头发剪得整整齐齐，白白的脸盘加上尖俏的下巴，一副非常可爱的模样。由于家境贫困，她从小就很懂事，刚刚四五岁就常提个小篮篮出去拔猪草、捡柴火。这孩子脑子反应很快，在数学方面很有些天资，小时候父亲和哥哥在家里算账，她在旁边一口就说出来了，常常把两个大人惊得目瞪口呆……

现在，这兄妹俩站在罐子村的公路边上，把他们的姐夫王满银恨得咬牙切齿。

少平对妹妹说：“走，咱现在回村子去！”

兰香说：“姐姐让我在这里照门哩……”

“你怎敢晚上一个人住在这？再说，这家里有什么金子银子要照哩？那几个破盆子烂碗，白给贼娃子都不要！走，咱上去把门一锁，回家去。”

“行！”兰香也早在这里呆不住了，想回村去看看事情究竟如何凶险。

这兄妹俩把罐子村姐姐家的门一锁，就相跟着一路小跑往回走。

离村子一里路的地方，他俩紧张地站在公路上，不敢走了。公社农田基建会战工地就在他们村头。已经听见高音喇叭的吼叫声了。远处，在东拉河对面的半山坡上，插着许多红旗，人群像蚂蚁一样乱纷纷的。两个孩子马上想到，那个不是东西的姐夫就在那里劳教。说不定爸爸也在那里——因为他是基建队的。当然，二爸肯定也在那里，他是大队支部委员，又是队里的基建队长。说不定二爸还能帮点什么忙吧？他总算是队里的一个领导人。不过，二爸是个穷先进，不可能给这种“资本主义”说情。再说，这是全公社会战，就是他愿意帮忙，恐怕也顶不了多少事。

这两个孩子顿时被眼前这宏伟的场面吓住了，站在这里不知如何是好。要是他们一直沿公路走回去，对面村里的人肯定都会看见的。真丢人啊！本村的人说不定还要给陌生的外村民工指点他俩，说：瞧，这就是王满银的小舅子和小姨子！

“咱干脆绕着从山背后回家去？”兰香想出个聪明办法，对她二哥说。

少平想了一下，同意了妹妹的建议。于是两个人就蹚过东拉河，从山背后的一条庄稼小路上转着往回走。

他们来到工地上面的土畔时，忍不住都把腰猫下，从土棱边探出头，往下边的工地上看。对这两个孩子来说，这下面不是在劳动，而是在进行一场战争。

下面人群乱纷纷的，红旗招展，喇叭吼叫，黄尘飞扬，一片热闹非凡的景象。

“二哥，看！那不是姐夫？推车子的那个！看，还是爸爸给姐夫往车子上装土哩……”

少平也看见了。他感到眼前一阵发黑，便悄悄拉了妹妹一把，说：“咱们回……”

第五章

一九七五年，由于国家政治生活的不正常，社会许多方面都处在一种非常动荡和混乱的状态中。四月，张春桥在中共中央机关刊物《红旗》杂志上发表了《论对资产阶级的全面专政》。“文化大革命”进行了快要十年了，中国的资产阶级和资本主义却越批越多了。

在农村，阶级斗争的弦绷得更紧了。县、社、队三级，一切工作都用革命大批判来开路。有的县竟然集中四五百脱产干部，到一个生产队去批判一个大队书记的“资本主义倾向”。

在公社一级，出现了一种武装的“民兵小分队”，这个组织的工作就是专门搞阶级斗争。这些各村集中起来的“二杆子”后生，在公社武装专干的带领下，在集市上没收农民的猪肉、粮食和一切当时禁卖的东西。他们把农村扩大了几尺自留地或犯了点其他“资本主义”禁忌的老百姓，以及小偷、赌徒和所谓的“村盖子”、“母老虎”，都统统集中在公社的农田基建会战工地上，强制这些人接受“劳教”。被“劳教”的人不给记工分，自带口粮、被褥，而且每天要干最重的活：用架子车送土。一般四个“好人”装，一个“坏人”推；推土的时候还要跑，使得这些“阶级敌人”没有任何歇息的空子。最使这些人难堪的是，在给他们装土的四个人中间，就安排一个自己的亲属。折磨本人不算，还要折磨他的亲人；不光折磨肉体，还要折磨精神。

王满银是今天上午被公社的民兵小分队从罐子村带到这工地的。前几天他逛了一回县城，从一个河南手艺人那里买了些老鼠药。他返回时就在石圪节的集市上倒卖了其中的十几包，每包赚了五分钱，总共得利不足一元。不知这事怎么就让公社的民兵小分队知道了，现在把他拉到这里受这份洋罪。

满银的老祖上曾经当过“拔贡”,先人手里在这一带有过些名望。到他祖父手里，抽大烟就把一点家业抽光了。他父亲后来成了前后村庄有名的二流子。一九四七年，国民党胡宗南进攻这一带时，他母亲把他生在躲避战乱的山崖窑里。第二年，他父亲就去世了。母亲用辛劳把他抚养到十九岁，在一九六六年也病故了。从此，他在这社会上就成了孤单一人。这年紧接着“文化大革命”开始了。他很高兴世界乱成这个样子。第二年，满银踊跃地参加了县上的一派武斗队。第一仗打下来，他就被另一派俘虏了。他干脆又参加了俘虏他的这一派武斗队，去打他原来参加的那一派。反正对他来说，这派那派都一样，只要有好吃的，每天再给发一盒纸烟就行了。打完第二仗后，王满银害怕了，把枪一丢跑回了罐子村。回家后，他又不想种地，灵机一动，逛到外面开始做起了小生意。他的买卖都在各地的武斗队那里做——他知道这些人的需要和他们的行踪；因此那几年也混了个嘴油肚圆……

不知是哪一天，他睡在自己冰凉的光土炕上，突然想到他要娶个老婆。脑子里把前后村庄未嫁的女子一个个想过去，最后选定了双水村孙玉厚的大女子兰花。那女子长得还俊样！再说，身体又壮实，将来砍柴、担水、种自留地都行——这些下苦活他不愿干，也干不了。

他在外面逛胆大了，也不要媒人，就闹腾着自个儿给自个儿找媳妇了。

罐子村离双水村才几里路，他也没什么事，于是就三一回五一回跑个不停。起先，他常黄昏时在双水村头的小路边，挡住出山回来的兰花，没话寻话地乱骚情一通。可怜的兰花由于家穷，常穿一身补丁缀补丁的衣服。她看这个穿戴一新，脸洗得白白亮亮的青年，这样热心和她说些叫人耳热的话，心里倒不由得直跳弹。

满银看兰花对他有了好感，有一天傍晚就在双水村的后河湾里抱住她，把她狠狠亲了一顿。在她丰满的脸蛋上啃下许多牙印子后，这家伙就把挂包里准备好的一身外地买来的时新衣裳塞到兰花手里。

兰花坐在土地上哭了一鼻子。她既害怕，又感激眼前这个男人。唉，她平时为了一家人的生活，整天山里家里操磨，晚上一倒下就睡着了，从来也顾不上想这种事。现在，罐子村这个胆大的家伙，把她心中沉睡的少女的感情，一下子唤醒了，就像一堆干柴被火点燃，熊熊地燃烧起来！她对王满银说："这衣裳我现在不敢拿回家。你先拿回去，让我给家里大人把这事说了再……"

当兰花给她父亲说她要嫁给罐子村的王满银时，孙玉厚立刻气得暴跳如雷。他把她大骂了一通，坚决反对她和这个"逛鬼"结婚。

但平时一直对父亲羔羊般温顺的兰花，这一次却强硬地一边哭，一边和父亲顶嘴，说她死也要死在王满银的门上。孙玉厚急得脱下一只鞋要打她，被当时十七岁的儿子少安挡住了。已经是一个成熟庄稼人的孙少安，那时就在家里开始主事了。他上过几年学，虽然现在还是这么个年龄，但理解事情无疑要比他父亲开阔一些。他已懂得要尊重一个人的感情，因此竭力劝说父亲不能干涉姐姐的选择。孙玉厚拗不过子女，抱住头蹲在地下，一声长叹，算是承认了这个他已经无法改变的现实。

结婚以后，尽管王满银在所有的人看来，都不是一个好女婿，但兰花却死心塌地跟他过日子，并且给他生养下一男一女两个胖娃娃。男人一年逛逛悠悠，她也不抱怨，拉扯着两个孩子，家里地里一个人操磨。她不怕这个家穷。她从小就穷惯了。不管别人对她丈夫怎么看，这个忠厚善良的农家姑娘，始终在心里热爱着这个被世人嫌弃的人——因为在这世界上，只有这个男人，曾在她那没有什么光彩的青春年月里，第一次给过她爱情的欢乐啊！

至于这个王满银，不管在什么时候，他自己觉得他就是这个样子。他好他坏，和别人有屁相干？他有时候真生气别人多管他的闲事：我就是这个样子，你们要叫我怎么样呢？

就说现在吧，他在这工地上接受“劳教”，除过累得撑不住外，其他事他满不在乎。推车子的时候，他把旧制服棉袄的襟子敞开，露出一件汗淋淋的褪色桃红线衣；线衣还像城里人一样，下摆塞在裤腰里。一张没有经过什么风吹日晒的脸，流满了汗道道，他只好不时把头上一顶肮脏的破呢帽揭下来，揩一把脸；揩完了再戴到头上。有时避过扛枪的民兵小分队，他还扭过头对装土的老丈人咧嘴一笑。嘿嘿！怕什么？他经见的世面多了！除过没偷人，他什么事没做过？扛过枪，耍过赌，走州过县做过买卖，也钻过两回别人家媳妇的被窝，并且还欠众人一屁股账——年年过年都不敢在家里住，得跑到外面去躲债。他已经是这个样子了，而今还在乎这？他们村叫个罐子村，他就是罐子村的破罐子！去他妈的，破罐子破摔，反正总是个破了！

不过，说是这么说；满银对这“无产阶级专政”心里还是有点怵。他那没吃过苦的身子，一天没下来，浑身就已经疼得像皮鞭抽过一般。他不知道这“洋罪”还要受多少日子才能完结。他在心里臭骂那个河南手艺人，几包老鼠药害得他现在吃了这么大的苦头。他想，他妈的，这还不如让坐班房哩！班房里虽说不让乱跑，但闲呆着不用劳动。当然，据听说就是一天不给多吃饭——反正他饭量也不大，只要闲呆着，少吃点也没什么！

王满银实在跑不动了。他瞅空瞧了瞧其他十几个“犯人”，看见他们也都累得撑不住架了。其中有个妇女，大概有四十来岁，腿已经开始一瘸一跛。听说这女人是牛家沟的“母老虎”。她自留地畔上种了棵花椒树，被队里没收了，她就双脚跳起把大队书记臭骂了一通，队里就把她“推荐”到这地方来了。

王满银寻思：我得想点办法让装土的人装慢一点，我就能多歇一会。但除过他丈人，其他三个小伙子不知是哪个村的，他不认识。至于老丈人，虽然看来对他已经恨之入骨，倒也不专意整他，一直不紧不慢装着土，只是脸像霜打了一般黑森森的，也不看他一眼。是的，他给他丢了人，他现在恨他——他实际上不是这阵儿恨，多少年来就一直恨着他。

他突然想起，那天在石圪节卖完老鼠药后，他用赚来的钱买了一包“大前门”烟，还抽得剩几根，就在棉袄兜里揣着。他想：敢不敢把这纸烟偷偷给几个装土的生人塞一根呢？只要他们接了烟，说不定就会对他宽大一些了。他想，这些人是奉命行事，又不是当官的和扛枪的，说不定还可以贿赂一下。如果他是这些人，这些人是他，给他一根纸烟，他肯定就不会和这些人过不去了。试试看吧！说不定能顶点事，俗话说，人活七十，谁不为一口吃食？

当他送完一回土又返回来的时候，见民兵小分队的人不在跟前，就慌忙从口袋里摸出那几根纸烟，一边眼睛瞄着远处，一边笑嘻嘻地把烟递到这几个后生面前。这几个人先愣住了，又一看是这么高级的烟，互相间看了一眼，不知如何是好。有门！王满银一看他们动摇了，乘势就把烟硬往一个表现最动摇的小伙子手里塞。这人犹豫了一下，把烟接住，很快装进了自己的衣袋里——现在不敢抽，等到歇工时，谁能知道这烟是他的还是王满银的？另外两个一看这个已当了“叛徒”，他们也照样做了。当然，满银没敢给老丈人。

他看见老丈人狠狠瞪了他一眼。王满银也不在乎，心想：瞪什么眼哩？你老人家没看见，你这个女婿精能着哩！

这时候，孙玉厚已经痛苦得有些麻木了。

当知道不成器的女婿被拉到工地上“劳教”，并且污辱性地让他来给王满银装土的时候，孙玉厚老汉恨这地上为什么不马上裂开一条缝，让他钻进去呢？他在这个世界上已经活够了。从一生下到现在，五十二年来，他没有过几天快活日子。他之所以还活着，不是指望自己今生一世享什么福，而完全是为了自己的几个子女。只要儿女们能活得好一些，他受罪一辈子也心甘情愿。他是个没本事的农民，不可能让孩子们在这世界上生活得更体面。他只是拼老命挣扎，让后人们像一般庄稼人那样不缺吃少穿就心满意足了。但是，这年头，他在这土地上都快把自己的血汗洒干了，家里的光景还是像筛子一样到处是窟窿眼。两个小点的娃娃硬撑着上学，烂衣薄裳，少吃没喝，在学堂里遭白眼，受委屈。大儿子本来是念书的好材料，结果初中也没上，十三岁就回来受了苦，帮扶他支撑这个家。儿子算算已经二十三岁了，还没个媳妇——像他这样的农村青年，大部分都已经娶过家了。但他拿什么给孩子娶呢？现在娶个媳妇，尽管公家反对出财礼，哪个又能少了千儿八百？唉，话说回来，人家养大一个女儿也不容易，千儿八百又算个什么！谁家的女儿能像他的兰花一样，白白扔给了二流子！当然，话又说回来，这样一笔娶亲钱对他来说，大得简直太可怕了！另外，就是能娶回来个媳妇，又往哪里住呢？全家一眼土窑，他老两口和快八十岁的老母亲住着；少安就在窑旁边戳了个小土窝窝安身。两个念书娃娃星期六回来，只好到河对面金俊海家里借宿。没力气再打几孔土窑洞啊！本来他家占有一块多好的崖势——米家镇的米阴阳当年在罗盘上看过这地方，说土脉、风水，都是双水村最好的！可是少安当个生产队长，没什么空子。如果父子俩因为打窑误了冬工，一年下来又要出粮钱。

再说，就是钻下两个土洞子，做门窗的钱又从哪里来？这穷山穷水长不起来树，木料贵得怕死人……

但所有这些愁肠事加起来，也比不过他对大女儿兰花的熬煎。死女子当初不听他的话，硬是跟了罐子村这个二流子，家里经常吃了上顿没下顿。他想起女儿拉扯着两个孩子，一个人在门里门外操劳，嘴唇一年四季缀着白疱，手像男人的手一样铺满老茧的时候，常常忍不住在山里抱住头哭半天。他更心疼两个小外孙——这是孙家的第三代人啊！为了不让娃娃们受苦，他几乎满年四季让这两个亲爱的小东西住在他家。这当然又给他增加了大负担，可这没有办法啊！如果这两个孩子有个好父亲，还要他操这么大的心吗？

他现在机械地拿着铁锨往架子车上装土，驼了背的高大身躯尽量弯下来。他不愿让众人看他，他也无脸看众人。他真想抡起铁锨，把眼前这个不知羞耻的女婿砍倒在地上！不要脸的东西！你成这个熊样子了，还能什么哩！你不想想，你那老婆娃娃这阵儿在家里恓惶成个甚了！

孙玉厚想：等收工以后，他回家吃点饭，就到罐子村走一趟，把猫蛋和狗蛋接回来——他并不知道，他女儿抱着两个娃娃已经到他家里了。

第六章

孙玉厚的家里现在乱成了一团。兰花正哭得鼻子一把泪一把，给她妈叙说扛枪的人怎样把她男人从家里拉走了。这个善良的、不识字的女人，根本不能判断这种事的深浅。起先，她以为人家要把她男人拉出去枪毙呀。直到后来，村里人才告诉她，王满银被拉到她娘家村里“劳教”去了。她于是在公路边把放学回家的兰香挡定，让妹妹看住她的家门，自己拉扯着两个孩子赶到了娘家的门上，打问看公家如何处置她男人。她现在其他事什么也不考虑，只关心她男人的命运。听双水村的人说，现在四个人装土，让她男人推着车子跑，还有扛枪的人跟在屁股后面照着。她的心都要碎了！娃娃的老子没受过苦，这不几天就把他的命要了吗？还听说人家强迫她父亲给满银装土；父亲是个爱面子人，说不定会臊得寻了短见。

兰花现在最着急的是，她大弟弟少安不在家。家里出了这么大的事，如果少安在，众人心里还有个依托。可是少安到米家镇办事去了。

顺便说说，这米家镇虽属外县，但旧社会就是一个大镇子，双水村周围的人要买点什么重要的东西，如果石圪节没有，也不到他们原西县城去，都到外县的米家镇去置办。米家镇不仅离这儿近，货源也比他们县城齐全——不光有本省的，还有北京、天津进来的货物。

但孙少安不是到米家镇买东西，而是给队里的牲口看病去了。生病的是队里最好的一头牛。石圪节没有兽医站，今早上队长就亲自吆着牛去了米家镇。兰花知道，米家镇离双水村有三十多里路，牛这牲畜又走得慢，少安说不定今晚上都回不到双水村！

现在，这个恐惧不安的女人，只是扯着她妈的袖口哭个不停。瘦小而单薄的她妈也只好陪着她哭。两个大人哭得顾不了娃娃，猫蛋和狗蛋又不知道两个大人怎么啦，也揪着母亲和外婆的腿放开嗓子嚎。不知道内情的人，听到这惊天动地的哭叫声，会以为这家真的死下人了。

这阵势可把后炕头上的玉厚他妈吓坏了。这位清朝光绪二十三年出生，现在已经快八十岁的老人，好几年前就半瘫在了炕上。她现在惊恐地眨巴着一双老红病眼，看见一家人嚎哇哭叫，不知发生什么天大的灾难了。她的耳朵顶不了多少事，根本听不明白她孙女正给她儿媳妇说些什么。她只从这些人的哭叫和脸上的表情，知道家里有了灾事。她用微弱的声音，不断在后炕头上对前炕上的这两个人，发出一声又一声的追问。但前炕上的两个后辈只顾自己哭，而顾不上对她说。她急得对这两个人咒骂起来。后来，似乎看见儿媳妇扭过头给她说了些什么，但她没听见。等她再准备听儿媳妇往明白说的时候，儿媳妇的头又扭过去和孙女说去了。这一老阵，她似乎只模模糊糊听见了一个“枪”字……

枪？难道世事又反了？从民国年开始，她就经历了无数次世事的反乱。她已经记不清她娘家和夫家两族人中，有多少人在这些反乱中丧了命。难道在她睡到黄土里之前，还要看一回死去亲人的难肠吗？现在是什么人又反了？队伍到了什么地方？如果已经离双水村不远的话，家里的人为什么还不快跑，坐在这儿哭什么哩？男人们现在都到哪里去了？能跑的赶快跑吧！她是跑不动了，她也活够寿数了，一枪打死就不要再受这活罪了……啊啊！大概是家里的谁已经叫白军打死了，他们现在才不跑……谁哩？她在心里开始一个一个点家里的人；尽管许多原来的熟人她都忘了，但家里这些人她不会遗忘一个。家里在门外的人她算得来。玉厚？他早上不是还在家吃饭来着？玉亭？他已经超过当兵年龄了。那么，看来就是孙子中的谁发生了凶险！玉亭的三个女娃娃不会的；玉厚两个上学的还小，估计不会去打仗，他们还不到征兵年龄。那么看来，这必定是少安了。对了！这娃娃今天已经一天没见面了。天啊，昨天还在眼前，难道今天刚出去就上了火线？刚上火线就……

老太太一想到她的孙子被枪打死了，就在后炕上放开声哭了："我那苦命的安安啊！我那没吃没喝的安安啊！我那还没活人的安安啊！哎——哟哟哟哟哟……"

她看见前炕上兰花母子俩都扭过头对她说话，她虽听不见她们说什么，但她看出是让她不要哭了。鬼子孙们！安安死了，你们哭，为什么不让我哭？你们亲他，难道我不亲他！她不管她们说什么，只管哭她死去的安安！

这时候，少平和兰香进了家门。看见他两个回来，除过老祖母继续哭外，兰花母女俩都先后停止了哭声。

少平掏出在城里买的几块水果糖，塞在两个外甥手里，猫蛋和狗蛋高兴得赶忙就往嘴巴里塞。少平看了看脸上糊着泪痕的母亲和姐姐，说："哭什么哩！事情出了就按出了的来！"

兰香什么话也没说，悄悄提了个猪食桶，出去喂猪去了。懂事的孩子知道，家里这么大的事她帮不了什么忙，最好做点实际的事，好给烦乱的大人省些麻烦。她看见母亲和姐姐坐在炕上哭，知道猪还没喂——这口猪可是他们家的命根子呀！大哥每年开春都要借钱买只猪娃，一家大小相帮着喂到年底，肥得连走也走不动。过年家里从来没杀过猪；为了换个整钱，都是活卖了。这猪钱就是第二年全家人的“银行”，包括给她和她二哥交学费、买书和一些必需的学习用具。

兰香走后，少平才发现祖母还在哭，而且看见她一个劲用手势招呼他到她跟前来。

他赶紧上了炕，蹲在坐着的老祖母面前，准备把她从那一堆破烂被褥里扶起来。少平以为奶奶要上厕所，立刻示意他姐赶快把门外的便盆拿进来。这一下，兰花和她妈的注意力才转移到老人这一边来了，赶忙寻便盆，生怕老人把屎尿屙在炕上。

老太太现在仍然在为死去的少安哭啼，她一边哭，一边生气地用手势制止她们给她找便盆，并且对兰花母女先前不给她说明灾祸而现在又误解她的意思，在脸上表示出强烈的愤慨。她声音沙哑地哭喊着“我的安安呀……”，然后用一只手揪着少平的领口，让他尽量挨近她。

老太太哭着问少平：“把安安……枪打在……什么地方了？”

“什么？”少平大声问，没听清奶奶说什么。

“安安的……尸首……拉回来了没？”

“啊呀！我哥好好的嘛！谁给你说……”少平苦笑了一下。

“她们说……枪打了……那么把谁……打死了？”

“谁也没死！都活着哩！”少平大声说。

“那你妈……你姐……哭谁哩？”

“是我姐夫！他……”少平一下不知怎样给焦急的老祖宗说清楚这事。

“你姐夫……怎啦？”老太太一下子不哭了。噢！使她宽慰的是，最亲的人没出事。对她来说，兰花的女婿虽然也重要，但终究没家里其他人重要。

少平仍然不知道怎样给奶奶说清他姐夫的事，就只好随口说：

“他犯了点错误，人家让他劳教！”

“猫……叫？”老太太不明白这是什么意思。

少平忍不住笑了。

少平他妈已经下了炕，对儿子说：“你就给奶奶说什么事也没。”

“你和我姐哭，她看见了，能哄了吗？”

这时候，老太太更急了，指着脚地上吃糖的猫蛋说：“是……猫蛋？她不是好好的吗？”

“不是嘛，是我姐夫！”少平也急了。

老人看来非要打破沙锅问到底不可，她瘦手紧紧揪着少平的领口，追问道：“你姐夫……出什么事了？猫叫……是怎啦？”

少平大声说：“不是猫叫，是劳教！就像学生娃调皮，叫先生训了一顿！”他急中生智，即兴想了个奶奶可以明白的解释。

“噢……”老人这才长出了一口气，瘦手把他的领口放开，疲倦地闭住了眼睛。她这下听明白了。唉，这算个屁事！还值得老老小小哭一场？旧社会，先生常拿铁戒尺把念书娃的手都打肿了，肿得像发面馍馍一样。训一顿算个什么……一场臆想的恐怖在脑子里消失了，像往常一样，她即刻进入到一种无意识的状态中。

少平现在才想起，他还用润叶姐给他的钱，给奶奶买了两瓶眼药水和一瓶止痛片哩。奶奶浑身都是病，尤其是眼病，已经害了许多年。家里买不起药，奶奶也不让买，终于拖成了慢性病。记得小时候，在每个夏天的早晨，他都要和兰香到野地去拔一些带露水珠的青草叶，小心翼翼地捧回家来，淋在奶奶的眼睛上。奶奶说这比点眼药水都舒服。有一次，早上露水不多，他和妹妹好不容易摘了一些青草叶，兰香那时还小，在家门口不小心绊了一跤，把草叶上的露水珠撒光了，急得她哭了一个早上。自从亲爱的奶奶不能动弹，全家人都很伤心。家里每顿饭的第一碗总是先端给她的。他们几个孙子更是对奶奶有一种无限依恋的感情——他们每一个人谁不是奶奶在被窝里搂大的?

少平给奶奶把被子围好，就从炕上跳下来，对脚地上已经乱得不知该干什么的母亲和姐姐说:“姐，你先给咱做饭。妈，你把咱的高粱和黑豆装一点，再腾出一床铺盖，我一会给姐夫送到民工大灶那里去。晚上你和姐姐在这窑里住。如果我哥不回来，就叫我爸住在他的小窑里。我和兰香都到金波家去住。万一我哥回来，就叫他到队上的饲养室凑合一晚上……”

少平冷静地给没了主意的母亲和姐姐安排眼前一些最当紧的事。他回到村里时，就听说哥哥去米家镇给队里的牛治病去了。父亲此刻又没回来——而且他的心情肯定已经坏到了极点。眼看天就要黑了，家里还处在混乱之中。严酷的现实要求他立刻成为这个家的临时主事人。他已经长大了，应该对家里承担起责任来。想想看，哥哥在他这个年龄，无论是在家里还是在门外，都已经大事小事一身担了!

母亲和姐姐立即按他布置的，各干其事去了。她们现在极需要一个领导人。

此刻，少平的心情甚至处于一种昂扬的状态中。以前，每当生活的暴风雨袭来的时候，他一颗年幼的心总要为之颤栗，然后便迫使自己硬着头皮经受锤打。一次又一次，使他的心脏渐渐地强有力起来，并且在一次次的磨难中也尝到了生活的另一种滋味。他觉得自己正一步步迈向了成年人的行列。他慢慢懂得，人活着，就得随时准备经受磨难。他已经看过一些书，知道不论是普通人还是了不起的人，都要在自己的一生中经受许多的磨难……

少平现在从箱盖上他那个破烂的黄书包里，取出了给奶奶买来的药。他拿着药瓶，又上了炕，把昏昏然的老祖母摇醒，将药瓶举到她眼前说:“奶奶，看我给你买的药。这是治眼睛的;这是止痛片，浑身什么地方疼的时候，你就吃一片……”

老人的红病眼顿时一亮，塌陷了的嘴巴嚅动着，吃力地抬起一只瘦手，在少平的头上抚摸了半天，只是哽咽地说："我平平……长大了……"

少平说："你把头抬起来，我现在就给你点一滴眼药。"

当少平给奶奶点完眼药后，他看见奶奶的眼角里滑出了两颗泪珠。他默然地溜下炕来，一股温热而酸楚的情感涌上了他的心头，使他也忍不住热泪盈眶。他在心里说：奶奶，如果我长大了，有办法了，你还活着，我一定叫你好好享几天福……

这时候，父亲突然从门外进来了。全家人顿时都停止了干活，瞅着他的脸色，想知道外面的事态究竟怎样了。

孙玉厚脸黑森森的，一句话也没说，把铁锨搁在门背后。家里的人看他这个样子，谁也没敢言传。兰香不知什么时候又出去捡了一筐柴禾，这时悄悄地从门中进来，又悄悄地去灶火圪塄里倒柴去了。

孙玉厚站在脚地上，烟锅在烟布袋里不停地挖着，也不看别人，说："把家里的粮食准备一点，再腾出一床铺盖来……"

"这些我都让妈妈准备好了。我一会就给姐夫送过去。"少平轻轻说。

孙玉厚扭头看了看儿子，脸色缓和了下来。他并不是心疼那个爬熊女婿——只不过这类事总得要他管罢了。不，他是在内心感谢儿子能看见他的死活，把这些他多么不想管的事替他管了。这时，他似乎才发现他的二小子已经长大了。是呀，瞧他的身板，像他哥一样高高大大了。唉，只不过学校吃喝不好，饥瘦了一些……

说实话，玉厚老汉在心里时常为自己的子女而骄傲，孩子们一个个都懂事明理，长得茁茁壮壮的。

这就是他生命的全部意义。这就是他活着的全部价值。

现在，天已经麻糊糊的了。少平他妈突然惊慌地在锅台边叫道："哎呀，我的天！我这死人咋忘了喂猪了！"

孙玉厚一听就火了，正要开口数落老婆，就听见女儿兰香在灶火圪塄里说："妈，猪我已经喂过了……"

窑里所有人的目光，一齐投向这个他们谁也没有留意的十三岁的孩子。她正从筐子里往出倒柴火。她不知什么时间已经捡回来好几筐柴火了，足够一两天烧的。可爱的兰香默默地做着她能做的一切活。

孙玉厚老两口大受感动地看着他们这个最小的孩子，连一句话也说不出来了。按说，她是家里最小的娃娃，应该娇惯一些。可孩子长了这么大，还没给她扯过一件像样的衣服。现在她已经到石圪节上了初中，身上还七长八短地穿着前两年的旧衣服。

孙玉厚难受地从窑里走出来，站在自家的院子里，不停地挖着旱烟袋。他佝偻着高大的身躯，失神地望着东拉河对面黑乎乎的庙坪山。山依然像他年轻时一样，没高一尺，也没低一尺。可他已经老了，也更无能了……

第七章

一家人匆匆吃喝了一点饭以后，少平他妈就装起一罐高粱黑豆钱钱稀饭。她心疼女婿，又在饭罐上面的碗里，放了几个早上吃剩的黑面馍和几筷子酸白菜。

少平即刻提起饭罐，扛着一小捆铺盖卷出了家门，去村中的小学把这些东西送给他那个落难的姐夫。为了好拿，他把一点粮食卷在了铺盖卷里。

他出了院子，下了一个小坡，来到了公路上。月亮已经从神仙山和庙坪山那边升起来，隐隐约约地照出模糊的村庄和大地。

少平他们家在最南面的村头，独家独院，和村里其他人家不紧相连。

走出一小段路后，就是田家圪塄——一个小山窝里，土窑石窑，挨家挨户；高低错落，层层叠叠。双水村田姓人家大都住在这里，因此才叫田家圪塄。他二爸孙玉亭也住在这里，和大队书记田福堂家离得不远。本来，他们当年也住在这里，在他两岁的时候搬了。那是一九六〇年，正是困难时期，在山西太原钢厂当工人的二爸，突然不干了，跑回家让他哥给他娶媳妇。二爸娶过二妈后，住的首先成了问题。老人手里就留下一孔窑洞，爸爸只好把这窑让给二爸他们住了。他们全家借了河对面金波家的一孔窑洞住了几年。后来，爸爸才在现在住的地方打了一眼土窑，算是重新安下了家。

这田家圪崂的田姓人家旧社会大都是村里的穷人。后来从外村流落来的少数杂姓也大都住在这一带。现在，除过田福堂家的院落要出众一些外，大都还是一些塌墙烂院。虽说新社会二十多年了，但一般村民要箍窑盖房，简直连想也不敢想。

在田家圪崂的对面，从庙坪山和神仙山之间的沟里流出来一条细得像麻绳一样的小河，和大沟道里的东拉河汇流在一起。两河交汇之处，形成一个小小的三角洲。三角洲的洲角上，有一座不知什么年间修起的龙王庙。这庙现在除过剩一座东倒西歪的戏台子外，已经成了一个塌墙烂院。以前没有完全破败的时候，村里的小学就在那里面——同时也是全村公众集会的地方。后来新修了小学，这地方除过春节闹秧歌演几天戏外，平时也就没什么用场了。现在村里开个什么大会，也都移到了新修的小学院内。因为这地方有座庙，这个三角洲就叫庙坪。庙坪可以说是双水村的风景区——因为在这个土坪上，有一片密密麻麻的枣树林。这枣树过去都属一些姓金的人家，合作化后就成全村人的财产了。每到夏天，这里就会是一片可爱的翠绿色。到了古历八月十五前后,枣子就全红了。黑色的枝杈，红色的枣子，黄绿相间的树叶，五彩斑斓，迷人极了。每当打枣的时候，四五天里，简直可以说是双水村盛大的节日。在这期间，全村所有的人都可以去打枣，所有打枣的人都可以放开肚皮吃。在这穷乡僻壤，没什么稀罕吃的，红枣就像玛瑙一样珍贵。那季节，可把多少人的胃口撑坏了呀！有些人往往枣子打完后，拉肚子十几天不能出山……

庙坪的枣林后面，就是庙坪山。这山高出村周围其他的山，因此金鸡独立，给人一种特别显眼的感觉。这几年农业学大寨，村里全力以赴首先在这山上修梯田。现在那梯田已经一层层盘到山顶，远看起来，就像一个巨大无比的花卷馍。这山，这庙，这枣林，再加上庙前二水相会，给双水村平添了许多风光。

从田家圪崂的公路上下去，蹚过东拉河，穿过三角洲枣林中的一条小路，就是和东拉河在庙前交汇的哭咽河。这河虽然小，但来历不凡。传说古时候这沟里并没有水。那时天上玉皇大帝一位下凡游乐人间的女儿到了这里，爱上了一位姓金的后生，竟然推迟了归天的日期。后来玉皇大帝大发雷霆，命令她立即上天，如在两天之内还不上来，他就要把这位女儿就地变成一座土山。但仙女不能割舍人间的爱恋，违抗了父命。她发誓，即使化作人间的泥土，也要厮守在情人的身边。两天之后，她就变成了一座普通的黄土山。她那人间的爱人悲痛欲绝，日日在她变成的土山下面，跪着呜咽哭啼，直至死在这山脚下。传说正是他的眼泪流成了这条小河。人们把仙女变成的土山叫做神仙山，把这条泪水流成的小河叫哭咽河……

这当然是金家老祖上编出来的神话，以光耀自己的家族。正因为如此，金家的祖坟就扎在哭咽河北岸的神仙山下；那坟地已不知安葬了多少代姓金的人，密密麻麻一大片。坟地上不知哪一辈人栽了些柏树，现在已像桶一般粗壮。每到冬天，大地一片荒凉的时候，远远近近，只有那些柏树绿森森的，特别惹眼。

正因为有东拉河和哭咽河，这村子才取名双水村。

在哭咽河上，有一座几步就能跨过的小桥。村里现在最高寿的人，也不知这小桥是什么年间建造的。它年年摇摇欲坠，但年年都存在着。

过了哭咽河这座小桥，就是金家湾。除过少数几家杂姓，大都住着金姓人家。一道阳湾里，家户住得密密麻麻，相当拥挤。只是在隔过金家祖坟的后山嘴那里，单另还有两大户人家，都姓金：一大户是二队长金俊武弟兄三家；另一大户是地主成份的金光亮弟兄三家。

古时候，旧社会，金家一直是双水村的主宰。这片土地和土地上的一切，都属于金家。据传在宋、明两个朝代里，这金家曾出过几个名震州府的大地主，想必他们当时占有的土地，已经远远超出了双水村的范围。但据说明末的时候，蒙古鄂尔多斯那一带的胡人，曾经大规模入侵到这里，把这家大地主连杀带抢，家业基本踢踏光了，后来就再也没有发达起来。到土改的时候，金家除一家定了地主，两家定了富农成份外，一部分是中农，大部分都还是贫下中农成份。

但从住宿方面看，金家湾一带的窑洞明显比田家圪崂这面强。尽管现在看起来，也大部分是塌墙烂院，但总还有一些表明以往富有迹象的破旧的院门楼和扎着朽葛针的院墙。而且许多人家的土窑洞都接了石口。某些人家年代久远的门窗，粗看又黑又旧，可细细一瞅，就可以看出当初做工的精细，并且还有雕镂的花纹，说明这门面曾经有过一时的显赫。

在金家湾村舍和长柏树的坟地之间，过了哭咽河桥不远的地方，有一个小土坪，双水村小学就在这里。这学校七八孔大石窑，都是教室，最高是五年级；五年级上完的娃娃，就要到石圪节上初中去了。下午放学后，学校常常空无一人——老师、学生家都在本村。学校院子很大，栽一副村民们修造的很不标准的篮球架。学生们年龄小，主要是村里的青年们收工回来玩一阵。前面已经说过，这地方现在已经代替了庙院，成了全村人集会的中心。

自从石圪节公社在双水村搞农田基建大会战以来，学校教室就成了外村民工晚上住宿的地方。这地方当然只能住一小部分人，大部分民工都分散住在村中各家的闲窑里。住在学校教室的民工，第二天早上得把自己的铺盖卷起来，集中到边上一孔放体育器材的窑洞里，好让学生们白天上课。晚上民工们把课桌一拼，就成了床。

这些天来，学校还专门腾出来一孔窑洞，让各村拉来“劳教”的人住。今天这窑洞又多了一名新成员：王满银。

现在，这些人已经收工回来，被集中在这孔窑洞里。一个扛枪的民兵在门口照看着。等一会开饭的时候，这个人才能把这些人引到民工大灶上去……

孙少平扛着铺盖，提着那罐饭，从田家圪崂的公路上下来，小心地踩着列石，过了东拉河，穿过庙坪，从哭咽河的小桥上走过来，径直向小学校的院子走去。这地方他太熟悉了，因为他曾在这里上过整整五年学。

他进了学校院子，那个扛枪的人就迎面过来了，不知为什么还笑嘻嘻的。少平在月光下细看了一下，才发现这人是他初中时一位同学的哥哥。那同学是下山村的，后来没上高中。在初中时，有一年他们“学农”到下山村，就住在他们家里，和一家人很熟悉了。

同学他哥不好意思地笑了笑，说：“我正发愁你姐夫今晚上没铺盖哩！”

少平没心思在这地方多逗留。他对同学他哥说：“能不能叫我姐夫出来一下？让我把这些东西交代给他。”

“这怎不能？又没犯死罪！”同学他哥提着枪到门口喊了一声，“王满银出来一下！”

满银蔫头耷脑走出门槛后，惊讶地看见是他的小舅子，便把罗着的腰直了一下，脸上倒显出了几分羞愧的颜色。

少平把铺盖卷和饭罐放在地上，对姐夫说：“这铺盖里有些粮食，罢了你交到大灶上……”

王满银先顾不得什么，急忙在饭罐上面的碗里抓了一个黑馍，狠狠咬了一口，几乎没嚼就往下吞咽，噎得他脖子一展。

等咽下这口饭后，才问少平：“不知你姐和猫蛋狗蛋……”

“他们都在我们家里。”少平厌恶地看着他。

“那就好……回去给你姐说，我什么都好着哩！叫她不要急……”他扭头看了看已经离远了点的扛枪后生，又悄悄对少平说，

“给你姐说，还有剩下的几十包老鼠药，在家里的箱盖上放着，叫你姐藏好，不敢叫娃娃不知道给吃了，叫她把……”

少平已经气愤地拧转身走了。他真想在这个不争气的姐夫脸上给一记耳光！

他下了学校的小土坡，沿着哭咽河向金家湾的村舍那里走去。他不回家了，准备直接到金波家去住宿。家里没地方住，每星期六回来，他都在金波家过夜。那里温暖而洁净，金波的母亲和妹妹，都把他像自家人一样看待。只有在这里，才能在他沉重的生活中度过最舒适的一个瞬间。

当少平走到哭咽河小桥附近的时候，看见从对面庙坪枣林中间的小路上，走过来一个妇女。他还没看清是谁，就听见这人喊他的名字。一听声音，才知道是他二妈贺凤英。

少平在心里不尊敬这个长辈。当这个操着山西口音的女人来到他家门上后，就把他们一家从祖传的老窑里赶出来了。在以后的年月里，她仗着念过几天书，根本不把这家人放在眼里，动不动就拿很脏的话骂他母亲；并且把他早已亡故的爷爷的名字也拉出来臭骂。直到少安哥长大后，在一次她又骂他母亲时，哥哥把她狠狠揍了一顿，打得鼻子口里直淌血，她后来才停止了对他们家这种放肆的辱骂。后来，他们弟兄都大了，哥哥又当了生产队长，在村里也成了一条汉子，她和二爸就更有点怯火了。二爸二妈两个人穷积极，在队里都负点责，一个是大队支委，一个是妇女主任，黑天半夜开会，三个娃娃撂在家里没人管。他们光景一烂包，二爸经常穿着烂衣薄裳，饿着肚子还常给别人讲革命大道理。村里人明不说，背后谁不耻笑他们！

现在，妇女主任已经从哭咽河的小桥上过来了。少平看见她头发梳得油光——通常都是用木梳蘸着自己的唾沫梳成这个样子的。而且又穿起了结婚时的那件已经很旧的红绸袄；因为罩衣太短，那棉袄的红边在下面露出一圈，非常扎眼。二妈这身打扮，说明她今晚上又要在公众面前露脸了。

果然，她站定对少平说："今晚上，公社会战指挥部要在学校院子里开批判会，你不参加？……人家叫我领导着布置会场，我刚把碗搁下就……唉，你姐夫……"她叹了一口气，表示了一种同情和痛惜，让少平知道她终究也是自家人。

少平对她说："你忙你的，我要到金波家去哩。"

他冷淡地对他二妈打了个招呼，就转过身走了。

第八章

“噢——哥！噢——哥！”

孙玉厚老汉刚把自己的铺盖卷儿搬到隔壁少安的小土窑里，就听见公路下面他弟玉亭喊叫他的声音。

玉厚奇怪：玉亭为什么不上家里来？往常他有事没事吃完饭总要到他家里来坐一阵——穿着麻绳子捆绑的烂鞋，往他家前炕的铺盖卷上一靠，没命地在他的烟布袋里挖得抽半天烟。他热心公家的事，庄稼行里又不行，因此营务不起来旱烟，满年四季都是他供着。每当玉亭来的时候，他老婆也总要把家里刚吃过而剩下的饭，给玉亭热得端上来一碗。玉亭嘴里推让着，两只手一把就接住了。少安他妈知道玉亭在家里吃不饱，总要牵挂着给他吃一点。父亲去世早，玉亭从五岁起，实际上就是他两口子一手把他带大的。尽管玉亭成家以后，他老婆贺凤英那些年把少安妈欺负上一回又一回，怕老婆的玉亭连一声也不敢吭，但少安他妈不计较他。因为她从小把玉亭抚养大，心中对他有一种疼爱的感情。人常说，老嫂为母，这话可一点也不假……

“噢——哥！噢——哥！”

玉亭仍然一声接一声地在公路下面喊叫。

玉厚听见他弟这样喊叫，又不上他家来，不知出了什么事，就一边从院子里往外走，一边给下面的玉亭答应了一声。

在院子外的小土坡上往下走的时候，玉厚心里才恍然大悟：他弟弟今晚上不上他家来，是因为他女婿今天被“劳教”了。玉亭现在公社正看得起，让他当了会战指挥部的副总指挥。现在他家里出了“阶级敌人”，玉亭怕人家说他划不清界线，因而连累了他，所以才不上他家里来了。

玉厚来到公路上，半天才看清他弟站在路边一棵树影下。

他走过去，问：“什么事？”

“唉，也没什么事。想和你拉两句话……你心放宽些！”

玉亭脸上是一副同情他哥的神色。这同情是真诚的，因为这终究是他哥嘛！

玉厚没有说什么话，沉默地从自己的烟布袋里挖了一锅烟，点着抽起来。

玉亭也从身上掏出自己的烟锅，在他哥的烟布袋里挖了一锅，又用他哥的火柴点着，说：“满银一脑子的资本主义。劳教两天是小事，再不学习和改正，说不定要进班房。亲戚都要为这小子在政治上受影响……”

玉厚还是一声不吭。他现在已经懒得再说他女婿的长长短短。他心里只是为他的女儿和两个外孙难受。

“今晚上公社要在学校开批判会，少安没回来，你家里其他人参加不成，你歪好要去一下，不要叫人家说，你们家抵制批判亲属的资本主义倾向……”玉亭对他哥说。

“我不去！不劳动不行，不开会还不行！”

“哥，你不敢这样。咱们是贫下中农，毛主席号召的事，咱怎能不积极哩？”玉亭劝他哥说。

“反正我不参加！我的气已经受够了！哪怕明天让我也劳教哩！”

玉厚说完，气恼地转过身就往回走。他心里烦乱，有什么心思站在公路上讨论这号事情哩！

玉亭看他哥这样犟,也无可奈何了。要是村里其他人敢这样“反动”,他早就给会战总指挥部汇报了;恐怕今晚上也得上批判台。唉！玉亭心里烦透了，正在他被公社重用的时候，亲属中间突然出现这么一件叫他尴尬的事！

玉亭失望地见他哥快上了土坡，就又轻轻喊叫了一声：“哥，你先等一等……”

玉厚以为他还要劝他去参加批判会，站住吼叫说：“你走你的！不要管我！”

玉亭走过来说：“……给我抓一把烟。”他说着，就过去在他哥的烟布袋里掏了一把旱烟，装进自己的烟布袋里，随后就心急火燎地走了——他今晚上还有大事！

玉厚低着头站了一会，然后望着弟弟远去的背影，叹了一口气，慢慢走着上了自家的小土坡……

一九三九年，孙玉厚十六岁，玉亭才刚刚五岁，他父亲得痨病死了，丢下他两兄弟和母亲相依为命。旧社会，女人不兴出门，母亲又是小脚，只能在家里操磨，山里和门外的事都搁在他一个人身上了。他们家又没地，他只好在周围村庄给光景好的人家揽工，以养活母亲和年幼的弟弟。二十二岁时，他和一个穷人家瘦弱的女娃娃成了夫妻。他媳妇虽然面黄肌瘦，但对他妈和玉亭特别好，因此那几年光景虽然穷得叮当响，日子过得还很一体。

他为了挣点量盐买油的钱，冬天农闲的时候，就给石圪节一家商行去吆牲灵，翻山越岭走几十天，从军渡过黄河，到山西柳林镇驮瓷器。山西柳林瓷闻名几省。他给石圪节商行的掌柜挣了不少钱；他自己也得了一点工钱。

手里有了几块“钢洋”以后，他突然发狠想供他弟弟上学。在当时来说，玉厚算是庄稼人里很有魄力的。他十六岁出去闯荡世界，眼界当然要比一般庄稼人宽阔。

孙玉厚当时想：他家人老几辈子没出过一个先生，睁眼瞎受了多少气啊！从古到今，世界说来说去，总是识字人的天下。他想他这辈子是不顶事了，但说不定能把玉亭造就成孙家的人物。如果是这样，他孙玉厚辛劳一辈子也就值得了。再说，他看玉亭这娃娃脑子还灵——他已经在村里教冬书的金先生那里识了不少字。

一九四七年，玉亭十三岁。当时这一带正处于战争状态。玉厚参加了村里给解放军送粮的运输队，同时还得种地，东跑西奔，忙忙乱乱。但他仍然惦记着玉亭上学的事。可当时这里战火连天，学校都停办了。眼看玉亭岁数已经不小，再不念书就晚了。他突然想到，前几年他去柳林镇驮瓷的时候，有一次一家姓陶的窑主家发生了事故,他冒死救了陶窑主的性命。老陶感激他,和他结了拜把兄弟。陶兄一再说，以后他有什么难事就来找他，他一定全力相帮。玉厚当时想，我为什么不把玉亭送到柳林镇去读书呢？

他立即登门请村里识字的金先生，给山西柳林镇的老拜识写了封信，看他能不能收留他弟去那里读书。老陶很快回了音，说只管把玉亭送来，叫玉厚什么也不要管，这小兄弟的一切都由他全包了。

就这样，玉厚把玉亭送到了山西柳林镇。

这期间，他每年都要到柳林去看一回弟弟。临行前，他老婆总要把玉亭一年的穿戴准备齐全，还做许多茶饭让他给玉亭带去。对于他们来说，玉亭不仅是亲人，也是一家人未来的指望啊！

一九五四年，玉亭初中毕业，到太原钢厂当了工人。玉厚一家人高兴得不知如何是好！虽说玉亭是个工人，但这是孙家多少代第一个在门外干事的人！

可是一九六〇年困难时期，玉亭突然跑回家来，说他一个月的工资不够买一口袋土豆，死活不再回太原去了；他说他要在家乡找个媳妇，参加农业生产呀。

这可把玉厚急坏了！好说歪说，就是说不转玉亭。玉厚没有办法，只好打问着给他找媳妇。那年头，他家穷得钱没钱，粮没粮，他身边已有了三个孩子，孩子年纪又都小，没什么帮手，尽是连累，一家人时不时都饿得浮肿了。可弟弟已经二十六岁，也的确该娶媳妇了。而玉亭为此还天天给他妈哭鼻子，说他年纪再大，娶不下媳妇，这一辈子就算瞎活了。他母亲也陪着玉亭哭哭啼啼。

玉厚看玉亭这样没出息，才知道他半辈子辛劳，企图给孙家造就一个光宗耀祖人物的指望落空了。但他心平气静，并不为此而过分地懊悔。是啊，这是命运。正如辛劳一年营务的庄稼，还没等收获，就被冰雹打光了，难道能懊悔自己曾经付出的力气吗？

好，那就给弟弟娶媳妇吧。他四处疯跑着给玉亭打问对象。但是，所有的人家财礼都要得太高了，他就是把一家人的骨头卖了也出不起。

在万般焦急中，他又想起了柳林镇的老拜识，于是又写信求他帮忙。

本来他是有病乱求医，并没抱多大希望，可不久老朋友却热心地回了信，说离柳林镇二里路有一个女子，愿意跟玉亭。老陶说玉亭大概也认识这女娃娃，这女子在柳林镇小学和玉亭同过学，官名叫贺凤英。

玉亭的确认识凤英，于是就亲自去了一趟柳林镇，把贺凤英当下就接回来了。玉厚立马闹腾着借钱借粮，尽量体面地给弟弟办了婚事。接着又搬家腾窑，另起了炉灶……前后一折腾，除借窑住不算，还欠下一河滩账债，使他许多年日子都翻不过来。

到后来，玉亭因为不会劳动，加上贺凤英不会过光景，日子过得没棱没沿，连他的光景也不如了。但他除过能供得起他旱烟和一碗剩饭外，再没有能力照管他了……

但话说回来，孙玉亭本人觉得，他现在穷是穷，倒也自有他活人的一番畅快。

玉亭是大队党支部委员、农田基建队队长、贫下中农管理学校委员会主任，一身三职，在村里也是一个人物。全村开个大会，尽管他衣服不太体面，但也常是坐主席台的人。他又有文化，上面来个什么文件或材料，书记田福堂和副书记金俊山都不识字，回回都是他给众人宣读。这时候，全村大人娃娃的目光，都集中在他身上，使他感到非常的满足，把饥肠饿肚早已忘得一干二净。

只是回到家里，三个孩子饿得嚎哇哭叫，她老婆又跑出去为骂仗的村妇去调解是非，上顿饭的碗筷都没洗摞在锅台上，这时他才感到对生活有点灰心。

他一个人坐在灶火圪塄拉风箱，饭还没熟，三个孩子像土匪一样扒在锅上，三下五除二就吃得差不多了。这时他也不由得想起了早年间太原钢厂的好吃好喝。顿顿白蒸馍大肉菜，喷鼻香！那时他一顿才吃三个白馍？真是不可思议！要是现在的话……

他在家里胡乱吃喝一点，就又投身到轰轰烈烈的革命运动中去了。只有在这社会的大风大浪中，他才把饿肚子放在一边，精神上享受着一种无限的快活。

自从石圪节公社集中十几个队的民工在他们双水村搞农田基建大会战以来，孙玉亭更是兴奋得不得了。会战总指挥是公社副主任徐治功，副总指挥是公社武装专干杨高虎。后来公社又研究，要在各队的基建队长中间抽一个人担任副总指挥。因为会战在双水村，这差事当然就落在了孙玉亭的身上。立刻，他在工地上跑前跑后，动不动还在高音喇叭上发布各种通知和命令；他哥当年没把他造就成个人物，革命已经俨然使他成为一个人物了。连他老婆这一段也开始尊敬地称呼他“玉亭”，前面不再带那个“孙”字。而最使他满意的是，他现在还可以在民工大灶上吃饭，重温当年太原钢厂的享受——由于他是副总指挥，做饭的人都巴结他，碗里的肥肉明显比别人多。过个两三天，他还可以和治功和高虎钻在灶房后面的小土窑里，混着一块吃几盘炒菜，喝两口烧酒哩！

今晚上，指挥部又要在学校院子里开批判大会。不用说，这会议还得要他主持。治功是总指挥，他要在开头和结尾讲话；高虎虽说也是个副总指挥，但年轻，只管民兵小分队的事，开这种会一般只负责维持会场秩序，以防阶级敌人捣乱破坏。

玉亭本来吃完饭就准备和凤英一起过金家湾那边去。但他想起要给他哥打个“政治招呼”。因为满银被“劳教”了，他哥今晚上的批判会一定要去，好让公社领导看见他拥护对女婿实行无产阶级专政。

他一想起王满银的事，心里就不痛快。无论如何，这小子也算和他沾点亲，这使他这个副总指挥多少有点不光彩。如果他哥能正确对待这事，也许他在台上还能站得踏实一些。可是，他专门去提醒他哥要识时务，他哥却死牛顶墙，不给他带这个面子。唉，他孙玉亭总不能对他哥也实行无产阶级专政……

现在，玉亭抽着刚从他哥烟布袋里挖来的旱烟，已经过了东拉河，走到庙坪枣树林的小土路上了。他现在还不能直接到小学去。他要去找一回他们大队的副书记金俊山，商量一点事。本来这种事要是书记田福堂在，他就不会去找金俊山。书记去公社开会，不在村里，他现在只能去找金俊山商量。

这事说起来也不大，但是件伤人事，最好不要叫他孙玉亭一个人当鬼子孙！

事情是这样的：今天下午收工时，总指挥徐治功对他说，晚上的批判会，各村都有批判对象，就是双水村没有。难道双水村连一个阶级敌人也没有吗？徐主任说的也是。毛主席说阶级斗争无处不有处处有，他们双水村怎么能没有呢？但双水村谁是阶级敌人，他一时又想不出来。

“哼，叫金俊山去想吧！”玉亭在心里说。

他现在一路走，心里还在盘算这事。他想他得先在心中有个数。万一老狐狸金俊山要滑头，这事归根结底还得他来办。他是副总指挥，金俊山又不参加公社的基建会战。

他想来想去，急忙在村里找不出一个阶级敌人来。几家成份不好的人，都规规矩矩，简直抓不住一点毛病。要是评先进和模范，这些人倒都够条件！

他苦恼了老半天，还是怎么也想不出来。在过哭咽河的小桥时，他在心里自嘲地说：今晚上也许除过他哥，村里很难再找出一个阶级敌人了。他哥刚才那些反动话，倒足够资格站在台子上接受批判。他忍不住又为自己这个荒唐的想法逗得出声笑了。不，他哥终究是他哥！别说他说了这么些话，就是再反动一点，他也不会出卖他的。哼，革命是革命，亲人是亲人！

为找不到敌人而苦恼的玉亭同志，现在已经过了哭咽河。

在上金俊山家的土坡时，孙玉亭突然想起了一个可以批判的人。他心里说：对了！大概只有田二可以充当这个角色。虽说这老汉神神经经的，但又没经法医鉴定他就是神经病。再说，除过本村人，公社领导和大部分外村人对田二的情况也不太清底；只知道老汉有个憨儿子，本人脑子有些毛病罢了。可是，他很快又想，批判田二的什么呢？对，干脆就批判他常嘟囔的那句话“世事要变了……”。毛主席的世事，无产阶级的世事，要变成个什么世事？世界上只有两个世事，不是无产阶级的世事，就是资产阶级的世事，田二要变的世事，就是要把无产阶级世事变成资产阶级世事……

孙玉亭已经在心里试着批判了一通田二，觉得批起来还通顺。这时候他已经上了金俊山家的院畔。

金俊山和玉亭他哥同年出生，已经五十二岁了。他家的成份是中农。在眼前这年月里，农村的中农充其量是团结对象，俊山怎么能当党支部的副书记呢？

金俊山有他自己的光荣历史。一九四八年，解放军向国民党军队大反攻的时候，俊山参加了民工担架队，最后一直跟部队打到兰州。有一次战斗中，他腿上挂了花，就回到村里，被政府评了三等残废。

一九五一年他入了党。从这以后，他就和田福堂两个人一直担任村里的领导人。不过，他常当副职，正职都是田福堂。

姓金的这一族人中，有许多家成份比较高。旧社会，河东的金家在村里主事。而新社会，河西成份好的田家，明显在村里占了上风。真可谓三十年河东三十年河西。新社会几十年，尽管农村的人际关系已经发生了交错复杂的变化，但户族之间的矛盾，平时总还模模糊糊存在着。有的时候，这种矛盾还相当尖锐。在这样的时候，田福堂和金俊山就会表现出某种亲族观念。而且一般说来，两个人身边最亲近的知己，也往往是本族人。当然，金家的许多人成份不好，平时尽量克制，也不过分咋唬。但这族人中，也不乏几条汉子，不服气田福堂，常常曲里拐弯地向他挑战。

在许多情况下，金家闹不过田家，因为村中的权力在田福堂手中。田福堂本人的能耐是一回事，他还有个在门外当官的弟弟。村里人一般回避和他正面冲突。但金家许多人对紧跟田福堂的孙玉亭，却反感透顶了。可是孙玉亭他哥一家人又在金家户族里很有些威望。玉厚老两口和他们的四个子女，和金姓许多人家的大人娃娃，保持着十分不错的友好关系。尤其是他们家当着一队队长的孙少安，又是村里少数几个让田福堂头疼的人。因此孙玉厚一家人受到许多金姓人家的普遍尊重。由于这个原因，大家对孙玉亭的所作所为一般也就容忍了——他歪好算孙玉厚的弟弟。

至于金俊山，做事倒很注意分寸，无论谁，他都不专门寻人家的不是。他觉得自己一大把年纪，何必与人争言斗气；除过实在看不过眼，他对田福堂和孙玉亭的许多过头做法，也睁一只眼闭一只眼。再说，眼下的世事就兴这种过头做法嘛！他金俊山有能耐和社会的大潮流对抗吗？因此他平时的心大部分都操持在了家事上。他现在的光景在村里也是比较宽裕的。儿子金成高中毕业，在村里教小学，家早娶过，已经给他生养下一男一女两个孙子。女儿金芳出嫁到了米家镇，女婿是个手艺人，光景很殷实。他前两年在旧窑边上又箍起两孔新窑洞，现在儿子住着。一个大院子，一线五孔大石窑，一年四季一家人有吃有穿有钱花，人活一世，已经够满意了……

当孙玉亭进了金俊山家的大门时，铁链子拴着的那条大黑狗一扑起来，拼命叫了几声。狗一看是个熟人，叫了几下也就不吭声了。

金俊山立刻出了中窑。他一看是孙玉亭，马上把他请进窑里来。俊山的老婆赶紧给这个大队负责人泡了一缸子茶水。

玉亭平时饥肠辘辘，一般不敢在人家那里喝茶；据说茶水碱性大，喝了饿得更厉害。今天他在民工大灶上吃了一老碗肥肉片子，倒需要喝些茶水帮助消化。

他端起茶缸喝起来，同时扫了一眼俊山家的窑洞。他感觉到了一种富裕和丰足。这时，他内心突然涌起了一丝莫名的惆怅。他想自己跑断腿闹革命，竟然穷得连一双新鞋都穿不起。当然，这种情绪绝对不会动摇他的革命信念，而只能引起他对金俊山的鄙视。哼，什么共产党员！不好好为革命出力，只顾发家致富，典型的资本主义小农经济思想！

不过，这金俊山终究腿上挨了国民党的一颗枪子，政治根子红着哩！再说，他又是副书记，比他的职位高，他能把人家怎样？福堂不在，队里有个大事，他还不是得跑来请示他？

这时候，金俊山已经给孙玉亭递上一根纸烟，同时问：“玉亭，你来有什么事哩？”

孙玉亭在金俊山的打火机上点着烟，接着就把公社徐主任的意思给他说了一遍。然后问：“俊山哥，你看这事怎办？”

金俊山有点嘲讽地看着孙玉亭，反问：“你看咱村里谁是阶级敌人？”

这倒把孙玉亭给问住了。他本来想叫金俊山说出一个人来，想不到这老家伙倒反问起了他。

玉亭想了一下，觉得还应该逼一逼他。就说：“我一时也拿不定主意，所以才来问问你。福堂哥不在，村里的事就看你拿哩！”

金俊山马上说：“玉亭，你怎能这样说哩？这不是村里的批判会，这是公社会战指挥部的批判会！你是指挥部的领导人，这事当然要你拿主意哩！咱们村的情况你又不是不熟悉？你现在不仅代表咱村，还代表公社哩！公社出面搞的事，我金俊山现在也要听你的哩！”

孙玉亭觉得实在没智慧治住这老家伙了，而眼看批判会的时间又快到了，只好吞吞吐吐说：“……你看田二怎样？”

金俊山一下子仰起头笑了，说：“批判田二的什么哩？那人谁不知道是个半脑壳！”

“他不是常说，世事要变了。就批判这句话！”玉亭说。

“那话他说了几十年了，完全是神经病憨话，能批出个啥名堂？”

金俊山抽了两口烟，又改变口气说：“不过，你看能批就批吧。我对你的决定没什么意见……”

金俊山心想，今晚上双水村要是没个人去赔罪，看来玉亭也不好给徐主任交差。既然孙玉亭让老憨憨田二去充数，也就只好让他顶缺去了。

“那就这样！我还要主持批判会，先走了……”玉亭喝了一口茶水，从椅子上站起来就起身。

金俊山把他送到大门口，说：“你先走，晚上天气冷，我回去披件衣裳就来了……”

孙玉亭匆忙地从金俊山家的土坡里下来，顺着哭咽河畔的小路，向金家湾后面的小学赶去。他远远地看见，那里已经闪烁起灯火，并且聚集起一大片熙熙攘攘的人群……

第九章

今晚，双水村小学院子里又开始热闹起来了。除过本村男女老少一吃完饭就被集合到这里以外，在大灶上吃完饭的外村民工也都被带到这里来了。不多时分，这院子里就已经挤得水泄不通。外村的民工在院子的南头，一般都是同村人挤在一块。双水村本村的人在院子的北头，大人娃娃夹在一起，有站的，有坐的，吵吵闹闹，像一锅煮沸了的水。在这一片人中，全村的男人都混杂着，但女人却大约可以分出田家的一片，金家的一片；因为本族妇女家挨得近，平时关系熟悉，现在挤到一块好拉话。当然，这中间也多少有一点金、田两家的门户之见。一般说来，金家的媳妇穿戴都比较齐整，坐的姿势也比较合乎农村的礼教规范：公众场合不能酸眉醋眼，张东望西。可以笑，但不能把嘴巴张得像窑口一样。坐时应两膝并拢，不能八叉双腿。也有些金家的年轻妇女不管这一套，使得她们的母亲或婆婆不时在人群中用眼光提出警告。另外人家的妇女就不受这种约束了，说说笑笑，打打闹闹，跟赶集上会一般。也有一些胆大的恋爱者，乘混乱之机，眉来眼去不说，甚至还偷着捏捏揣揣。男人们大都一人一杆旱烟锅，抽得院子上空云绕雾缭。有些乏累过度的庄稼人，不顾体面地大叉双腿睡在土地上。不时有人去不远处的金家祖坟那里撒尿，气得金家一些老者跑过去乱吼乱骂一通。

这时候，双水村妇女主任贺凤英，正领着本村和外村的一些“铁姑娘”，忙碌地布置会场。她们把课桌从教室里抬出两张来，拼在一起放到人群面前，上面铺了窑门口摘下来的条格布门帘，又放几个暖水瓶和茶缸，算是主席台了。另外几个男民工，在中间的窑面上斜贴了一条会标：彻底批判资本主义倾向大会。教室其他墙上，间隔斜贴着许多红绿纸写的标语口号。凤英忙里忙出，指指划划，旧红绸袄在短了的外衣下面露出一圈，招引得许多目光都注视她。她那没有水色的脸上，洋溢着出人头地的欢欣。

院子四周用木棍挑起的一些马灯，和朦胧的月光一起照出开会的人群。他们在焦急地等待着批判大会的开始——早点完了赶快回去睡觉，因为明天还要出山。至于那些妇女娃娃，很大程度上倒是为了来看热闹的；看那十几个阶级敌人站在大家面前，都是些什么样子。听说这几天还捉回来几个“新的”，其中就有他们村兰花的女婿王满银，这更使大家平添了许多兴致。

当众人等着开会的时候，在小学教师金成的办公室里，公社副主任徐治功、武装专干杨高虎和孙玉亭一起商量怎样开这个会。金成提着个开水壶，不断给这几个人的茶杯里添水。

徐治功盘腿坐在土炕的羊毛毡上，一边抽烟，一边严肃地给两个副总指挥布置任务。既要抓革命，又要促生产，使得这位四十来岁的公社领导人，眼睛里都布满了红丝。

一年前，徐治功一直是县农业局的一般干部，去年才提拔到现在这个岗位上。本来，他爱人在县贸易经理部当会计，一家人都在城里，他很不愿意到这个条件很差的石圪节公社来。但盘盘算算，高低总算提拔了，因此便硬着头皮来上了任。

一上任，徐治功就想要尽快干出点名堂，看能不能早点回到县上的机关工作。只要回到城里，就是再不提拔也行，平级调就满意了。

如果他户家里的叔叔徐国强还在县上当领导的话，他兴许用不了一年就能实现目标。可徐叔因年纪大不当县领导了。但徐叔的女婿田福军又当了县上的副主任。只要徐叔给田主任说话，他的事也不难办。田福军他哥田福堂就是双水村的书记，因此他在这个队要好好表现一下，让田福堂把他的成绩传到田主任的耳朵里。把公社农田基建大会战放在双水村，正是他竭力争取的。明摆着嘛！这会战在哪个村搞，哪个村就沾光——其他村出人出粮，给这个村子白修地！田福堂能对他徐治功不感激吗？不用说，双水村搞好了，首先是他田福堂的光荣！

治功现在盘腿坐在黑羊毛毡上，听着外面沸腾的喧闹声，情绪特别亢奋。这会战开始没多少天，他就把工作搞得如此有声有色。前几天，县革委会主任冯世宽亲自带队检查各公社的会战，在全县总结大会上，专门表扬了石圪节公社——这使得他劲头更大了！

徐主任捏灭了一个纸烟头，突然像记起了什么，扭过头问孙玉亭："玉亭，你们村批判的那个人确定了没？"

孙玉亭正修改一个民工的批判稿，赶紧停下来，说："确定下来了！"

"谁？"

"田二。"

"田二？"徐主任一时想不起双水村这个人是谁。

在旁边给杨高虎倒茶水的金成已经忍不住偷着笑了。

"这人平时爱说反动话！他到处散布说，世事要变了……"玉亭给徐主任解释说。

"那这当然要狠狠批判！什么成份？"

"成份倒是贫下中农……平时也不好好参加劳动……"玉亭说。

"那你们以前为什么不好好批判？"徐主任有点生气了。

"这人平时疯疯魔魔的，村里人也不把他算个数……"

“你说这个人名字叫什么？田二？他名字就叫田二？”

“不是，名字叫田福顺。不过村里人谁也不叫他名字，就叫田二……”玉亭端起茶缸喝了一口水。他今天下午在民工灶上吃了一碗肥肉，渴得口干舌燥。

“田福顺？那和田福堂是什么关系？”徐治功敏感地问。

“没什么关系，只是一个老先人，现在都不知隔多少代了……因此没什么关系！”孙玉亭说。

“那就把田二算上一个！现在人哩？”徐治功问。

这时，旁边喝茶的武装专干杨高虎插嘴说：“玉亭刚给我一说，我就派民兵把这老汉带来了，现在和那十几个人关在一起，都在隔壁窑洞里。听民兵说，这老汉就是喊叫世事要变了，刚才一路上还说这话……”

“时候不早了，咱们开会吧！”徐治功从炕栏上溜下来，把鞋穿上。

金成先一步把这几个人的茶缸拿到院子外面，摆在主席台上。

徐治功几个随后就出来了。等徐主任在主席台中央的一把椅子上坐定后，高虎和玉亭也共同坐在旁边的一条长板凳上。这时候，人群的嘈杂声还没有停下来。

为了让大家安静，准备大发脾气的杨高虎立刻站起来——没想到坐在另一头的孙玉亭，由于板凳失去平衡，一个马趴栽倒在了地上，把桌子上的一杯茶水都打翻了。全场人于是一齐哄笑起来。

栽倒在地的玉亭同志，在大家的哄笑声中镇定地爬起来，把板凳放好，脸定得平平地又重新坐了上去。

杨高虎看玉亭坐好了，就马上挤过去，在徐治功那边的桌上，拿起话筒大声喊叫：“民兵小分队请注意！民兵小分队请注意！严防阶级敌人破坏捣乱！如发现坏人捣乱，立即扭送到台上来！”

众人这才“刷”地平静下来了。大家马上意识到，这不是一个玩笑场所，而是一个大批判会。

在人圈外的民兵小分队，一个个都把枪松松垮垮倒背在肩上，枪里面谁也不敢装子弹，怕走火把好人伤了。在这种场所，这些人谁也不认真；庄前庄后的，不光他们本人，就是他们的老祖宗别人也知底，何必去惹人呢？其中几个不正相的光棍后生，不时酸眉醋眼瞄着金家那里的几个漂亮媳妇，使得这几个女人都面红耳赤地低下头，抠自己的手指头。

这时候，孙玉亭小心翼翼地站起来——他怕再把另一头坐着的杨高虎又闪倒在地——就绕到徐治功这边来了。他胳膊肘撑在桌子边上，斜着身子在徐主任旁边的话筒上吹了一口气，又用手指头弹了弹——听见远处墙角的喇叭里传来“嘣嘣”的几声，似乎证明扩音器没有被刚才杨高虎的大嗓门震坏。接着，玉亭便尽量提高自己有些沙哑的嗓音（因吃肉口渴），说：“把阶级敌人带上来！”

这一下，人群又一次骚乱起来，响起一片嗡嗡的说话声；有些坐着的人也纷纷站起来了。民兵小分队的人赶忙连喊带吼，让众人坐下来，不要喧哗吵闹！

下山村那个扛枪的民兵，把十几个被劳教的“阶级敌人”带出来了。走在最前面的，就是今天刚拉回来的王满银。院子北边双水村的人又乱纷纷的了。他们指着兰花的女婿，议论成了一窝蜂。

满银此刻很不自在，脸上无光地耷拉着脑袋——这是在老丈人村里丢脸献丑，满院子都是熟人啊！

当牛家沟那个“母老虎”出现在众人面前时，妇女们立刻指画着议论起来。这位“母老虎”倒的确有点“虎”气，她站在那里，仰着头，虽不看人，但脸上的表情没有什么畏怯。牛家沟来的民工，倒都低下了头。唉，不管怎样，这是他们村的人！而且一个妇道人家，被拉在外村受这种损躏，众人心里实在不是滋味！

这时，会场上所有双水村的人都大笑起来。他们看见，竟然把他们村的田二也拉到台前来了！这真是开玩笑哩！怎么能把一个憨老汉也拉到这里来呢？

此刻，孙玉亭的脸上也显得很尴尬。不过，他实在没办法嘛！徐主任让在双水村找一个阶级敌人，他找不出来怎给徐主任交差哩？笑？你们笑什么！如果田二不上来，你们之中就得上来一个人！你们都完全无产阶级了？你们身上寻不下一点资本主义？哼……

在杨高虎的大声喊叫下，会场才慢慢安静了一些。

老憨憨田二不会知道叫他来做什么，当然也不可能弄清楚眼前发生了什么事。他看见这么多人在一起，只觉得热闹极了，于是便兴奋地走出这个“阶级敌人”的行列，两条胳膊胡乱舞着，嘴角挂着通常那丝神秘的微笑，嘟囔说：“世事要变了！世事要变了……”他的话淹没在一片笑声中。那个扛枪的民兵硬把他拉到原来站的地方，并且对这个气焰张狂的老汉吼叫说：“老老实实站好！”

站好就站好。田二笑嘻嘻地回到队列里，戴破毡帽的头转来转去，东看看，西瞅瞅。至于为什么让他站在这里，他当然不管。反正有人让他站在这里，就站在这里。对他来说，站在这里和站在别的地方有什么区别呢？

众人不敢大声笑，但都乐得看这幕闹剧。而现在最高兴的是田二的那个憨儿子！他穿一身由于多年不拆洗，被汗、草、土、牛屎、自己的小便沤染得分不清什么颜色的肮脏衣服，看见憨父亲和一行人站在前面，在人群里快活地嘿嘿笑着，用惟一会说的话喊：“爸！爸！爸……”

孙玉亭在一片混乱中宣布批判大会开始，并恭请公社徐主任讲话。

徐治功照例咳嗽了一声，从口袋里拿出一张报纸摊开在桌上。他先把旁边站着的这一群“坏人”一个个数落了一通，然后又念了

《人民日报》“元旦社论”中他认为关键的几个段落，算是给这个批判会先做了个“序”。

紧接着，孙玉亭按事先安排好的名单，让已经写了几页稿子的大批判发言人，一个个上台发言。这些人大都是各村念过几年书的青年农民，照当时大同小异的流行调子，激昂慷慨地念一通，就下来了。

当临时安排的一个外村后生上台批判田二时，大家又笑了。这后生并不知道实情，只听孙副总指挥说这老汉有“变天”思想，他就按孙指挥的意思大大发挥着批判了一通。双水村的人在下面只是个笑。金俊山披一件黑棉布大氅站在人群后面，微微地摇着头，向周围几个要好的庄稼人表示他对这种做法的不满意。

田二听不懂这个人说什么，只是好奇地笑着，不知他今晚上交了什么好运，让人们把他的名字提了又提……

若问这田二多大，他自己也不知道自己的岁数。据村里一些老者的估摸，已经七十大几了。在田二四十来岁上，同族的几家门中人，给他闹腾着娶了邻村一个白痴女子，想让他生养一个后代，以免他这一门人绝了种。结果这白痴女子和憨憨丈夫生了一个纯粹的傻瓜！傻瓜他妈产后三个月就得病死了；门中人就这个一把，那个一把胡拉扯着，这个被叫做憨牛的娃娃也就长大了。这田二还算有福，他那憨儿有一股憨劲，天天出山劳动，而且最爱做重活，因此挣的工分还能维持父子俩的简单生活。

田二本人一般不劳动，整天在村子的四面八方乱转悠，捡各种破烂东西。他长得看起来很富态，破毡帽下露出像伟人一样光亮而宽阔的额头；身上穿着几年前公家救济的松松垮垮的破烂棉衣，一根不知从什么地方捡来的破皮带，一年四季都束在腰里。在庙坪有庙会的那些年月里，他不怕亵渎神灵，拿走一块红布匾，不知谁用这匾给他做了个大烟布袋，就时常吊在他腰里的那根烂皮带上。这老家伙不知怎的，竟然学会了抽旱烟。当然，烟叶也像孙玉亭一样向别人要，只不过玉亭只问他哥要，田二向全村人要。顺便提提，田二的大红烟布袋上面“有求必应”四个黑字一直不褪，对革命忠心的玉亭在“文革”中企图扯碎这个有着迷信色彩的布袋，当时被一些老者挡住了。直至今天，这红布袋还吊在老憨汉的烂皮带上。至于烟锅，不知是村里哪个好心人送给他的。

他身上最重要的东西也许不是那个红布烟袋，而是用白线缀在前衣襟上的那个大衣袋。人各有爱好。田二有田二的爱好。田二最大的爱好，就是在村庄的各处和公路上转悠着，捡各种有用和无用的东西：铁丝头，废铁钉，烂布条，断麻绳，坏螺丝帽，破碗碴，碎纸片……捡到什么，就往这个大口袋里一装。这口袋经常鼓鼓囊囊；行走起来，里面叮当作响。他捡满一口袋，就倒在自家不铺席片的光土炕上。长年累月，除过父子俩睡觉的地方，他的土炕上已经堆满了这些破烂玩艺儿，连窗户都快要堵住了。他成天在村里转悠着，嘴角时常浮着一种不正常的微笑——这微笑看起来很神秘。他除过捡破烂，还爱凑到什么地方，说他那句“永恒的格言”——“世事要变了！”他不知在什么年代里学会了这句话，也已经不知说多少年了。除这话外，他很少说其他话。如果有个过路的陌生人碰见我们的田二，看见他那伟人似的额头，又听见他说出这样一句预言家式的高论，大概会大吃一惊的……

现在，批判田二的人已经下了台，双水村小学院子里的批判会，看来也已经接近尾声了！

谢天谢地，打哈欠的人们终于听完了徐主任的批判总结。现在高虎正高举起拳头，带领大家呼口号。口号声中，“阶级敌人”已经一个个滚下了场。田二是本村人，因年纪太大，被革命宽恕免于“劳教”。他完成使命以后，也就没人管了。

宣布散会以后，众人立刻纷纷离场。住在田家圪塄那边的人，有的早提前溜了，现在已过了哭咽河的小桥，走到庙坪的枣树林里了。甚至有更早溜走的人，已经蹚过了东拉河，上了公路。脚步声和人的嘈杂声，使这夜晚寂静的山村陷入到一片骚乱之中。全村的狗吠声彼起此伏。谁家的吃奶娃娃被惊醒了，哇哇地哭叫着，在这清冷的夜晚听起来叫人心慌意乱……赶快回家吧！瞌睡得抬不起眼皮的庄稼人，摇晃着疲劳的身躯，迷迷糊糊穿过村中交错的小路，纷纷回家去了……

小学院子里刹那间就一片空空荡荡了。学校下面的哭咽河，在残破的冰面下发出轻轻的呜咽声。

当孙玉亭收拾停当会场，最后一个离开学校的院子，走到土坡下面的时候，突然发现田二父子俩还立在哭咽河畔；老小憨汉面对面站着，一个对一个傻笑。他们身上的破烂衣服抵挡不住夜间的寒冷，两个人都索索地抖着。孙玉亭自己也冷得索索地发抖——他那身棉衣几乎和田二父子的棉衣一样破烂！

一种对别人或者也许是对自己的怜悯，使得孙玉亭心中泛起了一股苦涩的味道。他迟疑了一下，走过去对这父子俩说：“快走吧！”

三个穿破烂棉衣的人一块相跟着，回田家圪崂去了……

第十章

家里和村里一整天发生的事，门外的孙少安都一无所知。他此刻正跪在米家镇兽医站这个简易牲口棚里，手忙脚乱地给生产队的病牛灌汤药。

给这么一个不通灵性的庞然大物吃药，一个人简直对付不了。下午头一顿药，有兽医站的人帮忙，一个人捉牛头，一个人灌药，没有眼下这么费劲。这而今夜半更深，兽医站的人别说早已经下了班，现在恐怕都睡得死沉沉的了。

他跪在这肮脏的牲口棚里，一条胳膊紧搂着牛脖子，一只手拿一个铁皮长卷筒，在破脸盆里舀一卷筒药汤，然后扳起卧着的牛头，用铁皮卷筒头撬开紧闭的牛牙关，把药强灌下去。有时灌呛了，牛给他喷一身。他顾不了这些，尽量不让牛把药糟蹋掉，浑身的劲都使在抱牛脖子的那条胳膊上，两个腿膝盖在牛棚的粪地上拧出了两个深坑，紧张得浑身大汗淋漓。

他们队这头最好的牛，简直就是全队人的命根子。它口青力大，走势雄健，干活是全村两个队最拔尖的。二队队长金俊武，前年曾提出用他们队两头牛再搭一条好毛驴换他这头牛，他都没换。平时耕地，只要他在场，就不让其他社员使役，常自己亲自执这犋犁。

他怕别人不爱惜，让牛劳累过度。他还经常给饲养员田万江老汉安顿，给这头牛加草加料，偏吃偏喝。

不料今年刚开春动农，这头牛就病了。牛两天没好好吃草料，他也两天没好好吃饭。这牛一病，他也似乎病了。今早上，他赶紧亲自吆着牛，来到米家镇的兽医站。好在兽医站一检查，没什么大毛病，只是牛肚子里上了点火，兽医说灌几副药就会好的。当时开好药后，就给灌了一副。兽医站的人说，最好晚上十二点钟再灌一次。本来他想当天就返回双水村，但考虑牛有病，来回路上折腾一天，恐怕牲灵受不了，就决定在米家镇过一夜。

现在，他把最后一卷筒药汤灌进了牛嘴巴，亲热地拍拍牛脑袋，然后就疲乏地站起来，把空脸盆和卷筒放在窗台上。他看见牛的眼睛出现了一种活泼的亮色，心里就踏实了许多。

他出了牛棚，看见兽医站里一片黑灯瞎火。哪个窑洞里传出来一阵鼾声，打雷般响亮。这已经是深夜了。

他迈着两条长腿，穿过院子，出了兽医站的土豁子大门，来到公路上。前面不远几步，就是米家镇的那条小街道。现在那里也已经没有了人迹，只有几盏昏黄的路灯，照耀着空荡荡的街道。

他现在到什么地方去度过这一夜呢？他白天抽不出身，也没到旅社去登记个床位。这是公事，他可以掏钱住一宿旅社。但现在旅社恐怕也住不上了。米家镇就一个小旅社，这里过往人多，通常天不黑就住满了人。

他从公路上盲目地向镇子里走去。唉，如果在石圪节，他还有些熟人，甚至还认得一两个公社干部，他哪里都可以凑合一夜的。可这米家镇已经到了外县，人生地不熟，他到什么地方去住这一夜呢？要是夏天也好，他可以在兽医站的院子里随便找个地方一躺就行了。这现在虽然已经开春，棉衣还没有离身呢，一早一晚怪冷的；米家镇又在大川道里，风特别硬。

他一路毫无主意地向街道那里走，并不知道他到了街上又能怎样。

他猛然想起：俊山叔的女儿金芳，不就出嫁在这米家镇上了吗？听说她女婿就在这镇上木匠铺里，家离街道也不太远。能不能去她家歇息一晚上呢？

他在朦胧的月光下摇了摇头，很快打消了这个念头。这已经夜半更深，人家早睡熟了，怎好意思敲门打窗惊动人家呢！

现在，他已经来到了街道上。这街道虽然也破破烂烂，但比石圪节多了许多铺子门面，看起来像个城镇的街道。少安惆怅地站在一根电杆下面，不知如何是好。昏黄的街灯照出他高大的身躯，脸型、身材和他弟少平非常相似，只不过因为劳动的缘故，显得更要壮实一些。高鼻梁直直的，也像希腊人一样。脸上分明的线条和两片稍稍向下弯曲的嘴唇，显出青年男子的刚骨气。从眼神中可以看出，这已经是一个有了一些生活阅历的人。尽管他只有二十三岁，但和这样的青年打交道，哪怕你有一大把年纪而且老于世故，也要认真对付的。

孙少安站在路灯下，从上衣口袋里摸出一张小纸条，又从烟布袋里捏了一撮烟叶，熟练地卷了一根烟棒。他抽烟，但不用烟锅抽。他觉得烟锅太小，抽两口就完了，太麻烦，就经常用纸卷着抽旱烟。纸烟他抽不起，除过要办大事，平时很少买。今天出门办事，他现在口袋里还有半包“金丝猴”香烟，但他舍不得抽。一年四季卷着抽烟，也要费许多纸的。报纸太厚，他就常拿少平和兰香写过的旧作业本卷着抽。

少安卷起一支烟后，发现他没有火。走时太忙，打火机丢在了家里的炕上；到了米家镇，忙得又忘了买一盒火柴。

他此刻多么想抽一支烟啊！

他好像隐隐约约听见远处传来一阵“叮叮咣咣”的声音。他仔细听了一下，听出来这是打铁的声音。在什么地方呢？好像在街头的那一边。好，打铁的地方有火，去那里点个火抽支烟吧！

他蹽开两条长腿，手指头里夹着那支卷好的烟棒，就向传来锤声的那边走了过去。

他一直走完这条不长的街道，并且出了街那头，才在一个小土坡下面找见了那个铁匠铺。

铁匠铺的一扇门闭着，另一扇门开了一条缝，看见里面红光闪耀，大锤小锤响得如同炒爆豆一般。

少安犹豫了一下，就推开了这扇虚掩的门。他看见打铁的是一老一少。老的显然是师傅，一只手里的铁钳夹一块烧红的铁放在砧子上，另一只手拿把小铁锤在红铁上敲打。师傅打在什么地方，那个抡大锤的徒弟就往那里砸去。叮叮咣咣，火花四溅。两个人腰里都围一块到处是窟窿眼的帆布围裙。

少安进来的时候，这两个人正趁热打铁，谁也没顾上看他。直等到那块铁褪了红色，被老汉重新夹进炉里的时候，这两个人才惊奇地打量起他来。

少安赶忙说："老师傅，借个火点一下烟。"

"行！"铁匠师傅用铁钳夹了一块红炭火给他伸过来。少安赶忙凑上去点着了那支烟棒。他听口音，知道铁匠是河南人。黄土高原几乎所有的铁匠都是河南人。河南人是中国的吉卜赛人，全国任何地方都可以看见这些不择生活条件的劳动者。试想，如果出国就像出省一样容易的话，那么全世界也会到处遍布河南人的足迹。他们和吉卜赛人不一样。吉卜赛人只爱飘泊，不爱劳动。但河南人除过个别不务正业者之外，不论走到哪里，都用自己的劳动技能来换取报酬。

孙少安点着烟后，因为离炉火站得近，他才感到浑身一阵发冷。他于是圪蹴在炉边，伸出两只手想烤一烤火。

“这么晚了，你还不睡啊？你是哪儿的？”河南老师傅一边拉风箱，一边问他。

少安对他说：“我是双水村的，给队里的牛看病，天晚了，还没寻下个住处……”

那位年轻徒弟说：“旅社恐怕人都住满了。”

“就是的……”少安脑子里继续盘算他到哪里去过夜。

“我看你今晚找不下地方了……这镇上有没有熟人？”老师傅问他。

“没。”少安对他说。

“噢……”师傅用铁钳拨弄着炭火里的铁块，说，“你要是实在没去处，不嫌俺这地方，可以凑合一下，不过没铺没盖。可这地方还暖和……”河南人由于自己经常到处飘流浪游，因此对任何出门人都有一种同情心；他们乐意帮助有困难的过路人。

少安一下子高兴得站起来，说：“行！老师傅，这就给你老添麻烦了……”

的确，他很感激这个河南老师傅。没铺盖算什么，他能在这火边圪蹴到天明就行了，总比一晚上蹲在野场地挨冷受冻强。

少安问师傅：“这么晚你们还干活？”

徒弟回答他说：“这件活说好明早上人家来取，不加班不行。”

少安看炉灶里的铁烧红了，就从口袋里掏出两根“金丝猴”纸烟，走过去对那个年轻徒弟说：“师傅，你先歇着抽支烟，让我来替你添几下锤！”

那徒弟看他这样实心，就很乐意地接过纸烟，把手中的铁锤让给少安。

少安又把另一根纸烟，恭敬地夹在执钳操锤的老师傅的耳朵上——老师傅现在不仅没空抽，甚至腾不出手来接烟卷。

等老师傅把烧红的铁块放在铁砧子上后，少安就抡起锤和老汉一人一下打起来。他因为常出去为队里修理损坏的农具，曾在石圪节也是一家河南人的铁铺里抡过这家伙，因此不外行。再说，这是力气活，又没什么太高的技术要求。

等他抡完一轮锤后，这铁匠师徒俩都夸他在行。少安笑了笑说：“出一阵力身上就暖和了。”

少安又抡了两回锤，看这把镢头快成形了，就把铁锤又交给那个年轻徒弟。

老镢头全部打成后，这师徒两个把墙角一个放工具的土台子收拾开，给土台子上铺了一块破帆布，对少安说：“就凑合着躺一夜吧。”说完他们就到里面的一个小窑里睡觉去了。

少安在地上搬了一个废铁砧子，把自己的罩衣脱了垫在这砧子上，就算是个枕头。他拉灭了灯，在一片黑暗中疲乏地躺下来，很快就睡着了……

第二天早晨，孙少安在饭铺里吃喝了一点，就到兽医站把他的牛吆上，起身回双水村了。

一路上，他由着牛的性子走，并不催促它，因此慢慢腾腾，三十里路走了将近一个上午。

在接近城里人吃午饭的时候，少安吆着牛才走到双水村北边的村头上。

他看见前面的公路上，田二正在路边的水沟里弯腰寻找什么破烂。等他走到田二身边时，老汉怔了一会，大概才认出这是一个“熟人”。

少安对他说：“二叔，快回去吃饭！”

田二神秘对他微笑着，嘴里嘟囔说：“世事要变了……”说完就又低头在水沟的碎柴烂草中翻搅起来。

少安吆着牛从他身边走过，心里随意感叹地想：如果我活成他这个样子，早就上吊死了！随即他又笑了，想：问题是活成他这个样子，往往连死都不懂了……

田二父子俩是他队里的社员。他同情这两个不省人事的人。每当路上看见顽皮的村童欺负他们时，他总要把孩子们撵跑。田二的憨小子他干脆打发到大队的基建队上——那里劳动的人比较集中，好照看他。

现在，少安吆着牛已经进了村。

他正准备把牛吆到田家圪崂的饲养室里，看见二队队长金俊武担一担粪，从东拉河的列石上走过来，并对他招呼说："少安，你等一下……"

二队队长金俊武四十来岁，腰圆膀粗，长一对炯炯有光的铜铃大眼。这人悍性很强，脑子里弯弯又多，是金家族里的一条好汉。他父亲就是旧社会双水村著名的文人金先生——老先生一九五二年就去世了。不过，金家兄弟三人身上没一点文气。金俊武在三兄弟中排行第二。老大金俊文已五十来岁，性子也不弱。只不过一般不出头露面。这人手巧，杀猪、泥窑、垒锅灶，匠工活里都能来两下，他生养的两个儿子金富和金强，像土匪一样蛮横。俊武的弟弟金俊斌，倒和两个哥哥不一样，老实得已经快成了傻瓜。但这个大家庭里的所有成员，因为有精明强悍的金俊武，谁在村里也不受气。金俊武虽然人长得粗壮，但做事从不靠蛮力，主要用智力周旋。他对长辈很有礼貌，做事在大面子上很宽阔，私人交往中不计较一些小亏小损，而且像少安一样，从不欺负村里的弱者，因此在金、田两族一般人中都有些威望。在村里的强人中间，包括田福堂在内，俊武都有点不服气，但他比较尊重和佩服比自己小好多岁的少安。这后生和他一样，精明得谁也哄不了，而且一身男子气，小小年纪就能独当一面，把一队搞得比他二队还好。他尽管和少安关系不错，但两个人心里也常在撬劲：看谁把自己的生产队搞得好。一年下来，他往往都败在少安的手下……

少安听俊武让他等一下，就扯住牛缰绳站在公路边，等俊武从河道里上来。

金俊武把粪担子放在路边，抹下头上的毛巾擦了把汗水，问：“听说你到米家镇去了？牛不要紧吧？如果这牛不中用了的话，咱们还是换一换！哪怕我使用两天就死了，也不后悔！”金俊武笑着对少安开玩笑。

“就是一头死牛，我也不换你那三个活宝……怎？有什么事要给我说？”少安问金俊武。

“你不知道？”俊武看着他问。

“什么事？”少安确实什么也不知道。

“罐子村你姐夫让公社拉到咱们村，正在你家后面的工地上劳教着哩。昨天晚上，还拉在学校院子里批判了一通！”

“为什么事？”少安脑子里“嗡”一声。

“听说是贩了几包老鼠药……”

俊武不好意思看少安的脸。他担起粪担说：“你快回家去看看！听说你姐引着两个娃娃也到你家里来了……”

少安脸上显出不在乎的样子，对俊武说：“你忙你的去。我把牛送到饲养室再说。这是个屁事！多不了白受几天苦，还能定成个反革命？”

金俊武点点头，担着粪走了。

少安匆匆地把牛吆到饲养室，给饲养员田万江把药交代下，就折转身向家里赶去。

孙少安不愿意在金俊武面前表示任何慌乱，叫这个强人笑话他。但他现在内心中充满了焦躁和不安。对于像他们这样各方面都很脆弱的家庭来说，一件小事就可能导致灾难性的混乱，甚至使一切陷于瘫痪。而眼前发生的又并不是一件小事。姐夫不仅使一家人蒙受耻辱，而且罐子村他家的生活越烂包，他这里的家庭也就要烂包得更快些——因为他和父亲绝对不可能丢开姐姐和两个孩子不管。他更知道，家里出了这样的大事，一家人都指靠他来解决。他不仅要解决事情本身，还同时要安稳一家人的情绪……

他现在一路往家里走，脑子里已经开始飞快地判断各种情况。是的，这是公社出面搞的事；如果是本村，他就会立即去在各种人际关系中穿插，先找俊山叔，再找金俊武，然后找二爸，最后找田福堂……当然，还有许多人。而且他还不会都直接出面，各种交错制约的力量，就可能使问题得到解决。在双水村这个天地里，他还是有些能耐的。可姐夫是罐子村的，而这事又是公社搞的，和双水村没一点关系。他现有的能力看来无法解决这事。

怎么办？他上自家院子的土坡时，脑子里还像乱麻一般没有头绪。只有一点已经清透了：要解决这事，非要通过石圪节公社不可。但公社里除过文书刘根民是他小学同学，能说上话外，其他领导尽管都认得他，但没有什么更多的交情……

到了院子的时候，他把所有这些思绪暂时斩断。因为他首先要应付家里人的情绪。

他在家门口站了一下，让自己平静下来，然后尽量轻松一些地推开了门。

他妈，他姐，他妹，他奶，老少四个女人一见他回家来，都又惊又喜，高兴得咧开嘴笑着，一个个泪流满面，就好像久盼的大救星突然从天而降。

少安站在脚地上，为这场面感动得忍不住鼻子一酸。是呀，这些至亲至爱的人们，都把他看做是全家人的靠山。家里出了任何不幸事，他们都把希望寄托在他的身上。他怎么能辜负亲人们的期望呢？

刹那间，一种强悍的男性豪气在这个二十三岁青年的身上汹涌地鼓涨起来！

他平静地问母亲：“我爸出山去了？”

他妈“嗯”了一声，接着便撩起围裙揩干脸上的泪痕，母亲意识到她不能再哭了，以免加重儿子的精神负担。

他又问脚地上的妹妹：“你二哥回来了没？”

兰香说：“回来了，刚出去到金波家寻个东西……”

这时候，他姐兰花头一下伏在大弟的肩上，又出声哭起来了。少安安慰她说：“姐姐，你不要急躁，事情总有我哩！你看你眼睛都肿了。千万不敢伤身子，你还要拉扯猫蛋和狗蛋……那两个娃娃哩？”

兰花不哭了，说：“少平引到外面去了……”

这阵儿，少安他奶坐在后炕头上，张开没牙的嘴只顾笑着。她看见她的安安就是没死嘛！这不，已经平安无事地回来了！

少安从一个毛巾缝成的小布袋里，掏出一包从米家镇买来的蛋糕，拿出来放在奶奶的被子旁。他从里面捡了一块软点的，递到奶奶手里，说：“奶奶，你吃这！软的，能咬动哩！”

老祖母接过这块蛋糕，指着旁边其余的，说：“叫猫蛋狗蛋吃去……”

少安看家里人的情绪缓和下来以后，就一个人从窑里出来，转到了院畔上。到现在，他对姐夫的事，心里还是没有一点主意。

唉，他一个普普通通的庄稼人，能有多少本事呢！如果说，什么地方有些庄稼活把人难住了，他孙少安根本不会把这种事放在眼里；他自己有信心把别人干不了的活干得出奇的好。可这种事不一样啊！

他急躁地在院畔上走来走去。

他看见，院子东头那棵碗口粗的杏树，已经绽开了一树白粉粉的花朵。这树是他们家搬到这里时栽下的，算一算和兰香的年龄差不多了。往年，收麦的时候，总能在这棵树上摘一两筐金黄的甜杏子。

除过一家人大饱一顿口福外，好心的母亲还要给村里一些人家的娃娃分一点。但这两年不行了，他的两个馋嘴小外甥早早就侵害完了。少安十分疼爱两个活泼的外甥，因为姐夫无能，他对这两个孩子担当着责任。他想，就是为了这两个孩子，他也要把姐夫的事有个平和的解决……

他看见他弟少平一只手抱着狗蛋，另一只手提个口袋，从土坡里上来了。年龄大的猫蛋跟在他后面走着。

少平也看见了他，兴奋地加快脚步赶过来了。

少安问少平："你手里提些什么？"

"十几斤白面。"少平说。

"白面？哪来的？"少安惊奇地问。十几斤白面，对他们家来说，可不是一个小数字啊！

"润叶姐给的……"少平说。

"润叶？"

"嗯。"少平接着就把润叶叫他去她二爸家的前前后后都给哥哥说了。最后，少平对他哥一再强调说："她叫你这几天一定来一下！"

"她没说是什么事吗？"少安问。

"没说，就叫你一定来一下……"少平说完，就引着两个孩子回家去了。

孙少安愣了半天。他忧伤地走到院子东头那棵杏树前，手轻轻抠着树皮，抬起头望着满树雪白的杏花，陷入到往事中去了……

第十一章

在少安很小的时候，他们家还住在田家圪埚他二爸现在住的地方。他们家离润叶家很近。那时候，田福堂的家境虽说比他们家强得多，但还没有发达起来。福堂叔和他爸在旧社会都给富人家揽过工，因此解放初两家人的关系还相当亲密。母亲那时候常带着他和姐姐兰花到田大婶家串门。润叶比他小一岁，两个人正能玩在一起。渐渐地，他们就相好得谁也离不开谁了。少安早上一起来，就哭着要到润叶家去。润叶晚上又哭着要到他们家来睡，田大婶就只好把她送过来；两个孩子常常在被窝里打闹半天也不安息。要是谁家吃一顿好饭，大人也总要给另一家的娃娃端上一碗，或者就干脆叫到自己家里来吃。他两个不论谁过生日，他妈或田大婶总要给他们把一圈白线用红颜料染好，挂在他们的脖子上——这是“锁线”，保佑孩子无灾无病，长命百岁……

后来，他们长大了一点，家里和院子里已经没什么意思，就开始溜出家门，到广阔天地里玩去了。春天，当桃杏花盛开，柳树抽出绿丝的时候，他们还穿着破烂的开裆棉裤，到阳土坡上刨刚发芽的“蛮蛮草”根，这草根嚼在嘴里又麻又辣——这是在一个漫长的冬天之后，尝到的第一口春天的鲜物。夏天，一入三伏，他们和村里的其他娃娃就脱得一丝不挂，男娃娃，女娃娃，成天泡在东拉河里，耍水，互相打闹着给光身子上糊泥巴。一个夏天过去，都晒得黑不溜秋。秋天，是黄土高原的黄金季节。他们一群孩子就在野外寻找一切可以吃的东西，常常把肚皮撑得回家连饭也不好好吃，在这个季节反而都消瘦下来。冬天，刀子一般严厉的寒风把他们从野外赶回来，只好一整天闷在家里玩。只是在天气暖和的日子里，他才和润叶一块从东拉河的冰上走过去，在金家湾那边的村子里，寻找各种各样的破瓷器片。金家湾过去有钱人家多，打碎的瓷器往往又细又好看，上面还釉着许多美妙的花纹。冬天茂密的柴草衰败下来，这些玩艺儿很容易搜寻到。他们把这些宝贝拣回来，分别放在他们家院子供奉土神爷的墙窑里。唉，在这穷困的农村，孩子们有什么玩具呢？那个年纪里，这些东西就是他和润叶拥有的最宝贵的财产了……

一年年过去，他们家越来越穷了。可福堂叔的光景一年比一年强。润叶穿起了漂亮的花衣裳，可他的衣服却一年比一年穿得破烂。但他们仍然像以前一样，在一块亲密地厮混着玩耍。

在他六岁那年，有一天，父亲给他楔起一把小镢头，又给他盘了一根小绳，说："少安，你也大了，应该出去干点活了。跟爸砍柴去吧！"

"不！我不去！我要和润叶一块玩！"他抗议说。

"润叶是女娃娃，你是男娃娃。男娃娃就要到山里学干活。男娃娃怎么能老呆在家里呢？再说，咱这穷家薄业，就爸爸一个人拉扯着你们，没个帮手不行啊！"

他沉默不语了。他知道父亲说得对。他早朦胧地感到这一天要来的，现在终于到来了。

就这样，他那虽然贫穷但充满无限欢乐的日月过去了。他从此便开始了一个农村孩子的第一堂主课——劳动。

他先是跟着父亲，随后便和村里同龄的男孩子一块相跟着出山砍柴。每天一回，每回一小捆。他甚至学着像大人一样，用草绳把柴双套腰一捆，又齐整又好看。母亲舍不得烧他砍回来的柴，就把这些可爱的小柴捆另外垛在院子里。时间长了，竟然垛起了规模不小的一垛。来他们家串门的村里人，都指着这一垛柴，对他父母夸赞说：“哈呀，这娃娃将来是个好受苦人！”城里人夸孩子夸学习，乡里人夸孩子夸劳动。他父母亲为此而很骄傲，他也在自己幼小的心灵里，第一次感受到了劳动给人带来的荣耀。

但是，每天砍柴回来，他饿得要命，家里又顿顿是稀饭，没一点像样的干粮。他喝上几碗稀汤，就愁眉苦脸地从窑里出来了。他知道他即使又哭又闹，家里也没有办法。再说，每顿饭母亲都已经在稀汤里给他捋一碗稠的了。

每当他来到院子里的时候，就看见润叶在他家的土墙外面招手叫他。

他撒腿跑过去，润叶就把从自己家里偷出来的玉米面馍，给他手里塞一个。他贪婪地啃着，感激地望着这个和他一起耍大的伙伴。她穿一身干干净净的花衣裳，头发也再不是乱蓬蓬的了，梳起了两根黑亮亮的羊角辫。

在他八岁那年，正是一九六〇年最困难的时期。他们家本来就已经吃了上顿没下顿，他二爸又从山西跑回来，麻缠父亲给他娶媳妇。父亲借下一河滩账债娶过了二妈，并且连住的地方也让给二爸家了。他们家只好从田家圪塄搬出来，在金家湾金俊海家借了一孔窑洞。

这时候，润叶在村里上了学。她并且跑到金家湾来，让他也去上学。少安这时才明白，他如果继续去砍柴，就要一辈子在山里劳动了。

于是，他便开始和父母亲闹着要去读书。润叶在旁边哭着给他帮腔。父母亲怎么都乖哄不下他，后来只好同意了。父亲对他说：“我不是不愿供你上学。我以前在那样的年头，都供你二爸到山西去念书。可是，供来供去，还不是回来了？咱祖坟里没埋进去当先生的福气！再说，咱家光景已经过不下去，你不念书，还总能给爸爸帮点忙……不过，既然你上了学，那就要好好学习哩……”

他于是就怀着欢乐而又沉重的心情，进了双水村小学。他和润叶一个班，并且坐一张课桌。

在双水村四年的日子里，他年年都在班上考第一名，但也是全校穿戴最破烂的一个。有时候，家里饭不够吃，他就饿着肚子来到学校。润叶几乎每天都要从自己家里给他拿干粮吃。农村的孩子调皮捣蛋，看他两个相好，就胡说润叶是他的“媳妇”。润叶气得直哭鼻子。她以后从家里拿来吃的，也不敢明给他，等同学们下课出了教室，才偷偷塞在他的课桌里。他也是偷偷拿着这干粮，跑到金家祖坟那里去吃……

记得十一岁那年，他和润叶已经在村里的小学上到了四年级。有一次，同学们在校院里玩“找朋友”的游戏。

他不敢到人圈里去，因为他屁股后面的补钉又绽开了，肉都露在了外面。他看别人玩，自己脊背紧贴着教室墙，连动也不敢动。有一个男孩子大概早发现他裤子破了，这时就串通几个人一扑上来，把他拉在了人圈里。所有的男娃娃都指着他的屁股蛋“噢”一声喊叫起来，并且起哄唱起了那首农村的儿歌：烂裤裤，没媳妇，尻子里吊个水鸪鸪……女娃娃们都已经到了懂得害羞的年龄，红着脸四散跑了。

他又难受又委屈。下午放学后，也没回家去。他一个人转到金家祖坟后面的一个土圪塄里，睡在地上哭了一鼻子。土圪塄上面就是高高的神仙山。他想起了老人们常说的那个下凡的仙女；也想起了那个痛哭而死的男人——那男人的眼泪就流成了脚下的哭咽河。

哭咽河，哭咽河，男人的眼泪流成的河……

他突然听见润叶轻轻地喊他。他慌忙坐起来，臊得满脸通红。润叶站在他旁边，说：“我回家里拿了针线，让我给你把补钉缝一缝……”

“你不会做针线！”他不愿让润叶缝那块补钉——因为那是个丢人地方。

“我学会做针线了，让我试一下！”润叶说着便蹲在他身边，硬掀转他的身子，便笨拙地给他缝起来了。

那时润叶才十岁，说不上会做针线，只是胡串了几针，让原来的补钉能遮住羞丑。她的针不时扎在他的屁股蛋上，疼得他直叫唤。她在后面笑个不停。勉强缝完后，她让他站起来走一走。

他刚站起来走了几步，就听见后面“嘶”的一声——又破了！

润叶捂住嘴，笑得前俯后仰，说：“没顶事！让我再缝！”他赶忙说：“算了！我回去叫我妈缝……”

小学生活随着童年的逝去而结束了。一九六四年，他和润叶双双考上了石圪节高小。他在全公社的考生中，名列第一。全村人都说他是个念书的好材料。他父亲也很高兴，就让他去了。石圪节离双水村近，可以每天和同村的学生相跟着回家吃饭，花费并不大。那两年，他就像后来的少平和现在的兰香一样，每天下午回家，第二天早上天不明就起身，带一顿干粮，和其他娃娃摸黑赶到石圪节。润叶家里光景好，已经上了学校的大灶，除过星期六，大部分都在学校住宿，不天天受罪跑路了。他们仍然是一个班，还是同桌。他学习好，常给润叶帮助。如果考试的时候，润叶不会，他还偷偷给她看自己的答卷。要是哪个男同学敢欺负润叶，他就不怕别人瞎说他和润叶的长长短短，站出来护着润叶。一次，一个男同学在操场上故意把篮球往润叶身上扔，他过去把那家伙打得鼻子口里直淌血，让老师把他狠狠训了一顿……

但是当他上完两年高小，却再不能去县城上中学了。那时石圪节还没有中学，要上初中就得到县城去。到那里去上学，对一个农民家庭来说，可不是一件容易事。再不能跑回家吃饭了，要月月交硬正粮食，还要买菜票，更不要说其他花费也大多了。而同时，弟弟少平也在村里上了学。他父亲再也供不起他了。他已经十三岁，不用父亲说，自己也知道不能去城里读书了。他对父亲说："爸爸，我回来劳动呀。我已经上到了高小，这也不容易了，多少算有了点文化。就是以后在村里劳动，也不睁眼瞎受罪了。我回来，咱们两个人劳动，一定要把少平和兰香的书供成。只要他两个有本事，能考到哪里，咱们就把他们供到哪里。哪怕他们出国留洋，咱们也挣命供他们吧！他们念成了，和我念成一样。不过，爸爸，我只是想进一回初中的考场；我要给村里村外的人证明，我不上中学，不是因为我考不上！"

他父亲在他面前抱住头痛哭流涕。他第一次看见刚强的父亲在他面前流泪。他自己也哭了。是的，他将要和学校的大门永远地告别了。他多么不情愿啊！他理解父亲的痛苦——爸爸也不愿意断送他的前程……

就这样，他参加了全县升初中的统一考试。在全县几千名考生中，他名列第三被录取了。他的学生生涯随着这张录取通知书的到来，也就完全终结了！尽管润叶跑到他家来，又像他上小学时一样，哭着让他到城里去报名。但这回用不着父母亲给她解释，他自己就像一个成熟的大人那样，给润叶说明他为什么不能再上学了……

当润叶坐着金俊海的汽车离开村子的时候，他一个人偷偷地躲在公路上面的土圪塄里，泪流满面地看着她出了村。别了，我童年的朋友！我们将各走各的路了，我会永远记着我们过去的一切……

他从此便心平气静地开始了自己的农民生涯，并且决心要在双水村做一个出众的庄稼人。

后来，由于他的精明强悍和可怕的吃苦精神，在十八岁那年，一队的社员就一致推选他当了队长。这多年里，他把全部的心思都放在队里和家里的事上。

在这期间，润叶回村来的时候少了。但不论是她上中学的那些年，还是后来当了教师，只要她回村来，都要给他祖母拿着吃的，到他家里来看望他们。往日友谊的暖流依然在他们心间涓涓流淌。每次见面，他俩总要在一块说许多话。她给他说城里的各种事，他给她说乡里的各种事。不管他说什么，她总是非常有兴趣地听他说……不过，一切也都仅此而已了。记得小时候，不光娃娃们，就是有些村里的大人，也开过他们的玩笑，说她是他的“媳妇”。可是，当他真正懂事的时候，就知道这的确是个玩笑。村里人以后也不再开这样的玩笑——甚至忘记他们还曾开过这样的玩笑。总之，谁也不会再记起他们小时候的事了。是的，生活就是这样。在我们都是小孩子的时候，一个人和一个人可能有家庭条件的区别，但孩子们本身的差别并不明显。可一旦长大了，每个人的生活道路会有多大的差别呀，有的甚至是天壤之别！

……少安听他弟少平说润叶让他来一趟城里时，一个人愣在这杏树下，怎么也想不到这究竟是为什么。他和她后来并没有什么交往；而他们两家的交往就更少了。她会有什么事需要他到城里去找她呢？

他想：如果是一件无关紧要的事，他可没什么闲工夫去逛一趟县城！家里现在危机四伏，他到现在还对这个局面一筹莫展，他怎么能丢下这么重大的事，而为一件小事胡跑乱窜呢？不，他不会去。尽管这可能伤了润叶的自尊心，但以后见面时，他会给她解释清楚的。润叶向来通情达理，她会原谅他的。

他离开这棵杏树，思想马上又回到他姐夫的事上来。他即兴决定：立刻去找一下金俊武。这老兄脑子里弯弯多，他很想听听俊武有什么高见。他本来想找他二爸进一步问清情况，但二爸现正在会战工地上，又算是个领导人，他不便出现在那里——等晚上再说吧！

他已经出了院子，从土坡下来了。

他突然停住脚步，脑子里刹那间划过一道明晃晃的闪电：啊呀！我为什么不到县城找润叶呢？润叶她爸和公社徐主任是好关系，他自己出面给田福堂说他姐夫的事，田福堂会只推不接；要是润叶出面给她爸做工作，她爸说不定会把徐治功说转的。

对了！只要他给润叶提出来，润叶就肯定会帮忙的。也许田福堂会要个滑头，搪塞一下了事。但话说回来，现在除过这个关系还有点希望外，其他任何办法都是白跑腿！金俊武在这种事上能有什么灵法妙计呢？难道他自己就比金俊武笨吗？不行啊！一个普通老百姓怎么能解决了这么大的问题……

好，他现在不准备徒劳地瞎忙了。他想他得很快把队里和家里的事安排一下，这两天就走一趟县城。本来，就是润叶不捎话给他，碰到这种事，他也应该想到去找她帮忙——何况现在正好她叫他来，为什么不去呢！

他在自家院子的土坡下，旋即折转身，又返回家来了。他感到身上变得松宽起来。

他进了院子，见少平正给猫蛋和狗蛋摘杏花玩，就问弟弟："润叶是不是叫我这几天到城里去找她？"

少平看他哥这样颠三倒四又问他这事，就说："我不是给你说了嘛！润叶姐就是让你这几天到城里去找她……你究竟是去不去？要是你不去，我好给润叶姐回个话！"

少安一边往家里走，一边对弟弟说："我去……"

第十二章

田润叶把中午饭从灶上打回来，放在炕头那个土台子炉灶上，先没顾上吃。她搀起一盆热水开始洗脸。

这一天够忙的了！早上，学校安排全校红小兵到城外去学军，而且统一规定学生都要穿黄衣服，男学生拿小马刀，女学生拿红缨枪。她是三年级的班主任，忙着检查学生们的这些“武器”是否齐备，服装是否符合学校要求。接着就带着孩子们在城外走了十几里路，捉了一会“特务”。回来累得睡了一阵，还没来得及洗脸，又是教师的集体政治学习时间，只好跑到会议室听学校革委会主任念了一篇“毛选”。眼下就是这样，一星期不上几天课，大都是教师带着学生，学军，种地，上街搞宣传，把人忙乱得不可开交。

她洗完脸，细心地梳理完头发，才搬了个小凳坐在炉灶前。她望着一碗土豆菜和一个玉米面馍怔怔地出神，还是没有动筷子。学校灶一个月只有二两油和六斤细粮，其余的都是玉米面和高粱米，菜总是白水煮土豆，里面没有几滴油。她忙了，就不回二爸家去，在学校凑合着吃这伙食。

润叶没动筷子，倒不是嫌这饭菜不好——尽管家庭条件优裕，但她从来不是个娇气人。她现在坐在这里发愣，是在想她的心事。

自从去年秋天以来，她二爸家出现了一个不速之客。起先她认不出来这个敦敦实实的青年是谁，但觉得有点面熟。后来她才知道，这是李叔叔家的儿子李向前。向前在中学时比她高两个年级，因此她并不熟悉这个人，当时见了面也只能大约判断像是一个学校的。

向前的父亲也是县革委会的副主任，和她二爸一块共事，在二爸家里来过好些次，她倒认识。向前的母亲听说是县医院的书记，是她二妈的领导，有时也来二妈家串门，她也认识。只是李向前以前从不上她二爸家来。

可是，自从去年秋天以来，他隔几天就来一回。每次来的时候，总要到她窑里来东拉西扯说半天话。他是县贸易经理部的汽车司机，经常跑外面，因此知道许多省城和外省的事，给她说个没完。每次临走时，他都问她在外地捎得买什么东西不？她都说不买。她在心里对这个人已经有点烦。她已听够了他那些沟里上洼里下的不上串话。但她不好意思表示她的反感——他父母亲和她二爸二妈一块共事，而且他妈还是她二妈的领导！

可是，有一天，他来的时候，竟然当着她二妈的面，拿出在省城买来的一件红线衣，对她说：“我碰上这么件衣服，觉得你穿上肯定合适，就给你捎得买来了。这是上海新出的一种线衣。哈呀，你不知道，买的时候，众人都抢，我插了一回队，还和一个人吵了一架，好不容易才买到了手……”

她有点生气了，说：“我不喜欢穿红颜色的衣服！”

李向前手里举着那件来之不易的红线衣，感到十分尴尬。她二妈赶紧圆场说：“啊呀，你这娃娃！人家向前好心买了这衣服，你应该谢谢人家！再说，你怎不爱穿红颜色？你的毛衣不就是红颜色的吗？”

她的脸也成红颜色了。为了不让二妈难堪，她只好问向前：“多少钱？”

“钱什么哩……”向前吞吞吐吐地说。

“你受了这么大的麻烦，怎能连钱也不要哩！”她心里感到很不舒服。

“五元……就五元钱！”向前只好说。

“不会是个整数吧？”

“零头我忘了……”

“你再想一想！”

“五元……噢，五元四角六……”

她二妈正要给向前取钱，她已经从自己的衣袋里把钱掏出，给了他。

从此以后，当她发现向前一来她二妈家，她就赶忙找个借口躲开，到学校里去了。

但事情并没有因为她的躲避就完结了。那一天下午，二妈从医院里回来，给了她一张电影票，说是他们医院发的，她晚上要做个手术，不能去了，让她去看。

她问：“什么电影？”

“听说是《南征北战》。”她二妈说。

“这电影我以前看过了。”她不太想去。

“听说这是江青让重新拍的，你再去看一看嘛！”她二妈劝她说。

她于是吃完晚饭后，就到街上的电影院去看新拍的《南征北战》。

她进了电影院，找到自己的座位，脸突然“呼”地一阵发烫。她看见李向前正紧挨着她的座位坐着。他早已经热情而紧张地站起来，招呼她入座。她没有犹豫，转过身就往外走……

过了几天，她二妈找她谈了一次，把问题直截了当说明了。她二妈告诉她，向前的母亲托她转告，说向前看上她了，希望她能成为他们家的媳妇。

她二妈劝她说：“你也不小了，在二妈家住了好多年。我和你二爸就当自己的孩子一样看待你。你如今在城里参加了工作，婚姻的事我们不操心也不行。你爸好几次给我和你二爸安顿，让我们在城里给你瞅个人家。你二爸忙，顾不了这种事，我就要多操点心。现在向前家主动提出了这事，我倒挺高兴。你李叔叔和向前妈，都是县上有名望的人，家庭条件那就更不用说了。向前的职业也好。你不听人家说，在咱们山区，方向盘一转，给个县长也不换！”

她二妈一将事情说明，润叶就真正陷入到苦恼中去了。说心里话，要让她把自己的一生交给李向前，她坚决不能同意。她反感李向前：浮浅，粗糙，长得又不帅，在外面吃喝得肥肥胖胖，已经不像个青年人的样子了。但她又不能一下子就伤了二妈的面子，因为二妈不是她妈。更何况，她又在人家门上吃了多年饭，人家还给她找了工作……

她后来只好对她二妈说：“我一直没考虑这种事……”

“那你考虑好了再说！你不妨和向前多接触一下，不要老躲他！”她二妈又劝她说。

真的，润叶尽管已经长到了二十二岁，但的确还没有考虑自己的婚姻问题。现在由于这件事的出现，她才明白地意识到，她已经到了一个微妙的年龄。是的，人一辈子也许谁也不能回避这件事。男大当婚，女大当嫁，她想不到这样一种人所难以逃脱的法则，这样快就出现在了她的面前。

一旦她考虑这件事的时候，她的眼前就立即浮现出了孙少安的身影，而且自然得连她自己都吃了一惊。是的，如果一生非要和一个男人在一块过日子的话，她第一个就想到了少安。她和他在不懂得害羞的年龄就在一块了。他对她来说，就像自己家里的人一样习惯和亲切。她以前当然没有认真想过少安就是她以后的爱人。因为迄今为止，她从根本上还没有考虑过自己的终身大事。现在，当生活已经把这问题给她提出来以后，她就非常自然地想到她的男人就应该是孙少安了。

在她这样的年龄，一旦内心真正产生了爱情的骚动，平静的内心世界和有规律的生活就一去不复返了。很快，她无论是走路、吃饭、工作，面前总是站着个孙少安：高挺的身材，黝黑而光洁的脸庞，直直的鼻梁，两条壮实而修长的腿……而且她开始一幕一幕地从小到大回忆他们之间共同经历的一切。这回忆有时使她发笑；有时使她扑在床上痛哭流涕；有时又使她既发笑也流泪……唉，晚上再也不会躺下看两页书就睡着了！她半夜半夜地翻来覆去合不住眼，一次次拉开电灯，又一次次把电灯拉灭。寒冬腊月，她在被窝里却感到发热，将被子蹬在一边，把两条发烫的腿放在外面凉一凉……

可是，她怎样才能给少安说这事呢？难道这死家伙就从来一点也想不到？唉，他们后来见面也少多了……

过了一段日子，田润叶才想到了另外一个问题：少安现在是农民，而她已经算是吃一碗公家饭了。

可这又算什么呢？古时候，还有皇帝的女儿看上平民老百姓的哩！她们宁愿为了爱情不享受皇宫的荣华富贵，而跟着所爱的人去受一辈子苦。他们双水村的神仙山，传说就是天上玉皇大帝的女儿，为了人间的爱情而变成的。天上的神仙都可以用死来殉情，何况凡人田润叶只是个小学教师罢了。她想她要是和少安结婚了，干脆就回双水村教书去……

她白天黑夜想她和少安的事，已经到了神情恍惚、不思饮食的地步，而且对班上的学生也失去了她惯有的耐心，动不动就训他们，工作上也接二连三出差错。因为她二爸的关系，学校领导看来不好批评她，但她自己已经觉得有点不像话了。

她决定马上和少安谈一次。

她不想回村里找少安。村里人都认识，两个人不好多接触；再说少安常出山劳动，也没机会。晚上更不行。农村不像城里，两个男女晚上呆在一块说话，闲言碎语不光双水村，整个石圪节公社都会传得风一股雨一股。

最好是少安到城里来！这里人生，并且男女在一块是惯常的，不会引起别人的飞短流长……

当她听她弟润生说，少安的弟弟少平也来上高中的时候，她就很快想到让少平给他哥捎个话。于是她就到中学找了一趟少平。她看见少平和他哥长得一模一样，心里对这孩子也产生了一种说不出的心疼。她看见他穿得破破烂烂，感到非常难过。她想起当年少安上学时，也就穿这样的破衣服。她立刻把自己省下的五十斤粮票都给了少平，还把她这个月剩下的全部工资也给他了……

现在，田润叶坐在炉灶前，还是没有动筷子。

她不想吃饭。她想着少安。她焦急地等待着他来。已经两天过去了，他还没有来！少平明明给她说，他答应这两天就来。可“这两天”已经过去了，他为什么还不来？少安！少安！她在心里不断地呼叫着他的名字……

润叶这两天没有回二爸家吃饭去。晚上她也睡在学校的宿舍里。她怕万一少安来了找不见她——她捎话让他直接到学校来找她……

这两天，她坐在学校的宿舍里，只要门外有脚步声，她的心就一阵狂跳。有两次她听见有人敲门，就赶快迎到门口，原来是她们学校的女老师叫她去参加政治学习，让她败兴极了。

她现在把衣服也换转了，换上了一身洗得发白的蓝制服罩衣，看起来朴素多了。她知道少安没有一身像样的衣服，她的衣服要叫他看起来不拘束才行。她还让与她关系要好的一个女老师，把她的两根漂亮的辫子剪成了短帽盖，只用一根绿毛线扎了一绺头发，看起来既朴实又显得成熟了一些，这使她很满意。所有这些精心的准备都是为了那个人——可他现在还迟迟不到！

她伸出手，摸了摸她面前的饭碗。碗在火边烤着，还很烫手。

她又摸了摸放在碗筷上面的玉米面馍，已经冰凉了。她想，不吃饭也不行，总得凑合着吃一点。

她刚端起碗，就听见有人敲她的门。她一把将碗撂在炉灶上，也不管闪手撒了一炉灶菜，就跑过去开门。

还没等她把门打开，她妹妹晓霞就咯咯地笑着闯进来了。

润叶心一凉，说："死女子！像个土匪！"

晓霞毛衣外面披个衫子，风风火火地走进来，看了看撒了一炉台的土豆块，说："啊呀，姐，你是不是对我们有意见了，不回家吃饭，在这里赌气吃这种烂菜？"

润叶拿过扫帚，把倒在炉台上的土豆块扫在铁簸箕里，说："这几天学校事多，我不得回去。家里没什么事吧？"

"你不记得了？今天是我外爷的生日，六十五大寿，不摆一桌还行？我妈让我来叫你快回去吃饭。幸亏我赶来了，要不你把这碗土豆块早吃光了。快走吧！"晓霞催她说。

润叶想：徐大爷过生日，是个吉庆事，她不回去对老人不尊重。

她只好把自己的门一锁，跟晓霞回她二妈家去了。

第十三章

田福军和他爱人徐爱云正在厨房里忙着炒菜。因为老丈人过生日，福军今天破例亲自下厨房执起了炒瓢。

徐国强老汉就爱云一个女儿，以前福军和爱云又一直在外地工作，这几年回到本县，他们要弥补以前的不足，因此对老人格外体贴。老汉前几年刚退休，接着老伴也病故了，女儿女婿就劝老人搬到了他们家。

老岳父是个老粗干部，识字不多，一旦不工作，闲得很寂寞。他不读书，也不看报，整天没事，就在院子的那个花坛里修修整整。也不正经务什么花，种一点牵牛花和能染指甲的那种小红花。花坛里大部分种的是庄稼。地块虽小，样数倒不少。几棵玉米，几棵红薯和土豆，还栽几棵辣椒和茄子。玉米旁边带着豆角，花坛转边还种了一圈南瓜。一年四季，这花坛里倒也另有一番情趣。夏秋之间，南瓜蔓子扯得满院子都是，绊得人都走不利索，田福军有时下班回来，看见这番景象，都忍不住想笑。

老丈人每年的生日，在田福军家里就是一件大事。老人年纪大了，又很孤单，一家人借此专为他热闹一番，老汉心里也高兴。田福军常忙得顾不上吃饭，更不用说做饭了，平时不是他爱人做，就是他侄女润叶做。但老丈人过生日的菜，他年年都要亲自上手。他过去学着做过几样菜，还比较拿手；另一方面，也表示了他对丈人生日的重视。

他现在腰里束着他爱人的围裙，正忙着拌凉菜。爱云在案子上给他备炒菜的材料，看丈夫这模样忍不住抿嘴微笑。

他一边拌菜，一边不时问爱云某种调料搁在什么地方。爱云就转身给他指点，或者干脆停了手中的活，亲自给他拿在跟前。

他俩在厨房忙着，徐国强老汉一个人坐在窑里的热炕头上，一边抽烟斗，一边用一只手悠闲地抚摸着身边的一只老黑猫。这只猫全身皮毛像黑缎子一样光滑，两只金黄的眼睛闪闪发光。它和徐国强形影不离，晚上也在一个被窝里睡。老汉今天过生日，把胡子刮得干干净净，身上也换了女儿给他新做的衣服，自满地坐在炕头上，一脸的福相。

家里现在只有这三个大人。晓霞到城关小学叫她姐去了。福军的大儿子晓晨在西北大学上学，已经收假走了。只是一会还要来个客人。这人就是向前他爸李登云。登云过去一直是徐国强的老下级，是老汉一手提拔起来的，因此李主任一直对徐老很尊敬。自从老汉退休后，每年过生日他都要来祝寿。今天上午县常委会完了以后，登云就给田福军说，他今天中午一定到他家里看望老首长。

田福军和李登云过去虽然早就认识，但基本没在一块工作过。登云一直在这县上工作。田福军以前大部分时间都在地委，只是一九七〇年从“牛棚”里出来以后，在另外一个县下放劳动了半年，才分配回本县当了副主任——这算来也快满五年了。他现在是县上的二把手，登云排在他后面。

这四年多来，他和登云的关系有点微妙。在许多问题的看法上，福军和一把手冯世宽有分歧，登云明显地支持世宽。只是由于和他老岳父的关系，才不像世宽和他那样在这些问题上面对面发生冲突。

不，登云和他从来没公开红过脸。登云只是用实际行动来支持世宽而反对他。在他来本县任职之前，世宽和登云已经在这个县一块工作好多年，两个人早就是老搭档了。据说在任命他时，世宽还找黄原地区革委会管组织的领导，让组织把李登云排在他前面。只是因为地区不同意才作罢。登云不会不知道这些情况，因此他对世宽感恩戴德——倒好像他田福军来挡了他的路！

田福军在厨房里一边炒菜，脑了不由想着前几天常委会上他和世宽的争吵。为了在全县开展赛诗、赛歌、赛唱革命样板戏的运动，世宽他们竟然决定，要全县每个大队除过自己队搞这“三赛”外，还要抽十个男青年、十个女青年、十个老头和十个老婆集中到公社赛。公社赛完，每个公社再选拔四十个男青年、四十个女青年、四十个老头和四十个老婆到县上来赛。他在会上指出：虽说政治运动不能不搞，但这种搞法太过分了！影响农业学大寨不说，这么多老年人折腾下来，说不定还得抬埋两个人哩！而世宽却反驳他说，这样搞正是为了促进农业学大寨！并且还指责他得了“政治幼稚病”。他当时就笑了。谁得了这种病？是他吗？当然，由于他的反对，是否这样搞，会议最后也没定下来。可会一完，管政工宣传的李登云就完全按冯世宽的意见给各公社布置下去了。他没有办法制止这种荒唐的做法。岂止是这种事哩！目前多少事使他在内心里充满了痛苦！但他是共产党员，而且是一个县的领导人，他也不得不做他反感的许多事！什么叫痛苦啊？这就叫痛苦……

“爱云，你尝这个菜怎样？”田福军拿了一双干净筷子，把炒好的一盘肉丝夹了一点，送到他爱人的嘴边。

徐爱云尝了尝菜，笑了，说：“很好，就是没放盐！”

“啊？”田福军赶紧自己也尝了一点，便仰起头哈哈大笑了。他把这盘炒好的肉丝又倒进炒瓢里，说：“做成回锅肉了！”

他把重新又放了盐的肉丝倒进盘子后，爱云从他手里夺过炒瓢，说："干脆让我来炒！你心不在焉，别一会把'驱虫剂'也倒进锅里去！"

福军笑了笑，用毛巾擦擦手，就出了厨房。他想：登云大概快来了吧？

他站在院子里，望见城对面的山湾里，一片桃林已经开得如火如霞了。城市上空，袅袅地飘曳着几缕淡蓝色的炊烟。空气湿润润的，充满了河流和土地解冻后的气息。阳光并不很晃眼，温暖地照耀着依然没有绿色的大地。

田福军长长地吐了一口气，解开毛衣的钮扣，就慢慢地踱进了自己的窑洞。

进窑后，他在书架里摸出一本《史记》，从折页的地方打开，但又不想读，背抄着手，踱到墙上的那张大开的世界地图前面。

这家里的陈设是知识分子型的。三个大书架，两个是他的——大部分是历史、政治经济学书籍，也有一些中外文学名著。另一架是爱云的医学书籍。田福军一九四三年十三岁的时候，就上了边区的黄原师范，以后又在黄原高中部毕业，才参加了工作——当时到西北党校秘书科当了秘书。一九五〇年转到黄原行署财经委员会当干事，不久又提拔为专署统计科科长。一九五五年进入中国人民大学学农业统计专业。大学学完后，本来当时的中央农业部要他，但他还是要求回到了黄原地区。在地区，他先后任专署办公室主任、地委农工部长、地委秘书长兼农村政策研究室主任等职。从一九六六到一九七〇年之间，他基本上是挨批斗，关牛棚。

由于他的经历，使他养成了看书和爱思考问题的习惯。就是在下乡的时候，他也要背一挂包书。他常想，读书多，想的事多，苦恼自然也就多。还不如像他岳父一样，不读书，不看报，心里不搁多少事；退休以后，再养一只猫，种几棵庄稼……他忍不住笑了：他真正要是那样，恐怕又一天也活不下去了……

此刻他站在地图前，脑子里突然冒出来几个俄语单词。他在中国人民大学上学时，学过一点俄语，后来再没坚持，也差不多忘光了。但有时在生活中碰上个什么东西，脑子里就不由得冒出了俄语读法——当年念囔得太多了。他现在看见世界地图上的中国版图，嘴里竟然完整地嘟囔出他当年记得最熟悉的一句话：

Китайская Народная Республика является нашей великой родины.

（中华人民共和国是我们伟大的祖国。）

“哈呀，爱云，你不仅能治病，还有这一手哩！”

门外传来李登云的大嗓门。

田福军赶忙把《史记》放在书架上，从门里迎出来了。他看见李登云手里提一大圆盒包装精致的蛋糕，正把头从厨房门里探进去和爱云说话。

“快进窑里来坐！”他走过去招呼说。

李登云旋即掉转身子对他说：“这几年徐老过生日，不都是你亲自上手炒菜吗？今年怎不再露一手呢？”

田福军说：“手艺退步了，爱云把权夺了！”

他两个说笑着进了吃饭的边窑。福军给登云递上一支“牡丹”烟，又开始给他沏茶。

这时候，徐国强大概也听见了李登云的声音，就过这边窑里来了，那只大黑猫亦步亦趋地紧撵在他身后。

李登云见徐国强进来，慌忙站起来，握住老汉的手，热情地问候道：“你老最近身体还好？”

“还好！还好！”徐国强点着头，“不过，也不行了，腰腿有点毛病，行走不太方便。岁数不饶人啊！”

“好好叫爱云给你看一看！”登云关切地说。

“医生治不了家里人的病……你喝茶！”徐国强坐在椅子上，

指着旁边的那盒点心说，“你来我就高兴了，还常带什么礼物哩！”

“你看你老说的！你老栽培了我大半辈子，我常忙得顾不上来看望你老。你老过生日，我表示自己的一点心意嘛！这蛋糕是我专门安咐向前从省城里买的，名字就叫个‘生日蛋糕’。听说外国人过生日就兴吃这东西，还在上面点蜡哩……”

因为晓霞和润叶还没回来，因此徐爱云先没上菜，窑里这三个人就坐下喝茶拉话。

“最近又忙什么哩？”徐国强没话寻话地问李登云。

“哈呀……忙得往医院里跑呢！这几天牙关子又肿了，疼得人心神不安！”李登云因为和田福军的关系，不愿谈什么工作，就给老汉说他的牙疼病。

“人常说，牙疼不算病，疼起来要人的命！”徐国强马上接住话碴。反正他没什么专门的话题，拉什么话都行。

为了证实徐老说得对，李登云马上“嘘”地倒吸了一口气，用手掌在腮帮子上按了按。

这时候，听见晓霞和润叶说笑着回来了。爱云喊她们两个帮忙往窑里端菜。

三个女人忙得进进出出，不一会桌上的酒菜都齐备了。

于是，田福军一家和李登云坐下来——为庆祝徐国强老汉六十五大寿的宴会就算开始了。

李登云先端起酒杯站起来，说：“本来我牙疼，不能喝酒。但今天是徐老六十五大寿，我心里高兴，为了徐老的健康长寿，咱们干一杯！”

田福军一家人都站起来，男的白酒，女的红酒，都逐个和徐国强碰了杯，然后一饮而尽。徐国强满面红光，笑吟吟地摸着自己刮剃得光光亮亮的嘴巴。

“夹菜！”徐爱云说着，就给李登云的盘子里夹了些鸡肉块。

这季节，还没什么青菜，桌子上大部分是肉食。

李登云说他牙疼，嚼不动肉，在他旁边的润叶就给他舀了些豆腐和丸子。

李登云对润叶说：“你这娃娃怎不到我家里去串门？”

“我常忙着哩……”润叶红着脸说。

徐爱云和李登云交换了一下眼色，两个人便意味深长地笑了。

李登云吃了一会菜，就推说他要到医院看牙去，起身告辞了。他双手把徐国强的手握了半天，说了许多让老汉保重身体和其他的一些吉利话，就离开了。

李登云走后，这一家四口人又开始逐个向徐国强敬酒。晓霞对外爷开玩笑说：“老年人和娃娃一样，可看重过生日了！年轻人常记不起给自己过生日！”

徐国强笑了，疼爱地看着他这个风风火火的外孙女，说：“娃娃过生日是盼长大哩！老年人过一个生日，就向坟墓走近一步……”

爱云瞪了一眼女儿。晓霞侧过脸给姐姐吐了一下舌头。

润叶很快站起来，给徐大爷斟了一杯酒，说：“爷爷，我敬你一杯酒，祝你长命百岁！”

徐国强高兴地端起酒杯，对大家说：“咱们最后一块喝一盅吧！祝大家都平安康泰！”

于是，一家人就又都高高兴兴站起来，喝了这最后一杯酒……

酒宴完了以后，润叶就对家里人说，她学校有事，要赶快返回去。

她心事重重地离开二妈家，出了县革委会的大门，向学校走去。

在去学校的路上，她还是想着少安为什么没到城里来。这现在又过了中午，看来他今天也不一定来了。唉……

她一路走，一路苦闷地踢着一颗小石子，直把这颗小石子一脚又一脚从县革委会踢到小学的门口。

她进了学校大门，猛地呆住了！

她看见：少安正在她宿舍的门口低着头转来转去——啊，亲爱的人，你终于来了！

她喊了一声他的名字，就迈着两条软绵绵的腿跑过去了……

第十四章

孙少安好不容易把家里和队里的事安排停当，才抽开身到城里来了。

前两天，他赶着把家里自留地的南瓜和西葫芦都种上了。为了赶时间，他还把他妈和他姐也叫到地里帮忙。父亲在基建会战工地，又被强制给他姐夫赔罪，请不脱假。他不能错过播种季节。南瓜西葫芦，这是全家人一年最重要的一部分粮食。他还在自留地利用阴雨天修起的那几畦水浇地里，种了点夏土豆，又种了两畦西红柿和黄瓜。这些菜一般家里不吃，是为了将来卖两个零用钱的。

至于队里的事，那就更多了。冬小麦已经返青，需要除草和施肥，尿素和硫酸铵比较简单，撒在地里就行了，但碳酸铵要用土埋住，否则肥效发挥不了作用。需要好好把这些事安顿给副队长田福高，不敢让社员应应付付了事。另外，还要赶紧开始种黑豆和小日月玉米……

直到他坐在过路回家的金波父亲的汽车上往县城去的时候，还觉得有许多事没有安排妥当……

现在，他已经到润叶的宿舍里了。

这是他头一次到城里单位来找她。尽管是老熟人，总还觉得有些拘束。

润叶已经给他打好了一盆洗脸水，水盆里泡了一条雪白的毛巾。

他犹豫地笑笑，说：“我不洗了……”

“快洗！坐了半天车，洗洗脸清朗！”润叶命令他说。

“这么白的毛巾，我一次就给你洗黑了。”他只好走到脸盆前。

“你看你！这有个什么哩！黑了我再洗嘛！干脆，让我再提些水，你把头也洗一下！”

“不了，不了。”少安一边洗脸，赶忙拒绝让他洗头。他的头在这点脸盆里能洗干净吗？

少安洗完脸后，润叶立刻说：“走，咱们到街上食堂吃饭去！”

“我已经吃过了。”

“你大概早上吃过了！”

少安不好意思地笑了。她太熟悉他了，什么事也别想瞒她。

他们一块相跟着往街上走。少安现在才发现润叶身上有些变化，似乎一下子老成多了。他半天才留意到润叶已经不梳辫子，变成了剪发头。这倒使他感到对她有点陌生。是的，随着光阴荏苒，每个人都在变化。这又一次使他强烈地感到，他们的童年早已经流逝，两个人都成大人了。不知为什么，他猛然间又记起了那时候她给他补破裤子的情形，便忍不住“嘿嘿”地笑出了声。

“少安哥，你笑什么哩？”走在旁边的润叶问他。她白净的脸蛋上泛出兴奋的红晕，腼腆地微笑着。

“没什么……”他的脸也热烘烘的。

少安和润叶走在一起，就像他有时引着兰香在山里劳动一样，心中充满了亲切的兄妹感情。真的，他看待润叶就像看待自己的亲妹妹一样。人活着，这种亲人之间的感情是多么重要，即使人的一生充满了坎坷和艰辛，只要有这种感情存在，也会感到一种温暖的慰藉。假如没有这种感情，我们活在这世界上会有多么悲哀啊……

他跟着润叶进了县城最大的国营食堂。午饭时间已经过了，食堂里现在没有什么人。

少安赶忙扑到售票处去买饭，结果被润叶一把扯住了。她把他硬拉在一张饭桌前，让他坐下，说："你到我这里就是客人！怎么能让你买饭呢！"

少安有点窘。在这样的场合，他不买饭觉得有损自己男子汉的自尊。他现在身上带着钱，除过家里的十元外，他还借了队里的二十元公款。他走时并没有准备在润叶这里吃饭。他对要去买饭的润叶说："我听少平说，外国人男女一块上街吃饭，都是男人掏钱买……"

润叶笑了，一边转身去买饭，一边又扭过头对他说："咱们中国男女平等！"

她买回来一堆饭菜，摆了一大桌子。

少安说："买得太多了，别说咱们两个人，就是四五个人也吃不完。"

"我已经吃过了，这都是你一个人的！"润叶坐在他旁边说。

"啊？"少安惊讶地看着她，说，"这……"

"不要紧，吃不完剩下算了。你快吃！现在已过了中午，你肯定饿了。"

他刚开始吃饭，润叶又站起来，说："噢，我忘了给你买点酒！"

他赶忙说："我不会喝酒！你快坐下，也吃一点。"

润叶坐在他旁边，没有动筷子，只是亲切地看着他吃。

他低头吃着饭，但感觉润叶一直在盯着看他，使他有点不好意思。他抬起头来，看见润叶把自己的头扭过去一点，脸红得像充了血似的。她似乎意识到了自己的脸色，赶忙给他解释说："今天我二妈她爸过生日，我喝了几杯葡萄酒，上脸了……"

少安相信她的话，没在意地又低头吃他的饭。

尽管他吃了不少，但最后桌子上还是剩了一堆。如果是他一个人，他就会把这剩下的所有东西，都装进他那个毛巾布袋，或者带到中学送给少平，或者带回家让家里其他人吃——这都是些好东西啊！

但今天不能。这是润叶买的饭。就是他自己掏钱买的，只要润叶在，他也会像大方的城里人一样丢下不要了。他总算还念过几天书，不会俗气到可笑的程度。

吃完饭后，他和润叶来到街上。本来他想很快给润叶谈他姐夫的事，但他又想，还是应该先等润叶给他说了她的事以后，他再说自己的事也不迟。

走到要回小学的那条巷口时，润叶突然说："少安哥，你刚吃完饭，咱们到城外面去走一走。"

少安不好拒绝她，但又觉得有些别扭。两个男女一块相跟着溜达，叫众人看着不美气。可又一想，这城周围又没人认识他，走一走就走一走，怕什么！他和润叶是一个村的老乡，又是老同学，这又有什么不可以的哩！

于是，他们就相跟着一块出了那座清朝年间修建的古老破败的东城门，又下了一个小土坡，来到了绕城而过的县河滩里。

初春解冻的原西河变得宽阔起来，浩浩荡荡的水流一片浑黄。在河对面见不到阳光的悬崖底下，还残留着一些蒙着灰尘的肮脏的冰溜子。但在那悬崖上面的小山湾里，桃花已经开得红艳艳的了。河岸边，鹅黄嫩绿的青草芽子从一片片去年的枯草中冒了出来，带给人一种盎然的生机。道路旁绿雾蒙蒙的柳行间，不时闪过燕子剪刀似的身姿。不知从什么地方的山野里，传来一阵女孩子的信天游歌声，飘飘荡荡，忽隐忽现——

正月里冻冰呀立春消，

二月里鱼儿水上漂，
水呀上漂来想起我的哥！
想起我的哥哥，
想起我的哥哥，
想起我的哥哥呀你等一等我……

少安和润叶相跟着，沿着原西河畔的一条小路，往河上游的方向走着。他们沉浸在明媚的春光中，心情无限的美妙。这倒使他们一时没有说什么话。

“你走慢一点嘛！我都撵不上你了！”润叶终于扬起脸对少安笑着说。

少安只好把自己的两条长腿放慢一点，说：“我山里洼里跑惯了，走得太慢急得不行。”

“呀，你快看！”润叶指着前面的一个草坡，大声喊叫起来。

少安停住脚步，向她手指的地方望去。他什么也没看见。他奇怪地问：“什么？”

“马兰花！看，蓝格莹莹的！”

少安还以为是什么了不起的事哩。原来是几朵马兰花。这些野花野草他天天在山里看得多了，没什么稀罕的。

润叶已经跑过去，坐在那几丛马兰花的旁边，等他过来。

他走到她身旁。她说：“咱们在这儿坐一会。”

他只好坐下来，把两条胳膊帮在胸前，望着草坡下浑黄的原西河平静地流向远方。

润叶摘了一朵马兰花，在手里摆弄了半天，才吞吞吐吐说：“少安哥，我有个急人事，想对你说一说，让你看怎么办……”

少安扭过头，不知道她遇到了什么困难，就急切地等待她说出来。他知道这就是润叶捎话叫他来的那件事。

润叶脸红得像发高烧似的，犹豫了一会，才说：“……我二妈家给我瞅了个人家。”

“什么……人家？”少安一时反应不过来她说的是什么。

“就是……县上一个领导的儿子……”润叶说着，也不看他，只是红着脸低头摆弄那朵马兰花。

“噢……”少安这下才明白了。他脑子里首先闪过这样一个概念：她要结婚了。

润叶要结婚了？他在心里又吃惊地自问。

是的，她要结婚了。他回答自己说。

他心里顿时涌上一股说不出的味道。他把自己出汗的手轻轻地放在有补钉的腿膝盖上，两只手甚至下意识地带着一种怜悯抚摸着自己的腿膝盖。

你这是怎了？唉……

他马上意识到他有些不正常。他并且对自己这种情绪很懊恼。他现在应该像大哥一样帮助润叶拿主意才对。她专门叫他到城里来，也正是她信任他，才对他说这事哩！

他很快使自己平静和严肃起来，对她说：“这是好事。人家家庭条件好……那个人做什么工作哩？”

“可我不愿意！”润叶抬起头来，带着一种惊讶和失望的表情望了他一眼。

“不愿意？”少安也不知道如何是好了。不愿意就算了，这又有什么难的哩？

“这事主意要你拿哩……”他只好这样说。

“我是问你，你看怎么办？”她抬起头，固执地问他。

少安简直不明白这是怎么了。他掏出一条纸片，从口袋里捏了一撮烟叶，迅速卷起一支烟棒，点着抽了几口，说：“那你不愿意，不就算了？”

“人家纠缠我，我……”润叶难受地又低下了头。

“纠缠？”少安不能明白，既然女的不同意，男的还纠缠什么哩？城里人的脸怎这么厚？

“你是个死人……”润叶低着头嘟囔说。

少安感到很内疚。润叶需要他帮助解决她面临的困难，但他在关键的时候却无能为力。唉，这叫他怎么办呢？要么让他去把纠缠她的那小子捶一顿？可人家是县领导的儿子，再说，他凭什么去捶人家呢？哼！如果将来兰香长大了，有人敢这样，他就敢去捶他个半死！

他看见润叶一直难受地低着头，急忙不知怎样安慰她，就急躁地说：“唉，要是小时候，谁敢欺负你，我就早把拳头伸出去了！你不记得，那年咱们在石圪节上高小，有个男同学专意给你身上扔篮球，我把那小子打得鼻子口里直淌血……再说，那时候，你要是看哪个土崖上有朵山丹丹花，或者一钵红酸枣，要我上去给你摘，那我都能让你满意……可现在，可这事……”

润叶听他说着，突然用手捂住自己的脸哭了。

少安慌得不知如何是好，把半支没抽完的烟卷扔掉，又赶快卷另一支。

过了一会，润叶用手绢把脸上的泪痕抹去，不再哭了。刚才少安的话又使她深切地记起她和他过去那难以忘却的一切……

唉，她因为少女难以克服的羞怯，眼下一时不知怎样才能把她的心里话给少安哥说清楚。她原来看小说里的人谈恋爱，女的给男的什么话都敢说，而且说得那么自然。可是，当她自己面对心爱的人，一切话却又难以启齿。她对少安的麻木不仁感到又急又气。多聪明的人，现在怎笨成这个样子？可话说回来，这又怎能怨他呢！她说的是别人追她，又没给他说明她对他的心意。

她看来不能继续用这种少安听不明白的话和他交谈了。但她又不能一下子鼓起勇气和他明说。

她只好随便问："你家里最近都好吧？"

这下可把少安解脱了！他赶忙说："好着哩，就是……"他突然想，现在正可以给她说说姐夫的事了，就接着说："只是我姐夫出了点事……"

"什么事？"她认真地扬起脸问他。

"贩了几包老鼠药，让公社拉在咱们村的会战工地劳教，还让我爸跟着赔罪。一家人现在大哭小叫，愁得我没有办法……"

"这真是胡闹！现在这社会太不像话了，把老百姓不当人看待……干脆，我让我二爸给咱们公社的白叔叔和徐叔叔写封信，明天我和你一起回石圪节找他们去！"

润叶有点激动了。少安哥的事就是她的事。再说，有这事也好！这样她还可以和少安哥多呆一会时间，并且有借口和他一块坐汽车回石圪节去呢！

这也正是少安的愿望。不过他原来并没有想麻烦润叶亲自去石圪节，他只要她二爸出一下面就行了。

他对润叶说："你不要回去了。只要你二爸有句话，我回去找白主任和徐主任。"

"反正我明天没课。只要明晚上赶回来就行了。一整天到石圪节打一个来回完全可以……要么咱现在就找我二爸去！"

润叶听少安说完他姐夫的事，就知道他现在心里很烦乱，不应该再对他说"那件事"了——反正总会有时间说呢！

少安见她对自己的事这样热心，心里很受感动。他马上感到身上轻快了许多，便一闪身从草地上站起来。他现在才发现，那几丛马兰花真的好看极了，蓝莹莹的，像几簇燃烧着的蓝色的火苗。他走过去把这美丽的花朵摘了一把，塞到润叶手里，说："回去插在水瓶里，还能开几天……"

润叶眼睛里旋转着泪花。她接过少安给她的花朵，就和他一起相跟着找她二爸去了。

少安和润叶没有回她二爸家去，直接到他的办公室去找他。润叶说她二爸没有下班，现在肯定没有回到家里。

润叶说得对，她二爸正在办公室。他们推门进去的时候，他热情地从办公桌后面转出来，和少安握手。田福军认得少安。他每次回村来见了少安，还总要问他生产队的一些情况——他也知道他在一队当队长。

田主任给少安倒了一杯茶水，又给他递上一根纸烟，并且亲自把打火机打着，伸到他面前。

少安慌得手都有些抖，好不容易才在田福军的打火机上点着了那支烟。

“好后生啊！玉厚生养了几个好娃娃！”他扭过头问润叶，“上次来咱家的是少安的弟弟吧？”

“就是的，”润叶回答说，“名字叫少平。”

“噢，少平少安，平平安安！这玉厚还会起名字哩！”

三个人都笑了。

“可他家现在一点也不平安！”润叶对她二爸说。

“怎啦？”田福军眯缝起眼睛问。

少安就把他姐夫的事给田主任说了一遍。

田福军坐在椅子上，半天没说话。他点了一支烟吸了几口，嘴里自言自语说：“上上下下都胡闹开了……”

“石圪节公社有多少人被劳教了？”他问少安。

“大概有十几个人。具体我也不太清楚，听说每个村子差不多都有人。”

“双水村有没有人？”田福军问。

“双水村还没，就是把田二叔批判了一通。”

“批判田二哩？”田福军惊讶地张开了嘴巴。

“嗯。”

“哎呀！这简直是……”这位领导人都没词了。

润叶插嘴说：“二爸，你能不能给白叔叔和徐叔叔写个信，让他们把少安的姐夫放了？”

田福军想了一下，就在桌子上拉过来一张纸，写了一封信，站起来交给少安，说：“你回去交给白明川。你认识他不？”

“我认识。”少安说。

田福军又问了双水村的一些情况，少安都一一给他回答了。

“现在农村人连肚子都填不饱，少安，你看这问题怎样解决好？”田福军突然问他。

少安就照他自己的想法说：“上面其他事都可以管，但最好在种庄稼的事上不要管老百姓。让农民自己种，这问题就好办。农民就是一辈子专种庄稼的嘛！但好像他们现在不会种地了，上上下下都指拨他们，规定这，规定那，这也不对，那也不对，农民的手脚被捆得死死的。其他事我还不敢想，但眼下对农民种地不要指手画脚，就会好些的……”

“啊呀，这娃娃的脑子不简单哩！……好，罢了有时间，咱好好拉拉话！你要是到城里来就找我，好不好？我一会还要开个会，今天没时间了……”

少安和润叶就很快告退了。田福军一直把他们送到院子的大门口。

在回学校的路上，润叶佩服地对少安说：“我二爸可看重你说的话哩！你真能行！”

少安说：“你二爸是咱一个村的，又是你二爸，我敢胡说哩！”

“少安哥，你干脆把我二爸的信给我，我明天和你一块回石圪节去。我和白明川和徐治功叔叔都很熟悉，到时候让我把信交给他们！”

少安看她执意要和他一块回石圪节，也就把田福军的信交给了她——她出面当然要比他的威力大得多。

晚上，润叶把他安顿到学校她的宿舍里休息，她回她二妈家去睡。当她把被褥细心地给少安铺好后，少安却有点踌躇地说：“我怕把你的铺盖弄脏了……”

“哎呀！你看你！”润叶红着脸对他说。她多么高兴少安哥在她宿舍里睡一晚上，好给她以后的日子加添新的回忆；也使她能时刻感觉到他留下的亲切的气息……

第二天早晨吃完饭，少安就和润叶坐着公共汽车回石圪节去了。车票还是润叶买的；他抢着要买，结果被润叶掀在了一边。

汽车上，他俩紧挨着坐在一起，各有各的兴奋，使得这一个多钟头的旅行，几乎没觉得就过去了。

两个人在石圪节镇子对面的公路上下了车。

少安说：“要是你去公社，我就不去了，你爸也在公社开会，我去不好……我这就回家呀！你晚上回双水村去不？”

润叶说：“我可想回去哩！但我明天还有课，今天必须返回城里，因此回不成村里了。等你姐夫的事办完，我让明川叔挡个顺车，直接回县城去呀。你放心！你姐夫的事我肯定能办好！”

润叶说完后，匆忙地在自己的衣袋里掏出一封信，一把塞到少安的手里。

少安赶忙说：“你二爸的信你怎又给我哩？你不给白主任和徐……”

他的话还没说完，润叶就笑着一转身跑了。

少安赶快低头看润叶交到他手里的那封信，才发现这不是田福军给公社领导写的那封！

他莫名其妙地把信从信封里抽出来，看见一张纸上只写着两句话——

少安哥：

我愿意一辈子和你好。咱们慢慢再说这事。

润叶

孙少安站在公路上，一下子惊呆了。

他扭过头来，看见润叶已经穿过东拉河对面的石圪节街道，消失在了供销门市部的后面。街道后边的土山上空，一行南来的大雁正排成“人”字形，嗷嗷地欢叫着飞向了北方……

第十五章

田福堂正坐在公社主任白明川的办公窑里，一边喝茶水，一边听明川和治功说话。

公社召集的大队书记会议，上午已经结束了，其他村的书记吃过午饭就各回了各村。福堂不忙着走——他们村离公社近，他有自行车，又是下坡路，半个钟头不费什么劲就回到了双水村。

明川和治功现在正说牛家沟那个“母老虎”的事，他不便插话，就在旁边听他们说。

哈呀，从两位主任的话里听来，事情还严重哩！牛家沟那个“母老虎”现在大出血，已经拉回来正在公社医院抢救着哩！

现在，白主任和徐主任已经争吵起来了。田福堂感到有点紧张。如果两位公社主任真的是吵架，他就会起来劝说双方。可人家实际上是争论工作上的事哩，他怎能劝人家不要争论呢？

他从衣袋里摸出来一根纸烟，也不点着，低头把鼻子凑上去闻了闻。田福堂气管有毛病，甚至都有点喘了，因此不敢太多地抽烟。他以前又是个“老烟囱”，现在实在耐不住了，就拿出烟卷来闻一闻过瘾。只是到了万般无奈的时候，才点着抽一支——换来的惟一享受就是没命地咳嗽老半天。他身上倒常装着纸烟，并且不下中等水平，只是自己很少抽，大部分给别人抽了。

田福堂看两位主任说话越来越不对劲，就机灵地站起来，另外掏出两根“大前门”烟，说：“白主任，徐主任，抽烟！”

两位主任只好暂时停止了唇枪舌剑，接过田福堂递上的纸烟。福堂赶紧又用自己的打火机给他们分别点着。

白明川站在脚地上抽了两口烟，又对坐在椅子上的徐治功说开了：“咱们不是说不搞阶级斗争，但不能光一个‘狠’字，还要‘稳、准’。牛家沟这妇女，不就是为一棵花椒树被队里没收了，骂了几句大队书记吗？拉到工地上教育一下也行，但不能损躏身体嘛！那么重的活，别说一个妇女，好后生都够受！现在弄得大出血，万一死了怎么办？够不够死罪？给家里人怎交代？”

徐治功现在看来不想理白明川，但并不是服气他的话。他坐在椅子上，头拐在一旁，吊着个脸就是个抽烟。

白明川实际上比徐治功还小两岁，但看起来比徐治功年龄大。他身体肥肥壮壮，两只眼睛又大又有光气，脸上围着一圈黑胡楂子，头发可倒显顶了。他穿一身肮脏油腻的衣服，披一领光板老羊皮袄，看起来像个炊事员或者山区的汽车司机。

白明川是一九六六年的高中毕业生，一九六九年底返乡劳动。一九七〇年县武装部招一批武装专干，他被招收了，分在城关公社工作。当年冬天组织全公社民兵冬训时，一个民兵将一颗拉了线的手榴弹没有甩到前面去，反而手一扬滑落在了后面的人堆里。武装专干白明川眼疾手快，把这颗冒烟的手榴弹捡起，扔了出去，避免了一场大灾祸。为此，不仅省地军区，连兰州大军区都发出通报表扬了他。第二年他被提升为城关公社副主任。前年又调到石圪节公社当了一把手。明川在中学时学习就很拔尖，并且还能写点诗。他人虽然年轻，但脑瓜子可不年轻。当然，上面布置下来的所有任务，他和徐治功一样，都要积极完成。但他的做法和徐治功不一样。因为他自己也是农民的儿子，所以他往往对过分伤害农民的做法反感。只要他能抗住的，都尽力往住抗。但治功又和他完全相反，常常爱用一些过头加码的做法。治功也许是为了把工作做好，可是有些做法太不像话了……

“……再比如，高家湾高廷亮，只是耕自留地时多占了队里的两铧，纠正过来，在生产队做个检查就行了，也拉来劳教……”

“两铧地实际上是个路线问题！毛主席说，严重的问题是教育农民！”徐治功扭过头反驳白明川。

“毛主席是说过这话。但毛主席没说让咱们动不动就‘劳教’农民嘛！”

“这不是我的发明！这是县上冯世宽主任的政策。你觉得冯主任不对，你到上面另讨个指示来，我徐治功照办！”

“唉……”白明川也没什么好说的了。过了一会，才有点痛苦地说：“治功，还是稳当一点好。你记得不？咱们在高家湾下乡时，饭派在廷亮家，他们当时都快断炊了，为了招待咱两个，跑出去问邻居借了半升白面……你怎好意思就因为这么点事把人家拉到工地上劳教……”

徐治功为白明川的没水平话都想笑了，说：“难道共产党员因为吃了一顿饭，就连革命原则也不要了吗？”

“抽烟！”田福堂又掏出两根纸烟，对两位争吵的上级说，“接上抽！”

这时候，听见外面有人敲门。

站在门后面的白明川顺手把门拉开，接着便叫道：“噢，是润叶嘛！你什么时候回来的？你爸也正在这里呢！”

田福堂一看是自家的女儿，赶紧走过来，问他：“坐顺车回来的？”

润叶说：“是公共汽车。”

徐治功一看是福堂的女儿，满脸的不高兴暂时收藏起来，笑着说：“你怎知道你爸在公社哩？”

“我不是找我爸，我来找你和白叔叔。”润叶说。

“什么事？”白明川和徐治功几乎同时问。

田福堂也不知他女儿找公社领导有什么事，站在旁边一脸的迷惑。

润叶接着就把她二爸的信递给了白明川。

白明川拆开信，看见上面写着——

明川、治功二同志：

你们好。

据反映，你社罐子村社员王满银因贩了几包老鼠药，现被押到双水村公社农田基建工地“劳教”。如此人再无其他问题，我意可严肃教育一下，让其回队去。

对于类似其他人员的问题，也望你们能慎重处理，严格执行党的一贯政策，切不可随意行事。这是我个人的意见，请你们二位酌处。

此致

敬礼！

田福军

白明川看完信后，就交给了徐治功。徐治功也很快把信看完了。两个人一时间都不言传，各抽各的纸烟。

另一边，田福堂还不知内情，偷偷问女儿：“什么事？”

润叶对父亲说：“我二爸写信，让把兰花的女婿放了。”

“你二爸怎知道这事哩？”田福堂敏感地问女儿。

“我也不知道。大概是罐子村的什么人反映的。”可爱的润叶对父亲撒谎说。

“那你是专门为这事回来的？”

“不是的！我们学校让我到石圪节小学取一份教材，二爸就让我把这封信顺路捎来了。”润叶继续给她爸撒谎。

这时候，沉默了一会的白明川问徐治功：“你看怎办？”

徐治功立刻说：“那还有什么说的！让王满银回队去不就行了？”

“那其他人哩？”明川又问他。

“牛家沟那个妇女病治好了，也让回去。至于其他人，总不能都放了吧？我徐治功没什么，你是一把手，你看着办！”徐治功把球一脚踢给了白明川。

白明川想了一下，只好说：“那先就按你说的办吧，你负责农田基建会战。有些问题毕了咱再研究！”

白明川说着便拿起了电话，让话务员给他接公社医院。

“……喂，牛家沟那妇女现在怎么样？血止住了？好……我和徐主任一会就过来！”他放下话筒，对徐治功说，“血止住了！”

徐治功看来也松了一口气，说：“那咱过去看看！”

润叶马上对他们说：“我一会还要回县城去，你们能不能给我挡个顺车？米家镇到咱们县城的班车已经过去了。”

“你不回家了？干脆回家住上一夜，明早上再走！你妈常念叨说你不回来！”田福堂对女儿说。

“我明早上有课，今天必须赶回去。”

“是这样的话，你还是回城里去，不能误了工作。”田福堂听说是这样，也就不再劝女儿回家去了。

徐治功说：“哎呀，这过路司机我和白主任认得不多，看来只能让街上食堂的人去挡了。”

“也就是的。司机过路在食堂吃饭，厨师大部分都认识……是这样，治功，你干脆到食堂找个人给润叶挡车去，让我给咱到医院走一趟！”白明川说。

“那好！”徐治功乐意去给润叶挡车，而不愿去医院看那个“母老虎”。他知道她恨他。

白明川去了医院以后，徐治功就和田福堂父女俩一同出了公社。他们来到街道上，徐治功对他俩说：“你们先到对面公路上等一等，让我到后街头食堂里找个人来！”

田福堂推着他大架上缠黑回绒的自行车，就和女儿走过街头东拉河上的小桥，来到街对面的公路上。

福堂又一次满腹狐疑地问女儿：“你二爸他怎能知道兰花女婿的事呢？”

“哎呀！我给你说过了，我不清楚这事嘛！”润叶不耐烦地对父亲说。

田福堂只好不再问这事了。过了一会，他突然提醒女儿说：“你还没到石圪节小学取教材哩！”

“我来公社前已经取过了，在我的挂包里装着……”

“噢，这就对了。不敢把你的正事误了。”福堂对女儿关切地说。

这时候，徐治功引着石圪节食堂那个胖炉头上了公路。

胖炉头胸有成竹地对三个人说：“不怕！不是吹哩，别说让我挡一辆，挡十辆也能挡定哩！这一路上的司机哪个没沾过我的光！”

“这一路上的司机哪个你没沾过光！”徐治功揶揄说。

润叶和她爸都被逗笑了。

胖炉头有点不好意思地张开嘴巴哈哈一笑，说：“看这徐主任说的……哈哈哈……官骂民，民不羞！”

胖炉头的确不是吹，从米家镇那边过来的第一辆车就被他挡住了。

这是一辆货车。几个人看着润叶坐在了驾驶楼的空位上。

送走润叶后，胖炉头说他忙，也过石圪节那面去了。

田福堂推着自行车，问徐治功：“你今天去不去我们村了？”

徐治功对他说：“公社有些事，我今天不去双水村了。你回去给高虎和玉亭捎个话，叫他们把王满银放了。”

“就这事啊？那你放心！我一定把你的话传到！”

田福堂告别了徐主任，就骑上他的缠黑回绒的“永久”牌自行车，起身回双水村了。

福堂一路骑着车子，脑子里乱糟糟地想着许多事。他穿一身旧制服衣裳，高大的身板有些单薄。一张瘦条脸上，栽着一些不很稠密的胡须，由于脸色显出一种病容似的苍白，那胡须看起来倒黑森森的。他实际上除过气管有些毛病外，身体并没有什么大病。只是因为多年来体力劳动少些，身板才显得单薄了一些。

可他一天并不闲着！开会，思谋，筹划，指挥，给大队办各种交涉，争各种利益，也是一个大忙人。在石圪节几十个大队领导中，他无疑是最有名望的。公社不管换多少茬领导，他都能和这些领导人保持一种热火关系。这的确也是一种本事。双水村的人，尽管都或多或少对他有意见，但大部分人又都认为，书记还是只能由这家伙来当。田福堂对自个的利益当然一点也不放弃，但要是村子和村子之间争利益，他就会拼老命为双水村争个你死我活。一般说来，其他队的领导人斗不过田福堂。就是石圪节公社的领导人，只要田福堂出面给双水村办事，一般都要让他满意。因此，多少年来，不管世事怎变化，田福堂在双水村的领导权没变化。就是金家的大部分人，也承认他的权威……

田福堂现在骑着自行车，在公路上不紧不慢地跑着。因为是下坡路，他也不要太多地费力，可以分出心盘算其他事。

他现在明显地意识到，这几年他在村里遇到了几个潜在的对手。

他首先想到了二队队长金俊武。这家伙实际上成了金家湾那面的领袖。副书记金俊山几十年就是那个样子，虽然从没和他一心过，但这人没魄力，年轻时都没翻起来几个大浪，现在一大把年纪，更没力量和他争高论低了。但金俊武比他和俊山都年轻，又是党支部委员，时不时曲里拐弯和他过不去。当然，眼下他还不敢和他正面交火，但对他的主要帮手孙玉亭却使了一个绊脚又一个绊脚——这实际上是想把他的一条胳膊往折打哩……

提起孙玉亭，田福堂马上又想到了玉亭的侄子孙少安。

他没想到没本事的孙玉厚养了这么一个厉害儿子。这后生虽然现在年轻，也不是党员，但从发展眼光看，比金俊武更残火！就是的！连金俊武这个强人都对这后生尊三分哩！

这少安和他润叶一块长大，小时候他倒没看出孙玉厚这个吊鼻涕的小子长大会有多么出息——想不到现在成了他在村里最头疼的人！他常想，这后生要是把书念成了，肯定是个当官的料子。他对少安最头疼的是，他的许多套路瞒哄不了这后生。他有些精明的小把戏甚至可以哄了金俊武，但哄不了孙少安。而更厉害的是，这后生又不和你争争吵吵，他常是把事情做得让你下不了台。使他受刺激的是，这几年一队选队长，少安年年都是全票——这就要威信嘛！他自己也是一队的人，众人选少安，他也得选，而且还要表示双手赞成！当然，说公道话，田家圪崂这面的人，也只能让少安来镇台子。往年一队烂包的从来不如二队，自从少安当了队长，粮食和红利竟然年年超过了金家湾那面。不让他当队长让谁当呢？他当然也能跟上沾点光，这几年粮、钱明显比前几年分的多了……

但不论怎样说，这后生总叫他心里有点不舒服。

前几天他在公社开会时，听说治功派人把少安那个二流子姐夫拉到双水村劳教了，他听了心里倒有点高兴。他知道这事会让孙玉厚一家人乱成一团——让孙少安去发愁吧！

他万万没想到，半路里杀出个他弟弟，把这事给平息了。唉，这个福军！管的事也太多了……

田福堂一路走，一路想：既然现在这事已经平息了，徐主任又让他捎话放人，他就应该表现出“事情本来就应该这样处理”的高姿态来。他感谢徐主任让他回来传达这个让孙玉厚一家人高兴的指示。他甚至想，说不定这家人还会认为是他田福堂给公社做了工作，才让放王满银哩……

现在，黑回绒缠绕的自行车驮着田福堂，已经到了罐子村。

他突然灵机一动：干脆让我上去先给少安他姐说一声，让她高兴一下。

他把自行车撑在罐子村的公路边，就上兰花家去了。罐子村谁家住什么地方他都熟悉。

当他走到兰花家门前，才发现门上吊把锁。

田福堂于是扫兴地转过身，背抄着手又回到了公路上。

他对自己不满意地摇了摇头。他本来就应该想到，满银一出事，兰花就肯定会跑到双水村她娘家的门上去了。另外，他对自己更不满意的是，他的行为看来似乎是向少安一家人邀功讨好一般！真是，他田福堂什么时候学得这么下贱？

他甚至有点面红耳赤地又骑上自行车，很快向双水村赶去。

他到了双水村村头，跳下车子，隔着东拉河向对面农田基建工地喊：“高虎！杨高虎！你过来一下！我有个事要给你说！”

他没听见高虎应声，但看见孙玉亭从对面河畔的小路上转下来，蹚过东拉河，过他这边来了。

玉亭过了河，一边从土坡往公路上走，一边问他：“公社的会完了？”

他给玉亭“嗯”了一声。他看见玉亭还是那副样子，破棉袄襟子的两颗钮扣之间，别一卷子学习材料，两只烂鞋补钉缀补钉，想往快走，但为了将就那双鞋，两条腿绞在一起，急忙走不前来。田福堂被这位忠实助手的恓惶样子都快逗笑了。他想起他还有几双旧鞋，干脆送给玉亭去穿吧！

孙玉亭上了公路，走到他面前，说："高虎不在，带着枪到神仙山打山鸡去了……什么事？"

田福堂说："公社决定，叫把罐子村你那个侄女婿放了。徐主任有事，今天不回来，让我把这话捎给高虎和你……"

孙玉亭听了十分高兴——这事情如此处理对他也是只有好处没有坏处。他崇拜地看着田福堂，说："这肯定是你在公社说了话！"

田福堂不置可否地笑了笑，说："不管怎样，让满银回罐子村去吧。高虎不在，这事你过去说一下就行了！"

孙玉亭犹豫了一会，说："你还是晚上给高虎说这事，让他宣布。我和满银远近算个亲戚，我宣布这事，怕政治影响不好……"

田福堂很满意玉亭同志政治上的精明，说："这也好。毕了我给高虎说。反正今天也快收工了，让满银再受一会罪吧！"

田福堂说完，就推着自行车回家去了。孙玉亭又按原路返回了农田基建会战工地。

……第二天早晨，王满银在老丈人家吃完饭，就和兰花带着两个娃娃起身回罐子村了。

王满银已经累得像散了骨头架；一绺头发耷拉在汗迹斑斑的额头上，手里拉着四岁的女儿猫蛋，松松垮垮地走着。不过，终于释放回家了，他脸上带着说不出的轻松和愉快，一路走，一路嘴里还哼哼唧唧吟着信天游小曲。兰花把两岁的儿子狗蛋抱在自己热烘烘的胸脯里，跟在她的二流子男人身边，也喜得眉开眼笑。

半路上，兰花心疼地对男人说："家里还有六颗鸡蛋，我回去就煮！你和猫蛋狗蛋一人两个！"

王满银高兴得嘴一咧，竟然放开声唱了两段子信天游——

青线线（那个）蓝线线，蓝格莹莹的彩，
生下一个兰花花，实实的爱死个人！
五谷里（那个）田苗子，惟有高粱高，
一十三省的女儿哟，数上（那个）兰花花好……

兰花脸涨得通红，跑过去用她那老茧手在王满银的后脑勺上拍了一巴掌。王满银脖子一缩，眼一瞪，嬉皮笑脸地把舌头一吐——他这副鬼样子把两个孩子逗得直笑……

第十六章

时间过得既漫长又飞快，转眼间就到了夏天。

这是黄土高原一年里再好不过的日子了。远远近近的山峦，纵横交错的沟壑和川道，绿色已经开始渐渐浓重起来。玉米、高粱、谷子、向日葵……大部分的高秆作物都已经长了大半截。豆类作物在纷纷开花：雪白的黄豆花，金黄的蔓豆花，粉红的菜豆花……在绿叶丛中开得耀眼夺目。就连石圪节这样往日荒凉的集市场上，也已经出现了一些瓜果菜蔬，给这条尘土飞扬的土街添了许多斑斓的颜色。

再过几天，就是夏至以后的第三个“庚日”，初伏就要开始了。紧接着就是大暑——这是一年中最炎热的季节，已经到黄经一百二十度的太阳，像一个倒扣着的火盆子无情地烤晒着大地。

城里人都已经穿起了凉快的短袖衫。一到中午，原西河里就泡着数不清的光屁股小孩。

除过遇集的日子，平时县城的各机关很少能找见办公的干部。他们每天上午都纷纷扛着老镢铁锨，戴着草帽，到城外的山上修梯田去了。农业学大寨一个高潮接一个高潮，每个单位都有修地任务，完不成任务就要挨批评。

下午，各机关又通常都是政治学习，一周最少也得占四个下午。《红旗》杂志和《人民日报》不断发表社论和各种署名“重要文章”，要求大家批判小生产，批判资本主义，批判刘少奇和林彪的“反革命修正主义路线”，限制资产阶级法权，警惕商品交换原则对党的侵蚀等等。同时还要求各级干部学习无产阶级专政理论，并且为此推出了一个“新乡经验”……整个社会依然保持着一种热热闹闹的局面。各种“新生事物”层出不穷。从报上看，不时有某一位复员战士和某一位工农兵大学生，为了限制资产阶级法权，来到黄土高原的小山村当了农民。尽管这些人在以后的年代里都像候鸟一样飞去而且再不返回来，但当时倒的确让一些人有了宣传“革命形势大好”的典型材料。

县上的中学也不例外。除过每天劳动半天，各班还组织了学习马列“三结合”领导小组。共青团和红卫兵组织并存。领导、教师、学生一起学习《共产党宣言》、《青年团的任务》等等规定的篇章，开展批判资产阶级、修正主义和孔孟之道。同时学校还组织各种“毛泽东思想文艺宣传队”，奔赴各个公社、大队去搞宣传演出……

但是，对于黄土高原千千万万的农民来说，他们每天面对的却是另一个真正强大的敌人：饥饿。生产队一年打下的那点粮食，“兼顾”了国家和集体以外，到社员头上就实在没有多少了。试想一想，一个满年出山的庄稼人，一天还不能平均到一斤口粮，叫他们怎样活下去呢？有更为可怜的地方，一个人一年的口粮才有几十斤，人们就只能出去讨吃要饭了……

孙少平好不容易在县城的高中熬过了半个学期。这第二个学期刚开学不久，他的情况依然没有什么变化。在大部分的日子里，他还是要啃黑高粱面馍，并且仍然连一个丙菜也吃不起。在上学期刚上学的那些日子，他对自己是否能上完两年的高中已经没有了多少信心。他曾想过：读半年高中回农村当个小队会计什么的，也可以凑合了，何必硬撑着上学受这份罪呢？

但这学期开学后，他又来了。他还是不忍心中途退学。另外，还有一个小小的不可告人的原因，使他不情愿离开这学校——这就是因为那个我们在前面已经提起过的郝红梅。

孙少平和郝红梅在过去的半年里已经相当熟悉，两个人交交往往，也不拘束了。他们不光互相借着看书，也瞅空子拉拉话。在这个微妙的年龄里，不仅孙少平和郝红梅，就是和他们同龄的其他男女青年，也都已经越过了那个“不接触”的阶段，希望自己能引起异性的注意，并且想交一个“相好”。他们这种状态也许和真正的谈恋爱还有一段距离。当然，对于这个年龄的青年来说，这种过早的男女之间的交往并不可取，它无疑将影响学习和身体。

但这年代的高中极不正规，学习成了一种可有可无的东西，整天闹闹哄哄地搞各种社会活动。学生没有什么学习上的压力——反正混两年高中毕业了，都得各回各家；再加上各种活动中接触机会多，男女之间就不可避免会出现这种心心思思的现象。在眼前这样的社会里，又是十七八岁，他们谁有火眼金睛望穿未来的时代？别说他们了，就是一些饱经沧桑的老革命，这时候也未必具有清醒的认识，许多人不也是一天一天往过混日子吗？

孙少平虽然少吃缺穿，站不到人前面去，但有一个相好的女同学在一块交交往往，倒也给他的生活带来一些活力。

他渐渐在班上变得活跃起来：在宿舍给同学们讲故事；学习讨论时，他也敢大胆发言，而且口齿流利，说得头头是道。如果肚子不太饿的话，他还爱到篮球场和乒乓球台上露两手。在上学期全校乒乓球比赛中，他竟然夺得了冠军，学校给他奖了一套“毛选”和一张奖状，高兴得他几天都平静不下来。

由于他的这些表现，慢慢在班里也成了人物。在上学期中选班干部的时候，他被选成了“劳动干事”。他对这个“职务”开始时很气恼，觉得对他有点轻藐。后来又想，现在开门办学，劳动干事管的事还不少哩，也就乐意负起了这个责任。

“劳动干事”听起来不好听，但“权力”的确大着哩！班上每天半天劳动，这半天里孙少平就是全班最出“风头”的一个。他给大家布置任务，给每个人分工，并且从学校领来劳动工具，给大家分发。他每次都把最好的一件工具留给郝红梅。起先大家谁也没发现劳动干事要“私情”。但有一天这个秘密被跛女子侯玉英发现了。

那天上山修梯田，发完铁锨后，侯玉英噘着个嘴，把发在她手中的铁锨一下子扔在孙少平面前，说：“我不要这个秃头子！”

少平看她在大家面前伤自己的脸，就不客气地说：“铁锨都是这个样子，你嫌不好，就把你家里的拿来用！”

“谁说都是这个样子？你看见谁好，就把好铁锨给谁！”

“我把好铁锨给谁了？”

“给你婆姨了！”侯玉英喊叫说。

全班学生“轰”一声笑了，有些同学很快扭过头去看郝红梅。郝红梅把铁锨一丢，捂着脸哭了。她随即转过身跑回了自己的宿舍，干脆不劳动去了。

侯玉英一跛一跛地走到人群里，大获全胜地扬着头，风言风语说：“贼不打自招！”

这侮辱和伤害太严重了。孙少平只感到脑子里嗡嗡直响。他一把掼下自己手中的工具，怒气冲冲地向侯玉英扑过去，但被他们村的金波和润生拉住了。班里许多调皮学生，什么也不顾忌，只是“嗷嗷”地喊叫着起哄。直到班主任老师来，才平息了这场纠纷……

从此以后，他和郝红梅的“关系”就在班上成了公开的秘密，这使他们再也不敢频繁地接触了。两个人都感到害臊，甚至在公开的场所互相都不理睬。而且由于他们处于一个不太成熟的年龄，相互之间还在心里隐隐地感到对方给自己造成了困难处境，竟然都有一些怨怨恨恨的情绪。

跛女子达到了目的，感觉自己在班上快成个英雄人物了，平时说话的声音都提高了八度，哈哈哈的笑声叫人感到那是故意让孙少平和郝红梅之流听的。

唉！没有想到事情会闹到这种程度。尽管这不能算是恋爱——因为他们实际上没有涉及所谓的爱情，这只是两颗少年的心，因为一个特殊的原因——共同的寒酸，轻轻地靠近了一下，以寻找一些感情上的温热，然而却演出了这样一幕小小的悲剧。

他现在心里多么苦闷！尽管严格地说来，也许这不能称之为失恋。但感情上的这种慰藉一旦再不存在，就会给人的心中带来多少烦恼。这是青春的烦恼。我们不妨想一想伟人歌德和他少年时代的化身维特。在这一方面，贵族和平民大概都是一样的。

那时间，孙少平重新陷入到灰心和失望之中。如果他原来没有和红梅有这种“关系”，他也许只有肠胃的危机。现在，他精神上也出现了危机——这比吃不饱饭更可怕！他每次去拿自己那两个黑干粮的时候，再也看不见她可爱的身影了。那双忧郁而好看的眼睛，现在即使是面对面走过来，也不再那样叫人心悸动地看他一眼了。在那以后的几个月里，他只是一天天地熬着日子，等待放假……

直到上学期临放假的前一个星期，孙少平才想起，几月前郝红梅借过他的一本《创业史》，还没给他还哩。这本书是他借县文化馆的，现在马上就要放假，如果她不还回来，他就没办法给文化馆还了。可他又不愿找她去要书。他心里对她产生了一种说不出的恼火。她现在可以不理他，但她连借走他的书也不还他了吗？

最后一个星期六，郝红梅还是没给他还书。他也仍然鼓不起勇气问她要。他只好回家去了。他借了金波的自行车，把自己那点破烂铺盖先送回去——下一个星期二就放假，他可以在金波的被窝里一块混几夜，省得放假时背铺盖。

回家后，他在星期天上午给家里砍了一捆柴，结果把那双本来就破烂的黄胶鞋彻底“报销”了，他只好穿了他哥少安的一双同样破烂的鞋。至于那双扔在家里的没有后跟的袜子，父亲说，等秋天分到一点羊毛，再把后跟补上；袜腰是新的，还不能丢，凑合着穿个两三冬还是可以的——要知道，一双新袜子得两块多钱啊！

星期天下午，他从家里带着六个高粱面和土豆丝混合蒸的干粮——没有挂包，只用一块破旧的笼布包着，夹在自行车后面，赶暮黑时分回到了学校。

学校正处于放假前的混乱中，人来人往，搬搬运运，闹闹哄哄，一切都没有了章法。

他在校门口碰见了金波。金波说他正要出去给家里买点东西，就接过他手中的自行车到街上去了。

他提着破旧笼布包着的那六个黑干粮，向自己的宿舍走去。

他突然发现郝红梅在前面走。她大概没有看见他在后面。他真想喊一声她，问问那本书的事。

他这时看见前面走着的郝红梅，弯下腰把一个什么东西放在了路边的一个土台子上，仍然头也不回地走了，身影即刻就消失在女生宿舍的拐弯处。

孙少平感到有点惊奇。在走过她刚才弯腰的地方，他眼睛猛地一亮：这不正是他那本《创业史》吗？好，你还记着这件事！唉，你为什么不直接交给我，何必用这种办法……

他拿起那本书，却在暮黑中感觉一些什么东西从书页中掉在了地上。

他一惊，赶忙低头到地上去摸。他拾起了一块软软的东西，凑到眼前一看：天啊，原来是块白面饼！

他什么也没顾上想，赶忙摸着在地上把散落的饼都拾起来。饼上沾了土，他用嘴分别吹干净。

他拿着这几块白面饼，站在黑暗的学校院子里，眼里含满了泪水。不，他不只是拾起了几块饼，而是又重新找回了他那已经失去了好些日子的友谊和温暖！

……就是因为这些原因，孙少平才重新又对这学校充满了热爱。于是，这学期报名日子一到，他就一天也没误赶忙来了学校，甚至都有些迫不及待哩……

第十七章

开学已经两个多星期，孙少平还没有机会和郝红梅单独说话。

他看见红梅换了一件半旧的红格子布衫，好像变了另外一个人似的。大概由于一个假期在家里，这个季节吃的东西又比较多一些，她原来很瘦削的脸颊现在看起来丰满了许多。已经度过了半年的城市生活，她也懂得把自己农村式的“家娃”头，像城市姑娘一样扎起了两个短辫；加上自做的、手工精细的方口鞋和一条看起来是新买的天蓝色裤子，简直让人都认不出来这就是郝红梅了。其实她无非就是把原来的一身补钉衣服换成了没有补钉的衣服。这个小小的变化，就使一个本来不显眼的人，一下子很引人注目了。同时也应该承认，郝红梅本来就具备那种漂亮姑娘的脸型和身段。如果有一身比现在更漂亮的衣服，就很难看出这姑娘是来自农村了。

孙少平看见她，心中就会荡起一股热辣辣的激流，有时甚至感到呼吸都有了困难。

当然，他自己的衣服还是老模样。一身家织的老粗布，尽管金波妈给他裁剪成制服式样，但仍然不能掩饰它本质上的土气；加上暑假给家里砍柴，被活柴活草染得肮里肮脏，开学前快把家里蒸馍的半碗碱面用光了，还是没有洗净。他看着这身叫他伤心的衣服，真想一把脱了扔掉。可自己很快又苦笑了：扔掉只得光身子跑！唉，最使他脸红的是，他这么大了，连个裤衩都做不起。晚上睡觉，人家都脱了长衣服穿着裤衩，他把外衣一脱就赤条条一丝不挂了……

但不论怎么说，他现在有一个甜蜜的安慰：就他这副穷酸样，班里也许是最俊的女子还和他相好哩！让侯玉英见鬼去吧！她就是想和他好，他也不愿意呢！这倒不是嫌她的腿——假如红梅的腿是跛的，他也会和她相好的！

可是眼看半个多月过去了，少平还是没能和红梅拉几句话。这倒不是说连一点机会也没。其实他们单独碰见过好多次，但不知她为什么又像上学期那样躲开了——而且常常看来是有意回避他！

少平对此摸不着头脑。想来想去，他连一点原因也找不出来。

不过，他现在还没忙着像上学期一样陷入苦恼之中。他猜想：也许红梅家里有什么事，她心里烦乱，才不愿意和他说话。

但看来她又没什么烦乱！相反，她却比上学期活跃多了。现在甚至每天下午吃完饭，在男女混杂的篮球场上，都能看见她说说笑笑和同学们一块玩呢！

于是，有一天下午，少平看见红梅又在篮球场上的时候，他自己也就踅摸着进了场。这并不是比赛，两边篮板下都有许多男女同学，站成一个半圆，谁捉住球，谁投篮。不管谁，投了一次篮紧接着又拿到球的时候，就传给另外一个人——他们都是高中生了，已经懂得规矩和礼貌。

少平看见红梅投了一次篮后，球又一次回到她手里。看她准备给别人传时，少平就在她后边说："给我一个！"

红梅不会没有听见他说话，但她没有理他，甚至连头也没有回，把球传给了另外一边的班长顾养民。

本来少平已经伸出了手，但却又不得不尴尬地把手缩回来。刹那间，他感到浑身的血都向脸上涌来，眼睛也好像蒙上了一层灰雾，远远近近什么也看不清楚了。

他正要转身走开，金波给他把球传过来。他勉强把球逮住，又胳膊软绵绵地把球还给金波，一个人转身出了学校操场。

他出了操场，又毫无目的地出了校门，昏昏然然来到街道上，最后又糊里糊涂转到了县城外边的河滩上……

他立在黄昏中的河边，目光呆滞地望着似乎不再流动的水，感觉到脑子里一片空白。包括痛苦在内的一切，暂时都是模糊的——就像他莫名其妙地来到这河边一样。

在慢慢恢复了思考能力的时候，他先在心里说：我这才知道红梅为什么不理我了！她显然已经和顾养民好了……

红梅和顾养民是什么时间里好的？在上个学期结束的时候，她还给他的《创业史》里夹了几块白面饼，使他激动得热泪盈眶……假期里，红梅回了农村，而顾养民的家在城里，不可能在这期间……那么，就在这下半年开学的几个星期里，她就和他相好了吗？孙少平只能这样判断……

他的判断是对的。郝红梅正是在这几个星期里，和顾养民好起来了。

这个家庭成份不好的女孩子，从小在担惊受怕中长大。她小的时候，她爷还活着，戴个地主帽子，一家人在村里抬不起头。她刚上小学的第二年，“文化大革命”开始了，村里的贫下中农造反队，打着红旗，扛着镢头，一夜之间，就把她家的房屋院落刨成了一堆废墟。贫下中农企图挖出老地主埋在地下的金银财宝和“变天账”，结果除刨出一个当年安土神时埋下的空瓦罐外，什么也没有搜寻到。但他们已经没家了，只能在旁边一个原来喂牲口的草棚里栖身。她爷在当年就死了。但她爷的地主帽子并没有埋进他的坟墓，而作为主要的遗产留给了父亲和她。她父亲是地主的儿子，她是地主的孙子。在现在的概念中，这和地主本人并没多大的差别。

就是背着这样沉重的政治包袱，她在社会的白眼和歧视中，好不容易熬到了县高中。由于她在这样的境况中长大，小时候就学得很乖巧，在村里尊大尊小，叔叔婶婶不离口，因此在贫下中农推荐本村的孩子上初中和高中时，村里人都没有卡她。至于她家的光景，当然已经破落得一塌糊涂。惟一能说明过去发达的迹象，就是一张折了一条腿的破太师椅。现在一家几口人，只能靠父亲一个人的工分来养活。遇个灾荒年，国家发下来的救济款和救济粮，不用说他们家也沾不上一点边；全家人只好饥一顿饿一顿凑合着过日子。一家人多少年来都把希望寄托在她身上，盼她能给这个败落的家庭带来一丝光明；因此不管家里穷到什么程度，父母亲也咬着牙坚持供她上学……

郝红梅很早就认识到了她不幸的人生和对一家人负有的使命。严酷的生活使她过早地成熟起来。她表面上看来很平板，但很有心计。

郝红梅由于自己坎坷的生活经历，实际上已经懂得了许多成年人的事——包括爱情和婚姻。但她和孙少平开始的交往中，还没有这方面的意思。她自己早有盘算：她家成份不好，光景不好，她自己要寻个好人家，找个有钱男人，将来好改变自己家庭的命运。父母亲把全家未来的希望都寄托在她身上，但她自己明白，一个女孩子，成份又不好，上学只能到高中就到头了，毕了业还得回乡劳动——至于将来推荐上大学，她家的成份是绝对不可能的。因此，她只有寻个好婆家、好对象，才有可能改变她和全家人的状况——这也许是惟一可行的道路。如此说来，她自己现在穷成这个样子，怎么可能把命运交给一个和她同样穷的男人呢？

因此，她和孙少平的接近，基本上是一种怜悯——怜悯别人，也让别人怜悯自己。

但她并不完全小视孙少平。这个贫困的男生，身上似乎有一种很不一般的东西——倒究是什么她也说不清楚。另外，他虽不算很漂亮，但长相很有特点，个码高大，鼻梁直直的，脸上有一股男性的顽强，眼睛阴郁而深沉。如果这人是干部子弟，或者说就是农民子弟，但家里光景好，门外又有工作的亲戚——比如像田润生那样的家庭，说不定她也会动心的。但这些方面孙少平什么也没有。她侧面听说少平一家人都在农村受苦，穷得只有一孔土窑洞……

但毕竟他们命运相似，使她对这个男生内心充满了亲切的感情。在这个她得不到友爱的世界里，孙少平对她来说就是宝贵的。只是那次侯玉英用污蔑性的语言，当众攻击她是孙少平的“婆姨”时，她才感到又急又气又恼恨。她到这县城的高中是另有所图的——说不定在这两年中，她能高攀一个条件好的男人。侯玉英这样一闹，舆论就把她和孙少平拴在了一起。这使她多么被动啊！她恨侯玉英，也对少平有点怨气——谁让你那么多情，每次劳动都给我发一把好工具哩！

因此，她便渐渐开始和孙少平疏远了。她要让众人看见，她郝红梅并不是孙少平的“婆姨”……

这样一晃就是几个月。临近放假的几天，她才突然发现，在她那个破旧的箱底下，还放着她借孙少平的一本《创业史》。她立刻感到一种深深的内疚。她几个月没理少平，还把他的书压了这么长时间没有还他。她知道这书少平也是借文化馆的，现在马上要放假，他肯定很着急地要给人家还。唉，这个孙少平！你为什么不开口问我要呢？可她又一想，这要怪她自己，她应该主动给人家还嘛！

在临近放假的最后一个星期天，她匆忙地跑到男生宿舍给少平还书。少平没在。金波告诉她，孙少平回家去了。她只好折身回了自己的宿舍。

回到宿舍后，她收拾东西时发现自己的干粮袋里还有几块白面饼。夏收开始后，她星期天回去常出山捡麦穗，母亲就用这麦子磨了点面给她烙了几张饼。她吃了几块，剩下的这些舍不得吃，一直放着。她突然产生了一个愿望：把这几块饼连同书一块送给孙少平，以弥补她没有及时还书的过失。

于是，她把这几块白面饼夹在那本《创业史》里，在黄昏时转到校园里等孙少平回来。她看见孙少平进了学校以后，又实在没勇气当面把这书和饼交给他，就采取了只有他们这个年龄才会有的那样一种浪漫方法……

这一学期开学后，她的一切也并没有什么改变。只是到了夏天，她还有一身没补钉的衣服可以穿，因此不像冬天那样看起来过分寒酸。正因为有这么一身衣服，她也才有心思把自己的头发整理了一下，自我感觉浑身利索了不少。以前由于自惭形秽，她常不愿到公共场所去露面。现在，这身服装使自己鼓起了一点勇气，每当下午同学们玩篮球的时候，她也敢去了。不过，她还不愿进场，只是站在场边上看别的男女同学们玩。

那天下午，她像往常一样，又站在篮球场边上看别人打球，他们班的班长顾养民突然给她抛过来一个球，并且很亲切地说："你来玩吧！为什么老站在外面看呢？"

她笨拙地接住顾养民抛来的球，满脸通红，把球又扔给场内别的女同学。这些女同学就都来拉她，她只好胆怯而兴奋地走上了篮球场。

从这以后，她几乎每天下午都去操场打篮球。没过多少时间，她就成了女生中"式子"最硬的一个。

在这期间，班长顾养民对她渐渐热情起来了。玩球中间，常常在有意和无意之间，对她微微一笑，并且得到球后，往往都抛给了她。在班上一些集体活动中，他也有意把她和他分在一块，瞅空子和她说这说那……

郝红梅的精神突然被一缕强烈的阳光照亮了。她梦寐以求的就是像顾养民这样的人。顾养民的父亲是他们黄原地区师范专科的副校长，母亲是地区建筑公司的工程师，他祖父又是这个县远近闻名的老中医大夫。养民从小跟祖父长大，一直在原西县上学。他学习好，又是班长，年岁虽然比她才大一岁，但就像一个教师一样有风度。现在，这个全班女生常羡慕地谈论的人，竟然对她如此青睐，真叫她有点受宠若惊！

和出众的顾养民一比较，孙少平一下子变得黯然失色了。她于是想方设法和顾养民接近，和他攀谈，和他一块打篮球，让他喜欢她。相反，她对孙少平产生了一种厌烦的情绪，千方百计躲避和他说话、交往。

郝红梅看得出来，这学期开学后，孙少平一直想找机会和她说话，但她都有意回避了。叫人生气的是，今天下午她正兴致勃勃地和养民他们打篮球，这个不识高低的人，竟然让她给他传球！她故意不给他，而把球给了顾养民。她要以此让他明白：她现在已经和班长好上了……

第十八章

孙少平站在黄昏中的河岸边，思绪像乱麻一般纷扰。他明白，从今往后，郝红梅再不可能和他相好了。他精神上最重要的一根支柱已经被抽掉，使他感到一种说不出来的痛苦。他面对着远方模糊的山峦，真想狂喊一声——他并不知道自己此刻眼里含满了泪水……

在他背后，县城已经一片灯火灿烂了。家家户户现在也许都围坐在一起，开始吃晚饭。此刻，谁能知道，在城外，在昏暗的河边上，站着一个痛苦而绝望的乡下来的青年，他喉咙里堵塞着哽咽，情绪像狂乱的哈姆雷特一样……

原谅他吧！想想我们在十七八岁的时候，也许都有过类似他这样的经历。这是人生的一个火山活跃期，熔岩奔突，炽流横溢，在每一个感情的缝隙中，随时都可能嗞嗞地冒烟和喷火！

少平站在河边，尽管已经误了吃饭时间，但他一点也不感觉到饿。他突然幻想：未来的某一天，他已经成了一个人物，或者是教授，或者是作家，要么是工程师，穿着体面的制服和黑皮鞋，戴着眼镜，从外面的一个大地方回到了这座城市，人们都在尊敬亲热地和他打招呼，他在人群里看见了顾养民和郝红梅……

幻觉消失了，他看见一个黑乎乎的人影正向这边走来——他认出这是他的好朋友金波。

金波现在来到了他跟前。他把手里的四个两面烧饼递到他面前，说：“看你没回来，你的下午饭我吃了。这是我在街上给你买的……”

少平没有言传，接过金波手中的烧饼，坐在一块石头上吃起来。

金波也沉默不语地坐在他旁边。过了一会，他才咬牙切齿地说：“我想把顾养民捶一顿！”

金波显然看出顾养民已经夺走了他好朋友的女朋友，这使他胸膛里充满了义愤的怒火，想为少平打抱不平。

“打了他，说不定学校会把咱们开除了……”少平说。

“你不要动手。由我出面！”

少平想了一下，说：“不敢这样。万一咱们出个事，能把家里的大人急死！”

“咱们现在就是大人了！自己做事自己可以承担。你不要管，我知道这事该怎么办哩！”

“你可千万不敢动手。咱们没什么理由打顾养民。要是平白无故打了，到时咱们没个说上的……”

“我给他制造个挨打理由！”

“不敢闯这乱子！”少平虽然和金波同岁，此刻心中又火烧火燎，但还是比他的朋友冷静一些。

金波也没再说话。等他把那四个两面饼吃完，他们就相跟着回学校去了。

孙少平没有想到，他的朋友没有听从他的劝告，在私下里开始积极筹划准备打顾养民了。

金波平时爱讲个哥们义气，班里许多调皮学生都听他的。他串联了一把子男生，商量怎样才能把顾养民打一顿而又叫学校抓不住把柄。为了不牵连孙少平，他把自己的行动都给他保密——将来打人时他也绝对不会让少平在场。

这是一个晚间，熄灯铃还没有打，金波和他串联的一群人就集中在一个男生宿舍里。他打发一个人去叫住在另外宿舍的顾养民。

顾养民进了这个宿舍后，一个男生就把门一关。顾养民有点莫名其妙。他见许多人站在脚地上，很不友好地看着他。他还发现有几个人不是住在这个宿舍的。他就问大家："你们叫我有什么事哩？"

金波走到他面前，指着旁边的一个男生问他："他什么时候偷吃你的干粮了？"

顾养民惊讶地说："没有呀……"

"那你为什么给这几个人说，他偷吃你的饼干了？"金波又指了指另外几个人。

顾养民冤枉地对那几个人说："我什么时候给你们说高来顺偷吃我的饼干了？"

那几个小子立眉竖眼、七嘴八舌地证明：他就是说了，而且还说过不止一次呢！

顾养民立刻意识到这些人是和他有意过不去。但他又想不起来他什么时候把这些人得罪了。他在班上平时对同学都很和气，和谁也没吵闹过一次啊！

他现在已经顾不得想这些了——因为他看见他的危险处境迫在眉睫。他也知道他无法再辩解他没有说过别人偷吃他的干粮。他看见这群人龇牙咧嘴已经逼近他身边，就赶忙说："同学们，咱们有什么事慢慢说，我……"

他的话还没说完，金波的拳头已经捅到了他的脸上。他立刻感到鼻子和嘴热乎乎的，知道出血了。紧接着，这一群人一齐上来，七手八脚把他踩在了脚地上；他只感到浑身到处都火辣辣地疼，倒在地上爬不起来了……

过了一会，坐在炕栏石上的金波叫另外一个男生打了一盆凉水。

于是，金波和这一群人，就把他从地上拉起来，两个人强制地架着他的胳膊，另外的人把他糊血的脸顷刻间洗得干干净净；接着又把他衣服上的土也扫得一尘不染。金波甚至拿了一把梳子，把他的头发都梳理得整整齐齐。然后这一群人便放开他，站在旁边都乐得笑了。有一个人还说："干脆给这家伙脸上再擦点油，就更风流了……"

顾养民立在脚地上，眼里泪水汪汪。

现在他身上连一点挨打的痕迹都没有了。这些人狠狠揍了他一顿，毕了又精心地把他"打扮"了一番，使他看起来什么事也没。

有一个人对他说："你给学校告去吧！到时候，我们就说，你污蔑高来顺偷吃你的饼干，我们和你讲理，但你先动手打人，我们只好嘛……"

这群人又一齐笑了。

顾养民揩掉自己脸上的泪水，说："我不告你们……"

他这句话倒使这些人一惊。金波他们都不再言传，也不笑了。

顾养民一瘸一拐出了这个宿舍。他也没回他自己的宿舍去。他走到校园东南角的那一片小树林中，抱住一根杨树干，无声地啜泣起来……

孙少平在第二天才知道金波串联一些人把顾养民打了一顿。他又急又慌，找到金波，埋怨他不该这样。

金波让他别管，说他把事干得滴水不漏。

"让顾养民告去吧！他小子挨了打，官司也打不赢！他一张嘴，我们七八张嘴，他说不过我们。"他对少平说。

但孙少平觉得事情并不那么简单。顾养民不会受这暗气，肯定要向学校反映。如果真相一旦查明，学校可能要把金波开除的。但他又不能过分指责金波，因为金波这行为完全是为他的呀！

孙少平一个人想：如果顾养民告到学校，学校开始查这事的时候，他就站出来说是他让金波打顾养民的。绝不能让学校处理金波！

金波是为他的，他一定要为金波承担罪责！

在好几天里，孙少平已经顾不上想其他事了，紧张地等待着学校来调查这事。

但过了好多天，一切仍然风平浪静。金波曾给他说过，顾养民自己说不告他们，少平当时不相信这话。但现在看来顾养民真的没有去告！班长现在看来也和以前没有什么不同，表现出什么事也没有发生的样子，并且对金波和打过他的同学态度也很正常：既不特意好，也不让人看出怀恨在心。只是在挨打的第二天，他给老师请假，说他感冒了，要上一趟医院。据金波说，顾养民上医院的那一天，郝红梅竟然偷偷到医院看他去了……

金波他们把顾养民打了一顿，反而使郝红梅更挨近了顾养民。也许他们两个分析过养民挨打的原因——金波心再残，也不会平白无故打人，惟一的可能就是因为郝红梅。她先后与少平和养民的关系变化大家都能看得出来。孙少平不出面，让他的朋友来替他报复——除此之外，再还有什么解释呢？

孙少平看得出来，郝红梅现在甚至都恨上了他，见了面连看都不看他一眼。顾养民心里不知怎样，面子上还和他保持着一般交往的关系。当然，不论是在他面前，还是在众人面前，他现在已经不回避他和郝红梅的相好关系。至于郝红梅，倒似乎专意让别人知道她和顾养民好。她现在上街，就借顾养民的自行车。回来的时候，故意在人多处给顾养民还车子，并且羞羞答答看养民一眼，说："谢谢……"

谢谢。对于孙少平来说，他也要对生活的教训说一声谢谢。这一件事的前后经历，也许实际上对他并没有坏处。他是失去了一些情感上的温柔，但也获得了许多心灵上的收获。

他现在平心静气地想，顾养民是一个好人——他挨了打，但没有报复打他的人。顾养民不会怯火这些人！这些人再残，也残不过学校的王法。只要他告，这些人都不会轻松，而且为首的金波说不定会让学校开除的。他对这件事采取了息事宁人的态度，反而在精神上把他和金波他们镇住了。

他又进一步想，郝红梅抛开他而和顾养民相好，也完全是正常的啊！他自己在哪方面都无法和顾养民比较。男女相好，这是两厢情愿的事，而怎能像乡俗话说的“剃头担子一头热”呢？

青春激流打起的第一个浪头在内心渐渐平伏了。孙少平甚至感到了一种解脱的喜悦。他似乎觉得自己的精神比原来还要充实一些。他现在认识到，他是一个普普通通的人，应该按照普通人的条件正正常常的生活，而不要做太多的非分之想。当然，普通并不等于庸俗。他也许一辈子就是个普通人，但他要做一个不平庸的人。在许许多多平平常常的事情中，应该表现出不平常的看法和做法来。比如，像顾养民这家伙，挨了别人的打，但不报复打他的人——尽管按常情来说，谁挨了打也不会平平静静，但人家的做法就和一般人不一样。这件事就值得他好好思量思量。这期间，少平获得了一个非常重要的认识：在最平常的事情中都可以显示出一个人人格的伟大来！

这是第一次关于人生的自我教育。这也许会在他以后的生活中发生深远的影响……

过了几天，在少平的生活中突然出现一件他想不到的事。学校根据县宣传部和文化局的指示，要组织一个校一级的文艺宣传队，巡回到各公社宣传演出。他们班的金波、顾养民、郝红梅和他，都选拔上了。他被确定参加一幕小戏的演出，还另出一个节目讲故事——《智取威虎山》中打虎上山的一段。顾养民也参加小戏演出，同时还任宣传队副队长。郝红梅是舞蹈队的。金波在乐队吹笛子，并且还有一个独唱节目——他的男高音很出色。

少平参加演出的这幕小戏叫《夺鞭》，是学校语文组的老师们集体创作的。剧本内容是：贫下中农出身的兄妹俩，高中毕业回乡后，为了从富农子弟手中夺回队里赶大车的权，和这个“阶级异己分子”以及一个丧失阶级立场的生产队长，展开了激烈的斗争；最后兄妹俩得到公社书记的支持，终于胜利了……

学校教音乐课的女教师是这个宣传队的队长兼总导演。她竟然让孙少平当这出戏的男主角张红苗。他又胆怯又高兴地接受了这个任务。他还没想到，从他们年级另一个班抽来的田晓霞演他的妹妹。那个富农子弟由高年级的一个男生扮演。顾养民扮演公社书记。

经过一段排演，他们这支文艺宣传队就下公社了。孙少平非常高兴参加这个宣传队，这使他第一次有了出头露面的机会。另外，宣传队下了公社，吃的都是白馍大肉；演戏的时候，他还有机会穿上体面的戏装，感觉自己像换了一个人似的有风度——他感觉别人也都用异样的眼光来看他了。

孙少平作为主角和几个全县出众的干部子弟一块登台演戏，使他经历着他有生以来最激动人心的日子。戏完后，他和田晓霞还各自有一个讲故事的节目，而这两个故事又是最受观众欢迎的。当然，他的朋友金波的独唱也常博得热烈的掌声。在这期间，文艺宣传队所有人的关系都非常亲密。他们正处于爱红火热闹的年龄，加上伙食又好，每个人都兴致勃勃的。他、养民、红梅和金波四个人之间，也自然地把以前的不愉快都搁在了一边。少平和金波都盼着文艺宣传队能赶快巡回到石圪节公社去——那里他们有许多熟人和没有来上高中的同学。在本公社露一下脸，那可多有意义啊！到时他们家里的人也会来看他们演出的……

可是在中途，文艺宣传队突然接到县宣传部电话，说地区要搞全区革命故事调讲，县上决定让孙少平和田晓霞去参加，让他们俩赶快回县城来准备节目。

这消息对孙少平来说，就像一颗炸弹在面前爆炸了：天啊，他要到黄原去？这将是他有生以来的第一次远行，并且也是第一次去逛大地方……

宣传队的所有人都很羡慕他和田晓霞。他激动无比这自不消说。晓霞尽管为这事高兴，但她从小就在黄原城里长大，不像他这样觉得好像要出国似的连晚上都失眠了。老师把戏里的角色进行了新的调整：金波顶他演张红苗，红梅从舞蹈队抽出来顶晓霞，演张红苗的妹妹……

孙少平给老师请了假，说他要先回一次家。因为他立刻想到，不能背一口袋高粱面去黄原城——要有粮票才行。另外，他的这身衣服怎么能到大地方去亮相呢？讲故事不是演戏，人家不给做服装……一想到这一切，他的情绪就像一堆红火泼了一盆子凉水，寒透心了。如果这样出去丢人，还不如不去！但他又知道家庭的情况，这么大的破费能把大人急死……

当他无限愁肠地回到双水村的时候，他并不知道，他要去黄原讲故事的消息早已传回来，在村里都家喻户晓了。他也根本不知道，双水村的人已经议论了他几天，似乎他已经成了个人物。是呀，村里像他这样大的人，倒有几个去过黄原城嘛！

使少平又惊讶又高兴的是，在他没回来之前，他哥已经把自留地的夏洋芋刨得卖了两麻袋，给他扯好了一身蓝咔叽布，放在金大婶家，等他回来量身子裁缝哩！父亲也把家里少得可怜的一点麦子，拿出二升，在石圪节粮站给他换好了十斤粮票……

他看到这些他原来还担心的问题，爸爸和哥哥都给他解决了，并且一家人都高兴得满脸光彩，这使他忍不住鼻子发酸。他在家里住了两天，母亲给他单另做得吃了两顿好饭，还一再嘱咐他出去多操心，说那是大地方，不是石圪节……

他穿着一身崭新的蓝咔叽布制服，把十斤粮票和哥哥专意卖了几担西红柿而给他的十元钱，用领针别在内衣口袋里，就怀着对亲人无限感激的心情，回到了县上。

他和晓霞在县上的文化馆集中排练了三天，文化馆长就带着他们去了黄原地区。

当他从黄原汽车站出来的时候，立刻被城市的景象弄得眼花缭乱，连东西南北也分不清了。晓霞熟悉这城市，就给他指点着说这说那。他兴奋得头脑都有些混乱不堪。

他们在黄原地区革委会第二招待所呆了七天。他们县的讲完了以后，晓霞便带着他到这城市的几个著名地方转了转。同时，他在故事会上还认识了几个地区文化馆的老师，其中有个叫贾冰的诗人，还是原西县人。贾老师热情邀请本县来的三个人在他家里吃了饭，还声震屋瓦地给他们朗诵了他写的诗。

这次故事调讲，他和晓霞都得了二等奖，把他们县的文化馆长高兴得眉开眼笑!

孙少平大开了一回眼界，然后带着无数新的印象以及一张奖状和一套“毛选”，回到了县城。到星期六的时候，他又带着从黄原城里买来的一点稀罕东西，回了一趟双水村。在地区期间，每天的伙食补助就够他吃了，因此他就把哥哥给他的十元钱，除过王满银，给全家人都买了点礼物：奶奶的一包蛋糕，母亲和姐姐一人一双袜子，父亲和哥哥一人一块白毛巾，妹妹的一块红方格头巾，猫蛋和狗蛋的半斤水果糖……

第十九章

在这几个月里，田润叶陷入了极大的苦恼之中。她在别人说合的婚姻和自主的爱情之间苦苦地挣扎。李向前一家三口和他二妈组成的说合队伍轮番向她进攻，而她自己爱着的孙少安又对她退避三舍。她整天急得六神无主，不知如何是好。像她这样一个寄人门下的二十二岁的姑娘，目前的处境可想而知。她没有什么资本和勇气斩钉截铁地抗拒县上两户赫赫有名的人家——而其中的一家又是她的亲戚和恩人，更何况他们也是诚心为她好。

这一切可以先抛开不说。假使孙少安真的可以娶她，她是完全可以不顾这一切的。但是，使她痛苦的是，亲爱的少安哥对她爱情的呼唤没有应声作答……

自从那次她在石圪节的公路上把装在信封的那张纸条塞给少安以后，不久她就在一个星期六回到了双水村。她想尽快见到少安，和他把事情谈清楚。

那天她在家里吃完午饭，就对她父母亲说，她要出去到村里的一些人家串串门，然后就兴致勃勃地来到少安家。

可是，她到少安家后，才听少安妈说，他中午不回家吃饭——现在正是锄庄稼的大忙季节，为了省时间，这一段庄稼人中午不回来，都是把饭送到地里吃。

她勉强掩饰住自己的失望，和少安妈亲热地拉了一阵话，然后把她给少安奶带的一包点心放下，只好悻悻地告辞了。不过，她在临走的时候，一再给少安他妈叮咛，等少安晚上回来时告诉他，让他明天中午一定回家来吃饭，她有事要给他说。千万不敢耽误！因为她明天下午就要回学校去了。

少安他妈满口应承下来。

本来润叶打算当天晚上再来，但黑天半夜出门，家里人会不放心的。再说，晚上少安一家人都回来了，他们没办法说话。当然，她还不敢晚上把少安约到野场地里去——万一叫村里人看见，风言风语传播开来，对两个家庭都不好。还是中午好！少安家没什么人，他们可以在他家的院子里情愿说啥呢！

第二天中午，她赶忙兴致勃勃地又去了少安家。在上他们家那个小土坡时，她心儿狂跳，气喘吁吁，甚至站住等平静了一些才进了院子。

叫她丧气的是，少安还没有回来！

她寻思：少安是队长，要安排生产，可能会晚回来一点，她应该耐心等一等。

少安妈也很急，对她说："昨晚上我给少安说过好几遍哩，说你让他无论如何今中午回来一趟，有要紧事……"

"那他当时答应了没？"她急切地问。

"他'嗯'了一声……"

唉！这"嗯"了一声，是答应回来哩，还是说只表示他知道了这件事，而回不回来还不能肯定呢？

润叶坐在大婶家的前炕边上，一边候少安，一边胡思乱想。

直等到庄稼人吃了午饭的时光，少安还是没有回来！

润叶已经在炕边上坐不住了，溜下来在少安家的脚地上走来走去，佯装看墙上镜框里的几张照片，但耳朵高度灵敏地捕捉着门外的响动。

少安妈也急得过一会就到院子里张望一回，嘴里唠叨着一些埋怨儿子的话。真是的！让这个体面人家的女娃娃跑了两回不算，还又等了这么长时间了……

少安妈看午饭时分过了好长时间，儿子还不回来，就只好对焦急的润叶说："看来他不回来了，谁知道这死小子让什么事耽搁住了！你有什么事，能不能给我说一下，让我给他转话？"

润叶的脸红了。她说："大婶，他没回来就算了。也没什么大事。等我再回村里时给他说……"

她只好又离开少安家，快快不快地回到自己家里——她得起身回县城了。

下午，父母亲把她送上过路的公共车。当汽车经过少安家院子下边的时候，她的眼泪忍不住在眼睛里旋转起来。她感到一种说不出的委屈。她怀揣一颗热腾腾的心，扑回村子来，准备交给她心爱的人，结果却连他的面也没有见上。她想不通少安哥为什么中午不回来见见她？他应该知道她回来找他是为了什么！

他为什么不理她呢？

当回到学校，慢慢静下来细盘算的时候，她又猜想：是不是那天中午少安的确山里有事不能回来？这完全有可能！他是队长，管的事多，说不定有什么事就缠住身了……

她马上想：让我再给少平捎个话，让他到城里来一下。虽说现在农活忙，耽搁一两天又误不了多少事。再说，他应该知道，这是一件什么样的事啊！

她于是又跑到县高中，给少平安顿，让他星期六回去的时候，叫他哥到城里来一下，说她还有个要紧事要给他哥说……

星期天下午，她焦急地等待着少平回来。她想，这次要是少安哥来，她就不会像上次那样害羞了，她什么话也敢对他说！

少平回来了，给她带来的是冰凉的消息：他说他忙，来不了。

她呆了。她一个人关住门，在宿舍里偷偷哭了一晚上……

第二天上午，她没有课。她也没吃早饭，就一个人红肿着眼睛来到学校后面的小山湾里。以前她消闲的时候，常爱到这个安静的地方来溜达。

她现在坐在一片草丛中发愣。今天她不愿意呆在宿舍。万一有个老师来找她，看她这副样子还不知道发生了什么事——她又不能给别人解释。另外，怕学校又有什么工作要她去做。她心乱成这个样子，能做什么呢？在这一刻里，她已经厌烦了尘世中的一切！

盛夏灿烂的阳光照耀着万物繁荣的大地，但田润叶感到自己心里空荡荡的。

坐了一会，她觉得很疲倦，没有睡过的眼睛也火辣辣地涩疼，随即便像一个懒散的庄稼汉一般躺倒在草丛里——不一会便什么也不知道了……

直到她听见有人说话，才惊醒过来。

她慌乱地坐起来，看见她面前竟然立着她二妈和向前妈。她赶忙一闪身站起来了。

显然，两位长辈看见她在这野地里如此不雅观地睡觉，感到无比的诧异。而她对她们的不期而来也有点莫名其妙。

还没等她问她们来这地方有什么事，向前他妈就立刻凑前来，瞅着她的眼睛说：“呀！这娃娃的眼睛怎肿成这个样子了？”

她立刻不好意思地说：“昨晚上……看了一夜书……”

她二妈对自己的领导说：“这娃娃就是爱看书！”她又扭过头问侄女：“你不在宿舍睡，跑到这儿……”

润叶赶忙说：“宿舍常有人来找，我想在这儿坐一会，想不到就……”

两位长辈都笑了——空气随即也轻松了下来。

她二妈说："快走吧！你刘阿姨让你到她家里去吃饭，她没来过你们学校，我陪她来找你，结果宿舍没人，旁边一位女老师说看见你到这里来了……"

"快走！尝尝阿姨的手艺怎样！你没到过我们家，怕你认生，我让你二妈也陪你去！"向前妈用领导人那种不容置疑的口气对她说。

田润叶太为难了！她为什么要去一个外人家吃一顿毫无理由的饭呢？但这样两个人找到这地方来请她，她怎么又能一口拒绝了呢？她要是拒绝了，叫这两个有身份的长辈怎么样下台？她还再在她二妈家的门上呆不呆了？

啊啊！人活一生，风雨雷电和寒霜黑雪，有时候会在同一个时辰向你的头上倾倒下来！

可怜的润叶没有办法，心里反对着这件事，可两条腿已经跟着她们起身了。

归根结底，她不敢伤这两个人的脸。她要是给她们难堪，带来的后果她现在都无法全部想象得来。

她一路像一只羊羔般跟着她们走，心里想：我去他们家吃一顿饭，难道就成他们家的人了吗？再说，刘阿姨和她二妈，李叔叔和她二爸，都是老同事，谁家的人到另外一家去吃个饭，这都是一件很普通的事……她走着，心中竭力找一些正常的理由来冲淡这次明显不正常的赴会……

三个人进了向前家，李登云父子俩立刻热情地迎接了她们。向前慌忙解掉腰里的围裙——显然刚在厨房忙毕，接着便给她和她二妈倒茶，两只手抖得把茶水倒了一桌子。他妈眼疾手快，抓来一块抹布就揩桌子。向前红着脸退回了厨房。

李登云乐呵呵地坐在她们对面，对她二妈说："我不如你们福军，文武双全！我只会吃，不会做！家里来个客人，都是我向前炒菜，他比他妈的手艺还高一截！”

李主任似乎无意但实际有意把儿子夸赞了一番。

伶俐的刘阿姨接上丈夫的话碴，说：“人各有所长嘛！向前干活心灵，可人家润叶这娃娃爱学习，一晚上熬夜把眼睛都看肿了！”

“爱学习好！”李登云说，“爱云你大概知道，你爸常指教我们说，好好学习，书念到肚子里沤不烂！”

徐大夫笑着说：“可他自己连一本书也不看！”

“那也不能那样说！徐老把社会这本书念精通了！这可是一本大书啊！”管政工宣传的李主任不管怎样说，都让人感觉到他说的有道理。

登云说完后，又马上对他爱人说：“志英，上菜吧？”

他爱人刘志英就到厨房里去了。不一会，向前母子俩就一进一出，摆满了一桌子菜。

五个人都坐齐后，李登云夫妇两个人给润叶夹菜，李向前忙着招呼她二妈。润叶推说自己熬了夜不想吃东西；只吃了一点菜，喝了半小碗汤。

好不容易才把这顿饭吃完。她二妈对她说：“我回去有点事，你就在刘阿姨家多呆一会。你常不来，和刘阿姨他们拉拉话……”

润叶立刻感到脊背像针刺着一般，她着急而甚至有点惊恐地说：“我下午要上课，教案还没备好哩！我得很快回去！”

李登云一家看没办法留她，就只好把她和她二妈一同送出了门……

田润叶没有想到，她在李向前家吃完这顿饭后，他们学校和城里的一些人就不知怎样知道了这件事，开始传播她和李向前已经订婚了，而且添油加醋，说不久她就要和县上李主任的儿子结婚呀。

更让她生气的是，李向前似乎是为了证实这种说法，竟然到学校的宿舍找她来了。他坐在她宿舍里，给她说长道短，并且建议她暑假坐他的车到省城和北京开开眼界。她不能把李主任的儿子用棍子打出去——她不具备这种泼辣性格！她只好一个人找借口躲出去，让这位汽车司机自己呆在她的房子里！

当她约摸李向前讨个没趣走了以后，才又回自己的宿舍去。她看见，李向前是走了，但她的房子却被打扫得干干净净！炉坑里的灰渣掏得一点不剩；倒垃圾土的铁簸箕都被水冲洗得明光发亮……天啊，世界上还有这样的人！

她回到二妈家时，又会时不时碰上向前他妈，关心地问她有什么困难，需要什么帮助就尽管给他们说……

她二妈已经又找她谈过几次，说向前给他父母亲表示，他就看上个她；如果她不能和他结婚，就去自杀呀！说向前父母亲急得一再让她给她做工作，让她做向前的媳妇……

说心里话，对向前一家人的这些做法，她反感透顶，也倒并不怀恨在心。润叶是个明白人，她也知道，这一家人也是出于真心。如果是其他什么事，她就是做出牺牲，也可以迁就他们。但这是要她把自己整个地交给一个她并不愿意交给的人啊！

生活，生活！为什么给她出这样的难题？如果没有个李向前，她现在会仍然像过去一样，安安稳稳而又忙忙碌碌地操心着工作，内心平静得像一泓湖水——这是她最乐意的。可是，为什么要给这湖面投进来一块石头，搅乱她平静的内心世界？而更为不幸的是，由于李向前这块生硬的石头的撞击，又使她对另一个人释放出真正炽热的爱情冲动——可是，当她也给别人的心里投进去一块石头的时候，却又没溅起任何一点水花……

从去年冬天到现在，润叶已经经受了半年多火一般的煎熬。她多么想给尊敬的二爸说说她的苦恼，但她又多么不愿意给他带去纷扰。她隐隐地感到，她二爸在工作中也不太顺心，经常有他自己的许多烦恼。她怎么能让他再为她而分心呢?

至于父亲，虽说是个大队书记，但实际上也是个农民，怎么可能理解她的心呢？在这种事上，她不可能在他那里得到帮助，而母亲又是大字不识一个的农村妇女……

润叶想来想去,觉得主意还得她自已拿。当然,她一个女孩子家，对自己能有多少力量并没有多少信心。但她想她要尽可能去把握她的命运。

李向前对她的压力越来越大了。不知在什么时候，这人已经殷勤地把她门外冬天烧的煤块，重新垛得整整齐齐，像精心设计的一座小小的建筑物。而且还把原来粗糙的劈柴块，加工得像精致的工艺品一样，在煤块旁边又给她建造起另一座更“艺术”的建筑物!

全校的老师都在夸“她的女婿”，指画着他在她门口留下的“杰作”，惊叹地议论着。

她实在无法忍受了!

她突然决定很快再回一次双水村。这次她无论如何要见到少安——哪怕他再躲着不回家，她也要破开脸皮到山里找到他……

第二十章

孙少安内心的苦恼并不比田润叶少。

当他在石圪节的公路上看完她那张一目了然的纸条后，先是惊呆了。

尽管他和她从小可以说是青梅竹马，但他长这么大，从来没敢想过让润叶做他的媳妇。不管从哪方面看，这都是绝对不可能的。因为不可能，也就不可能去想。

可是，突然福从天降，一张白纸条如同一道耀眼的电光在他眼前闪现，照得他一下子头晕目眩了！

当他反应过来这是怎么一回事的时候，曾站在公路上幸福地哭起来。那时他感到一股巨大的暖流在他的胸膛里汹涌澎湃；感到天旋地转，整个世界都眉开眼笑，成了另外一个样子。记得当时他不知道自己是怎样从石圪节走回双水村的；一直到进了他家院子的时候，手里还僵硬地握着她那封信……

温暖而幸福的激流很快就退潮了。他立刻就回到了自己所处的实际生活中来。一切简单而又明白：这是不可能的！

是的，不可能。一个满身汗臭的泥腿把子，怎么可能和一个公家的女教师一块生活呢？尽管现在说限制什么资产阶级法权，提倡新生事物，也听宣传说有女大学生嫁了农民的，可这终究是极少数现象。他孙少安没福气也没勇气创造这个“新生事物”。再说，他家这光景，让润叶过门来怎么办？旁的先不说，连个住的地方也没有……唉，土窑洞他倒有力气打一孔，主要是这家穷得已经像一个破筛子，到处是窟窿眼……就是家能过得去又怎样呢？女的在城里当干部，男的在农村劳动，这哪里听说过？如果男的在门外工作，女的在农村，这还正常——这现象倒并不少见，比如金俊海在黄原开汽车，他老婆和孩子就一直在村子里住着……

另外，想到润叶的家庭，他更寒心了。田福堂是双水村的主宰，多年来积攒下一份厚实家业，吃穿已经和脱产干部没什么两样。她二爸又是县上的大干部，前后村庄有几家能比得上？难道贫困农民孙玉厚的小子，就能和这样的家庭联亲？这简直是笑话！

但他一想到润叶本人，心里就由不得感到酸楚。她并不是一个梦境中虚幻的姑娘。她和他一块长大，相互熟悉和亲切得像兄妹一样。他要是真的能和她一块生活一辈子，那他对自己的一生会多么满足啊！他想他如果当时家境好一些，和她一块去城里上完中学，参加了工作，他说不定真能和她结合在一起……

但他能抱怨命运吗？能后悔自己回来当了农民吗？不，他不抱怨，不后悔，也不为此而悲伤。他要帮助父亲养活一家人，而且要对少平和兰香的前途负起责任来。从那时到现在，尽管过得艰难，但这个家庭还维持着——这就是他的骄傲！当然，他还并不满足这些。一旦有了转机，他孙少安还会把这个家营务得更好；他在这方面雄心勃勃，希望将来能和田福堂、金俊山那样的光景争个高低！至于他个人的婚姻，他这两年并不是没有考虑——他终究已经二十三岁了，像他这个年龄的农民大都已结了婚，没结婚的也基本都有了对象。他想他要找一个能吃苦的农村姑娘，和他一起创立家业。但并不是眼下就解决——这不是说他现在不想娶媳妇，而是现在还娶不起。他想等少平高中毕业，不论弟弟能找个临时性工作，或者回来劳动，他就多了一个帮手，到那时再考虑自己的婚姻也不迟。最使他熬煎的是，他打闹不起上千元的财礼钱。这两年也有人给他说媳妇，可没人给他说不要钱的媳妇。

现在倒好！有个拿着工资的媳妇要跟他，他可又不敢娶了……

孙少安思来想去，真想找个没人的地方，一个人抱住头痛哭一场！他多么幸福，亲爱的润叶竟然给他写了这样一封信。可他又多么不幸，他不能答应和这个爱他的也是他爱的人一块生活！

但是，他连哭鼻子的工夫也没有。家里、队里和村里的事交织在一起，乱得像“三国”一样。

他天不明就得爬起来，先要把家里的两个大水瓮担满——父亲年纪大了，已经做不成这类重活。担完水后，他又帮母亲给妹妹做饭——兰香要赶着到石圪节上第一节课。等妹妹吃完饭，金秀来叫她的时候，他还要把这两个孩子往罐子村那边送一段路。天不明，两个孩子害怕，金秀家也没个男人在家，这护卫工作只能由他承担。

送完兰香和金秀，他就赶紧折身回来，到一队饲养室院子安排全队的生产。实际上，在他到饲养室之前，就要把当天四五十个劳力的各种活路都考虑好，然后在很短的时间里就得布置完——不能推迟出山时间！秋天的收成和几十户人家下一年的生计，就在这每一天的分分秒秒中！

队里几乎所有的社员，都常抱怨他把他们抠得太紧，简直到了残酷的程度——山里休息往往连烟瘾都过不了就又被他赶起来干活。有人甚至背后叫他“孙阎王”。但他不管这些。他想，如果不这样下苦，秋后一分粮食，你们就要骂我是“龟孙子”了。他自己先不偷懒，都是抢重头子活干。至于庄稼行里的技术，更是样样拔尖，连一些自认为老行家的人也佩服得五体投地。他在队里的权威是自然形成的。

如果中午不在山里吃饭，他回家吃完饭，碗一撂，就到自留地去了。他要利用中午别人睡觉的时间来营务自己的庄稼。这一点自留地，他宝贵得不知种什么好，从庄稼到蔬菜，互相套作，边边畔畔，见缝插针。种什么都是精心谋划的——有些要补充口粮，有些要换成零用钱……他一年不知要在这块土地上洒多少汗水。不管他怎样劳累，一旦进了这个小小的天地，浑身的劲就来了。有时简直不是在劳动，而是在倾注一种热情。是的，这里的每一种收获，都将全部属于自己。只要能切实地收获，劳动者就会在土地上产生一种艺术创作般的激情……

孙少安疯狂而贪婪地干一天活，一到晚上，如果大队不开什么会，他就倒在自己那个小土洞里睡得像死过去一般……

但一段时间来，这样劳累一天以后，他急忙睡不着了。润叶在他的眼前扰来扰去，使他无法入眠。他不时在黑暗中发出一声叹息，或者拳头在土炕上狠狠捣一下。

一切都不知如何是好。他原来想，只要他不给她回话，她就会知道他不同意——不，不是不同意，是不敢同意，她就不会再提这事了。可没想到她三一回五一回托少平捎话，让他再到城里去。他的确没工夫去城里。但主要的是，这是一件不可能的事，何必再花工夫跑那么多路去谈论呢？而且他不愿意当润叶的面说出那个“不”字来，以免让他目睹她伤心而使自己也心碎！他想他不去城里，润叶大概就会明白他的意思，不再提这事了。

可他万万没有想到，她却又跑回村子里来找他！

那天中午，他尽管内心充满矛盾和痛苦，但硬是忍着没回去。他当时想，他可能有点残忍，但一切将会因此而结束。等他们在这个问题上彻底解脱了，有机会他会慢慢给她说明一切的。

他越来越清楚，他要是答应了润叶，实际上等于把她害了。像她这样的家庭和个人条件，完全应该找个在城里工作的人。她现在年轻，一时头脑热了，要和他好。但真正要和他这样一个农民开始生活，那苦恼将会是无尽的。她会苦恼，他也会苦恼。而那时的苦恼就要比现在的苦恼不知要苦恼多少倍！

不要这样，亲爱的人！让我们还是像过去那样友爱。我会永远在心间保持对你的温暖的感情，并且像爱妹妹、爱姐姐、爱母亲一样热爱你。原谅我吧……

那天，他像“受戒”一样熬过了这一个中午。中午一过，他和大家又一块开始锄地。锄了一会地后，他突然感觉到自己是多么的愚蠢和不近人情！是啊，简直是一个真正的土包子老百姓！他为什么用这样一种可笑的方式来折磨那个可爱的人呢？他难道就不能回去，哪怕三言两语给她说明他的意思不就行了？亲爱的人给他捎话让他到城里来，他可以用“忙”来推托，现在她为了他，亲自跑回来，找到他门上，他却像一个贼娃子一样躲在这山里，不见人家……他立刻对锄地的人说：“你们先锄，我回去有个事！”于是掂起锄头就大撒腿往回跑……

等他跑回家里，母亲告诉他，润叶已经坐汽车回县城去了！

他已经听不见母亲对他的抱怨声，一个人出了门，来到通往县城的公路上，心急如焚地走了一段路，嘴里喃喃地说：“对不起你，润叶，我对不起你……”

从这以后，他想他不仅拒绝了润叶对他的爱情，也割断了他和她过去的友情。他太伤她的心了，她也许再也不会理他了！

他于是就闷着头干活，一天也没多少话。不论是队里还是家里，他把该说的说完，便没有一句多余话了。山里有人和他开个玩笑，他也会表现出一种厌烦的情绪，弄得人家很尴尬。大家都觉得他成了个“怪”人；谁也猜不透这位年轻的队长究竟碰到了什么事……

这天中午他吃完饭，就一声不吭地挑了一担水桶，又去了自留地浇那几畦蔬菜。自入伏以来，天一直没下雨——其实伏前的几个月里也没下过一次饱墒雨。

他挑着空水桶，向村外走去。天热得要命，好像划一根火柴就能把空气点着。远远近近的山头上，庄稼的绿色已不再鲜艳，一片灰塌塌的。川道里的庄稼稍好一些，因为曾经用抽水机浇过一次。现在，东拉河细得像一根麻绳，已经拦不住多少水了。如果天再不下雨，今年又将是一个年馑。火辣辣的太阳晒焦了土地，也晒焦了庄稼人的心！

少安家的自留地在去米家镇方向的公路上面，出村子走不远就到了。自留地有一点川台地，其余都是坡洼地。那几畦蔬菜和红薯、南瓜都在川台地上。坡洼地上种的都是庄稼。

少安来到自留地下面的东拉河里，拦起一点水，马勺刚能舀起。他舀了一担泥糊水，往公路上面的地里担。

从河道上了公路，再从公路上到地里，几乎得爬蜒半架山。家里没什么硬正吃的，只喝了几碗稀饭，每往上担一回水，他几乎都是在拼命挣扎。天太热了，他干脆把那件粗布褂子脱了撂在河边，光着上身担。

担了几回水，他实在累得不行了，就用搭在肩膀上揩汗的毛巾，在河里洗了洗脸和上身，然后穿起那件破褂子，来到河边一棵柳树下，卷着抽旱烟。

他刚把卷起的旱烟点着吸了一口，就听见身后面似乎有脚步声。他扭头一看：啊？是润叶！

我的天！她怎么会在这个时候出现在这里？

少安又惊又喜又慌又怕——他一闪身站起来，看着走到他面前的润叶，嘴张了几张，不知该说什么。

他终于咄讷地说："你怎……"

"今天是星期天。我昨天下午就回来了……"润叶红着脸问他，"你浇地哩？"

“嗯……”少安用湿毛巾揩了一下脸上的热汗珠子，“庄稼快晒干了……”

“那光靠人担水浇地怎么行哩？”她在旁边一块圆石头上坐下来。

少安也只好局促地坐在他原来坐的地方，两个人离得不远不近。他回答润叶说：“光浇几畦菜……”

两个人立刻就进入到一种紧张状态中。他们还都不由得向村子那里张望，看有没有人看他们。好在现在是中午，劳累的庄稼人都睡了。没有其他什么声音，只有河道里叫蚂蚱单调的合唱和村庄那里传来的一两声懒洋洋的公鸡啼鸣……

这时候，对面很远的山梁上，飘来了一个庄稼汉悠扬的信天游。少安和润叶一听声音，就知道是他们村的红火人田万有在唱。万有大叔正从远山的一条小路上向村里走去。少安和润叶不由相视一笑，然后便敛声屏气听着万有叔又酸又甜的信天游——

说下个日子呀你不来，
垴畔上跑烂我的十眼鞋。

墙头上骑马呀还嫌低，
面对面坐下还想你。

山丹丹花儿背洼洼开，
有什么心事慢慢价来……

这歌好像正是给他们两个人唱的，这使他们的脸如同火一样烫热。

“少安哥……你……”润叶不好意思地望着他。

"唉……"少安只是长叹一口气，低下了头。

"噢——润叶！噢——润叶……"

村头的公路上，猛然传来田福堂拖长了音调的呼唤声。

两个人都一惊，扭头看见田福堂正站在村头的公路边上。他显然看见了他们，但知趣地没有走过来，只是又叫着说："润叶，快回去吃饭嘛，你妈都等你好一阵了……"

润叶气得牙咬住嘴唇，没给父亲应声。

少安慌忙站起来，把两只桶提到河边，舀起一担水，给润叶也没招呼一声，就低着头担上了土坡。

润叶也只好站起来，心烦意乱地顺着河边向村子里走去。

田福堂看女儿回来了，也就折转身子在前面先走了。

唉，他们等于什么也没说，就被田福堂的一声喊叫给冲散了……

润叶气恼地回到家里，两只很秀溜的新鞋在河滩里糊满了泥巴，一副叫人看了怪不好意思的狼狈相。

福堂并没有提起刚才的任何一点事，但心虚的女儿立刻给父亲解释说："我想出去在村子里转转，在前面公路上碰见少安担水，我和他拉了几句话……地旱得真厉害，庄稼眼看要晒死了！"

"今儿个这几斤羊肉是我在罐子村买的，刚杀的新羊肉……润叶，快吃！"田福堂帮助老婆把一盘羊肉饺子端上炕来，招呼让女儿吃，好像他根本没听见女儿说什么。他只是在女儿不留意的时候，用复杂的眼光瞥了一眼她刚脱在脚地上的那两只令人难堪的泥鞋……

第二十一章

实际上，田福堂在看见润叶和少安亮红晌午坐在河滩里的一刹那间，心里就什么都清楚了。他又不是没年轻过嘛！那时虽然是旧社会，但这号事旧社会和新社会有什么区别？只不过他那时可不敢和润叶她妈大白天坐在河滩里罢了。

使他大吃一惊的是，他的润叶怎能看上了孙少安？

啊呀，这是他做梦也想不到的！虽说两个娃娃小时候一块耍大，但以后一个在农村受了苦，一个到城里上学，又参加了工作，现在等于说天上地下一般，两个人怎么能往这件事上想呢？再说，撇过孙少安不论，他们那家庭又是个什么样的烂坛场！他有文化有工作的女儿怎么可能嫁给他们呢？这不是全中国的一件怪事吗？

田福堂都由不得失笑了。

但是一认真想这事，他便感到又震惊又慌乱。哈呀，他没想到他女儿看起来腼腼腆腆，心胆倒挺大！哼，她凭什么能看上个孙少安？而且还敢在光天化日下坐在村外面谈恋爱哩！他现在才知道，润叶这几次回家来，慌慌乱乱，心神不定，动不动就跑出去了——原来她这都是为了孙玉厚那个大小子啊！

不行！他就是寻死上吊，也不会同意让他的女儿进了孙玉厚的家门！虽说现在兴男女婚姻自由，但不能自由得没框没架，没棱没沿嘛！别说是真的进了孙家的门，就是他的工作女儿和一个泥腿把子谈恋爱这件事，若是让村邻乡舍都知道，他田福堂的脸都没处搁。

他要很快制止这件丑事继续发展。当然，他是个精明人，也不愿伤自己娃娃的脸。因此自发生这件事后，一直装得和不知道一样……

女儿回县城已经三天了，现在田福堂的心情还平静不下来。这几天他已经没心思管村里的工作，日夜盘算润叶和少安的事。

他有时也豁达地想，如果少安当年不要回来劳动，和润叶一块去上学，再寻个工作，那这娃娃做他的女婿说不定还可以。少安本人他看上哩！要是文化再高一点，又有工作，说不定将来还能熬个大官……反过来再说，要是他女儿没文化没工作，也在双水村劳动，农民对农民，那不要他孙少安骚情，他田福堂会直接托媒人把润叶许配给他的。当然，如果是这样，他也就不会嫌孙玉厚家穷了，到时候他会把少安的光景扶起来的：没地方住吗？他给箍两孔新窑！没吃的吗？到他家里来吃！

可是，现在明摆着，两个人的条件差得太远嘛！

他想，孙少安这小子也不知道个天高地厚！你不在东拉河里照照你的影子，看能不能配上我润叶？你胡骚情我女儿，最后就是落了空，你除损失不了什么，还能抬高你的身价哩！可你等于给我田福堂祖坟供桌上撒了一泡尿！活活地往死欺负人哩！哼！你小子甭能！我田福堂也不是个省油的灯盏！

田福堂圪蹴在自家的炕头上，一边想，一边气得鼻子口里喷着热气。他老婆以为他病了，给他拌了一碗鸡蛋糊汤端在面前，他一口也不吃，也不给他老婆说他究竟怎么了，只是手里拿一根纸烟，不断凑到鼻子上闻。

他突然想到，他应该去一趟城里！他要找福军和爱云，让他两个赶快给润叶在城里瞅个人家。他以前只是一般地给他两个安咐了这件事，这次他要把这当个事好好给福军和爱云说一说。

想到这里，他性急地立马跳下了炕，准备先去找一下孙玉亭，让他这几天替他照看一下队里的工作。本来也应该去给副书记金俊山打个招呼，但他不愿跑到金家湾那面去——让玉亭给俊山说一声就行了。要是他不在村子里，通常都把工作主要委托给孙玉亭来管。玉亭对他忠实可靠，做什么事又认真，他放心。再说，金家湾那面有个什么“响动”，玉亭的耳朵都能逮得住，回来马上就给他汇报了。

他也没给老婆招呼一声，就匆忙地出了门。

走到院子的时候，他才想起，他有几双旧鞋，原来准备送给这位恓惶的助手穿，常记不起给他；现在可以顺手给他拿去。

他于是又折转身回了家，对老婆说：“把后窑掌我那几双旧鞋，拿张报纸包起来。”

他老婆不解地问：“做什么哩？”

“我带给玉亭，让他穿去……你没看他到咱家来，鞋烂得用麻绳子捆在脚上，连炕也上不了吗？”

对丈夫要求的任何事，润叶她妈都会言听计从的。她取了一张旧报纸，把那几双旧鞋包起来，交给了丈夫。

田福堂把这几双旧鞋夹在胳膊窝里，就去玉亭家了。

孙玉亭家离他家不远，下一个小坡就到了。一孔不知孙家祖宗哪代人箍下的窑洞，由于多年不整修，山水从破窑檐石中间流下来，把窑面子上的泥皮全冲光了，烂石头碴子暴露在外面，里面住了许多窝麻雀，一天到晚唧唧喳喳的，倒也自有一番热闹景致。院子原来还有个横石片围墙，自孙玉厚搬走后，就逐渐塌成了一圈烂石头。墙角里用这塌墙石头乱垒起的厕所，似乎连个羞丑也遮不住。

田福堂进了玉亭家的窑洞，天还没黑，窑里就黑乎乎地看不清楚了。在暗处的这家人显然都看见他来了，玉亭和凤英两个人都从后灶火圪塄里转出来，热情地让他快坐。

田福堂知道没个好坐处——地上连个凳子也没有，炕上的席片又烂得到处是窟窿眼。

他就站在脚地上说：“玉亭，我明天想到城里看一下我的气管炎，这几天队里的事你就给咱照看着点。罢了见到金俊山，你给他说一声就行了……这几双旧鞋放下你穿去吧！”他说着就把胳膊窝里的鞋放在炕边上。玉亭的三个孩子一扑上来，从报纸里把鞋拉出来，一人拖拉一双，在烂席片炕上绊绊磕磕跑着，高兴得呜呜直喊叫。

玉亭和凤英激动得不知如何是好。凤英说：“田书记对我们真是关心到家了！”

孙玉亭对田福堂说：“你放心走你的！队里的事有我哩……你好好把你的气管炎看一下，身体是革命的本钱！”

田福堂说完事后，马上就告辞走了。他实在无法在这个“黑洞”里多呆一会。玉亭和凤英簇拥着一直把他送到院子的烂豁墙外……

第二天吃完早饭，田福堂就骑了自己的自行车去了县城。他不愿坐汽车——自己有车子，何必花车票钱呢？

他不紧不慢，没到中午，就来到了县城。

当他推着自行车进了福军家院子的时候，看见爱云她爸正戴个草帽，在那个花坛里把豆角蔓子往玉米秆上缠。老汉还没看见他进来。他把车子撑在厨房檐下的阴凉处，叫道：“徐大叔，哈呀，常忙着哩！你老营务起一块好庄稼嘛！”

徐国强老汉一听是田福堂的声音，停了手中的活，笑哈哈地迎过来，问：“刚到？”

“刚到！”田福堂一边回答他，一边从车子后架上取下来一个大塑料袋。徐国强已经看见那是一袋子金黄的旱烟叶，高兴地说：“你又给我带来好干粮了！”老汉很欢迎这位客人，一是因为两个人能说在一起，二是他来常给他带一包好旱烟——这是他最喜欢的礼物。

徐国强引着田福堂回了自己住的窑洞，忙着给他倒茶水，寻纸烟。那只黑猫绊手绊脚地紧撵着老汉。

田福堂只喝茶不抽烟，但徐国强还是硬把一支纸烟塞到他手里。

田福堂没点这烟，凑到鼻子上闻了闻，说："这东西我已经没福气享受了。不过，我还爱营务个旱烟。早年间，我烟瘾大，纸烟抽不起，一年就精心营务一块旱烟，结果对营务这东西有了兴趣。你老不知道，我在村里营务旱烟是头一把手！现在尽管我不能抽烟了，但我还年年在自留地栽一点……"

徐国强满怀感情地从塑料袋里抓出一把旱烟，连连夸赞："好！好！好！"

"福军最近又忙啥着哩？"田福堂问徐老。

"到地区开会去了，昨天刚走。"

"啊呀，他不在？"田福堂感到十分遗憾。

不过，他又想，爱云在哩。他毕了和爱云说！其实，润叶这事福军也没工夫管，主要看她二妈哩。

"爱云上班去了？"

"噢……最近也忙，说要值班，中午也不回来，都是润叶给我和晓霞做饭……"

田福堂想，等中午吃过饭，他就直接去医院找爱云。家里人多，不好谈润叶的事。

他和徐国强东拉西扯地拉了一会话，润叶和晓霞就先后回了家。润叶赶忙问父亲到城里来办什么事？田福堂说他来看一下自己的气管炎。

"那下午我请个假，陪你到医院去！"润叶关切地对父亲说。

"不用了。你不敢耽搁教书！我又不是找不见县医院。再说，你二妈也在医院哩……"

“干脆让我去把我妈叫回来！”晓霞对大爹说。

“不要。你妈要值班哩，我又没什么事，吃完饭我到医院找你妈就行了。”

润叶赶紧到厨房去做饭。晓霞见来了客人，也到厨房给姐姐帮忙去了。

吃完饭后，田福堂就一个人来到县医院。

他在值班室找到了弟媳妇。徐爱云忙着招呼他喝水，并且要出去给大哥买一颗西瓜，被他拦挡住了。

福堂早已忘了他的气管炎，转转弯弯就和爱云拉谈起润叶的婚事了。当然，他并没有给弟媳提说润叶和少安的事。他知道这是女儿的秘密，不能给外人说——包括爱云一家人和润叶她妈，都不能让他们知道这事。他决不能伤害他亲爱的女儿。他只是对爱云说，润叶年纪不小了，又在城里工作，他是个农民，没办法帮助女儿寻个人家，让爱云无论如何在最近帮助他解决这问题。

“我为这事熬煎得整晚整晚睡不着……”田福堂最后一脸忧愁对弟媳妇感叹说。

爱云听他说完话，就开始给他讲县上李主任的儿子怎样追求润叶的事。

田福堂像听惊险故事一样，紧张地听爱云说完事情的前前后后。他一时感到另外一种震惊：他没想到，县上赫赫有名的李主任的儿子爱上了他的女儿！

他现在倒也没感到受宠若惊，反而在心里有点莫名的惧怕。他归根结底是个农民，考虑问题往往从实际出发。他想：他的润叶是个农民的女儿，虽说成了公家人，但要和一个大干部的儿子结了婚，将来会不会受气？万一人家中途不要了，甩在半路上，那就等于要了他这一家人的命！

“我觉得这门亲事可以考虑，关键倒不是李登云的家庭如何，主要是向前这娃娃很喜欢润叶！”徐爱云对大哥说。

“那润叶的意思哩？”田福堂问她。

“润叶直到现在也没表示个肯定态度。我很着急，因为李登云一家对这事太热心了。”爱云一边说，一边把一杯清凉饮料端到田福堂面前。

“噢……”

田福堂在心里划算：润叶找少安那样的人家，是太低了。但找李登云这样的人家，也许又太高了。最好能找个中等人家，一般干部家庭的子弟就行了，最好不要高出县上的部局长家庭。太高了不好，因为他是个农民嘛！虽说福军和李主任的职位差不多，但润叶是他的女儿！

他于是抽出一支烟闻了闻，对弟媳妇说：“你最好给润叶寻个一般干部家庭。李主任那么高的位置，我是个农民，怕高攀不起人家！”

爱云笑了，说：“大哥，你考虑事情太复杂。李登云是多大个官？还不是和福军一样……”

“但我和人家不一样！”

“这主要是两个娃娃的事。再说，人家李登云两口子也对润叶十分满意！”

接着，徐爱云又给田福堂说了许多李登云两口子怎样喜欢润叶的情形。

田福堂听了这些事，才开始动心了。他说：“既然人家这么诚心实意，那这事你就看着办吧！我信得过你们！润叶虽然是我的娃娃，但你和福军也没少操过心。现在她又在你们身边，你们就稳稳妥妥给她找个人家。不过，这事要抓紧，女娃娃家年龄一大……”田福堂不知该怎样说，就赶忙低头闻了闻烟，接着便剧烈地咳嗽起来。他这才想起他给许多人说过他到城里来是看气管炎的。

等咳嗽平息了以后，他对爱云说：“我的气管炎后来越来越重了……”

爱云马上说：“我现在就引你去顾老先生那里开几服中药。你这是慢性病，最好是吃中药。”

田福堂久闻顾老先生的大名，就高兴地跟爱云去了中医科。

顾老和大部分名中医一样，白发红颜，戴一副老花镜，认真地给田福堂号脉。爱云对站在一边看书的顾老先生的孙子说：“田润生是不是和你一个班？”

顾养民很有礼貌地回答说：“是一个班的，阿姨。”

“这就是润生他爸。”爱云指着田福堂说。她然后又告诉大哥，这是顾老先生的孙子，和润生一个班。

顾养民亲热地过来叫了一声田叔叔。

田福堂问顾养民：“我润生在学校怎样？”

顾养民当然不好说其他的，就说：“都好着哩！”

“你好好帮助他！那娃娃慌慌张张的……你下午去不去学校？”他问顾老先生的孙子。

“去哩。”

“那你叫润生晚上回他二妈家来，你给他说我来了……”

顾养民满口答应说他一定把话给润生捎到。

田福堂随后提了几包顾老先生开的中药，就先回爱云家去了。

他在爱云家住了一个晚上，和徐国强把话拉到实在没什么可说的程度，第二天吃完早饭就骑着车子往回走了。原来他估计在城里得多呆几天，但事情很快都办完了。给爱云安咐了润叶的事；让顾老先生看了气管炎；又和徐国强老汉拉完了话；加上福军也不在，他就再没心思在县城继续逗留。

临近中午时分，田福堂就骑着车子回到了石圪节。

他忽然看见他们村的田福高圪蹴在石圪节的小桥上，就跳下车子来，走过去问他：“今天又不遇集，你跑到这里干什么哩？”

一队副队长见是书记，赶忙站起来，说：“唉，大庄河我姨夫让公社叫来正盘问着哩……”

“盘问啥哩？”田福堂好奇地问。

“就是扩大猪饲料地的事嘛！他当个生产队长，开春划猪饲料地给每一户扩大了几分，让人家告到了公社……我姨急得昨晚上就跑到我家里了。我今天来打问看究竟要紧不要紧。听人家说公社现在正盘问着哩，我等看有什么结果……”

“猪饲料地不是拿绳子往过丈量吗？怎能扩大了呢？”田福堂奇怪地问。

“嗨，也有不丈量的，随便约摸着划开就行了。咱们生产队划猪饲料地，你当时不在，因此不知情，还不是少安和我引着社员大约估摸了一下吗？这事只要没人告就没事。现在的人没良心，给了便宜不占，还跑到公社去告状！”

“噢……是这样！”

田福堂若有所思地站了一会，然后说他去买个东西，就和田福高打了个招呼，调转车子过了桥，向石圪节的街上走去……

第二十二章

孙少安万万没有想到，公社突然派人来丈量他们队的猪饲料地。几天前他就听福高说，大庄河他姨夫因给社员多划了猪饲料地，被公社叫去盘查了一天。他心里一直担心这件事，但这件事还是发生了。公社刚来人时，他以为是他们队谁告了状，但又听说公社在其他队也普查猪饲料地的情况，只好硬着头皮等着挨戳了。

这多年来，提起猪就能把人愁死。先前，公社每年根据国家要求，给每个大队硬行分配生猪交售任务。反正不管三七二十一，到年底平均两户按标准交售一口肥猪。喂肥一口猪得多少粮食啊！这年头，人都没粮吃，怎能有猪吃的粮食呢？但没办法，国家要拿猪肉支援第三世界，每年的任务非完成不行。谁家完不成任务，就要把人口粮扣除一部分。

没有人喂得起猪。队里没办法，由田福堂出面给公社做工作，看能不能用生产队集体的羊来顶猪。公社通了人情，说可以，但必须用绵羊来顶。一年下来，全村的绵羊就快绝了种。

看来这不是办法，还得要落实到家户来养猪。

大队小队干部没明没黑地开会，但连一户也落实不了。金俊山提出，是不是队干部先带个头，一人应承喂一口猪，然后再做社员的工作。但其他干部都讥讽他说：你有能力带这个革命头哩！我们没能力！再说，当干部一晚上开会熬眼已经够了，还带这个头！你要带你带吧！最好你金俊山一家人办个猪场，把队里的任务都包了！

金俊山立刻张口结舌退到大队部的灶火圪塄里，再不吭声了。

还是孙玉亭有办法，提出用抓纸蛋的方式来解决这个问题。大家想来想去，再没有好办法，就只好采纳了孙玉亭的建议。

抓纸蛋的时候，全村人像进行一次集体占卜活动，一个个提心吊胆，用颤抖的手，在大队办公窑炕桌上那只不祥的黑老碗里，如同抓自己的命运一般，一人抓回一个揉成一团的小纸蛋。有的人展开纸团，笑得鼻子涎水都顾不得揩；有的人一下子脸像黑霜打了一般；甚至还有抱住头当场哭得鼻子一把泪一把的。提出这个绝妙办法的孙玉亭，几乎年年能“抓”到一头猪，回去常常让贺凤英骂得狗血喷头。

到了年底，庄稼人好不容易把猪喂起来，吆到石圪节去交售。为了达到标准斤称，交售的那天，每家人都给猪好吃好喝一顿——说不定几斤粮食就能决定一口猪能否够斤称。但是，由公社粮站和石圪节食堂几个厨师组成的收猪机构，也不是吃素的。他们知道老百姓这点小小的狡猾伎俩，决定猪吆来后，先不过秤，集中圈在一起，等屙尿完了再说。于是，交猪的人除多贴赔了几斤粮食，还得多耽误半天工夫。那些日子，石圪节到处都蹲着愁眉苦脸的庄稼人。他们实在没办法，又开始千方百计贿赂收购猪的人，而收猪的人倒用这办法给自己的腰包里增加了不少外快。

直到后来，生猪交售任务再也不可能完成了。县上没有办法，决定谁养猪，就给谁补贴一百五十斤高粱。

农民这下子高兴了，因为一百五十斤高粱可不是一个小数字，几乎快等于一个人一年的口粮了。如果按往年的喂法，一口猪肯定能省下不少粮食呢。于是，人们又要抢着喂猪。大小队干部整夜开会，没办法分配名额。后来只好又决定采取“孙玉亭方式”。人们又像占卜命运似的，在那只令人眼红的黑老碗里抓这些纸蛋子。抓到猪的眉开眼笑，抓不到的满脸丧气。遗憾的是，玉亭同志本人这回偏偏又抓不到，晚上回去照样被贺凤英臭骂了一通。

但是，喂猪的人高兴得太早了。因为补贴了粮食，国家收购标准又提高了，用“往年喂法”喂成的猪，一个也交售不了，只好吆回来，把所有省下的高粱一颗不剩全给猪补贴了，才勉强送到了石圪节。

从此以后，人们谈猪色变，再也不敢和这个老祖宗打交道了。一年下来，生猪交售任务已经成了全地区的危机。黄原地区也没有办法，只好制定了个“土政策”，一户给划分不超过四分的猪饲料地，企图从根本上解决这个问题。

在划分猪饲料地的时候，孙少安心想：队里种的庄稼地以外，还有不少荒地，干脆把这些闲地划给社员，就不要减少队里的现耕面积了。而这些闲荒地没有整块的，沟坡圪塄，零零碎碎，也没办法准确丈量，大约摸用眼睛估量一下就行了。他这意见全队没一个人反对的。因为大家知道，用眼睛“量”过的地，只能多不会少。孙少安也清楚这一点。他正是想用这种方法，给社员扩大一点自留地。这年头，个人的地多出一分，那就能给一家人解决大问题——在这些精心耕种的土地上，往往一个小土窝就可能等于队里许多好地的收入。人们已经饿慌了，谁不想利用这机会给自己增加一点利益呢？

但大家都知道，这事要瞒着书记田福堂和孙少安他二爸——这两位“革命家”都在一队。

等躲避开这两个人外出开会的时候，少安就和大家把地划分开了。田福堂和孙玉亭也沾了光，不过他们自己不知道罢了。也许以后他们在种地的时候，会感觉到地可能多划分了，但也睁一只眼闭一只眼——他们虽说整天喊叫批判资本主义，但对于实惠也从不拒绝……

的确是这样。田福堂实际上早察觉了他们队的猪饲料地“有问题”，但他一直装得不知道这一点。他是个有头脑人，知道这事众人拥护，他要是出面纠正，那肯定会惹得民情激愤，他何必做这种笨蛋事哩！再说，他自己也在其中沾了光，和众人过不去，也等于和自己过不去。退一步说，万一这事被别人告发，他田福堂划分地时又不在家，到时他手里仍然有批判权哩！

可是那天他从县城回来，在石圪节碰上田福高，听了福高姨夫的事后，田福堂突然心一动，觉得他给孙少安找下一个让后生下不了台的好茬口。于是他调转自行车去了一趟公社，给徐治功露了话，让他去查一下他们村的猪饲料地。他并且提醒徐主任说，不要光查他们队的，其他村子也查一查，以免让人怀疑是他田福堂反映的。

田福堂走了这一步“妙棋”以后，内心也倒有些矛盾。一方面他对少安有气，觉得让小伙子受点整，灰上一段时间，就顾不上骚情他的润叶了。另一方面，他又感到这种做法有些不太美气。这无论如何是一件亏心事，等于给自己心里放了一条虫子，骚扰得灵魂不能安宁。

但他又想：好汉做事不后悔！既然已经这样了，那就没必要想得太多！也好，让孙少安乱上几天吧！最好是二队队长金俊武也把猪饲料地扩大了，让公社查出来，把这两个蚂蚱拴在一根绳子上整治一通，叫他们再和我田福堂过不去！

公社普查的结果明朗了，全社一共有五个生产队扩大了猪饲料地。让田福堂遗憾的是，二队没有扩大——金俊武这小子终究年纪大一点，比少安的城府深，没有让抓住尾巴。

石圪节公社竟然有扩大自留地的现象！这事马上引起了县上的

重视。县革委会主任冯世宽亲自给白明川和徐治功打电话，说不仅要收回扩大的地，还要在全公社组织群众大会批判这五个生产队长。

本来白明川准备把多划的地收回集体，让这几个生产队长在本大队检查一下就行了，但既然冯主任亲自打了电话，看来不组织批判大会不行了。他采取了个折中办法：不开全公社群众大会，只开半天三干会。

因为群众大会大费周折，徐治功也同意了。但他又提出，批判会要通过有线喇叭，向全公社现场转播。白明川找不到反对的理由，也只能同意这样做。

这一天遇集，全公社的脱产干部和各大队、各生产队的主要负责人，都被调到公社院子里，批判五个“走资本主义道路”的生产队长。尽管不是群众大会，但阵势也不小，公社院子里黑鸦鸦坐了一大片人。批判会由徐治功主持，孙少安和另外四个人站在台子前。批判发言的人通过那个包一块红绸子的话筒，轮流上台照稿子念一遍——话筒因为经常使用，红绸子已经被人试音时用手指头弹得稀巴烂了。

此时，在石圪节的街上和全公社每家每户的喇叭匣上，都转播着这个批判会的实况。孙少安和另外这四个人顷刻间就成了全公社家喻户晓的人物。到处都有人在议论他们——从本人议论到家里的其他人直至祖宗三代。

在批判会场里，田福堂找了个很不起眼的角落坐着，一直低头闻手中的烟卷。往常如果开这样的会，他总是坐在最显眼的地方。但今天他似乎生怕别人看见他。他更不愿意自己的目光碰见少安的目光。

孙玉亭坐在另一个角落。他今天被公社安排作批判发言。以前全公社开大会，玉亭照例常被选拔作为大会发言人之一。今天他很为难，因为他的侄子就站在批判台前接受批判。但没有办法。他大会发言的水平已名声在外，公社领导器重他，他无法推托，只好在革命和亲人之间选择了前者。但他决不会在批判稿中写上他侄子的名字。他紧张地等待徐治功宣布让他上台发言。往常在这样的场合，他异常兴奋。可今天他感到比站在台前接受批判还不自在。他不时抹下头上那块肮脏的毛巾擦脸上的汗珠子。

公社文书刘根民是少安高小时的同班同学，又是好朋友，此刻在旁边的一张桌子上做记录，一脸的尴尬和难堪——他无法保护他的朋友。

这时候，孙玉厚正蹲在石圪节街道的一个拐角处，低头抽着旱烟。他的小女儿兰香站在他旁边，贴着一根电线杆悄悄地哭着。孙玉厚顾不得安慰女儿，只是专心地听喇叭上的人说些什么。每当他听见少安的名字，心就往嗓门眼上一提。他判断不来公家将会怎样处置他的儿子。会不会像上次处置他的女婿一样，拉到什么地方去"劳教"呢？唉！说不定比"劳教"还要重！他女婿只是贩卖了几包老鼠药，可少安是走了"资本主义道路"，可能"罪"要更重！

他蹲在这里，手颤抖地举着旱烟锅，对命运的打击没有一点招架的能力。他的精神已经承受不了这么多的压力，真想跑到罐子村的兰花家，把女婿贩卖剩下的老鼠药都吃掉，然后合住眼睡到黄土里去……但想来想去，他还得活着。他的几个娃娃都还没成家立业，大女儿兰花虽然寻了人家，但光景烂包得也活不下去。他活着，总还能给娃娃们帮扶一把……

孙少安并不知道他父亲现在圪蹴在石圪节的街道上。他临离家时，一再安顿父亲不要到公社来。他怕老人太受刺激——因为他姐夫的事才刚刚平息半年，现在又轮上了他。

少安现在站在台子前，耳朵几乎听不见别人怎样批判他。他只是反复想着这件事发生的前因后果……

开始时，他就想到可能村里有人给公社揭发了这事。他首先想到二队的人。但后来又想，这事已经半年多了都悄无声息，为什么偏偏在这个时候去公社告状呢？如果金家湾的人要告的话，怕早就告了，不会等这么长时间。那么本队的人呢？他想来想去也不可能。因为大家都沾了光，告别人也等于把自己告了——他孙少安可以受批判,但每家的地都得收回去。没有一个人不心疼自己那几分地的！

直等到他知道公社逐队普查猪饲料地，才明白这不是队里的人告，是因为其他村类似的问题暴露后，才把他们给牵连上了。

可是，在昨天，当公社通知让他来接受批判时，他们的副队长田福高却心心事事地来找他，把他在石圪节碰上田福堂的前前后后给他说了一遍，这才使他把这件事和田福堂联系在一起了。

他现在才一下子明确地意识到，正是田福堂把他推到这个台子上的。是的，他很清楚田福堂的做事和为人，也清楚这个强人的"棋路"。自从那次田福堂看见他和润叶坐在河湾里以后，孙少安就知道，不定什么时候，田福堂就会用拐弯"马"来将他一军。田福堂下这类"棋"，通常都走"马"而不用"车"，因此别人很难防他。他没想到，田福堂果然这么快就给他下了如此厉害的一着"棋"。

少安站在台子前，尽管头低着，但他还是用眼睛的余光在一片人群中搜寻到了田福堂。少安看他坐在那么一个角落里，心里就更明白了。是的，他心亏，不敢正视他。他得到了一些安慰：从某种意义说，他和田福堂都在接受批判：他接受思想的批判，田福堂接受良心的批判。

在确认了"犹大"以后，孙少安索性再不想这件事了。不管怎样，田福堂就是田福堂。他不这样就不是田福堂了。谁也不能改变田福堂，连他自己也改变不了自己。

话说回来，少安知道田福堂对他和润叶那次的会面心中有气。平心静气地想，这种"报复"也情有可原。是呀，他那样体面的人家，自己如花似玉的工作女儿，怎么能让一个泥腿把子去沾染呢？

少安现在感到欣慰的是，他对润叶的求爱采取了完全正确的态度。田福堂现在又用铁的逻辑进一步给他论证了这件事的不可能性……

他现在感到难受和丧气的是，这个批判将会把他在全公社扬臭了。他别再指望在这个天地里给自己寻找一个媳妇。哪怕加倍地掏财礼钱，也不会有人把女儿嫁给一个丧失了名誉的人！

使他更为难受的是，他担心由于他的这件事会影响少平和兰香将来的前途。他终归已经是农民了，他不怕什么，难道连老镢把也握不成了吗？但少平和兰香与他不一样，以后要是有个出门的机会，会不会受这件事的“政治影响”呢？如果影响到他两个人，他就会痛苦一辈子的……

少安难受地前前后后思量着这件事，在一片闹哄声中总算熬完了批判会。

好在批判完了也就完了，公社主任白明川还在结束时对他们五个人说了点鼓励话，让他们不要背包袱，回去好好抓生产，将功补过……

等众人散尽以后，少安才无精打采地出了公社院子，来到石圪节的街上。

街上的集市已经快接近尾声。少安走过街道的时候，不时感觉有人在指画着议论他。

他突然看见父亲和妹妹从一个拐角处向他迎面走来。

他很快迎上前去对他们说：“你们来干什么哩？我没什么……”

他父亲说：“我在家里心焦得盛不定，跑来看人家倒究怎样处理你呀……”

少安对父亲和妹妹说：“已经完了，再也不会怎样……你们不要担心，先回去吧。我还要给队里办点事，一会就回来呀。”

孙玉厚只好和兰香先走了。临走时，他阴郁地对儿子说：“你早点回来……”

“嗯。”少安对父亲和妹妹点点头，就转过身一个人向石圪节的后街上走去了。

第二十三章

孙少安其实并没有任何可办的事。他只是感到一种无法言语的难受和痛苦，不愿意和父亲、妹妹一块相跟着回家。他想一个人度过一段时间，让积压在胸中的闷气慢慢消散出去。

他在人迹稀稀拉拉的石圪节街上毫无目的地溜达着。尽管一天只吃了一顿饭，也觉得不饥饿。好在街上再没碰见熟人，他可以把精神集中在自己的内心。

直等到太阳落山以后，他才一个人慢慢地通过石圪节那座小桥，踏上了通往双水村的公路。

走不多远，天色已经完全暗下来了。不过，快要满圆的月亮从东拉河对面的山背后静悄悄地露出脸来，把清淡的光辉洒在山川大地上。万物顿时又重新显出了面目，但都像盖了一层轻纱似的朦朦胧胧。暑气消散了，大地顿时凉爽下来。公路两边庄稼地里的无名小虫和东拉河里的蛤蟆叫声交织在一起，使这盛夏的夜晚充满了纷扰和骚乱。

孙少安穿一件破烂的粗布小褂，外衣搭在肩头，吸着自卷的旱烟卷，独个儿在公路上往回走。他有时低倾着头；有时又把头扬起来，猛地站住，茫然地望着迷乱的星空和模糊的山峦。一声长叹以后，又迈开两条壮实的长腿走向前去……

痛苦，烦恼，迷茫，他的内心像洪水一般泛滥。一切都太苦了，太沉重了，他简直不能再承受生活如此的重压。他从孩子的时候就成了大人。他今年才二十三岁，但他感觉到他已经度过了人生的大部分时间。没吃过几顿好饭，没穿过一件像样的衣服，没度过一天快活的日子，更不能像别人一样甜蜜地接受女人的抚爱……什么时候才能过几天轻松日子？人啊！有时候都比不上飞禽走兽，自由自在地在天空飞，在地上走……

一种委屈的情绪使他忍不住泪水盈眶。他停在路边的一棵白杨树下，把烫热的脸颊贴在冰凉的树干上，两只粗糙的手抚摸着光滑的杨树皮，透过朦胧的泪眼惆怅地望着黑乎乎的远山。公路下面，东拉河的细流发出耳语似的声响。夏夜凉爽的风从川道里吹过来，摇曳着树梢和庄稼。月亮升高了，在清朗的夜空冷淡地微笑着。星星越来越繁密，像在一块巨大的青石板上缀满了银钉……

孙少安在白杨树下站了一会，又开始往回走。走不多远，他就看见了双水村星星点点的灯火。

一股温暖的激流刹那间漫过了他的心间。那灯光下，有他亲爱的家——亲人们的脸庞都在他的眼前浮现出来了。

于是，头脑中迷茫的云雾顷刻间消散，滚烫的额头重新又凉了下来。他顿时感到他刚才的情绪充满了危险。是的！一家老老少少都依靠和指望着他，他怎么能这样胡思乱想呢？不，他应该像往常一样，精神抖擞地跳上这辆生活的马车，坐在驾辕的位置上，绷紧全身的肌肉和神经，吆喝着，呐喊着，继续走向前去。如果他垮了，说不定人仰马翻，一切都完了……

他弯下腰在路边拾起一块石头，抡起胳膊，狠狠地甩向了东拉河对面的山洼上，好像要把他的一切烦恼都随着这块石头抛出去。

他匆匆把外衣穿上，也没扣钮扣，就向村子里走去。

临进村子时，他为了使自己的心情平静下来，想在什么地方坐一坐。公路边不合适，万一村里有人看见他黑天半夜坐在野地里，会乱猜测的。

他于是就顺路走进一片高粱地，找了一块空地方坐下来，两只手开始麻利地卷起一支旱烟卷。

他刚抽了两口烟，就听见前面的高粱地传来一片沙沙的响声，接着，一个黑乎乎的人影向他走过来。少安仔细一瞧：竟然是父亲！

他父亲走过来，在他面前怔了一下，也没言传，就在他身边坐下来，掏出自己的旱烟锅，在烟布袋里挖来挖去。

“你怎到这儿来了？你怎知道我在这里呢？”少安迷惑地望着父亲。

孙玉厚半天才咄讷地说：“我就在你后头走着……我让兰香先回去了。我怕你万一想不开……”

少安鼻子一酸，竟冲动地趴在高粱地上出声地哭了。在这一刻里，在父亲的面前，他才又一次感到自己是个孩子！他需要大人的保护和温情，他也得到了这一切——唉，让他哭一阵吧，痛痛快快地哭一阵！这样，也许他心里会好受一些的……

少安听见他父亲的哭泣声，才惊慌地从地上爬起来。

父亲也哭了。他就不能再哭了。亲爱的爸爸很少这样在孩子面前抛洒泪水，现在却在他面前如此不掩饰地痛哭流涕，这使他感到无比的震惊！

他立刻又把自己从孩子的状态变成大人的状态，对父亲说：“爸爸，你不要难受。我什么事也没！我只是一时心里闷得不行，想一个人消散一会。你放心！我不会做什么出边事；我才二十三，还没活人哩，怎么可能往绝路上走呢？你想想，我从十三岁开始和你一块撑扶这家，我怎么能丢下这一群人呢？你不要哭了，爸爸。你放心！我的心一点也没松，我还会像往常一样打起精神来的。我年轻，苦一点也没什么。咱们受苦人，光景日月就这么个过法，一辈子三灾六难总是免不了的。也许世事总会有个转变，要是天年再好一点，咱们的光景会翻起来的。再说，少平和兰香也快大了，咱两个一定把他们的书供到头。咱家七老八小，就看咱两个撑扶这光景哩。你不要灰心，门里门外的大事总有我承担哩……”

孙玉厚听了儿子的一番话，就难为情地用手掌把脸上的泪水和鼻涕揩掉，在鞋帮子上擦了擦手，然后沉痛地说：“爸爸对不起你。爸爸一辈子没本事，没把你的书供成，还叫你回来劳了动。受苦不说，你这么大了，爸爸连个媳妇也给你娶不回来。爸爸心里像猫爪子抓一样，死不能死，活不能活啊！”

少安重新点着一支旱烟卷，对父亲说：“我的婚事你不要熬煎。我年龄还不算大。就是年龄大了，我不相信我就打光棍呀。到时我自个儿找一个。只要财礼少，我不挑拣人。女方不嫌咱家穷，能和咱们一块过光景就行了。”

“你也不小了，得看着给你瞅个媳妇。只要有你合心的，财礼多少不怕，咱们打闹着借，慢慢再还。我现在还能出山哩，少平高中也快念完了，咱父子三个熬上几年，就会把账债还完的。”

“我不想掏这些财礼。财礼重的人家我不会娶。咱们不能再欠账债，这样一辈子也翻不起来！”

“可是天下没有不要钱的人家啊！”

“慢慢碰吧……爸爸，天不早了，咱们回去吧！家里人一定心焦得不知咱两个出了什么事。”

于是，孙少安父子俩就站起来，拍了拍身上的土，出了高粱地，在月光下顺着公路回家去了……

第二十四章

晚上，当孙少安在自己的那个小土窑里睡着以后，孙玉厚老汉还大睁着眼睛望着黑暗的窑顶。老汉睡不着，爬起来点着一锅旱烟，坐在炕上吧嗒吧嗒地抽着。

少安他妈欠起身子，问丈夫："怎啦？"

"不怎……你睡你的。"孙玉厚继续抽着旱烟。后炕头上，老母亲在睡梦中发出一阵阵呻吟——唉，老人浑身都是病，睡梦中都是疼痛的……

孙玉厚仍然想着给少安娶媳妇的事。

他现在越来越感到太对不起儿子了。人家的儿子到这般年龄，都已经有了娃娃，可少安至今还单身一人。二十三岁，对公家人来说，还不算大；可一个农民，岁数已经到山梁上了。再不抓紧，眼看着就误了娃娃一辈子的大事。

不行！得赶紧办这件事。出财礼就出财礼！他在一九六〇年那么困难的时候，都给玉亭娶了媳妇，而今他为什么不能给少安娶媳妇呢？他发现他年纪的确大了，已经丧失尽了魄力。他现在应该重新鼓起劲来，打闹着也要给儿子娶媳妇！

他盘腿坐在炕上，一边抽烟，一边想他得赶紧出动——甚至都等不得天明了。

他一夜没有合眼。

第二天早晨，他先没忙着出山，一个人心急火燎地去了他弟玉亭家。他昨夜盘算：玉亭去冬今春在公社的农田基建工地上负责，各村基建队来了不少女娃娃，玉亭大概都认识，说不定里面有比较合适的，看能不能给他提供个线索，他好再央人去说媒。

他在玉亭和贺凤英出山之前，进了他从前居住过的这个院落。自从他搬出这里以后，没事他很少再来这里。现在他看见玉亭两口子把这院地方住得像庙坪那座破庙一般败落，连墙都倒塌了，心里忍不住咒骂这两个败家子：什么赖东西！把好好一个地方弄得像驴圈一样！

他进了玉亭家的门，窑里黑咕隆咚，弥漫着湿柴烧出的死烟，呛得他咳嗽起来。唉！当年他住在这窑洞的时候，尽管穷得没什么摆设，但少安妈收拾得汤清水利，亮亮堂堂的，这现在完全成了个黑山水洞！

玉亭和凤英见大哥一清早上门，不知他有什么事，都瞪大眼看着他。他刚坐在炕边上，玉亭的三个孩子一扑围上来，在他身上连摸带掏，看能不能搜寻一点吃的东西。孙玉厚除过旱烟，身上什么也没有，几个孩子失望地离开了他，跑到炕崖下的一堆烂被褥中间厮打去了。

玉亭问他哥：“有什么事哩？”

“什么事也没。”孙玉厚开始用烟锅在烟布袋里挖旱烟。

孙玉亭也乘机掏出自己的烟锅，在他哥的烟布袋里挖了一锅。孙玉厚干脆把烟袋递给他，让玉亭给自己的烟布袋倒了一大半。

“冬天公社在咱村会战时，各村来的那些民工你大概都能认识哩？”玉厚问玉亭。

玉亭莫名其妙地看着他哥，不知道他问这话是什么意思，就说：

“大部分都认识。”

“那些女娃娃你认识不认识？”

玉亭更奇怪了，一时不知怎说是好。正在锅台上切南瓜的贺凤英，听见这话，敏感地放下切菜刀，支棱起耳朵听这两个人说话。

“你看那些女娃娃中间，有没有合适给少安说个媳妇的？”孙玉厚接着就把话说明了。

“噢！”孙玉亭几乎要笑了。他原来以为他哥听见外面有传他和外村女娃娃有不正经关系，才这样盘问他哩。他在这一刹那间很紧张，他生怕他哥当着贺凤英的面说出一些不三不四的话来，让他下不了台。原来是这！

孙玉亭轻松地抽了一口烟，说：“合适的多着哩！恐怕就是财礼你出不起！”

“财礼先搁过别说。你先就说哪个村谁家的女娃娃合适一些？咱这光景也不挑高，可以一些就行了。”

“财礼怎能搁过不说呢？只要掏得起财礼，少安这样的后生，里面要挑谁就是谁！”玉亭一针见血地指出了问题的关键所在。

孙玉厚在心里说：哼！当年我为你娶媳妇，借下一河滩账债我也没心松。现在我给我儿子娶媳妇，哪怕把我这把老骨头卖了都心甘情愿！你现在有家了，看把你张狂的！

不过，他压住满肚子的不高兴，对弟弟说：“不管怎样，少安年纪也不小了。人到了年龄，这件事就要考虑。至于财礼钱，到时再向村里人转着借吧。当年你们过事情，还不是借别人的吗？受几年熬煎也就把账债还了。”孙玉厚忍不住提了点往事。

孙玉亭一下子脸通红，不再用一种轻松的口气来说话了。他手在脸上摸了一把，说：“叫我想一想，看哪个女娃娃和少安般配……”

这时候，贺凤英停止了手中的活，从锅台后面转出来，说：“大哥，我娘家族里有个远门侄女，她妈死得早，一直是她爸拉扯大的，劳动和家务活都好。去年我回家时，她爸给我安顿说，看能不能在咱们这面给瞅个人家。只要女婿本人好，他一个财礼钱也不要。我一直没把这当一回事。我看这女娃娃正是少安的媳妇！那女娃娃肯定看上少安哩！人家又不要财礼！如果少安情愿的话，请上几天假，到柳林那里去一趟，看一下这个女娃娃，又误不了几天工夫……”

孙玉厚一听有不要财礼的女娃娃，一下子从炕栏石上溜下来，他先不考虑其他，立刻对弟媳妇说：“那这没问题！你先给人家去个信，我回去让少安准备一下，就让他尽快走一回柳林！不得成也没关系！这又花不了几个路费！人常说，扣个麻雀还得几颗谷子哩！”

玉亭马上接着说：“那这事好办！我和凤英今天就给柳林那边发信！”

玉厚再不愿多说什么，即刻就出了玉亭的院子，往家里走去。一路上他情绪很高涨，觉得他运气不错，无意中碰了一个不要财礼的女娃娃，得赶快回去和少安商量这事，让他过几天就动身走山西！

孙玉厚赶回家里时，少安已经出山劳动去了。

老汉压抑不住自己的高兴，就把事情先原原本本给老婆说了一遍。

少安妈听了老汉的话，一时倒没显出什么激动来。她停了一会，才忧虑地对丈夫说：“不要财礼当然好。可是这女娃娃是贺凤英一个户族的，要是像贺凤英那样的性情，少安一辈子可就要受罪呀！”

孙玉厚热烘烘的头上顿时像浇了一盆子凉水。他由于心急，可没往这方面想。少安妈说得对！要是那女娃娃和贺凤英一样，可的确不敢给少安娶回来。这个家已经经不住折腾了。来个糊涂女人，把少安和一家人折磨得不能安生，还不如先不娶哩。

孙玉厚蹲在脚地上抽了一会烟，思量了大半天，然后又对少安妈说：“你说得对，也不对。人常说，一娘生九种，更不要说那女娃娃虽然和贺凤英是同一户族，但不知隔了多少辈，怎能就一个样呢？

我看还是让少安跑一趟，叫他亲自见见面，看倒究怎样。行了当然好，不行了拉倒，又贴赔不了什么！”

少安妈又觉得老汉的话有道理了。是呀，怎能凭空就说那女娃娃和贺凤英一个样呢？话再说回来，自家这光景，好不容易碰上这么个不要财礼的人家，不敢轻易错过机会。

她马上支持老汉的意见，同意让少安到山西相亲去。

当天中午吃完饭，孙玉厚老汉就把这件事给少安摊开说了……

少安听父亲说了这件事后，脑子急忙先反应不过来。

他就要正式相亲去？那就是说，他要娶个媳妇回来？从此就要和一个女人生活在一起？生孩子？他也将要有孩子了？自己不久前也还是个孩子啊……

但少安的内心开始翻腾了。他想这件事迟早总会发生的。他的年龄的确不小了。村里和他同龄的人，已经媳妇娃娃都有了；看见人家小两口子一块亲亲热热，自己心里就忍不住瞀乱半天。

可是，他立刻就想到了润叶。尽管他对她早已死了心，或者说根本就没有考虑过他和她结合的可能性，但一旦他自己要找另外一个女人的时候，他就以无比痛苦的心情又想到了润叶。他伤心地认识到，他是多么地热爱和留恋她。是的，他和她的感情本来就像苹果树上完整的一枝，在那上面可以结出同样美丽的、红脸蛋似的苹果来；现在却要把自己的那一部分从上面剪下来，嫁接到另一棵不相同的树上——天知道那会结出什么样的果实来。生活的大剪刀是多么的无情，它要按照自己的安排来对每一个人的命运进行剪裁！

一切都毫无办法。对于一个普通人来说，只好听命于生活的裁决。这不是宿命，而是无法超越客观条件。在这个世界上，不是所有合理的和美好的都能按照自己的愿望存在或者实现。

孙少安最后一次审视了他和润叶的关系，结果结论和开始时的认识完全是一样的。其实还有必要再考虑他们之间结合的可能性吗？一切都明摆着，就像金家湾和田家圪崂隔着一条东拉河一样明确。但是，这不由人啊！再强大的理智力量也无法像锁子锁门一样锁住感情的翅膀！

几天以来，孙少安心神不宁，目光恍惚，说话常常前言不搭后语。他已经答应父母亲去山西相亲，但却迟迟没有动身。

这天下午，父亲又一次催促他上路。母亲已经用半升白面给他烙好了几张饼，让他在路上当干粮吃。唉，不动身看来不行了。他只好对父亲说，他明天就起身去柳林。

说完这话后，他就去找了副队长田福高，说他要出几天门，让福高把队里的事领料好，主要不敢误了锄地。虽然天旱得快把庄稼晒死了。但该做的活路一点也不能少；俗话说，锄头下面有雨，多锄一遍地就大不一样啊！

安排完队里的事以后，天已经接近黄昏。少安感到自己心潮澎湃，无法平静，就一个人蹚过东拉河，穿过庙坪一片绿莹莹的枣树林，然后沿着梯田中间的小路，爬上了庙坪山。

他站在山顶上，望着县城的方向，两只手抓着自己的胸口。他面对黄昏中连绵不断的群山，热泪在脸颊上刷刷地流淌着。原谅我吧，润叶！我将要远足他乡，去寻找一个陌生的姑娘。别了，我亲爱的人……

第二十五章

自从春天进入县高中以来，孙少平已经在这里度过很长一段日子了。在这段时间里，他经历了贫困、饥饿和孤独的折磨；经历了初恋的煎熬和失恋后的更大煎熬——当这幕小小的青春悲剧结束以后，他内心中感情的河流反而趋向于平静，而思想和理智的成分却增多了。

这并不是说他已经成熟了。不，从一切方面说，他仍然是一个没有成长起来的青年。

从学校组织文艺宣传队下乡演出，到他和田晓霞去黄原地区参加了革命故事调讲会以后，尽管他的物质生活仍然没什么改变，但他的精神世界却开始丰富起来。另外，他现在已经有一身像样的蓝咔叽布制服，站在集体的行列中看起来和别人也没什么差别；而且由于他个码高大，反倒显得漂亮和潇洒。他用省下的一点零钱，买了一副最廉价的牙具，把一口整齐的牙齿刷得雪白。梳子和镜子他买不起，也不好意思买，就常背转人，对着教室的玻璃窗户，用手指头把头发梳理得大约像那么一回事。如果他再有一双像样的运动鞋，那就会更神气一些。

他现在已经克服了刚进学校时的那种拘谨，无论和熟人还是和生人交往，都基本上不存在什么心理障碍了。加上他演过戏，又去黄原讲过故事，见了世面，这半年不光担任劳动干事，还被选成班上管宣传的团支部委员，因而显得比一般同学都要活跃一些。班上的同学都开始对他尊重起来，尤其是一些女同学，也开始用一种异样的眼光来看他了——就好像他是刚出现的一个新人。

但是郝红梅对他的态度仍然是平淡的。这段时间以来，她和顾养民已经真正的好起来了。有人看见她已经去过一回养民家；并且说她现在用的那个大红皮笔记本就是顾养民送给她的。孙少平现在对此很平静，心理上不再产生任何异常的反应。生活已经在他面前展现出更宽阔的内容。他的眼光开始向四面八方迸射。

他已经不像刚入学那样，老是等别人打完饭才去取那两个黑馍；他渐渐抛弃了这种虚荣或者说自卑，大大方方站在队列中取他的饭。班里有几个家里光景好的同学，甚至成了喜欢他的朋友，有时候他们还背着他给他订一份乙菜呢。孙少平已经隐约地认识到，一个人要活得有意思，不仅是吃好的和穿好的，还应该具备许许多多他现在也不能全部说清楚的东西。当然，一想起家庭的贫困和自己生活的寒酸，他心里仍然发慌。但这一切和刚开始时已经完全不同了。

在这一段时间里，也许他最重要的收获就是和田晓霞的结识。通过和晓霞在一块演戏和讲故事，他被这个女孩子的个性和对事情非同一般的认识强烈地吸引了。这种心理决然不同于他和郝红梅的那种状态。他当初对红梅是一种感情要求，而现在对晓霞则是一种从内心产生的佩服。她读的书很多，看问题往往和社会上一般的看法不一样，甚至完全相反。有时她竟然还不同意报纸上的说法，这使孙少平常常大吃一惊。

他很想和田晓霞拉话——主要是听她说话。他心里想，晓霞要是个男同学就好了，他可以随便和她海阔天空地交谈。他觉得每次和她交谈，都能使自己的头脑多开一扇窗户。

可是田晓霞倒很大方，有时候主动来找他东拉西扯地说半天。由于他们在一块演过戏，讲过故事，论起来又是同村人，别的同学对他们的交往也没什么不良看法。

每当下午课外活动的时候，他正和同学们打篮球或者玩别的什么，总能看见田晓霞披着件衫子，两只手揣在裤口袋里，像个男孩子似的踱到操场上的报栏前，脸凑上去专心地看报纸。她几乎每天下午都要在那个报栏前呆半天，看了前面再看后面，直要看完才离开。

这时候，孙少平也往往找借口离开运动场，踅摸着来到报栏前，和她一块看报、拉话。晓霞告诉他，她父亲说过，一个中学生就要开始养成每天看报的习惯，这样才能开阔眼界；一个有文化的人不知道国家和世界目前发生了些什么事，这是很可悲的……

这些话给少平留下了极深刻的印象。从此以后，每天下午，不管晓霞来不来，他也常主动来这报栏前看报纸了。而这个良好的习惯，以后不论在什么样的环境里，他都一直坚持了下来。

有一次他和晓霞一块看报纸的时候，晓霞指着一篇文章的署名说："这家伙又胡说八道了！"

少平一看，她手指的名字叫"初澜"。他大吃一惊。晓霞怎敢说这个人胡说八道呢？这个人常发表"重要文章"，班主任还组织大家学习呢！

"你怎敢这样说呢？"少平惊恐地问她。

晓霞笑了笑说："我知道你不会去告我。这些人就是胡说八道！咱们国家现在叫这些人弄得一团糟！"

"你怎知道呢？"少平问她。

"你难道看不见吗？现在农民连饭也吃不上，你是农村来的，你又不是不知道。再说，你看咱们学校整天不上课，一天就是搞运动，而这些人还喊叫个没完，说形势大好……形势年年大好，阶级敌人和资本主义倒好像越来越多了，整天就是搞这运动那运动，穷折腾个没完！反正咱们国家现在快叫这些人折腾完了……”

“这是你的看法还是你爸给你说的？”少平又问她。

“我爸也常发牢骚哩！不过，咱们自己又不是不长脑子？你常不想这些事？”

“我……想得不多。”少平如实地说。

“我发现你这个人气质不错！农村来的许多学生气质太差劲，比如那个比我大三天的润生我哥，一点头脑都没有！”

气质？什么是气质？少平第一次听见有这么个词。

他问她：“什么叫气质？”

“气质嘛……”晓霞脸红了，显然她也说不清楚，就说，“反正我也不会确切解释，但我知道是什么意思。你的气质就是不错！”她又强调说。

孙少平虽然不明白这个词的意思，反正知道这是个好词，大概就是说性格或者个性比较好——当然不是老好人的好——可能恰恰和老好人相反的一种好？

“你还应该看《参考消息》！”晓霞又对他说。

“我听说有这种报纸，但又听说是内部的，看不上。”

“我爸订一份，罢了我一星期给你拿一次。另外，我看你爱读书，但不要光看小说，还要看一点其他书，比如政治经济学和哲学。这些书咱们可能一时看不懂，但现在接触一下有好处。我爸常让我看这些书，给我推荐了一本艾思奇的《辩证唯物主义和历史唯物主义》，说这本书通俗。我已经看完了，罢了我借给你看……”

就这样，孙少平被田晓霞引到了另外一个天地。他贪婪地读她带来的一切读物。尤其是《参考消息》，每张他几乎都舍不得看完。他的灵魂开始在一个大世界中游荡——尽管带有很大的盲目性。这期间，他还读了晓霞带来的《各国概况》和杰克·伦敦的一个短篇集子以及长篇《马丁·伊登》。据晓霞说，杰克·伦敦的短篇小说《热爱生命》列宁很喜欢，伟大导师在临终的前几天，还让他的夫人克鲁普斯卡娅给他朗读这篇小说。少平把这篇小说看了好几遍，晚上做梦都梦见他和一只想吃他的老狼抱在一块厮打……

所有这些都给孙少平精神上带来了从未有过的满足。他现在可以用比较广阔一些的目光来看待自己和周围的事物，因而对生活增加了一些自信和审视的能力，并且开始用各种角度从不同的侧面来观察某种情况和某种现象了。当然，从表面上看，他目前和以前没有什么不同，但他实际在很大程度上已不再是原来的他了。他本质上仍然是农民的儿子，但他竭力想挣脱和超越他出身的阶层。

但是，现实生活依然是那么具体，所有这些并不能改变他眼前的一切状况……

这天上午，全校师生在中学的大操场上听忆苦思甜报告。为了加强这个忆苦会的效果，这天早晨全校师生都吃“忆苦饭”，大家都是一人两个搀和了糠的黑面馍和一碗白开水。这顿饭消灭了学生之间的贫富差别，大家都成了孙少平和郝红梅。

忆苦的正是郝红梅村里的一位老贫农，他穿一身破旧衣服，但头上却扰一条雪白的新毛巾。这老汉显然已经做过许多这样的报告，熟练得像放录音似的往下说。说到该下泪的时候，就掩面痛哭，场上也有人随之抽泣起来。在这个没有台词的静场中，就见主席台左侧一位专门选拔来呼口号的大嗓门同学，看着手中的纸单子，带领大家振臂高呼：不忘阶级苦！牢记血泪仇！毛主席的无产阶级革命路线胜利万岁！

同学们都跟着他高呼口号，声音震得崖洼洼响。口号呼毕之后，接着那位老汉又忆起苦来，并且还几次提起一个姓郝的地主如何压迫他。少平看见郝红梅的头一直低着——这老汉大概说的是她爷。

孙少平正和大家坐在一起听这老汉声泪俱下地忆苦，他旁边的金波用胳膊肘戳了一下他，低声说：“你爸来了！在会场后面……”

孙少平头“轰”地响了一声，慌得站起来就往后走。走了几步他才想起要给老师请个假，又折转身走到班主任那里。

少平给班主任老师打了招呼后，就一个人猫着腰从这个严肃的场所中走出来。他已经看见父亲头拐来拐去在人群后面向前边张望，显然是在寻找他。他心怦怦地跳着，不知家里又发生了什么灾祸。父亲没什么大事，从不到县城来，现在他竟然跑到学校来找他，肯定家里又发生什么事了。是的，他看见他一脸的愁相，手里拿着个烟锅，也不吸，只是焦急地望着前面！

直等少平走到父亲面前时，老人才看见他。

他先紧张地开口问父亲：“出了什么事？”

“没什么……我来寻你商量个事。少安出门去了，我想叫你请假回去帮助我劳动一段时间。”

少平这才松了口气。因为是集体场所，他也没再问什么，先把老人引回了他的宿舍。

到宿舍以后，少平给父亲倒了一杯开水，才又问：“我哥到哪儿去了？”

他父亲一边喝水，一边絮絮叨叨给他说了少安到山西看媳妇的事。

“你哥一走，门里门外就我一个人，应付不来。再说，少安在门外一天，就少一天的工分，你回去顶他出山劳动，就把这空子补起来了。爸爸本来不想耽误你的学习，但盘算来盘算去，你哥要是娶媳妇，咱们少不了要借账债，因此，多一个工分是一个工分……”

少平立刻对父亲说：“我明天就和你一块回。这学校也是天天劳动，又不好好上课，在这里白受苦，还不如回去拿两个工分。只要请假不超过半年，将来毕业证还是可以混一张的。”

“你哥一回家，你就马上再回学校来念书！”他父亲对他说。

过了一会，少平突然又问：“我哥怎跑到山西去看媳妇哩？”

玉厚老汉接着又对儿子说了贺凤英提亲的前前后后。

少平听完后，半天没有言传。不知为什么，他突然想起了润叶姐。凭他的敏感和润叶姐几次通过他捎话让他哥来城里，而她又不对他说让他哥来做什么，他就隐约地意识到润叶姐和少安哥之间有了“那种瓜葛”。他已经多少体验了一点男女之间的事情，因此在这方面已经有了一些敏感。从内心上说，他多么希望哥哥能娶润叶姐这样的媳妇。如果润叶姐成了他的嫂嫂，那不仅是少安哥的幸福和骄傲，也是他的幸福和骄傲。但他也很快想到，这是绝对不可能的。他哥是农民，而润叶姐是公派教师。至于两家的家庭条件，那更是连比都不能比了。他当然知道，润叶姐和少安哥小时候一块长大，两个人十分相好——可相好归相好，结婚那就是另一回事了！

但他又感到，润叶姐对少安哥感情很深，而且看来最近很痛苦。她知道不知道少安哥已到山西去相亲？假如她真的爱少安哥，而少安哥也没给她说就去找另外的女人，那她会多痛苦啊！他要不要去给润叶姐说说这事呢？不是专门去说，而是找个借口去她那里，先说别的，然后无意中再带起这事……

他很快又想：不能！他对润叶姐和少安哥的事一点也不知情，怎么能冒冒失失去给她说这些事呢！

过了不多一会，忆苦思甜报告会结束了，操场上传来一片嘈杂的人声。

快吃饭时，少平正要拿以前润叶姐给他的粮票换成的几张白面票，去给父亲买饭，金波却从街上买回来一堆烧饼和二斤切碎的猪头肉。再没有比金波更可爱的人了！他会忠诚而精明地为朋友着想，总是在最关键的时候，给你最周到的帮助。当金波听说他要请一段假回村子的时候，立刻把家里他住的窑洞门上的钥匙交给他，同时指着吊在那把大钥匙上的小钥匙说：“这是我窑里箱子上的钥匙，箱子里有纸烟，熬了的话，拿出来抽去，烟能解乏！”

少平笑了笑说：“你先不敢给我惯那毛病！”

孙玉厚老汉也笑了，说：“你们还小，先不敢学这。烟这东西一沾上就撂不下了！”

第二天早晨，金波去县贸易经理部找了他父亲认识的一个司机，少平就和父亲坐顺车回了双水村……

孙少平回到村子的第二天，就跟一队的人上山锄地去了。尽管他生长在农村，也常劳动，但这大伏天在山里苦熬一天，骨头都快散架了。晚上他累得只喝两碗稀饭，就去金家圪塄那边睡觉去了。当然，在去金波家之前，他都要顺路去学校一趟，在本村教师金成的办公窑里把当天的报纸一张不剩地看完。看完报纸后，他就得赶紧去睡觉，因为第二天天不明就要出山。在睡觉之前，金波他妈通常都给他枕头边放一点烙饼或者白馍。金秀也像对她哥金波一样，见他来时，还给他打一盆热水，让他泡一下脚再上床，说这样解乏……

在这段日子里，严重的干旱已经把庄稼人的心都烤焦了。太阳像火盆一样高悬在空中，山上的庄稼叶子都快晒干了，所有的绿颜色都开始变灰，阳坡上有的庄稼甚至已经枯黄了。庄稼人出于习惯和本能，依然在这些毫无收获指望的土地上辛勤地劳作着，抚哺这些快要死亡的、用他们的血汗浇灌起来的生命。整个村子已经失去了生气，任何人的脸上都再也看不出一丝的笑容来了。到处都能听到庄稼人的叹息，听见他们忧愁地谈论今冬和明年的生计……

现在，只有川道里那点有限的水浇地，庄稼还保持着一些鲜活。这是因为入伏后曾用抽水机浇灌了一次的缘故。但是，这点全村人的命根子也已经危在旦夕。因为东拉河里再也坝不住多少水了——这条本来就不大的河，现在从下山村发源地开始，就被沿途各村庄分别拦截了。至于哭咽河的水，早已经涓滴不剩——那位神话中失恋男人的眼泪也被这火辣辣的太阳烤干了。据村里老庄稼人推断，川道的这点庄稼如果再不浇水，恐怕不出一个星期，就和山上的庄稼差不多一样要完蛋了！

少平一回村就处在这样的气氛中，心情感到无比的压抑。他的熬煎和庄稼人的熬煎一样多——他的命运和这些人的命运紧紧地连在一起啊！

中午的时候，他在家里也呆不住，就常常一个人走到没有什么水的东拉河边，坐在河边的柳树下看一会书；口渴了，就趴在柳树旁边的水井上喝几口凉水。

这天中午，当他又赤着脚走到河边的时候，看见一个人头上戴顶柳条编织的帽圈，跪在那口水井前面，嘴里似乎喃喃地说着什么。少平从背后认出这是田万有大叔，便忍不住一个人偷偷笑了。

田万有比少平他爸还大一岁，但这人比年轻人都调皮。他是村里头一个乐天派：爱闹红火，爱出洋相，而且最爱唱信天游。他自己也不知道他会多少信天游，反正唱一两天不会重复。而且这人还有一样怪本事：能编“链子嘴”——一种本地的即兴快板。他见什么能编什么，往往出口成章。少平记得他小时候，村里年年都要闹秧歌，田万有大叔常常是当然的伞头。他唱秧歌不仅在石圪节，就是在外公社都有名气。日常在山里劳动，大家也都愿意和田万有在一块，听他唱几声，说几句逗人笑的话，就少了许多的熬累。万有大叔在姓田的他那一门辈中排行第五，因此村里和他同辈的人都叫他田五，晚辈称呼他五大叔。他哥田万江排行第四，是一队的老饲养员。

少平一直很喜欢这个农村的土艺术家，小时候常缠着让他唱信天游。五大叔没架子，三岁娃娃让他唱，他也会挤眉弄眼给唱几句的。

现在，少平看见万有大叔跪在井子边，头戴柳圈帽，嘴里念念有词，不知他做什么——反正他这样子本身就能把人逗笑。

少平踮着赤脚片，悄悄走到五大叔背后，想听他嘴里念叨什么。

当少平敛声屏气站在他背后的时候，才听出五大叔正一个人在祈雨哩！“文化大革命”前，天一旱，农民就成群结队求神祈雨。现在这类迷信活动已被禁止。可田万有置禁令于不顾，现在一个人偷偷到这里来向诸神祈告。少平听见五大叔嘴里虔诚地、似乎用一种呜咽的声调正唱道——

晒坏的了呀晒坏的了，
五谷田苗子晒干了，
龙王的佬价哟，救万民！

柳树梢呀水上飘，
清风细雨洒青苗，
龙王的佬价哟，救万民！

水神娘娘呀水门开，
求我神灵放水来，
龙王的佬价哟，救万民！

佛的玉簿玉皇的令，
观音老母的盛水瓶，
玉皇的佬价哟，救万民！

少平原来想猛地“呔！”一声，和田五大叔开个玩笑，但听见那哭一般的祈告声，心便猛地一沉——这悲戚的音调实际上是所有庄稼人绝望的呼喊声呀！

他又踮着脚尖，悄然地离开了水井边。少平现在连看书的心思也没有了，便一个人上了公路，赤着脚片漫无目的地向村子前面走去……

第二十六章

严重的旱象使双水村沉浸在一片悲哀之中。山上的庄稼眼看没什么指靠了。全村人现在把惟一的希望，都寄托在川道的那一点水浇地上。

从省上到地区，从地区到县上，从县上到公社，有关抗旱的文件一个接一个地往下发，号召各级领导和广大贫下中农，与天斗，与地斗，与人斗……看来旱灾已经成为全省性的现象了。

双水村人眼下能做到的，就是在通往米家镇方向的村前东拉河上坝住一点河水，用桶担着往川道的庄稼地里浇。地畔上的两台抽水机早已经闲躺在一边派不上用场了——这点可怜的河水怎么可能再用抽水机抽呢?

全村所有能出动的人，现在都纷纷涌到了这个小水坝前。在这样的时候，人们劳动的自觉性是空前的，就连一些常不出山的老婆老汉也都来了；他们担不动桶，就用脸盆端，用饭罐提。村里的学校也停了课，娃娃们拿着一切可以盛水的家具，参加到抗旱行列中来——有些碎脑娃娃甚至捧着家里的吃饭碗往地里端水。这已经不是在劳动，而是在抢救生命。水啊，现在比什么都要贵重！这就是粮食，是饭，是命……

可是，东拉河坝里的这点水，全村人没用一天的时间就舀干了。除过村中的几口井子，双水村再也没一滴水了。东拉河和哭咽河像两条死蛇一般躺在沟道里，河床结满了龟裂的泥痂。

全村人在绝望之后，突然愤懑地骚动起来。所有的人现在都把仇恨集中在上游几个村庄——这些村子依仗地理优势，把东拉河里的水分别拦截了。据去原西县城办事回来的人说，下山村、石圪节村和罐子村的河坝里，现在都盛满了水，他们一直用抽水机抽水浇地哩。尤其是公社所在地石圪节村坝的水最多，他们不光拦截了东拉河的水，还把东拉河的支流杏树河也拦截了——石圪节现在倒成了“双水村”！双水村的人愤怒地咒骂着这些“水霸”——亲爱的东拉河是大家的东拉河，不是这几个村的东拉河，怎么能让他们独霸呢！

人们由于对这几个村霸水的愤怒，立刻又转向了对本村领导人的愤怒：双水村的领导人太无能了！他们现在难道都死了吗？这群常指教人的小子在本村要好汉，现在却一个个藏到老鼠洞里了！书记田福堂干啥去了？这个强人怎么现在成了个窝囊蛋……

田福堂此刻正在自家窑里的脚地上烦乱地来回走着，手里拿一根纸烟，像通常那样，不点着抽，只是不时地低头闻一闻。他现在和全村人一样焦急。他知道，今年如果连川道里的这点庄稼也保不住，别说明年春天，恐怕今年冬天村里就有断炊的家户。到时候人们吃不上，嚎哇哭叫，甚至到外村去讨吃要饭，他作为村里的领导人，脸往哪里搁？再说，双水村还是全公社的农业学大寨先进队哩！那时候，别村的支部书记就会在背后指着他的后脑勺嘲笑他田福堂！

他现在也和大家同样气愤东拉河上游的几个村庄。这些队欺人太甚了！竟连一滴水也不给下游放，眼看着让双水村成为一片焦土！

他同时也对公社领导有意见：为什么不给这几个村的领导人做

工作呢？难道你白明川和徐治功就领导东拉河上游的几个村子吗？双水村不是你们管辖的范围？哼，如果我是公社领导，我就会把水给每个村都公平地匀开的……

不过，光焦急和气愤并不能解决双水村的现实问题。眼前最当紧的是，要千方百计保住川道里的庄稼。只要保住这点收成，全村人今冬就能凑合过去。至于明年开春以后，国家就会往下拨救济粮的，到时候就不是光双水村吃救济粮，其他村也得吃！要不光彩大家一齐不光彩，别让他田福堂先当龟子孙！

但是，川道里的这点庄稼怎能保住呢？河道里已经没一点水了；如果河里有水，那他田福堂就是和全村人一块不睡觉，昼夜担水也会浇完这些地的。

他焦急不安。他一筹莫展。他知道全村人都在等着看他怎么办。他也知道现在有人咒骂他，说他成了个窝囊蛋，让上游几个大队的领导人欺住了。玉亭已经给他汇报了村里谁在骂他。他现在内心并不抱怨这些骂他的村民，反而意识到，不论怎样，双水村的人在关键时候还指靠着他田福堂哩！为什么不骂别人哩？知道骂别人不顶事嘛！众人骂他田福堂，是等着让他想办法哩！大家还是把他田福堂当做一村之主嘛！骂叫骂去！

他现在先不管本村人如何骂他，而对上游几个村庄的领导人一肚子火气。他想：不能这样下去了！如果这件事他再不想办法，也许他的威信将在村里丧失得一干二净！他想他得破釜沉舟干一家伙！没办法，老天爷和东拉河上游几个村的领导人，已经把他田福堂逼到一条绝路上了！

他在脚地上转了一阵以后，天已经昏暗下来。他破例点着了手中的这支烟，没抽半截，他就猛烈地咳嗽了一老阵。

他把这半截纸烟扔掉，即刻就出了门。

在他出了自己院子的时候，他老婆撵出来说："你还没吃饭哩！"

他只顾走，头也不回地说：“饭先放着！我开个会，完了回来再吃！”

他先来到孙玉亭家，让玉亭立刻通知大小队干部，一吃完晚饭就到大队部来开会。他给玉亭布置完，就一个人先去了大队部。

大队部在田家圪塄这面的公路边上，一线三孔大石窑洞，两边两间堆放公物，中间一间就是会议室。院子里停放着大队的那辆带拖斗的大型拖拉机。

田福堂身上带一把会议室门上的钥匙。他自个儿开了门，一股热气顿时扑面而来。他上了那个小土炕，把窗户打开，企图让外面的凉气进来一点——但外面和窑里一样热。他解开小布褂的钮扣，袒胸露怀，盘腿坐在小炕桌前，把煤油灯点亮，等着队干部们的到来。

他静静地坐在这里，脑子里正盘旋着一个大胆的计划。他想闻一闻烟，但发现他忘了带纸烟，就烦躁地一边想事，一边用手在自己干瘦的胸脯上搓汗泥。

不多一会，大小队干部就先后来到了大队部。除过一队长孙少安出门在外，村里所有负点责的人都来了。大家似乎都意识到这会议的内容是什么——解决水的问题。但没有人抱什么希望。

开会之前实际上已经进入了主题。大家七嘴八舌，说的都是水；他们一个个愁眉苦脸，就像山里的庄稼一样没有精神。

玉亭先给各位负责人提起了另一件事。他说据许多人看见，田万有每天中午都跪在东拉河的井子上向龙王爷祈雨哩。他建议大队要批判田五这种封建迷信活动。

玉亭提起田五和他的“活动”，公窑里所有的队干部都笑了。田福堂说：“算了吧！到时田五背着牛头不认赃，说他是耍哩，你有什么办法？田五你又不是不知道！”

大家都“嗡”一声笑了。

玉亭看书记否决了他批判田五迷信活动的动议，也就再不言传了。

这时，田福堂咳嗽了一声，说：“咱把会开简单一点。这几天，我和大家一样焦急。眼看庄稼都晒干了，就好像把我的心也晒干了。现在就指望川道里的这点庄稼，可东拉河里的水都叫上游几个村子霸占了……”

“我们就等死呀？不能把他们的坝给豁了？”一队副队长田福高打断田福堂的话，插嘴说。

有许多人立刻附和田福高的意见。

田福堂满意地笑了。他等众人的声音平息下来，说：“我也正盘算这样干哩！你们和我想到一块了！如果大家意见一致，那咱们干脆今晚上就动手！

“不过，为了避免村子之间的公开冲突，防止混战一场，咱们要暗暗地做这事。等他们知道了，水已经到了咱村里，他们也只能干瞪眼！到时公社追究这事，咱有话可说。就是的嘛！东拉河是大家的东拉河，他们几个村已经把庄稼浇了好几遍，难道就让咱们等死吗？东拉河的水本来就有我们的一份，又不是他们几个村出钱买下的！”

由于严重的灾难和对上游几个村霸水的愤慨，所有的队干部都一致拥护这个做法。除此之外，危难中的双水村别无选择。连平时谨慎的金俊山也气势磅礴地说：“干就干！不能让人家这样欺负了！只要能救活川道里的庄稼，咱们担什么风险都不怕！真是没王法了！”

孙玉亭大声嚷着说：“共产党员和队干部要站在这场斗争的前头！”

福堂太满意这个气氛了，觉得他适时地把双水村这条大船的舵又牢牢地握在了手中。他兴奋地说：“要是大家再没什么意见，咱们就很快安排一下，马上行动！”

这时，二队队长金俊武从后脚地的灶火圪塄里，转到炕桌前面来。他不慌不忙用手把煤油灯罩拿起来，点着了一锅旱烟。

他把玻璃灯罩又放到灯上，就开口说："我同意大家的意见。不过，在做这事的时候，尽量周到一些。我们不敢把人家坝里的水都放完。下山村路太远，不要动这个村子的坝。要豁就豁石圪节的坝。但只在石圪节的坝梁旁边开个口子，水放出来以后，就到了罐子村的坝里。然后把罐子村的坝再豁开一个口子，把水放到咱们村里。这样，咱们的问题解决了，他们两个村也还有水，就是他们发现了，也不会有大问题。估计第二天天明，这两个村就会发现他们的坝上有了豁口，那他们自己就会堵住的。可这时咱们的水已经有了。

"如果这样，咱们从石圪节坝上动手挖开豁口起，水就要流大半夜。那么，咱们村现在那个坝又太小，怕盛不下这么多水。因此，得分三股人马：一股去石圪节，人要多一些；一股去罐子村，人不要太多；其余所有的人在头两股人出发前，就要加高咱们村的坝梁——这是最当紧的！最好动员全村男女老少都上手……"

金俊武不愧是双水村的精能人之一。他像总参谋长一样，把事情考虑得既周密又周到，使包括田福堂在内的所有人都惊讶得张开嘴巴听他头头是道地说完。

等金俊武说完以后，田福堂接着说："好！俊武说的周全！咱们现在就按这办法分配人手！"

孙玉亭自告奋勇地说："我带人去石圪节！为了行动快，干脆把拖拉机开上。一到地方，大家从车上跳下来就挖口子，然后跳上车就能往回跑；他石圪节的人就是发现了，也追不上咱们的人！"

副书记金俊山插话说："玉亭说的也有道理。万一被石圪节的人发现了，撵着打架，咱们去的人少，怕要吃亏……"

田福堂说："那就这样。玉亭，你先下去组织十几个硬邦人手，先睡一会觉，等咱村里开始加高坝梁的时候，你们再动身……俊武，你干脆给咱带两个人到罐子村的坝上去！”

金俊武说：“可以。”

田福堂扭过头对下炕角抽烟的金俊山说：“俊山，你能不能带着人给咱加高前村头的坝梁？我晚上就蹲在这大队部，把全盘给咱照料上……行？那现在咱们就散会，赶快分头下去组织人！两个小队的负责人现在就把这情况通知到各家各户，让大家都上手！一队少安不在，福高，你就给咱负责上！”

……不到一个小时之内，双水村的男女老少就都纷纷被动员起来了。其实根本不要动员，许多人早就想要这么干了。在这样的时候，农民身上狭隘的一面就充分地暴露了出来，就连村里的党组织往往在这种事上也只顾本村的利益，而不顾及大体了。

但另一方面，所有的村民又都在这种事里表现出一种惊人的牺牲精神。做这种事谁也不再提平常他们最看重的工分问题，更没有人偷懒耍滑；而且也不再分田家、金家或孙家；所有的人都为解救他们共同生活的双水村的灾难，而团结在了一面旗帜之下。在这种时候，大家感到村里所有的人都是亲切的、可爱的，甚至一些过去闹过别扭的人，现在也亲热得像兄弟一样并肩战斗了……

天完全黑严以后，双水村顿时乱得像一座兵营。鸡叫狗咬，人声嘈杂，村中纵横交叉的道路上，都走着一串一串手拿各种工具的人。有的家庭已经全家大人娃娃一齐出动，把门也锁了。大队部的院子里，田万有的儿子田海民已经把拖拉机发动得轰隆隆价响。海民是大队会计兼拖拉机手，也是村里党支部的委员之一。孙玉亭站在拖拉机一边，正在发动机的吼叫声中，给他挑选的十几个年轻后生交代任务。为了行走干练，玉亭脱掉了自己缀麻绳的烂布鞋，换上了福堂送给他的那双黄胶鞋。那十几个后生一个个腰圆膀粗，摩拳擦掌，像战场上的“敢死队员”一样。这些后生一队二队的都有，既有姓金的，也有姓田的，今晚他们已把户族之见搁在一边，也不分一队二队，而站在同一个行列里，为他们绝望的双水村拼命了！他们现在正等待公窑里的“总指挥”田福堂下达命令，就准备立刻向石圪节进军！

与此同时，在村前米家镇方向的东拉河里，已经亮起了几十盏马灯。金俊山正指挥着村里大部分劳力和自动跑来的许许多多其他男女老少，开始加高坝梁。所有参战的人都紧张而激动。村里能出动的人都来了，连金波他妈这样的家属婆姨，也都拿起工具到了工地。虽然她们的男人在门外工作，但她们和自己的娃娃都在村中吃粮，因此她们和村里的人一样而为水焦急。

少平拿一把铁锨往架子车上装土，推车的是田五大叔——他爱和这个活泼的土艺术家一块干活。自从哥哥去了山西，他就一直在村里劳动，而没有回县城的学校去。本来他二爸孙玉亭让他到石圪节去放水，但他考虑他在石圪节上过两年初中，熟人多，而石圪节的坝就在学校前面，万一这行动被石圪节的人发现了，说不定要干一架——而这里面就可能有他当年的同学。他怎么好意思和同学去打架呢？因此他没答应二爸，就到这坝梁工地上来了。

所有参加劳动的人今晚上都兴奋得有说有笑。大家不久才发现，连“半脑壳”田二也跑来了。他不劳动，只是在河边捡些碎柴烂草往坝中剩下的那点水里扔。他一边“嘿嘿”憨笑着，一边嘴里念着“世事要变了”的那句老经。在他那混乱的意识中，大概把水当成了火，因此才把捡来的柴草往水里扔呢！

这时，推土的田五倒罢一架子车土，就站在坝梁上说了几句“链子嘴”——

天大旱，人大干，
双水人民是英雄汉！
首先削平石圪节，

再把“罐子”也打烂！

所有的人都被田五的“链子嘴”逗得哈哈大笑了，就像列宾油画中查坡罗什人在嘲笑土耳其苏丹……

此刻，在大队部的院子里，田福堂下达了向石圪节“进军”的命令。十几个年轻后生操着工具，纷纷爬到拖拉机的车斗里。等孙玉亭上了驾驶楼，田海民就扳动离合器，拖拉机吼叫着冲出了大队部的院子，拐上公路，向石圪节跑去了。在拖拉机出动的前一刻里，二队队长金俊武已经带着另外两个人，沿东拉河东岸的小路，摸黑偷偷地进了罐子村……

田福堂打发走了这些人，就一个人又回到大队部的公窑里。

他站在脚地上，从头到脚汗水淋淋。炕桌上的那盏煤油灯照出了他苍白的病容脸和一双不安的眼睛。

田福堂现在才感到有些恐惧。他的心怦怦地跳着。他现在已经把全村人煽动起来，投入到一场集体的冒险中去了。万一出个事怎么办？这么多的人，黑天半夜，又分了几路，怎能保证一切都平安无事呢？另外，就是今晚上一切都顺当，像计划得那样实现了偷水的目的，但公社要是过后追究这事，他怎样应付？

他的脑子陷入了一片混乱之中……

第二十七章

在夜幕的掩护下，孙玉亭带着一群“敢死队员”，坐着拖拉机，不多时就来到了石圪节的水坝附近。水坝离石圪节村庄还有一里多路，因此这地方静悄悄的。再说，这其间庄稼人都早已进入了梦乡——他们穿过罐子村时，连一星灯火也没有看见。

但孙玉亭和这一群人仍然有些慌乱。因为他们无论如何不是做一件光明正大的事，而实际上是进行一种偷窃活动。

拖拉机停住后，孙玉亭在驾驶楼里探出脑袋，叫车斗里的人先别动，让田海民把拖拉机调转头再说。

等田海民在石圪节坝梁上面的公路上调转车头，孙玉亭就对他说：“我们下去豁坝，你就坐在驾驶楼里。不要熄火！一旦有情况，我们上来后咱们就能跑！”

孙玉亭给田海民安顿完，就紧张地跳出了驾驶楼。他发现车斗里的人都已经到了公路上，而且有两个人已经向坝梁那里跑去了。玉亭气愤这两个人怎么不听指挥就跑了！他问那两个人是谁？有人告诉他是金富和金强两兄弟。

玉亭本来想发作，一听是这两个蛮汉，就再没敢说什么。金富和金强是俊武他哥的两个儿子，一个二十一岁，一个十九岁，不光在村里经常惹是生非，还常跑到外村去打架，而且打起架来，既不顾别人的命，也不顾自己的命。金俊文本人也没办法他的这两个烈子。

孙玉亭只好很快招呼大家，也向石圪节的坝梁上跑去了。

等他们来到坝梁上，金富和金强两兄弟已经撅着屁股，开始拿山镢在坝梁中间挖上了。玉亭让他们不要在中间挖，这样可能整个水坝都会决堤。但金富金强根本不听他的，只管撅着屁股挖。有几个人也跑过去和他俩一块挖了。玉亭看没办法指挥这些人，只好引着另外的人在坝边上开始挖。两处挖掘的人都使出了最大的劲，一个个都咬牙切齿的，似乎不是拿镢头挖土，而是用刺刀往死捅敌人！是啊，多大一坝水！绿茵茵的看了真叫人眼馋！而这水本来也应该有他们村的一份，现在却叫不讲理的石圪节拦在这里，得意而美气地浇灌他们自己的庄稼。挖！狠狠地挖！把水放干！让他们再得意！让他们再美气！

不多一会，坝梁中间金富和金强他们那里已经响起了哗哗的流水声。接着，孙玉亭这里的豁口也挖开了，水开始冲出豁口，向河道里涌去。

孙玉亭看差不多了，就压低嗓门喊叫大家快走！

众人先后掂着工具跟玉亭跑上了公路。但金富和金强几个人还在那里贪心地挖着，气得孙玉亭又跑下去，吓唬这几个人说，石圪节那边好像听见有拖拉机声，说不定人家已经发现了，如果这几个人还不走，他们就先走了！

金富几个人这才掂着工具跑了上来，纷纷扒进了车斗。孙玉亭一扑跳上驾驶楼，气喘吁吁地对田海民喊道："快跑！"

田海民眼疾手快扳动离合器，拖拉机便发疯一般往回开了……

在孙玉亭他们还没动手挖坝之前，二队队长金俊武已经带着两个人，不慌不忙地在罐子村完成了他们的挖掘任务。罐子村只有半坝水，水面离坝梁很高，他们不可能把罐子村的水放出来。情况正如金俊武精明地估计到的：只能把石圪节的水放出来，盈满罐子村的水坝，才能从罐子村的豁口里再往双水村流。金俊武一边挖豁口，一边还对另外两个人说：“咱们等于给罐子村也做了好事。今晚上他们坝里的水也就盛满了。要不，他们现在这点水也浇不了几天地就完了！”

金俊武的确是个周到人。他甚至指导另外两个人不损坏罐子村的水坝。他们只是在坝与河岸的衔接处挖开一个不大的豁口——俊武估计这豁口流半夜水已足够盛满双水村的坝了。

金俊武他们虽然路近，可孙玉亭是“机械化部队”，尽管他们出发晚，但比金俊武他们先一步回到了双水村。

等金俊武三个人进了大队部的院子时，看见队里的拖拉机已经停在了院子里。公窑里还是只有田福堂一个人。其余的人田福堂已让孙玉亭带着，又赶到村前支援金俊山他们加高坝梁去了。

田福堂像迎接打了胜仗的勇士一般，迎接了金俊武三个人。他给三个人一人递上一支“大前门”纸烟。福堂在这中间回了一次家，专门把自家的纸烟拿了几盒，以嘉奖这些外出作战的“部队”。

他问金俊武：“都好了？”

金俊武点着纸烟，说：“都好了。”

“那好！叫他两个先到前面坝梁上去，咱两个先等一等。我已经叫金成和田海民两个到后村头照水去了。等水一出来，咱再到前面坝上去。”

那两个人抽着书记给他们的纸烟，就扛着工具先走了。田福堂和金俊武两个人先后进了大队部的窑洞。他们在这里等待金成和田海民报告水来的消息。

田福堂很愿意和金俊武单独呆一会。金俊武和孙少安是村里他最头疼的两个人。原来他对金俊武气更大一些。但自从他发现城里教书的女儿和少安有点“麻糊”以来，他就对少安比对金俊武更恼火了。他现在很愿意和金家湾的这位“领袖”把关系弄好一些。当然，他知道他永远不会把金俊武弄得像孙玉亭那样对他言听计从，百依百顺；他只是想让这个强人不要处处拐着弯和他过不去就满意了。

进了公窑后，田福堂又给金俊武递上一根纸烟。他也没什么正经八百的话，就随便拉家常说：“唉，你父亲可是个好人哩！我们小时候，金先生冬闲了就在村里办冬学，教穷人家娃娃识字。我也跟你爸学过字，可头一天学了，第二天就忘得一干二净。天生的不是个念书人嘛……”

田福堂说着，就仰起头笑了。

金俊武在煤油灯上点着了书记刚才又递上的那支烟，也笑了，说：“我弟兄三个也一样。我歪好还跟上他识了几个字，我哥和我弟常让我爸拿铁戒尺把手都打肿了，可还是连一个字也没认下。”

“可惜先生去世太早了！”田福堂惋惜地说，“我记得好像金大叔晚年也是气管有毛病？”

“他就死在肺气肿上！”金俊武说。

“唉，我现在这气管病将来也说不定发展得像你爸一样。”田福堂说着便下意识地咳嗽了两声，脸上显出悲观的神色。

“那是两回事。气管炎不一定就能蔓延成肺气肿。我爸到后来已经把病根子伸到心脏上了！”

正在他两个拉谈已故金先生及肺气肿的时候，小学教师金成和大队会计田海民，气喘吁吁地跑进来说：“水头已经下来了！”

田福堂和金俊武两个人一听水已经来了，把金先生和肺气肿早忘在脑后，跟着金成和田海民就往外跑。

他们来到公路边上，已经看见村后的河道在暗夜中闪烁着水波的微光。仔细一瞧，水头已经就在他们面前，像一条蟒蛇似的沿着干涸的河道刁钻地蜿蜒爬行——寂静的东拉河重新又响起了哗哗的水声！

多么令人兴奋啊！四个人在公路边上撵着水头，一路小跑着向前村赶去。金成和田海民一边跑，一边向前面坝梁上熙熙攘攘的人群呼喊着：“水来了！水来了！”

整个水坝上的男女老少顿时都沸腾起来了。人们一边加紧往坝梁上运土，一边兴奋地喊叫着，张望着后面的河道。

水即刻就涌进了土坝中！

和水一齐到来的田福堂立刻命令启动两台抽水机！于是，人们的呼喊声、哗哗的流水声，和抽水机的马达声搅混在一起，使得双水村这个夜晚像唱大戏一般喧腾和热闹！

但是乐极生悲。约摸半个钟头以后，这喧腾和热闹突然又变成了一片紧张的唏嘘声。人们惊慌地发现，水坝里的水上涨得太快了。顷刻间已经涌满了大半坝，而且眼看着要涨到刚加添的新土上了！

情况明显地危险起来。人们再也顾不得欢呼水的到来，反而对这水开始恐惧起来！

田福堂、金俊山立刻喊叫让大家赶快加高坝梁。刹那间，所有的人都进入了一种疯狂的劳动之中。到处是紧张的喊叫声和铁锨镢头的碰磕声。

但是情况越来越不妙。坝里的水一会比一会上升得快！所有的人几乎已经拼上了老命，但加高坝的速度已经赶不上坝里水上升的速度了。

完了！谁都意识到后果会是什么样子，但所有的人又都不放弃最后一丝希望。有些人已经不是劳动，而是在挣命，一边发疯似的挖土，一边累得嘴里呻吟着。有几个老汉已经蹲在一边哭开了！

田福堂心里像烧着火一般焦灼。他气愤地把孙玉亭和金俊武这些人喊叫到跟前，问他们倒究是怎一回事？玉亭说：“金富和金强不听我的话，在石圪节的坝梁中间豁开了一道口子……”

水已经无情地漫上了坝沿，并且打起了第一个浪头，把最上面刚填上去的虚土冲掉了。不知谁喊了一声：“快跑！坝要垮了！”

人们立刻大呼小叫，夹杂着妇女和孩子们的哭声，纷纷从坝两边退到了高处。大家往后河道里一看：妈呀，水已经像山洪暴发一般，满河道涌下来了！

双水村的土坝顷刻间就像一道纸墙一般被汹涌的浪头冲垮了。东拉河震响着洪水的咆哮声，把人们的希望一卷而空！

所有的人现在都泪水汪汪地立在河两岸，眼看着这滔滔的水从他们的面前流过。水呀，你多么可爱，可你又多么无情！

半个钟头以后，洪水才落下了。

东拉河粗野地吼叫了一阵以后，慢慢地又安静了下来。

但是，河两岸的人却像从一场噩梦中突然惊醒似的，再一次骚乱起来了。人们现在才想到，有没有什么东西被水冲走呢？或者更坏的是，有没有人被这洪水吞没了呢？

于是，两岸到处都传来了人的喊叫声。各家人叫各家人的名字。因为刚才水把人隔在了两岸，许多家的人都失散了。人们连鞋也不脱，裤子也不挽，纷纷蹚过洪水落下的东拉河，跑到对岸去寻找坝冲垮以后还没照过面的亲人。不管这些人是否遭了难，但寻找的人先放声哭叫起来。河道里不时有人滑得仰面朝天掼倒在泥滩里，但谁也顾不了这些，爬起来又喊着，嚎着，跑向了对岸。

不久，一个令人毛骨悚然的消息就传遍了全村：金俊武的弟弟金俊斌不见了！

金俊武一大家人已经在金家湾那面的河岸上哭成了一堆。据有人说，在最后加高坝梁的时候，金俊斌给人说他到前河道大便去呀，就扛把铁锹走了——俊斌是个老实后生，去大便也带着自己的工具，怕黑天半夜丢失了。人们都以为他在水坝冲垮前已经回来了，因此谁也没有留意这件事。现在看来，俊斌可能没等大便完，就让洪水给卷走了！

俊斌的媳妇王彩娥本来没到工地上来，现在听说俊斌让水冲走了，一路嚎叫着也来到了河边。她到了自家人的面前，一屁股坐在泥地上，一边放开声哭，一边骂他的两个哥哥金俊文和金俊武，说是让他们把她的男人害了！

彩娥也许是全双水村最俊的女人，外号叫“盖满村”。她平时打扮得漂漂亮亮，队里有轻活时才出山劳动一天，平时一般不出家门。不知什么原因，这个漂亮女人一直没开怀生养，尽管吃了不少药，也没顶事。这倒使她能保持一种青春的光彩，三十大几的人，看起来像个少女一般楚楚动人。她男人俊斌也不计较她不会生孩子；他老实巴交，只会没命地劳动和恭顺地侍候她。村里一些不安生的年轻人对王彩娥都有点“意思”，但慑于强人金俊武和金俊文两个不要命的儿子，一般都不敢轻举妄动。

现在，这个穿戴入时的女人，坐在泥水地上，哭得鼻子一把泪一把。金俊武一家人除过老母亲外，现在都在这里哭着。

田福堂、金俊山和孙玉亭几个大队的领导人，也都惊慌失措地赶到这里来，一边劝慰着这家人，一边马上安排出去寻人。

金俊武作为一家之主，一边抹眼泪，一边吼住了哭啼的家人，让赶快分头出去寻俊斌——说不定俊斌还有生还的希望！

就这样，金俊文带着两个儿子从金家湾这面的岸边出发，金俊武从田家圪塄这面的河岸起身，队里又派出许多人跟着他们，两股人分别沿两岸去米家镇方向寻找金俊斌去了……

第二天吃早饭的时候，寻找俊斌的人回来了。但找到的不是活人，而是尸首。尸首是在东拉河进入米家川大河的入口处找到的。

不幸的俊斌躺在一辆架子车上，上面蒙着一张席片，席片上蹲着一只临时买来的祭魂老公鸡。金俊武弟兄父子们跟在架子车两边，沉痛地呜咽着。

尸首停放在了庙坪的破庙院里，先由金家户族里的人看守着。噩耗霎时就传遍了整个双水村。人们纷纷谈论着死者生前的许多美德，都忍不住难受地落泪了。

第二十八章

一个晚上以后，从下山村以下的东拉河水就流得涓滴不剩了。河道像大暴雨中的洪水冲过一般，两岸土坡上的青草糊满了泥巴。现在，火辣辣的太阳照射着这条肮脏的、丑陋不堪的河流，叫人看了十分刺眼和痛心。

祸根子出在金俊文的两个儿子金富和金强身上。他们愚蠢地在石圪节坝梁中间豁口，而且挖得太狠，这座土坝没多时就整个地决堤了。汹涌的激流冲下来，打垮了罐子村的土坝，接着又打垮了双水村的土坝，捎带着把他们的三爸也卷走了……

现在，哭咽河畔，金俊武一家老小都在哭咽着。哭得最可怜的是金俊武他妈。老太太一边哭，一边在大儿子金俊文家的土炕上痉挛地打着滚。金俊文和金俊武的媳妇，红肿着眼睛站在脚地上，劝慰婆婆节哀。但老太太不听，仍然哭得死去活来，把老花镜都摔在了锅台上。已故金先生的遗孀虽然年龄和孙玉厚的母亲差不多，但头脑依然很清楚。起初家人还想对她瞒哄这不幸的消息，但老人家很快就知道她的小儿子被水淹死了。她不时地准备爬下炕来，到庙坪的破庙里去看死去的俊斌，但被两个儿媳妇硬劝挡住了。

在另一孔窑里，金俊文和金俊武都蹲在脚地上，抱住头无声地痛哭着。金富和金强已经被金俊文撵着打了一顿，现在不知跑到什么地方去了。金俊武自己的一男一女两个孩子，也在院子外边哭叫着，但没有人管他们。

王彩娥现在在她家的窑里。这个漂亮的女人眼泪已经流干了，脸色苍白地睡在炕上像死过去一般。她娘家里的母亲和一个妹妹已经闻讯赶来，现在正生火给彩娥做一点吃的。彩娥她妈看来是个刚强人，不时对女儿说："人死了，也哭不活来！活人的身子要紧！甭哭了！"

这时候，副书记金俊山进了金俊文家的院子。本来他先去了隔壁俊武家,但俊武家没人,他就过这面来了。田福堂早上捎过来话说，他病倒了，让他和玉亭代表大队看着处理金俊斌的丧事。其实不要田福堂说，金俊山也会主动来帮助处理这事的。除过他是村里的领导人不说，他和金俊武兄弟们总是一个家族的，都是一个老先人的后代。

金俊文和金俊武见俊山进了家门，也就抹去眼泪，敬让着叫俊山坐在炕上。

金俊山没有坐。他对这兄弟俩说："难受归难受，事情归事情。现在最当紧的是要赶快安葬人。天太热，不能搁得太久……最好今天就能下葬。"

金俊武问："田福堂哪里去了？"

俊山说："福堂说他病了，让我和玉亭看着办丧事……我已经叫人把队里的槐树伐倒一棵，木匠现在做上棺材了。我马上叫人打坟，另外派了两个人已经到米家镇去扯衣服了……"

"先不要忙着埋人！"金俊文脸黑沉沉地对这位本家的大队领导人说。

金俊山一时不知俊文的话是什么意思。

金俊文马上说："我俊斌不是营务自留地跌死的！他是为集体的

事死的！难道一埋葬就完事了吗？他媳妇今后的生活怎么办？还有我妈，俊斌也是她的儿子，老人的赡养也有他的一份。再说，俊斌本人就这样无声无息地入土呀？叫他田福堂来！他领导着让大家偷水，现在出了人命事，他倒装起病来了！他要是不妥当处理这事，我俊斌埋不成！我把他的尸首往田福堂家门上抬呀！”

金俊武接住他哥的话说：“我哥说的是实际问题。俊斌总不能一埋了事吧？说不下个行行道道，我看这人不好埋！”

金俊山原来没考虑这么多。现在他才感到处理这件事非常棘手。他想了一下，说：“那是这样，该准备的还要准备。俊武，你干脆和我先到田福堂家里走一回，你们提出这些问题看他怎么办！”

金俊武兄弟俩同意了这意见。俊武对哥哥说：“你先叫几个人去打坟，我和俊山哥找他田福堂去！”

金俊文就即刻出门找人打坟去了。

金俊武和金俊山相跟着过了哭咽河的小桥，过田家圪崂这边来了。他们走过庙坪枣树林中的小路时，看见破庙的外面围了许多村民。金富和金强被父亲一顿老拳打出来，现在就在这里吆喝着不让顽皮的村童进入那个破庙院……

在金俊武和金俊山到来之前，田福堂已经打发老婆叫孙玉亭去了。书记在天明时就躺倒在炕上起不来——实际上是真的生了病。他身体本来就不好，加上折腾了一夜，又加上闯了大祸，他一下子就被这几重的灾难击倒了。他剧烈地咳嗽和喘息着，并且浑身还发着烧。

从昨晚到现在，顷刻间接连出现的灾难，使田福堂陷入有生以来最严重的危机之中。他现在根本不能掌握眼前的事态，完全处于被动的地位。他现在还顾不上考虑对付罐子村、石圪节村和公社的麻烦；他首先考虑的也是如何处理金俊斌的人命事。唉，死了的偏偏是金俊武的弟弟！为什么不把老不死的田二让水冲走呢？

田福堂也清楚地知道，金俊斌不好往土里埋！金家兄弟不会轻易地让他田福堂下这个台阶。因此，当他派人告诉金俊山让他和玉亭处理这事后，马上又想到，这两个人恐怕处理不了，事情归根结底还要他田福堂出面。可他现在脑子乱糟糟的，身体又有病，也急忙不知该怎办，所以就让老婆先把孙玉亭叫来商量一下。

玉亭几乎是小跑着进了书记的家门。田福堂的老婆走得慢，现在还在路上没回来。

玉亭一进门，先关切地问田福堂："病得不要紧吧？"

田福堂欠起身子，咳嗽了一阵，说："大概不要紧。"他爬起来，把衫子穿上，坐在被窝里，给嘴里塞了两片药，喝了一口温开水。

"事情发生了，你也不要着急。毛主席说，要革命，死人的事经常发生哩……"孙玉亭安慰他说。

田福堂失去光彩的眼睛茫然地望着对面墙，说："我估计俊斌不好往土里埋……"

"怎？"孙玉亭瞪大眼睛望着书记，不明白他的意思。

"金俊武弟兄们又不是些傻瓜，俊斌是为集体牺牲了的，因此队里不说下个什么，恐怕他们不会轻易了结这件事。"

"棺材、衣服，埋人时吃的喝的，队里都负责上，还要怎样哩？"玉亭说。

"不在这些事上。这些事理所当然要队里管。我说的是其他方面……玉亭，你再想想，看还有什么可以弥补的？"

孙玉亭基本明白了书记的意思。他想了一会，说："这样吧，咱们首先要在政治上对待好这件事。金俊斌同志为了集体的革命事业，献出了自己的生命，咱们要追认他为革命烈士。叫人打一块墓碑，上面写上'金俊斌烈士之墓'。另外，咱们再开个隆重的追悼会。毛主席在《为人民服务》这篇文章中说过，今后村里死了人，就开个追悼会……"

“你说的这些都好。光这恐怕还不行……”

田福堂还没说完，他老婆就引着金俊山和金俊武进了家门——福堂的老婆半路上碰见这两个人，就一起相跟着回来了。

田福堂一看这两个人来找他，就明白是什么意思了——他们的到来他早就估计到了。

福堂客气地让这两个领导人坐下。他老婆赶紧给这几个人倒茶递烟。

玉亭接过福堂老婆递上的纸烟，没往着点，别在自己的耳朵上，说：“福堂气管有病，不能闻烟味。”

金俊山正准备点烟，听孙玉亭这么一说，也就不好意思再吸了。

田福堂无所谓地说：“不怕！你们吸你们的……玉亭，你干脆把海民叫来，咱临时开个支部会，好好商量一下俊斌的事！”

孙玉亭马上出门找支委田海民去了。

玉亭找来田海民以后，大队党支部的五个成员就都聚齐了。

田福堂坐在炕上的被窝里，对坐在脚地上的四个人说：“俊斌同志为革命光荣地献出了自己的生命，我们大家都很悲痛。我们开个支部会，研究一下如何为俊斌同志办丧事，捎带着也考虑一下他的家属待遇问题……俊武，你是俊斌的亲属，你先提个看法。另外还有什么要求，你也说出来，咱们尽量让你们满意。”

金俊武先没言传。过了一会他才对身边的金俊山说：“俊山哥你先说吧。”

金俊山看出金俊武不好开口，就用他自己的口气，把俊武他哥的那些意思都端了出来——就好像这是他自己的意见。

田福堂立刻表态说：“这没问题！彩娥今后就按干部家属对待，粮钱由队里给出。至于我金大婶，她的一部分口粮大队也可以包给。另外，我们还要把俊斌当烈士对待哩！要立个墓碑，让子孙后代知道他的功劳。安葬前，咱们再开个隆重的追悼会！”田福堂把刚才孙玉亭的建议原封不动搬出来，就像这都是他自己考虑过的意见。

孙玉亭马上又激动地发言说：“我还有个建议，干脆！咱们再追认金俊斌同志为中共党员！”

大家对这建议有点瞠目。年轻的组织委员田海民婉言说：“玉亭叔的心意是好的。但俊斌哥生前也没写过入党申请书。再说，入党的事最后还要公社批准哩，这恐怕……”

金俊武立刻理智地说：“这不能！再说，俊斌是个农民，人又殁了，也没留下个后代，党员不党员也没什么喀……现在这样对待就行了。我倒没什么，可灾难发生了，队里处理好一点，我也好给家里人做工作。要是处理不好，家里的人寻队里的麻烦，我也没办法……现在这样处理我满意了，估计家里人也再不会怎样。唉，说来说去，我们自家的人也有责任……”

大家看金俊武这个态度，都松了一口气。田福堂心里对金俊武说：我知道不这样，你金俊武不会饶我田福堂！但他嘴里说：“俊武的话我听了很感动。不愧是共产党员嘛！识大体，顾大局……”由于声音太高，他猛烈地咳嗽起来。

等咳嗽停息下来，他喘着气说：“我爬不起来，具体事你们就看着办好了。玉亭给咱准备追悼会的事；其他事俊山你就给咱领料上……”

支部会散了以后，孙玉亭就赶忙出去布置开追悼会的事了。金俊山和金俊武又返回到金家湾这面来，领料埋葬的其他事项。

中午，从西边田家圪崂的山背后，突然涌上来一疙瘩黑云彩；云根下面，隐约地传来沉重的雷音。乌鸦呱呱叫着掠过闷热的村庄，空气中流布着动荡与不安。村民们抬起头惊愕地望着天空，纷纷议论道：这或许是俊斌的死感动了老天爷，要给焦渴而不幸的双水村洒一点甘霖了？

这时候，在庙坪破庙前的空场地上，孙玉亭夫妇二人正领着村里的一些人忙乱地布置追悼会场。玉亭原准备把追悼会放在学校，但村里许多老人反对，说俊斌是少亡，魂灵不安生，说不定以后会作怪，怕娃娃们要害怕。他老婆贺凤英也把他臭骂了一通。玉亭拗不过众人，只好决定把追悼会放在这个破庙前——反正这地方本来就是个神鬼之地！

妇女主任贺凤英正和一些妇女挂贴挽幛。已经做好的几个花圈，现在放在破庙里的灵柩前。她们并且还为参加追悼会的村民一人准备了一朵小白纸花。孙玉亭破衫子胸前仅有的两颗钮扣中间，别着他给金俊斌写好的悼词，正忙着在一边给石匠们指点打墓碑的事。村中几个手巧的媳妇，这时已经聚在金俊海家，由金波他妈领料着，在她家的缝纫机上为金俊斌缝制入殓的服装。金俊文和十来个打墓人，胸前挂着红布条，在金家祖坟那里按辈数排好的地方，已经把弟弟的墓坑挖好了。在同一时刻里，金俊武正领料一家人，忙着为外村来参加葬礼的亲戚准备饭食……

这时候，在亡故人金俊斌家里，王彩娥她妈正对女儿说开导话。这女人看来心肠很硬，她对彩娥说："不要哭！自己的身子要紧！你先在金家门上盛两年，以后再说以后的话。离开双水村这穷窝子也好，到时候在石圪节或者米家镇给你瞅个人家。俊斌人倒老实，可老实得太死相了，屙屎倒把个命送了！以后寻个灵巧的手艺人，吃酸的喝辣的你也过几天自在日子！"

王彩娥坐在炕头上，红肿着眼睛一句话也不说，只是听她妈精明地给她安排往后的出路……

下午三点钟左右，全双水村的人都先后来到了庙坪。破庙前面的追悼会场里，顿时挤满了黑鸦鸦的人群。贺凤英端着个簸箕，把里面的小白纸花给来人一人一朵散发着。庄稼人都新奇而笨拙地把这纸花挽在自己胸前的钮扣上。

黑云彩已经呈扇形从田家圪塄的土山上空铺过来，遮住了偏西的太阳。大地一时变得昏暗起来。紧接着,天空打响了第一声炸雷!

眼看天要下雨，追悼会就马上在隆隆的雷声中开始了。

追悼会由金俊山主持。第一项脱帽志哀。庄稼人纷纷摸掉自己头上汗渍渍的毛巾，把头垂下。

第二项由孙玉亭致悼词。玉亭把胸前别着的那卷纸拿出来展开，走到人群面前念道:“……金俊斌同志为了革命事业，于昨天夜晚与我们永别了，享年三十八岁……”

孙玉亭念着按报纸上的格式写成的这篇悼词，大家都静静地听着。只有田二例外。这位长着伟大额头的“半脑壳”，正在肃穆的人堆里走来走去，把掉在地上的那些纸花纸片捡起来，装进自己衣襟上的那个大口袋里。他一边捡这些东西，一边嘴角挂着神秘的微笑，嘟囔说:“世事要变了……”有些人已经被田二逗得偷着笑了。孙玉亭不时停下来，气愤地瞅一眼人群中的田二。金富和金强立刻走过来，把这个捣乱分子从人群里拉出来，一直把他扭送过东拉河。田二一路嚷叫着说:“世事要变了！世事要变了……”

孙玉亭的悼词快念完的时候，又一声炸雷在人们的头上滚过，惊得人群一阵骚乱。接着，起风了。狂风卷着沙尘和碎柴烂草，霎时把天地搅成了一片混沌。

追悼会匆匆地进行完仪式，接着就赶快起灵。

八个壮年人抬着灵柩走在前面，孙玉亭和金俊山分别在两边扶着灵柩，后边是死者的嫡亲和金家户族的人。庙坪顿时响彻一片恸哭之声!

送葬队伍刚过了哭咽河的小桥，铜钱大的白雨点子就瓢泼似的倾倒下来。村里的外姓旁人都纷纷跑回家了。参加送葬的人一个个水淋淋地在泥水地上艰难地向金家祖坟那里行进。雷声、雨声、水流声和人们的哭声搅混在一起。不时有明晃晃的闪电在头顶划过。哭咽河和东拉河已经起了水，浑黄的山水呜咽着从大大小小的沟道里奔腾下来，给这个葬礼加添了极其浓重的悲痛气氛……

……在吃晚饭之前，副书记金俊山埋完金俊斌，刚在家里换转干衣服，石圪节公社文书刘根民就进了他家的门。公社已经知道了双水村昨晚上的偷水事件，白明川和徐治功命令文书刘根民来叫田福堂。根民已经去过田福堂家，但看田福堂正病着起不来，就只好跑来叫金俊山——不带一个人回去，他给公社的两位领导交不了差。

金俊山知道去公社意味着什么。但他想来想去，也没办法推开。书记田福堂病了，他是副书记，他不去叫谁去？

他没办法，只好穿了件雨衣，到学校儿子的办公窑里把自行车推上，跟着根民冒雨去了石圪节公社……

在石圪节公社里，白明川和徐治功两个人现在正等待双水村大队书记田福堂的到来。今天刚吃完早饭，石圪节大队和罐子村大队的党支部书记就先后跑到了公社，报告了他们的水坝被人破坏、坝里所有的蓄水都跑光了的严重事件。罐子村的书记报告说，他们村一个村民半夜起来上厕所，看见双水村的大型拖拉机从村中开过来，上面还坐了许多拿工具的人。石圪节的书记立刻作证说，他们水坝上面的公路上就是留下了拖拉机停留的痕迹，而且从公路到水坝的地上留下许多乱糟糟的脚印。不久，双水村昨夜灾难性的消息就正式传到公社里来了……

白明川对这件事非常气愤，觉得田福堂做事简直无法无天。他和徐治功商量，决定先把田福堂调到公社来，一旦调查清楚事情的真相，就准备严肃处理当事人。

现在，两位公社的领导人在办公室里谈论着这件事。

白明川靠在办公桌上，一只手搓着下巴上黑森森的胡楂子，对圪蹴在窗前长木栏椅上的徐治功说：“如果这事的确是田福堂出面搞的，非给这个人处分不行！”

徐治功把凉鞋脱在地上，赤脚片圪蹴在椅子里抽纸烟，先没说什么。冬春大规模农田基建结束后，他就回到公社来工作了。现在碰上这件头疼事，他感到很作难。如果这是另外村子的支部书记搞的，那他徐治功会比白明川更要严厉地处理这件事的。但这事牵扯的是田福堂。因此他不能轻易对白明川的意见表示支持。他反而对白主任说："你不是常教导我说，要对农民宽容一点吗？福堂虽说是大队书记，但也是个农民嘛！再说，双水村是咱们石圪节公社农业学大寨的先进典型，福堂的工作一贯积极，现在犯这么个错误就给处分，恐怕不合适……"

白明川听徐治功这么一说，就为难地陷入到思忖之中。他虽然对这件事气愤，但觉得治功的话也有一定的道理。而平心静气想，他作为公社一把手，也有责任。他为什么没有提早注意这个问题，而把东拉河的水给沿河的每个村庄都分一点呢？福堂和双水村的人急了，才干出了这件荒唐事……

白明川想了一会，说："不给处分也可以。但这件事不能三秤二码就了结，最起码福堂要代表双水村支部做个检查，否则我们怎样给石圪节和罐子村解释？"

"因为这件事已造成全公社范围的影响，田福堂的检查必须通过有线广播向全公社转播，让大家都从这件事里接受教训！"

徐治功同意了白明川的这个意见。治功知道，不这样也不行。再说，这办法好！福堂虽然做检查，但是代表集体检查，而这就不是他一个人的责任了！

当文书刘根民把金俊山带到公社时，两个主任都惊讶地问："俊山你怎来了？福堂哩？"

金俊山说："福堂病了……闯这祸是大队领导集体决定的，不是福堂一个人的主意。我来也一样……"金俊山是个比较实在的人，他尽管和田福堂有些矛盾，但在这种事上他不会对别人落井下石……

没等公社领导盘问，金俊山就把事情的前后经过都给公社领导老实交待了……

金俊山在公社灶上吃过晚饭，在中央人民广播电台的各地人民广播电台联播节目完了以后，就在公社的广播室里，代表双水村大队党支部，向全公社人民检查他们村损人利己的不法行为。俊山在进公社广播室的时候心想：双水村做下成绩，都是田福堂在广播上介绍经验出风头；而这种不光彩的倒霉事，倒轮上他金俊山了……

卷二

第二十九章

双水村的人谁也没有想到，孙少安这家伙出门一个月，竟然带着一个大眼睛的山西姑娘回来了！

全村人议论的话题自然从不久前去世的金俊斌转移到了这位新来的姑娘身上。

太叫人惊讶了！起先谁知道少安出门是去找媳妇呢？他临走时不是说他到外面给一队去联系小麦良种吗？好，这现在倒给他自己联系回来这么个“良种”！

还叫人奇怪的是，少安为什么不娶一个本地女子，而跑到远路上找了一个爱吃老陈醋的山西人呢？

人们后来才知道，这姑娘是贺凤英一个村的，而且还是妇女主任远房的本家人。噢，原来是这么一回事！

于是，大家立刻又为少安惋惜起来：这么好个后生，哪里找不下个媳妇，为什么要贺凤英的本家人呢？如果这姑娘像贺凤英一样，那孙少安这辈子就别想过好日子了，他二爸孙玉亭就是他的“榜样”！

但人们的惋惜马上又变成了一片赞叹之声。据找借口去过少安家的人说，这姑娘和贺凤英完全是两码事！脸虽然不太白，但人样子十分耐看。黑眉花眼，一口白牙，身体发育得丰丰满满，正是庄稼人所梦想的那种女人。更叫人赞叹的是，她到少安家的那个破墙烂院里，没有显出一丝的嫌弃，而且第二天就帮助孙玉厚的老婆做上家务活了；还满嘴奶奶、妈妈、爸爸叫个不停，把孙玉厚一家人都高兴乱了！除过这些以外，最主要的是，还听说她娘家连一个财礼钱都不要！啊呀，不要财礼钱？世界上还有这样的事？孙少安这小子狗尿到脑上了，交了好运气！

当孙少安有点羞涩地出现在村子里的时候，庄稼人就纷纷围住他，和他开玩笑，向他查问他带回来的这位山西姑娘的长长短短。有些他的同龄人粗鲁地问他："一搭里睡了没？"而开玩笑不论辈数的田万有还火上加油，咧开嘴在人群里酸溜溜地唱道——

你要拉我的手，
我要亲你的口；
拉手手，亲口口，
咱们到圪塄里走！

众人乐得哄堂大笑，孙少安只好摆脱村民们这些出于好意的恶作剧，红着脸就走。是的，他现在还顾不上热闹，而许许多多随之而来的难肠事正困扰着他，需要他在很短的时间内马上解决；快乐和苦恼在他心中像两条纠缠在一起的绳索，乱翻翻地找不见各自的头绪。

孙少安这次外出，本来不抱什么希望。只是在各种原因促使之下，他才不得不出这次远门。他当时心里也有些烦闷，想借此出去散一散心。他本来也没准备耽搁这么长时间，心想行不行三锤两棒就完了，他转几天就回来了。没想到他一下子就在贺秀莲家住了近一个月。

他到柳林后，先找了他父亲早年间的拜识陶窑主。但不巧的是，“干大”在半年前刚刚离开了人世。干大的几个后人，知道他们的父亲在远路上有个老朋友，现在见干兄弟上了门，也就很热情地接待了他。

他在干大的后人家里住了两天，就到离柳林不远的贺家湾去了。

他先到他二妈的娘家门上。他二妈的父母亲已经接到了女婿和女儿的信，说他们有个侄子要来看本村贺耀宗的女儿秀莲。他们接待下少安，就立即给贺家通了话。

第二天吃过早饭，他二爸的老丈人就引着他上了秀莲家的门。

贺耀宗有两个女儿。大女儿秀英招了本村的一个男人，就住在娘家门上，既是女婿，又算儿子。小女儿秀莲今年二十二岁，在村里上过几年学后，就一直在家劳动。

孙少安自己也绝没有想到，他一见秀莲的面，就看上了这姑娘。这正是他过去想象过的那种媳妇。她身体好，人样不错，看来也还懂事；因为从小没娘，磨练得门里门外的活都能干。尤其是她那丰满的身体很可少安的心。秀莲对他也是一见倾心，马上和他相好得都不愿意他走了。贺耀宗和他的大女儿秀英、女婿常有林也满心喜欢他，这亲事竟然三锤两棒就定了音。少安对秀莲和贺耀宗一家人详细地说明了他家的贫困状况。但贺秀莲对他表示，别说他现在总算还有个家，就是他讨吃要饭，她也愿意跟他去。贺耀宗家里的人看秀莲本人这样坚决，也都不把这当个问题了——反正只要秀莲满意就行；既然她不嫌穷，他们还有什么说的呢？贺耀宗甚至说：“不怕！穷又扎不下根！将来我们帮扶你们过光景！”

这一切使少安对秀莲和她的一家人很感激，同时也对这个大眼睛的姑娘从感情上开始喜爱了。

亲事定下来以后，少安本来就想及早返回双水村。但一见钟情的秀莲却舍不得他走，一天天地硬挽留着他。他尽管惦记着自己烂烂包包的家庭，可又拗不过这姑娘的一片缠绵之情，只好硬着头皮依了她的愿望。他劳动惯了，闲呆不住，就跟秀莲到她家的自留地去劳动——他营务庄稼的本领立刻就使贺家湾的人赞叹不已；大家都说秀莲找了个好女婿。

眼看在秀莲家住了快一个月，少安心里焦急不安。他对秀莲和她一家人说，他再不敢耽搁了，无论如何得赶快回家去！

秀莲看再留不住他，就向他提出：她也跟他回去！她说她去少安家住几天，然后再返回山西家里。等过春节时，她就和她爸一起来双水村，和少安结婚。秀莲一家人都支持她这意见。

少安看没办法拒绝秀莲的热心，就只好同意带她回双水村。本来，少安不想这次就把贺秀莲引回家。他知道自己家里没任何条件接待秀莲。旁的不说，她去连个住处也没有。他家的人都寻地方住哩，让秀莲回去住在哪儿呢？他二妈家也是一孔窑洞，而且烂脏得人脚都踏不进去。他原来想回去安排好了再接秀莲回来——尽管如何安排他心中一点数也没有。

他和秀莲从柳林坐汽车一路回来的时候，熬煎得像滚油浇心一样。他不时把心里的各种熬煎对秀莲说个不停。他先不说以后的困难，只说眼前他们回家后就会让秀莲受委屈的。秀莲坐在他旁边，像工作人一样大方地依偎着他，真诚地说："没住处，你先把我安排在你们生产队的饲养室里。"少安只好咧嘴苦笑了……

回到家里以后，全家人高兴自不必说。使少安满意的是，秀莲果真不嫌他的家穷，而且对家里老老少少都非常亲热，甜嘴甜舌地称呼老人。她还偷偷对他说："你家里的人都好！光景比我想的也好！你原来说的那样子，我想得要比这烂包得多！"

最使他高兴的是，他弟少平马上就把秀莲的住处安排在金波家金秀和兰香住的地方了。金大婶喜得把一床从未沾身的新铺盖拿出来，让秀莲盖。少平安排完秀莲的住宿，还对他说："干脆你过去住在金波那个窑洞里，让我回来住在你的小窑里。”少安对热心的弟弟不好意思地笑了笑，说：“还没结婚，我撵过去住在那里，村里人会笑话的。还是你住在那里。秀莲路生，晚上你把她带过去，早上再引回咱们家吃饭……”

孙少安回来以后的当天晚上，就听家里人叙说了村里前不久的偷水事件和金俊斌的死亡。他很快想到，他得去看看金俊武，要对二队队长表示他的慰问。另外，他还得去见见书记田福堂，向他解释一下自己晚归的原因。接着，他就要开始为春节结婚的事奔波了。困难太多了！虽说秀莲家不要财礼，可总得要给秀莲扯几身衣裳，也要给人家的老人表示点意思——起码得给贺耀宗缝一床铺盖或一件羊皮大氅。他自己也不能穿着身上的旧衣裳当新女婿，最少得做一身新外衣。同时，按乡俗过喜事也总得把亲戚和村里的三朋四友请来吃一顿饭……还有呢！他们的铺盖哩？就是有了铺盖，他和秀莲将来又住在什么地方呢？总不能住在他现在的那个小土洞里吧？

这一切把人肠子都愁断了！

但是，愁也没用。慢慢想办法吧！他就是这么个家，别说这么大的事，就是一件小事情，也得他翻过来倒过去的折腾个没完！

回家的第二天上午，他先出去找了副队长田福高，问了他走后这一段队里的生产情况；又向福高安排了下一段的活计。他说他还要忙几天，让福高继续把队里的事照料上。

吃过午饭以后，他就去金家湾那边找金俊武，以表示他对他的不幸的慰问和同情。

他一边匆匆地走着，一边卷着旱烟卷，挺有精神地望着秋天的村庄和山野。东拉河残留着不久前发过洪水的痕迹，草坡上泥迹斑斑——但这已不是那次偷水留下的痕迹，而是第二天安葬俊斌时的那场大暴雨发了的山洪所留下的。正是这场大雨，才多少挽救了双水村的庄稼。豆类作物大部分都已成熟，人们正在地里搜寻着摘那些干枯的豆角；有的干脆连豆蔓一齐拔掉，背到禾场上去连荚敲打。自留地的老南瓜已经摘光了，枯死的瓜蔓一片焦黑。麦地里回茬的荞麦虽然早已经谢了如霞似云的花朵，但一片片娇嫩的红秆绿叶，依然给这贫瘠的荒原添了不少惹眼的鲜活。白露刚过，山野的阳坡上现在到处都在播种冬小麦；庄稼人悠扬的回牛声像唱歌一般飘荡着。天异常地高远了，纯净得如同一匹浆洗过的青布。在庙坪那边，枣子已经红透，在绿叶黄叶间像玛瑙似的闪耀着红艳艳的光亮……

少安吸着自卷的旱烟卷，过了东拉河的列石，上了庙坪，穿过这片叫人嘴馋的枣树林。

他正在枣树林间的小土路上走着，路上面的地畔上有个妇女问他："你回来了？"

少安抬头一看，原来正是俊斌的媳妇王彩娥。他不由得心一沉，想对这不幸的寡妇说几句安慰话，但急忙又不知说什么是好。

他想了一下，也不能提俊斌的事，就只好问彩娥："你干什么哩？"

彩娥不像少安估计到的那样悲伤，她甚至对少安笑了笑，说："我照枣着哩！你二爸给我安排了这个轻省活……你吃枣不？"彩娥说着，就用手摇了摇地畔上的一棵枣树，熟透的红枣子就劈里啪啦在少安周围落了许多。彩娥说："你都拾上！现在这周围没人看见！"

虽说彩娥这是好意，但少安心里隐隐地有些不舒服。他没想到俊斌死了才一个来月，彩娥就已经恢复得这么"正常"了。

少安看来不拾也不行，就匆忙地拣了一些枣子，装在自己衣袋里，说："我还忙着哩……"就急忙走了。

当他过了哭咽河的小桥，走到学校下面的时候，见他二爸正手里握着一卷子报纸和材料，从学校的小土坡上走下来。他二爸先开口给他打招呼说："唉呀，我忙得还没顾上去你们家，听凤英说秀莲也跟你回来了。好嘛！"

少安只好停住脚步，等他二爸走下来。

他二爸走到他面前，扬了扬手中的报纸说：“我正忙着准备政治夜校的学习哩！你大概知道了，《人民日报》八月三十一日发表了评《水浒》的重要文章。我刚从公社开会回来，上面号召要在政治夜校好好组织批判哩……”

少安说：“我不知道这些事。批《水浒》的什么哩？”

他二爸胸脯一挺，说：“嘿，毛主席都发指示了！说《水浒》这部书,好就好在投降。做反面教材,使人民都知道投降派。还说《水浒》只反贪官，不反皇帝。屏晁盖于一百零八人之外。宋江投降，搞修正主义，把晁盖的聚义厅改为忠义堂，让人招安了……”

少安心烦意乱，不愿听他二爸背诵毛主席语录，说他要去找一下金俊武，就准备走了。但他二爸突然又有点忧伤地说：“……唉！我们也应该请秀莲和你到我们家吃一顿饭，这是老乡俗……可你知道我家里的那个烂坛场！夏天分的一点麦子都叫你二妈在石圪节粮站换成了粮票，说公社通知让她下一批去参观大寨……”

少安听他说这话，心里倒对这个他厌烦的长辈产生了怜悯之情。他以为二爸只热心革命，把人情世故都忘了。想不到他还记着这个乡规。

少安也知道他二爸说的是实情。他对二爸说：“我知道你的难处。按乡俗，你不请秀莲吃饭，村里人会笑话的……这样吧，我把我家的白面拿一升，给你送过去。白天怕村里人看见不好，我今晚上给你送过去……”

这位恓惶的“革命家”只好默认了侄儿的馈赠。

孙少安离开他二爸，就径直来到了金俊武家里。

二队队长拉住一队队长的手，泪水在那双精明的铜铃般的大眼里涌出来了。

少安安慰他说：“俊武哥，你不要再难过了。我刚回来就知道了这事。我今个儿是专门来为你说几句宽心话的。人常说，一碗水倒在地上，再也舀不起来了。”他还用高小里学过的成语补充说：“天有不测风云，人有旦夕祸福……”

俊武拉着他的手，让他坐在椅子上。俊武的婆姨给少安倒了一杯开水，亲切地放在他面前。两口子都为村里这个受人尊重的人专门来看望他们而深受感动。

少安喝了一口水说：“我不知道你们当时是怎样商量这事的？本来不应该这样做！应该直接找公社白主任讨论东拉河水合理分配的问题，让公社出面解决。另外，就是公社不管，田福堂或金俊山也可以直接去找上游几个村的负责人协商。只要态度诚恳，我不信这两个村的领导人就不通情理。结果这样一搞，水空人亡，还要给人家做检讨……”

金俊武抹掉脸上的泪水说：“你当时要在村里就好了！我原来以为自己是个精明人，想不到自己吃了自己精明的亏。我在大事上不如你！”

金俊武老婆插嘴说：“你在小事上也不如人家少安！”

少安笑着说：“我也是事后诸葛亮！说不定我当时要在村里，比谁都可能冒失哩！说不定把下山村的坝都给豁了！”

金俊武两口子都被他的话逗笑了……

少安在金俊武家拉了一阵话，就和他们告别了。

当他返回到田家圪崂这面的公路上时，正好碰上了田福堂。他就顺便挡住书记，给他解释了他从山西晚回来的事由。

田福堂经过不久前的那场挫折，又瘦了许多，额头上还留着火罐拔下的黑印。他笑着说：“这是好事嘛！还要你给我解释哩？你办这么大的事，别说一个月，两个月三个月也值得！”

田福堂心里十分高兴少安找了个媳妇回来。这样，他就再不要担心他女儿和少安的关系了。他关切地问少安：“准备什么时候办事？”

少安说：“想春节就办。可你知道我那个家，事办得再简单，也很难凑合起来……”

田福堂立刻说：“不要怕！要粮食，你就在大队储备粮里拿；要什么粮食你就盘什么粮食，要多少你就盘上多少！”

少安对书记的这个应诺倒很高兴——这总算给他解决了一个大困难。他说：“这就好了，我正为这事犯愁着哩！我也不敢多借，借下还得还嘛！我借一点够过事情就行了……”

少安和田福堂临分手时，书记还一再关切地说：“你有什么困难就言传！我帮助你解决！”

现在，少安一个人又匆匆往家里赶去。一路上，他心想：我回去先瞒着家里的其他人，和母亲商量一下，把家里的白面拿出一升来，晚上给二爸家拿过去，好让他们撑一下门面。他想到他明天早上还得和秀莲一块去吃这白面时，便又忍不住笑了。

第三十章

第二天早上，当少安和秀莲坐在孙玉亭家的烂席片炕上吃白面片的时候，他父亲正坐在金俊海家的椅子上，心心事事地抽着旱烟。孙玉厚心里高兴的是，他这一趟来得正好，碰巧金俊海今天刚到家！

俊海两口子到田家圪塄那面公路上搬东西去了——俊海的汽车刚从黄原路过这里。他们安顿让他在家里等一会。金波金秀都在学校没回来，因此这个院落现在里里外外静悄悄的没一点声响。孙玉厚可以在这时间里盘算他怎样开口对俊海说他的难肠事。

他是为儿子的婚事，来向金俊海家开口借钱的。

当少安把秀莲带回家门时，孙玉厚高兴得不知如何是好。啊呀，他的儿子有媳妇了！他没想到事情会这么顺利；而且少安带回来的这女娃娃，又体面又精明，真是打上灯笼都找不见的好人才。更使老汉高兴的是，女方果真像他弟媳妇贺凤英说的，连一个财礼钱也不要！

这几天，尽管这一切都真实地摆在他面前，但他老觉得这好像是做梦：天下哪有这么好的事出现在他孙玉厚的面前呢？

可这一切又的的确确是事实。而且人家女娃娃主动提出，春节就要和他的少安结婚哩！

提起结婚的事，这才使高兴得晕晕乎乎的孙玉厚脑子凉了下来。他马上想到，结婚就得花钱！可他手上没几个钱，又到哪里去转借呢？尽管人家女方不要财礼，但他不能连几身衣服都不给人家娃娃缝。两个新人的衣服被褥和零七碎八下来，三五十块钱根本不顶事。再说，他也不能悄无声息地给少安娶媳妇。这是他为自己亲爱的儿子办喜事呀！当年他为自己的弟弟办事，在那么困难的年月里，都咬着牙办得有声有响，体体面面；现在他为自己的孩子办事，那就是拼着老命，也不能让世人笑话！虽说现在不让雇吹手，但他要备酒饭，待亲朋！把事办得红红火火，热热闹闹！没钱？借！

可是，办喜事少说也得借二百元。这样一笔数字不小的钱，他向谁去借呢？

昨晚上睡觉的时候，他和少安妈几乎一夜没合眼。老两口高兴一阵，又忧愁一阵，商量借钱和待客的事。他们觉得，放在春节好——把喜事也办了，一家人把年也过了。

两个人先详细地计算了粮和钱的费用。这两样主要的东西，都得开口问别人借。家里的口粮大部分是粗粮，拿不到席面上。当然，猪肉不要买了，把自己家里那口猪杀掉——实际上不是不买肉，而是今年卖不成肉了。

粮食他们先没顾上考虑向谁家借。两个人先说借钱的事。他们约摸全村大概有几户人家能有这笔钱。书记田福堂不好开口。大队会计田海民也能拿得出来，但海民媳妇银花连公公田万有都不肯给借钱，怎么可能给他们借呢？金俊武说不定有一点钱，可他拖家带口的，不好为难金家湾的这个强人。金俊山和他儿子金成都有存款，但他们和这父子俩交情不深，根本开不了口。当然，钱最宽裕的是公派教师姚淑芳和她在县百货公司当售货员的丈夫金光明。但由于他们的玉亭在“文化大革命”开始时斗争过人家弟兄们，结下了仇恨，借钱的事连想也不能想……

老两口算来算去，最后还是一致认为：只能向金俊海家借这笔钱。但这也够让他们难肠了。当然，只要他们开口，估计这家人不会拒绝的。他们太麻烦人家了！早年间，玉亭成家后，他们没地方住，白白在人家门上住了好几年。以后虽说他们把家搬到了这里，但少平和兰香晚上没地方住，还不是在人家那里借宿！再说，平时金秀对兰香，金波对少平，经常拿吃拿喝的，金波他妈也对这两个孩子没少操过心——两个念书娃娃的制服少安妈不会做，还不是金波他妈在他们家的缝纫机上给做吗？人家对他们这样好，他们又给人家回报不上什么。除过分粮分土豆和一些重劳动活他们能帮上忙外，其余就只是他们沾人家的光了。现在，他们又要开口向人家借这么多的钱，而且不能肯定什么时候还人家……真难开口啊！

但没有办法。为了使儿子的婚事体面一些，他们只有这一条路可走。孙玉厚当晚决定，他第二天就去金俊海家借钱——他们惟一担心的是，俊海不在家，借这么大一笔钱，金波他妈敢不敢承担……

钱的事拉完后，鸡已经叫了两遍，但为儿子婚事操心的两位老人，还是睡不着。他们又从被窝里伸出胳膊，扳着手指头计算了半天应待的客人：少安的两个姨家和三个舅家这不必说，婚丧事娘舅亲向来都是上宾；兰花一家；玉亭一家；金俊海一家；大队的领导人；村里和孙玉厚、少安相好的村民；少安在公社当文书的同学刘根民；当然还要请润叶——不管人家顾上顾不上回村来……

现在，孙玉厚坐在金俊海家的椅子上，一边抽旱烟，一边忍不住打着哈欠，等着俊海两口子回家来。他想了半天，准备拐弯抹角地开口向俊海借钱，但又觉得没必要。还是直截了当说吧！弯拐来拐去，最后还不是向人家借钱吗？

孙玉厚坐在这里，心里忍不住感慨万端：十五年前，他为弟弟的婚事，就是这样难肠地到别人门上去借钱。十五年后的今天，他又为儿子的婚事来向别人借钱了。庄稼人的生活啊，什么时候才能有个改变呢？

唉，如果就按现在这样一村人在一个锅里搅稠稀，这光景还会一年不如一年的！庄稼人现在谁有心劲受苦？反正一天把工分混上就行了——因为你就是挣命劳动，到头来还不是和要奸溜滑的人一样分粮分红吗？谁愿意再当这号瓷脑？

不一刻，金俊海夫妇把汽车上的东西搬回家来，搁在旁边窑里，就赶忙过他这边来了。俊海很快给他递上一根纸烟。

玉厚推让着说："我还是抽旱烟。纸烟抽不惯，一抽就咳嗽。"

"我刚听秀她妈说，少安从山西找了个媳妇？"司机金俊海把工作服脱下，放在炕边上，挽起袖子一边洗手，一边先提起了少安的亲事。

正好！玉厚赶紧说："就是的！是他二妈娘家门上的。好女娃娃。"

"准备什么时候结婚呀？"俊海用毛巾把手擦干，坐在他旁边，把金波妈端上来的茶水往他面前挪了挪，说，"玉厚哥，你喝水！"

"我不渴……女方提出春节就过门哩。"

"那你还得简单过个事哩！我在路上和秀她妈还说起少安结婚的事。估计要办事，你们现在手头比较紧张。你看需要不需要钱？需要的话，你就开口，我家里能拿出来哩！"

孙玉厚一下子对俊海夫妻俩能这么入微地体谅人的困难，感动得眼圈都红了。他说："我正是为这事来的，想不到你也正回来了。还没等我开口，你们就先说这话……唉，我麻烦你们太多了，歪好开不了这口……"

金波他妈在旁边说："这有个什么哩！你们一家人一年为我们出多少力气呢！俊海在门外，没有你们一家人帮扶，山里分下一把柴草我都拿不回来……"

"玉厚哥，你就不要难为情！你看得多少钱？三百元够不够？"

金俊海问他。

“用不了那么多！”孙玉厚说，“约摸二百来块就差不多了……”

俊海马上对爱人说：“你去给玉厚哥拿二百块钱来。”

金波他妈很快就到另一孔窑里拿钱去了。

孙玉厚连忙说：“先不忙！赶春节前有这钱就行了！”

金俊海说：“你先拿上。衣服被褥这些东西要提前准备哩……粮食怎样？这我实在没办法帮助你，我的口粮是定量的，家里人在生产队吃粮，又没工分，就那点人口粮，我一年也要在外面买粮给他们补贴哩……”

“这我知道哩。粮不要你操心。我再另外想办法。”

金波他妈把钱拿过来，递到孙玉厚手上，说：“你再点一点。”

“这还用点！”孙玉厚把这卷钱装进自己的衣袋里，正准备走，见大队副书记金俊山进了门。

金俊山和金俊海是叔伯兄弟，两家人尽管血缘不远，平时也从没为什么事争吵过，但俊海家和俊山家的关系远不如和孙玉厚一家人的关系亲密。但终究是门中人，他每次回家来，俊山都要来看他。平时俊山和他儿子金成家托他在黄原买个什么东西，他也都热心地为他们办理得妥妥当当。

“我看见公路上的汽车，就知道你回来了。”俊山进门后对俊海寒暄说。

“我顺路回家，明天就要去包头拉货。”

“孙大哥你也来了？”金俊山扭头和孙玉厚打招呼，“听说少安找了个好媳妇，春节就准备结婚呀？”

孙玉厚说：“就是的。”

金俊海突然开口对金俊山说：“哥，你家里有没有一点余粮？”

金俊山奇怪地问：“怎？是不是你要粮食？有哩！要多少？”

金俊海说：“我不要。你要是有余粮的话，能不能给玉厚哥借上一点，他春节要给少安办事，缺一点细粮。我家里没长余的……”

孙玉厚没想到好心的俊海又替他开口向金俊山借粮，就急忙说：“不要为难俊山！他也不宽裕，我再想别的办法！”

金俊山是个精人，他决不会把话头收回，立刻对孙玉厚说：“看孙大哥说的！俊海开口和你开口一样！少安办事，我乐意帮助他！你怎不早言传呢？你说！你看你需要点什么粮？”

金俊海把金俊山逼住了，他不得不如此对孙玉厚表态。而现在孙玉厚反而又被金俊山逼住了，看来也不得不向他借粮了——他要是不借，反倒又伤了金俊山的脸。

他只好回答金俊山说：“待客只吃两顿饭，一顿饸饹，一顿油糕；大概得二斗荞麦，二斗软糜子……”

“没问题！罢了你叫少安来我家里盘！”金俊山慷慨地说。

当孙玉厚出了金俊海家的门往回走的时候，心里一下子踏实了许多。现在好了，钱也有了，粮也有了。这两个大问题一解决，其他事都好办。他想，过两天就让少安带着秀莲，到县城去给她扯几身时新衣裳！

孙玉厚一身轻松回到了家里。少安他妈已经开始做午饭。秀莲坐在炕上，正给老奶奶梳头发。要是平时，这位老人家一般都是闭着眼似睡非睡，或者把少平给她买的止痛片从瓶子里倒出来，反复地一遍又一遍地数，直到发现一片也没少，才又装进瓶子里——她舍不得吃这药。这两天老人家忘了数药片，瞌睡也没有了，一天到晚都高兴地睁着红眼，傻笑着看她的孙媳妇在她面前走来走去，并且时不时高兴得揩一把老泪。秀莲有时就体贴地坐在她身边，给她背上搔痒痒，或者把她的几绺稀疏的白发理顺，在脑后挽成核桃大一个小发髻。老太太不时用她的瘦手，满怀深情地在秀莲身上抚摸着。

少平出山劳动去了，兰香在石圪节学校，现在家里就这三辈三个女人。

玉厚问老伴："少安哩？"

少安妈正擀面，说："在坡底下的旱烟地里。"

孙玉厚看秀莲在家，他不好给老婆说他借到钱和粮的事，就出门找少安去了。

少安怕秀莲人生地不熟，呆着寂寞，这几天也没出山去。他现在正在坡下他们家那块旱烟地里，把根部黄了的烟叶摘下来，准备晒干揉碎，过一段时间提到石圪节卖几个钱。

孙玉厚走到烟地里，兴奋地、迫不及待地把他借到钱和粮的事对儿子说了。

少安听了父亲的话，有点生气，说："你怎么借那么多钱呢？那么多钱以后怎么给人家还？最多一百块钱就够了。你把另外那一百块钱再还给人家！"

"二百块也不宽裕。"孙玉厚说，"这是我和你妈商量过的。你要理会我们的心情。你是老大，我和你妈头一回娶儿媳妇，我们老两口心里高兴。就是把老骨头卖了，也要把你的事办体面一些。要不，我和你妈心里过不去呀。你不知道，为你的事，昨晚上我们一眼也没合……再说，你十三岁上回来帮扶我们支撑这个穷家薄业，受了不少苦情，我和你妈都心疼你。现在你要结婚，这是你一辈子的一件大事；我们不把你的事办称心一些，就是睡在黄土里也合不住眼啊……"

孙玉厚说着，就圪蹴在旱烟地里，低倾着白发斑斑的头颅，抹开了眼泪。

父亲一席话，使少安忍不住热泪盈眶。父母之心啊！天下什么样的爱能比得上父母之爱的伟大呢？此时此刻，他再不能责备父母为他的婚事借这些钱了！

少安强忍住泪水，对父亲说："爸爸，我知道你和我妈的心。既然是这样，钱借就借了，罢了我想办法还！只是粮食不要向金俊山借了，我已经和大队说好，在集体的储备粮里借一点。现在私人手里粮食都不宽裕……”

孙玉厚用粗糙的手掌揩去脸上的泪水，说：“那我明天再给金俊山回个话，就说你已经提早把粮借下了，就不再麻烦他……另外，过两天你带着秀莲，到县城去给她扯几件好衣裳。这是老规程，反正迟早总得有这么一回，现在趁有空办了，结婚时就省了事。再捎带着给你也扯一身新衣裳……”

父母提起让少安带着秀莲去县城扯衣服，使少安马上想到了县城教书的润叶。他心里忍不住隐隐作疼。他难受地想到，润叶现在还不知道他已经找了媳妇。如果她知道了，不知她会怎样看待这件事？也许她会恨他的……

他对父亲说：“县城太远，扯衣服还是到米家镇去。米家镇的布料不比县城差。”

孙玉厚说：“那也好。”

第三十一章

在孙少安一家人为贺秀莲的到来既高兴又忧愁的时候，这位大眼睛的山西姑娘现在却只有高兴而没有忧愁。她并不知道这家人在背后为她和少安办喜事而怎样奔波和熬煎。她只是一味地沉浸在她自己的幸福之中。

秀莲五岁上失去母亲以后，一直是她父亲把她和她姐秀英拉扯大的。她父亲除过劳动以外，还是远近出名的酿醋好手。在黄河岸边的干石山里是收获不了多少粮食的。但她家靠卖老陈醋的收入，光景不仅没垮过，反而比村里其他人家要宽裕一点。因此，她姐秀英长大后，村里和周围有不少人家提亲事。因为父亲单身一人，她年龄又小，姐姐决定招一个上门女婿——结果就和本村的常有林结婚了。

秀莲在本村上完小学，就没有再到柳林镇去上初中。她天性不爱念书，觉得在学校不如在山里劳动自由自在。

她在十八九岁的时候，身体就完全发育起来，心中已经产生了需要一个男人的念头。但本村和周围村庄她认识的小伙子，她连一个也看不上。她是个农村姑娘，又没机会出远门，无法结识她满意的男人。当然，这不是说她要攀个工作人。不。她知道自己没文化，不可能找一个吃官饭的人。就是有工作人看上她，她也不会去嫁给人家——两个人地位悬殊，又说不到一块，活受罪！

眼看过了二十岁，她苦恼起来了。这时间，倒有不少人家向她提亲事，但这些人她早已在脑子里盘算过了，一个也看不上。她父亲、她姐姐和她姐夫，似乎都发现了她的烦恼，先后从侧面转弯抹角地查问她的心思。她干脆给家里人说：周围没她看上的男人！

她姐夫对她开玩笑说："那到外地给你瞅个女婿！"

她却认真地说："只要有合心的，山南海北我都愿意去！爸爸暂时有你们照顾，将来我再把他接走……"

家里人吃惊之余，又看她这样认真，就向他们所有在门外的亲戚和熟人委托，让这些人给他们的秀莲在外地寻个对象……

本来秀莲只是随便这么说说；她并没指望真能在外地找个合适的男人。她想，一定不行了，过两年也就在本地挑选个人——反正不能一辈子老呆在娘家的门上。

可是，突然在她面前出现了个外地人孙少安！

秀莲一见少安的面，就惊喜得心嘣嘣乱跳：天啊，这就是她要找的那个人嘛！他长得多帅！本地她还没见过这么展扬的后生！再说，这人身上有一股很强的悍性，叫一个女人觉得，跟上这种男人，讨吃要饭都是放心的；只要拉着他的手，就对任何事不怯心了。相比之下，本地那些想和她相好的小伙子，一个个都成了毛手毛脚的猴球小子！

她马上把自己一颗年轻而热情的心，交给了这个远路上来的小伙子。当少安一再说他家如何如何穷的时候，她连听也不想听。穷怕什么！只要你娶我，再穷我也心甘情愿跟你走！

她爱上少安后，就舍不得离开他了。依她的想法，她即刻就准备跟少安回去结婚。但亲爱的少安哥说这太仓促了，他歪好得回去准备一下，最早看明年后半年能不能办事。

她只好收回了马上结婚的打算，但绝对不同意明年后半年才结婚！她提出：最迟在春节就办事！

少安拗不过她烈火似的感情，也就同意了。

当她把他强留了一个月，他不回家再不行的时候，她就又撵着他来了。她生怕他像一只鹰似的飞去再不返回来……

现在，她来到双水村少安家里，就像回到了她自己的家。由于她热爱自己的心上人，对这个穷家的确没一点不满意，反而觉得一切都很亲切，很入眼……

有文化的城里人，往往不能想象农村姑娘的爱情生活。在他们看来，也许没有文化就等于没有头脑；没有头脑就不懂得多少感情。可是实际也许和这种偏见恰恰相反。真的，正由于她们知识不多，精神不会太分散，对于两性之间的感情非常专注，所以这种感情实际上更丰富、更强烈。

秀莲到少安家，转眼间七八天就过去了，但她还是不愿意走。少安背转他家里的人，偷偷对她说："你走时给家里人说，你住四五天就回来了，因此你也不要耽搁太久，要不你爸和你姐他们要操心的。"

她只是不好意思地抠着手指头，红着脸说："我……舍不得离开你……"

少安亲热地对她说："你先回去，春节前我就寻你来！"

"再让我住上几天……"她央求说。

少安看没办法打发她，只好说："那也行。再几天就是八月十五，你过了中秋节再走。另外，我们村年年都是八月十四打红枣，这一天村里可热闹哩……不过，还是让我给你家里写个信，就说你过了中秋节回家，不要叫他们操心。"

她说："不要写了。等信到家里，那时我也快动身回去了……"

少安同意了她的意见。秀莲好高兴啊！她又能和少安在一块多呆几天了……

农历八月十四日，双水村沉浸在一片无比欢乐和热闹的气氛中。一年一度打红枣的日子到来了——这是双水村最盛大的节日！

这一天，全村几乎所有的人家都锁上了门，男男女女，老老少少，提着筐篮，扛着棍杆，纷纷向庙坪的枣树林里拥去了。在门外工作的人，在石圪节和县城上学的学生，这一天也都赶回村里来，参加本村这个令人心醉的、传统的“打枣节”……

一吃完早饭，孙少安一家人就都兴高采烈地出动了。孙玉厚两口子提着筐子；兰香拉着秀莲的手，胳膊上挽着篮子；少安扛着一根长木棍；少平背着笑嘻嘻的老祖母；一家人前呼后拥向庙坪赶去。他们在公路上看见，东拉河对面的枣树林里，已经到处是乱纷纷的人群了。喊声，笑声，棍杆敲打枣树枝的劈啪声，混响成一片，撩拨得人心在胸膛里乱跳弹。

在孙少安一家人上了庙坪的地畔时，打枣活动早已经开始了。一棵棵枣树的枝杈上，像猴子似的攀爬着许多年轻男人和学生娃。他们兴奋地叫闹着，拿棍杆敲打树枝上繁密的枣子。随着树上棍杆的起落，那红艳艳的枣子便像暴雨一般撒落在枯黄的草地上。

妇女们头上包着雪白的毛巾，身上换了见人衣裳，头发也精心地用木梳蘸着口水，梳得黑明发亮；她们一群一伙，说说笑笑，在地上捡枣子。所有树上和地上的人，都时不时停下手中的活，顺手摘下或拣起一颗熟得酥软、红得发黑的枣子，塞进自己的嘴巴里，香喷喷，甜滋滋地嚼着。按老规矩，这一天村里所有的人，只要本人胃口好，都可以放开肚皮吃——只是不准拿！

只有田二是个例外。“半脑壳”今天不捡别的，光捡枣子。他一边嘴里嚼着枣子，一边手里把捡起的枣子往他前襟上的那两个大口袋里塞着；这两个塞满枣子的大口袋吊在他胸前，像个袋鼠似的，累得他都走不干练了。他一边捡，一边吃，一边嘿嘿笑着，还没忘了嘟囔说："世事要变了……"

人们还发现，连爱红火的老家伙田万有也能俏得爬到枣树上去了！他拿一根五短三粗的磨棍，一边打枣，一边嘴里还唱着信天游，把《打樱桃》随心所欲地改成了《打红枣》——

太阳下来丈二高，
小小（的呀）竹竿扛起就跑，
哎噫哟！叫一声妹妹呀，
咱们快来打红枣……

地上的妇女们立刻向枣树上的田万有喊道："田五，亮开嗓子唱！"爱耍笑的金俊文的老婆张桂兰还喊叫说："来个酸的！"

田五的兴致来了，索性把磨棍往树杈上一横，仰起头，眯起眼，嘴巴咧了多大，放开声唱开了——

叫一声干妹子张桂兰，
你爱个酸来我就来个酸！

绿格铮铮清油炒鸡蛋，
笑格嘻嘻干妹子你捡畔上站；

绒格墩墩褥子软格溜溜毡，
不如你干妹子胳膊弯里绵……

妇女们都笑得前俯后仰，张桂兰朝树上笑骂道："把你个挨刀子的……"

田五咧开嘴正准备继续往下唱，可马上又把脸往旁边一扭，拿起磨棍只管没命地打起枣来，再不言传了——他猛然看见，他儿媳妇银花正在不远的枣树下捡枣哩！年轻的儿媳妇臊得连头也抬不起来。

众人马上发现田五为啥不唱了，于是一边继续起哄，一边快乐地仰起头，朝枣树上面秋天的蓝空哈哈大笑了——啊呀，这比酸歌都让人开心！田五满脸通红——唉，要不是儿媳妇在场，他今天可能把酸歌唱美哩！只要银花不在，就是他儿子海民在他也不在乎！

他儿子田海民现在正和书记田福堂、副书记金俊山几个人在河对面一队的禾场上——那里已经堆起了一堆小山一样的枣子。两个生产队的队长少安和俊武也在那里。几个队干部正在过斤称，大队会计田海民在旁边记数字。枣子打完后，就要在这里给各家各户往开分了。

孙玉亭在庙坪这面负责。他不上树，在地上和妇女们一块捡枣，大部分时间要跑前跑后吆喝着指挥大家，并且两只眼睛敏锐地监视着不让人把枣子揣在自己的衣袋里……

孙少平把奶奶放在一片有阳光的草地上，就跑过去拣了一些绵软的枣子放在她跟前。老太太尽管嚼不动，但还是想吃，放在嘴里慢慢地嚼着。她一再问别人：为什么俊斌他妈没来？往年打枣时，都是她两个坐在一块，一边吃，一边说。今年为什么就她一个人？她到现在还不知道俊斌已经亡故了；金老太太今年没心思来参加这个红火热闹。

她一再问个不停，少平只好对她说："我金奶奶病了！"

"噢，是这样……她比我还年轻……"老太太嘟囔说。

金波也为打枣从学校赶回来了。少平向他询问了这一段学校的情况。

"你什么时候回学校去？"金波问他。

"准备过完中秋节就回去。"少平说。

“那正好！咱们可以一块走！”金波高兴地说。

当少安妈、兰香和贺凤英引着秀莲进入枣树林时，马上就把所有打枣的人都吸引住了。妇女们都纷纷围过来，争着挤前去看一队队长的媳妇人样子怎样。许多妇女开始向少安妈问有关的问题；少安妈一一回答众人的提问，简直像一个“记者招待会”。有的人眼睛老半天不离开秀莲的脸，并且互相窃窃私语，详细而挑剔地品评着她身上的一切。秀莲本来是个大方姑娘，但也招架不住双水村这种看人“功夫”。她羞得满脸通红,低下头不断用手扯着自己的花罩衫。她被围困了好长时间还脱身不开，精神都有点支架不住了，便用一只手紧紧拉着兰香的手，生怕自己栽倒。

直到孙玉亭吼叫让大家赶快捡枣，众人才先后议论纷纷地散开了。兰香和秀莲捡了一会枣，就回到奶奶坐的那个草摊里。秀莲把绵软的枣剥掉皮给老太太喂——这下老人家才吃得津津有味了……

孙玉亭正在枣树林里忙活地奔波，金强突然走到他跟前，悄悄说：“二叔，我看见一队的田福高溜到哭咽河那面的山水沟里了，两只手像抱着什么，猫着腰，生怕人看见……”

一听有了“敌情”,孙玉亭立刻浑身来了劲。他威严地对金强说：“走！你带我去！”

金强在前边带路，两个人很快穿过枣树林，沿地畔向哭咽河那面的山水沟跑去。

快到山水沟前，两个人又放慢脚步，悄悄地摸到沟棱边，想猛不防一下子把这个“偷枣贼”抓住！

当他两个心怦怦跳着，蹑手蹑脚爬到沟棱边，探出脑袋往下一看时，才发现田福高正蹲下抱着个肚子呕吐哩。一队副队长枣子吃得太多，把胃口给撑坏了！

唉，把他的，原来是这样！

金强忍不住“扑哧”一声笑了，气得孙玉亭把他狠狠瞪了一眼，赶忙缩回头返身就走。

田福高发现上面有人窥视他呕吐，勉强挣扎着扭过头，想知道这是哪个缺德货。他看见是金俊文的二儿子金强，就脸红钢钢地骂道："我造你妈的！这有个什么好看的？回去看你妈撒尿去吧！"

田福高五大三粗，也是个蛮汉，二杆子金强不敢顶嘴，加上他哥金富不在身边，只好悻悻地掉转身走了。孙玉亭这时早已经返回到枣树林里。

全村人一齐上手，赶后半晌就把枣全部打完了。树上再也看不见那红玛瑙一样的枣儿，只剩下一些稀稀落落的黄叶。美丽而丰实的庙坪一下子衰败了下来。直要等到明年端阳节过后，这枣树才会抽出新绿；庙坪也才会开始再一次带给人甜蜜的想望……

现在，在庙坪对面一队的禾场上，已经不是一堆，而是堆起了好几堆枣子；远远看起来，就像几大堆燃旺的红火。于是，人们纷纷转回家去，拿了口袋，又都拥向了禾场。禾场上，田海民把算盘打得劈里啪啦响，嘴里叫着人名字，同时报着斤称数码。几个队干部就忙着过秤。枣堆周围，挤满了黑鸦鸦的人群。

直到掌灯时分，双水村这个非凡的"打枣节"才算结束了……

打完枣，又过了中秋节，孙少安就张罗着和贺秀莲一块去米家镇给她扯结婚衣裳。

这天吃完早饭，少安借了金俊武的自行车，带着秀莲起身了。在他们穿过村子的时候，年轻的光棍庄稼人都羡慕地望着他们。对于双水村没媳妇的庄稼人来说，能带着自己的未婚妻到县城或米家镇去扯衣服，这就是一生中最幸福的日子。他们心里盘算：什么时候自己也能像这家伙一样，得意地在车子后面带个姑娘呢？

到了米家镇的商店，少安在布柜前对秀莲说："你看上什么料子，咱就扯什么！"

秀莲说："先给你扯一身！我家里有时新衣服，给我便宜些扯一身就行了。其实我不需要，但不扯一身怕你家里的老人心里过不去……”她立刻扭过头指着少安对女售货员说：“你看他穿什么颜色合适？要好一点的布料！”

女售货员一看他们的样子就是来给女方扯结婚衣服的——她们每天都要接待好几对这样的乡下顾客。但女售货员听了这两个人的对话，倒有些奇怪。一般在这种时刻，对于女方来说，已经到了最后的关头，通常都要突然变卦，逼男方在原来说好的件数和布料上再加一码；不加码就赌气不扯衣服——也就意味着不去领结婚证！常常逼得一些小伙子跑出去满街寻熟人借钱；有的人凑不够钱，甚至急得蹲在门市部的墙角下哭鼻子哩……可这位农村姑娘只要男方给她扯一身，还不要好布料；并且首先要给男方扯好衣服哩。太稀罕了！这大概只有戏里面才有这样的“先进”人物吧？

但售货员还是因此而感动地对贺秀莲说：“这是新到的涤纶料子，质量很好，他穿正合适。你要是给自己扯一身，”她手指着另一种布料，“那么这种正时新，价钱也便宜……”

没等少安说什么，秀莲就对热心的女售货员说：“那就按你说的给我们扯吧！”

售货员给他们扯好布料后，少安非要给秀莲再扯两身不行，但秀莲死活不让。两个人为此争执不下，甚至都拉扯开了。柜台上的售货员们和一些顾客都稀罕地看他们从未见过的这种事情。

少安发现众人观看他和秀莲拉扯，而秀莲又坚决不让再给她扯衣服，只好红着脸和她出了商店。

在米家镇的青石板街上，秀莲深情地对他说：“两个人只要合心，又不在几件衣服上！我知道你们家光景不好，这钱肯定是你借人家的。何必这样呢？借下钱，咱们结婚后还要给人家还……”

少安被秀莲的话说得眼圈都发热了。如果这是个没人的地方，他真想把她抱住亲一下！

在米家镇扯了衣服后，秀莲还是迟迟不动身回山西老家。少安也有点舍不得她离开了，也就没有再催促她起身。

直到寒露过了十来天，贺耀宗从山西心焦地写信问秀莲怎还不回来？是不是病了？秀莲这才决定动身回家去。

少安于是就又借了金俊武的自行车，把秀莲带到石圪节公社。他去找他在公社当文书的同学刘根民，让他帮助挡一辆去山西的顺车。刘根民又找来街上食堂里的胖炉头，把秀莲送上了汽车……

送走秀莲以后，少安一个人捉着自行车把，有点惆怅地站在石圪节的公路上。他看见一行大雁正嗷嗷叫着从对面的土山上空向南飞去。冬天快要来临了。他心里猛然记起：春天的时候，他手里拿着润叶给他的纸条，也正是站在这地方，望着大雁从南方飞来——现在大雁又向南方飞走了。时间啊，这么飞快！可是生活的道路又如此曲折而漫长……

第三十二章

辽阔的黄土高原在凛冽的寒风中进入了一九七六年。

元月，这是一年中最寒冷的月份，气温通常都在零下二十摄氏度左右。据记载，本地区当月最低极端气温可达零下三十一摄氏度到零下三十二摄氏度。

小寒前后，西伯利亚的寒流就不时通过内外蒙古缓坦的草原和沙漠，向中国的北方漫过来。黄土高原千山万岭已经光秃秃地看不见任何一点绿颜色了。一座座山峁像些赤身裸体的巨人，任凭严厉的风鞭抽打自己黄铜似的躯体。大小河流，顿失滔滔，全部被坚冰封盖。河两岸的悬崖上，垂挂着巨大的冰帘；曾经奔涌的飞泉——这大自然诗一般的激情——似乎突然“定格”了，冰体依然还保持着激流腾跃中的姿态。在城市和村落的上空，袅袅地飘荡着黑色的炭烟和白色的柴烟。人们都穿起了臃肿的棉衣棉裤，披上了老羊皮袄；路上的行人筒着手，嘴里喷着白雾……

可是，在这样严寒的日子里，农村的男女劳动者谁也别想呆在自己的热炕头上。农业学大寨运动往往在这时候正进入高潮。到处都摆开了农田基建的战场。只要有村庄的地方，就有红旗；只要有红旗的地方，就有劳动的人群，就有吼叫的高音喇叭。虽然寒风扑面，但人们的身上和头上都冒着热气。到处都在打坝，修梯田，垫河滩，甚至把整座山都炸掉，修建“人造小平原”……

我们姑且不谈论这些行为的实际价值，或者是否通过这种手段就可以改变中国农村一穷二白的面貌。仅就这种倒山改河的气势，你也不能不为中国劳动人民的伟大劳动精神而赞叹。当你看见他们像蚂蚁啃骨头似的，把一座座大山啃掉；或者像做花卷馍一样把梯田从山脚一直盘到山顶的时候；当你看见他们把一道道河流整个地改变方向，如同把一条条巨龙从几千年几万年甚至亘古未变的老地方牵到另一个地方的时候，你怎能不为这千千万万的“愚公”而深受感动呢？而且应当知道，他们是在什么样的条件下完成这样的壮举啊！他们有时一个人一天吃不到一斤粮食，更不要说肉了；拿着和古代老祖先们差不多的原始工具，单衣薄裳，靠自己的体温和汗水来抵御寒冷……就这样，一锨锨一镢镢地倒腾着山河！这就是我们中国的劳动人民！他们曾经修建起雄伟的万里长城，凿通横贯南北的大运河……今天，他们饿着肚子，又气壮如虹地宣称，他们要把“地球戳个大窟窿”……

原西县是黄原地区农业学大寨的先进县，因此比其他县先走一步，农田基建的高潮早在去年十一月份就掀起来了。在这短短的两个月时间里，就取得了赫然的成绩。《黄原报》和省报已经采写过几篇大通讯。地区革委会决定，元月下旬要在这个县召开全区农业学大寨现场会，到时省革委会的一位负责人都要来参加哩。

县革委会主任冯世宽最近忙得经常忘了吃饭。他开电话会；听汇报；整夜修改县政工组为他准备的现场会经验介绍报告。冯主任眼睛里布满红丝，宽阔的脸盘削瘦下来，平时整整齐齐的大背头这几天也顾不得梳理，乱蓬蓬地耷拉在额头上。县革委会上下几个院子里，到处都能听见他亢奋的声音在布置各项工作。

世宽和县革委会的其他领导人元旦都没有休息，开了整整一天会。最后决定他留在县城筹备地区现场会的召开，其余常委在元月二号就动身到各公社去检查农田基建大会战的情况，使得现场会到时能开得有声有色。

田福军和另外一位县革委会副主任张有智一块相跟着，去原西县的两个农田基建先进公社柳岔和石圪节检查工作——因为全地区的现场会准备重点参观这两个公社。完了以后，他们再顺路到另外几个公社跑几天。

田福军和张有智元月二日动身，坐着吉普车先去了柳岔公社。

柳岔公社由一个“新生事物”领导着。公社主任周文龙和石圪节公社主任白明川是高中的同班同学，也是同一年当了公社武装专干的。一九七二年招收第一届工农兵学员，周文龙被推荐上了西北农学院。去年秋后毕业回来，他向县革委会写了申请书，说为了以实际行动限制资产阶级法权，他要求回他家所在地柳岔大队当农民。县革委会大力支持这个“新生事物”，开了隆重的欢送大会，给他赠送了一把铁锨和一套“毛选”。县革委会还决定，周文龙同志保持农民身份，但同时担任柳岔公社革委会主任。周文龙大学毕业当农民立刻成了一件轰动的新闻，不仅地区和省上的报纸大量宣传他，连《人民日报》和中央人民广播电台也报道了他的光荣事迹……

在接近吃午饭的时候，田福军和张有智来到周文龙领导的柳岔公社。柳岔公社的大门小,吉普车开不进去,就停在大门外的土场上。

福军和有智走进院子，里面没有什么声响，看见窑洞的门上都吊着锁子。大概所有的公社干部都到会战工地上去了。仅此一点，就可以说明这公社的先进名不虚传。

田福军和张有智发现中间一孔窑的门没锁，听见里边有人说话——还好像听见有个妇女的哭啼声。

他俩走到这门口时，公社副主任刘志祥看见了他们，赶忙迎了出来。他俩看见就是有个农村妇女正坐在椅子上哭鼻子哩。

志祥很快把县上的两位副主任带到公社的客房里，又是倒茶，又是递烟，还拿铁钳子把炉子里的火捅得轰隆隆价响。志祥自己不抽纸烟，嘴里叼个旱烟锅子，披一领不挂面的老羊皮袄，四十来岁的人满脸皱纹，像个饱经风霜的老农民。

田福军问他："文龙呢？"

刘志祥说："昨天夜里，羊湾村和贾家沟的两个民工偷跑了，文龙带着民兵小分队今早上出去捉人去了……"

"民工怎偷跑了？"张有智问。

志祥说："这是两个被劳教的民工，大概受不了工地上的王法，所以……"

"怎么？还有被劳教的民工哩？"田福军皱起眉头问刘志祥。

"可不是哩！周主任一上任，王法就硬了。现在会战工地上被劳教的农民有四五十个哩，都是从各村拉来的。"

"为什么劳教这些人？"田福军问。

"唉！你两个是上级领导，我也不敢胡说……"刘志祥畏怯地低下头只管抽旱烟。

"不怕！你说！"张有智对刘志祥说。

"你说说情况，志祥！我和有智都了解你。"田福军也亲切地说。

刘志祥这才在鞋帮子上磕掉烟灰，说："其实照我看，都是些鸡毛蒜皮事！有的农民冬天没钱做棉衣，把口粮拿到黑市上卖了几个钱；有的是做了点小生意；还有的是对现在的某种政策不满意，发了几句牢骚……周主任说这都是严重的阶级斗争，就把这些人拉到公社农田基建会战工地上劳教……"

"怎个'劳教'法？"张有智问。

田福军扭过头对有智说："去年有的公社就用上了这办法。让一个人干几个人的活，民兵小分队拿枪照看着，也不给劳动报酬……"

刘志祥说："周主任今年的王法比这要重得多！动不动就把人

捆起来了，还给上刑法。贾家沟那个人的胳膊都打坏了，因此受不了这罪，就和羊湾村的那个民工一起跑了；羊湾村的这个人更惨，吊起打了半晚上，十个手指头都展不开，脊背黑青得像冻茄子一样……”

田福军抖着手点了一支烟，痛心地看了一眼张有智。张有智气愤地说：“这成了国民党了！”

刘志祥为张有智的这句话惊讶得嘴张了老大。他没想到县上的领导竟然也对文龙的做法不支持。他马上胆大地说：“就是的！现在农民见了我们公社干部，就像兔子见了鹰，怕得要命。你们说，农民什么时候怕过咱们共产党的干部嘛！”

“是的，”田福军说，“过去战争年代，我们的干部不论走到哪里，老百姓都像自家人一样看待我们。现在我们这样整群众，这哪里再有一点共产党的味道呢？”

刘志祥又补充说：“文龙还一再强调，搞社会主义，搞农业学大寨，就要武上！要麻绳子加路线！三令五申不行，就用三令五绳！还提出要揭开盖子，拉出尖子，捅上刀子……”

田福军听完刘志祥的话，弯腰把手中的半截纸烟在砖地上弄灭，丢在一旁，抬起头说：“这现象不能再继续下去了……是这，志祥！咱吃过午饭就到你们工地上去看看，把被劳教的人都放了。民兵小分队撤回来，让他们到柳岔街上‘堵资本主义’去！等文龙回来，我们再和他上话……有智，你说呢？”

胖胖的张有智摸了摸自己的短头发，想了一下，说：“我基本同意你的意见。不过，现在这形势，把人一放了事，怕说不过去。干脆这样！咱们也不说这些人没问题，但这些问题让他们通过政治夜校或毛泽东思想学习班来解决，不要再劳教这些人，让他们做个检查，再让大家批判一下他们的‘资本主义倾向’就行了……”张副主任说着，就被他的这些话把自己先逗笑了。

刘志祥也笑了，说："张主任这办法好。他文龙也不好说什么！"

田福军没笑，考虑了一下，也只好同意了有智的意见。

这时，刘志祥突然叫道："啊呀，你看我这人！光在这说话，都忘记给你两个安排饭了！叫我赶快到灶房去说一声！"

刘志祥正准备走，田福军挡住他说："志祥你不要忙饭！你也不要给我和有智专意安排，你们吃什么，我们随便吃一点就行了。等文龙回来，和他谈过以后，我们晚上争取再赶到石圪节去。罢了我们还要回柳岔来……"

张有智问刘志祥："刚才你办公窑里那个妇女哭什么哩？"

刘志祥说："这是刘坪店来的一个民工，有妇女病，要请假回去，文龙不批准，她就又跑来找我。文龙不放话，我也不敢批准……"

"让她回去！"田福军说。

"那好！让我现在就过去让她走！"刘志祥说着就出去了。

不一会，那个妇女竟然哭得泪水满面跑过来，对田福军和张有智说："啊呀呀，我咋盼到包文正了，我再一世都忘不了你们两个青天大老爷……"

田福军和张有智苦笑着，劝慰这个妇女赶快到医院去看她的病……

那妇女走后，刘志祥就带着他俩去隔壁公社灶上吃饭。

他们进入灶房后，见两个炊事员正忙着揭蒸笼。房子里还有一个半老头，不像是炊事员，穿一身干净的中式黑咔叽布棉衣，头上拢一条新白毛巾，正拿着个大瓷碗，把菜锅里的肉片子挑拣着往自己的碗里捞。

刘志祥悄悄对县上的两位领导说："这是文龙的父亲……一个钱也不掏，常到公社灶上来吃饭，比在他家里都随便……"

两位县上的领导惊讶地看着这位穿黑棉衣的农民，心里都涌上一种说不出的愤慨。周文龙限制别人的"资产阶级法权"，可他自己却搞真正的“资产阶级法权”！他把别的农民打得死去活来，却让自己的农民父亲一分钱也不出，在公社的锅里挑肥拣瘦地大吃二喝！

那位穿黑棉袄的“太上皇”如入无人之境般挖了一大碗肉片子，又抓了三个白蒸馍，自大地连灶房里所有的人都不看一眼，就昂着头出去了。在周文龙的父亲看来，柳岔公社就是他儿子的天下，他要怎样就可以怎样！

田福军和张有智很不舒服地在公社灶上匆匆吃完了饭，然后就和刘志祥一起去了公社的大会战工地。

会战工地在离公社五华里路的一条河上。全公社集中起两千多民工，在河两面的山上把土挖下来，打一个大土坝，企图把这条十华里长的河流整个拦截在这里。

田福军一行人来到工地时，正是民工们休息的时候。河两面的山坡上和河道中间的坝基上，到处都坐着人。高音喇叭不休息，正在广播“两报”“一刊”元旦社论《世上无难事，只要肯登攀》。

只有一个地方的人还在继续干活——这正是那些被劳教的民工。他们除过两顿饭，一整天都不准休息。他们周围蹲着几个扛枪的民兵，谁稍微站一下，民兵小分队的人就大声呵斥一阵。

田福军他们走到一个帆布搭起的工地指挥部前面，刘志祥就大声喊叫公社的另一个副主任和武装专干过这边来。

这两个干部先后跑过来了，一看是县上的两个领导，赶忙上来握手问候，并扭过头吼叫人把茶水端过来！

田福军和张有智没让他们拿水，问这两个人：现在工地上还有多少被劳教的人？

这两个人回答说，本来有五十六个人，但昨晚上偷跑了两个，现在还有五十四人。

田福军对他们说：“过去把那些人都放了！让他们各回各村的民

工连去！”

张有智立刻又补充说：“再不准搞这些名堂！农民有点错误，可以在政治夜校批判一下就行了！”

这两个人显然急忙反应不过来。武装专干问：“是不是周主任决定的？”

刘志祥瞪了专干一眼，说：“这是县上的领导决定的！”

两个呆若木鸡的人这才明白过来：县上的领导比周主任的官大！

他们没敢再说二话，赶紧过去执行县领导的决定去了。

这些被劳教的人员刚释放，整个工地一下子就沸腾了。人们立刻一传十，十传百，说县上来了两个主任，把“劳改队”解散了！

民工们马上从四面八方向这个帆布篷前拥来。

老百姓七嘴八舌向这两个“青天”告状，说他们如何吃不饱饭；如何劳累——白天干一天，晚上还要夜战，睡觉时间只有四五个钟头，还又饿得睡不着！那些被释放的“犯人”更是像谢救命恩人一样扑到田福军和张有智跟前来，五十多个人没有一个不哭的。有一位上了年纪的老汉，一边哭着，一边还挽起袖子让他俩看胳膊上绳子勒下的黑血印。这老汉说着哭着，一扑踏跪在了他俩的面前，慌得田福军和张有智赶紧扶起他，给老汉说了半天安慰话……田福军立即对公社几个领导指示：把农民带来的粗粮，在公社粮站换成好一点的粮食；再从集体储备粮里拿出一部分来补贴民工的伙食。另外，晚上夜战的时间要缩短；有病的民工也要及时给予治疗……

刘志祥掏出笔记本，把田主任的指示都详细记下来了……

在返回公社的路上，几个领导人谁也没说话。大家的心情都很沉重。他们从群众的情绪里，再一次强烈地意识到，农民目前对我们的许多政策是多么的不满意啊——岂止是不满意……

本来，田福军和张有智准备等周文龙回公社来，但这位主任赶晚饭前还不见人影。他们就连晚饭也没吃，坐着吉普车又去了石圪节公社。临去石圪节前，田福军给刘志祥留话说，他和张副主任过一两天还要返回到柳岔来；并让他转告周文龙，把捉回来的那两个农民也立刻放掉！

第三十三章

周文龙带着几个扛枪的民兵，高度紧张地在羊湾村和贾家沟跑了一天，还是没把两个逃跑的“阶级敌人”捉住。

白天捉不住人，他估计这两个“逃犯”大概藏在周围的山里了，就决定晚上“守株待兔”。

他当即把几个民兵留在羊湾村，让他们中的一个人照看住这家人，以防跑出去通风报信；另外留下的人就埋伏在这家人的院墙外面，等人一回来就马上捆住拉到工地上去。他命令这几个民兵说：“捉住后捆紧些！”

然后他自己带着其他几个民兵在贾家沟用同样的方式等待另一个“敌人”自投罗网。

但他们辛苦地熬了一夜，还是没有把人捉住。

第二天早上，眼里充满红丝的周文龙把这两个大队的负责人叫来，限他们在三天之内一定要把这两个“敌人”扭送到公社来。

这两个队的负责人申辩说：谁知道这些人藏到什么地方去了，他们怎么能在三天内把人找见呢？

周文龙气愤地说：“要是三天内找不回来，那你们两个就自动来‘劳教队’顶他们！”

他于是就丧气地带着民兵小分队返回到公社里。

他一回到公社，副主任刘志祥就把县上两位领导来柳岔的前前后后都向他汇报了。

周文龙听后就像头上被人打了一棒，坐在椅子里愣住了。

刘志祥补充说："田主任走时安咐我，叫你把捉回来的那两个人也放了。说他和张主任过一两天还要到柳岔公社来。"

"人没捉回来，还放什么哩？让那两个坏蛋逃之夭夭不就行了？"周文龙气愤地把脸往旁边一迈。

过了一会，他扭过脸又问："劳教队一个不剩都放了？"

刘志祥说："都放了。不过，县上领导也没说这些人没问题，叫咱们在政治夜校批判一下……"

"资本主义倾向用嘴巴就能消灭了？"

"这又不是我的意见！这是县上领导的决定！你不同意，你找他们谈去！"

刘志祥作为副手，平时不愿意和这位"暴君"顶嘴，但这件事他腰杆子挺硬，因此也敢把脸很难看地给"一把手"拉下来。他说完后，索性叼着个旱烟锅一拧身走了。

周文龙一个人坐在椅子里，两只眼睛长时间直直地盯着一个地方，都能听得见自己鬓角血管愤怒的哏哏声。

他确定无疑地认为：这是两条路线的斗争在原西县的严重反映！田福军一贯搞右倾机会主义，和张有智一唱一和，与坚决执行毛主席无产阶级革命路线的冯主任对抗。他在上大学之前就知道县上两条路线斗争的严重性。现在看来这斗争更加尖锐了！

周文龙明显地感到，自从邓小平在中央恢复工作以来，许多"文化大革命"中被批斗过的"走资派"欢欣鼓舞，大搞右倾翻案活动。尤其是他们县的田福军，到处散布奇谈怪论，打击执行毛主席革命路线的同志。而对一些思想右倾的人，他又好得像穿一条裤子！比如他的同班同学白明川,从“文化大革命”开始到现在,一直是个“保皇派”，田福军却像宝贝一样器重他……

周文龙脑子里乱哄哄地思考着，鼻子嘴里喷着热气。由于气愤，他把自己的指关节捏得咯巴巴作响。他想，他应该马上给冯主任报告田福军和张有智在柳岔的所作所为！这是明目张胆地破坏农业学大寨运动！

他想写一封信给冯世宽，但又感到信太慢了。

干脆！直接给冯主任挂电话！

他旋即出了自己的窑洞，来到隔壁电话室。

他让女话务员接通冯主任后，就让她离开话务室——说这个电话话务员不能听。

他在电话上向冯主任详细汇报了田、张二人在柳岔公社的活动……

冯世宽在电话上听了周文龙的汇报，心中顿时像塞了一把火！

他没想到，田福军和张有智两个人处心积虑和他作对。不！这不仅是对他冯世宽个人，而是向毛主席的革命路线进攻！

本来，世宽的情绪眼下正在高涨之时——他的工作成绩已引起地区和省上领导的重视，马上就要在原西县召开现场会了。他希望这个现场会开得轰轰烈烈，让地区和省上的领导亲眼看看他冯世宽的能力和水平。因此，他对现场会的两个主要参观点非常重视，才把田福军和张有智派下去检查督促工作——没想到他们下去却拆他的台！

说心里话，文龙是冯世宽最看重的公社书记。小伙子路线觉悟高，敢于抓阶级斗争；而且革命干劲又大，上任不久，就把柳岔公社搞成了全县农业学大寨的先进公社。田福军他们打击周文龙，就等于打击他冯世宽！

决不能容忍这种行为！他应该马上采取措施。否则，这个举足轻重的现场会很可能让田福军和张有智弄塌火。他现在很后悔没坚持让李登云同志去柳岔和石圪节——登云说他牙疼，要在县医院让老中医顾先生扎针，只好把他留在了城关公社……

冯世宽在盛怒之下，决定立即把刚打发出去的县常委们再调回来，开个紧急常委会，解决县领导班子的路线问题和“软、懒、散”问题。

但他又冷静了一下，考虑到现场会的筹备工作还没做完，他要集中时间和政工组一起修改典型材料，只好推后几天再说。不过他想，一定要尽快解决这问题！必须赶在地区现场会召开之前把县革委会一班人的思想统一起来。

冯世宽给县革委会办事组指示，让外出的常委们元月七日必须赶回来，八号要开紧急常委会……

田福军和张有智离开柳岔公社后，当天晚上就赶到了石圪节。

因为柳岔的刘志祥已给石圪节挂了电话，白明川下午就从牛家沟的公社会战工地上赶回来，等待县上的两位领导。今年农田基建规模大，明川亲自去会战工地领导。他回公社机关的时候，委托徐治功全面负责工地上的事。

田福军和张有智听了白明川的汇报后，对这里的工作比较满意。柳岔公社所有过火的做法，今年石圪节公社都没有。

福军和有智都比较喜欢白明川。这小伙子虽然年轻，但很有头脑。他到县上来开会，常能提出一些很不一般的见解，而且也敢当面对冯世宽和县上的一些政策提不同意见，常常充当各公社主任的“代言人”。

晚上，因为公社也没什么人，白明川就叫灶房里简单炒了几个菜，拿出自己的一瓶“西凤”酒，三个人就在明川的办公窑里，一边慢慢抿酒，一边随便拉起了话。

喝了几杯酒以后，白明川并没有兴奋起来，反而忧心忡忡地对两位县上的领导说："你们虽然是我的上级，但我了解你们，你们也了解我。再说，酒场上的话，柴草不挂……"

"你们公社有啥问题哩？你说！我们能解决的，尽量解决！"脸已经有点发红的张有智对白明川说。

白明川把筷子放到桌上，说："我不是说我们公社。我是说咱们国家……国家再这样下去，可就不得了了！本来，邓副主席恢复工作以来，采取了很多得人心的措施。可你们也能感觉来，最近有些人已对他的做法开始旁敲侧击地发起了进攻……"

"周文龙就已经散布说邓副主席还搞修正主义那一套！"张有智也把筷子搁在了桌子上。

白明川笑了笑："我那同学他是个小人物，光他这种人物济不上事！"他收敛了笑容，"那些大人物才可怕呢！我指的是中央的一些人，他们都在毛主席身边……"

田福军两条胳膊搁在桌子上，专心地听明川说话。他喜欢地看着这个黑胡麻楂的青年人，说："明川，你能考虑这么重大的问题，很不简单。好！尽管我们都是些普通人，无法改变我们国家的局面，但我们应该有一双分辨黑白的眼睛，有一颗能严肃思考我们国家命运的头脑……你感觉到的问题，任何一个有头脑、有良心的中国人都会感觉到的。这不是我们几个人的忧虑，而是全中国人民的忧虑……"

张有智在田福军说话的时候，连喝了几大杯酒，已经有点醉了，趴在桌子上，眼里竟然噙满泪水，说："我晚上常和老婆说这些事，两个人有时候一晚上都合不住眼……唉，按说咱现在有职有位，有吃有喝，可是国家搞成这个样子，个人满嘴砂糖嚼起来都是苦的！建国二十几年了，群众还吃不饱饭！我看见工地上穿得烂囊囊的农民，心里就感到难受和羞愧！可周文龙这种缺肝少肺的小子，还用法西斯手段对待他们……"

这三个人一直拉到深夜，把一瓶“西凤”酒喝得一滴不剩，才都很气闷地睡了觉。经历过那些年月的正直的人们，谁没有过这样的夜晚和这样的谈话？这些压抑而忧心的岁月啊……

第二天，当白明川带着田福军和张有智到牛家沟看完工地又返回到公社时，话务员拿来一份电话记录，告诉田主任和张副主任，说县革委会办事组电话通知，让他们两个最迟赶七号返回县城，参加紧急会议。

田福军和张有智都猜不来会议内容——按说，应该同时简单地告诉他们开什么会。

他们本来还准备再返到柳岔公社，和周文龙好好谈谈，但这样一来时间显然不够了，因为他们还要到其他几个公社看看。田福军原来还想回双水村一趟，现在看来也不行了。

他两个于是很快从石圪节动身，赶着跑完了其余几个公社，七号下午就准时返回了县城。

田福军回到家的当天晚上，爱云就告诉他，县常委的紧急会议是要收拾他和张有智哩！据说柳岔公社主任在电话上把他们的行为反映了，冯主任非常恼火。爱云说这是李登云的老婆告诉她的——冯世宽告诉了李登云，李登云告诉了老婆刘志英，刘志英又告诉了她……

田福军这才明白冯世宽为什么这样匆忙地把所有的常委召回县城。

爱云在被窝里说：“你可当心些。”

田福军“啪”地拉灭电灯，说：“我不怕！”

本来第二天要开会，但省上组织部门来位领导，指名要一把手冯世宽汇报工作。常委们以为会议移到了下一天。可当天吃完晚饭后，大家却被通知到县革委会会议室开会。

因为太突然，有几位常委急忙找不见，几乎到了十点左右，人才全部到齐。

正如料到的那样，冯世宽一开始就指责田福军和张有智，在柳岔打击周文龙同志的革命积极性。他说这是路线问题、方向问题，县常委会首先要批判这种右倾思想和“软、懒、散”作风，否则，原西县怎么可能保持农业学大寨先进县的称号？

田福军平静地说：“世宽，我们不能用棍棒和枪杆子来维持先进呀！”

冯世宽把送到唇边的茶杯又放在桌子上，说：“农业学大寨运动是一场革命。革命就不是请客吃饭！”

另一位副主任马国雄立刻附和说：“文龙同志的动机完全是为了革命嘛！”

“革命就是把老百姓往死打吗？”张有智讥讽地对马国雄说。

马国雄反唇相讥：“打死几个人了？”

“胳膊腿打坏就够呛了！还真的要往死打吗？原西县没资格定人死罪！”张有智说。

其他常委们也开始参与争论了，会议室顿时乱哄哄吵成了一片，气氛相当紧张。做记录的秘书没法记录，干脆变成了服务员，跑出跑进为辩论的常委们添茶倒水。

在大家激烈争吵的时候，另一位副主任李登云同志正用手掌捂着自己的腮帮子，一言不发。要是往常，登云虽然言辞不过分激烈，但总要转着弯来表示他对冯主任的支持。但今天不知为什么，他似乎对这场争论采取了中立的态度。尽管冯世宽一再用眼睛示意他表态，但登云却装得好像没看见或者不明白冯世宽的眼色。

冯主任不知情，登云现在有了难处——他儿子正没命地追求田福军的侄女，现在他不好再和田福军伤和气了！

冯世宽显然对李登云今天的表现很不满意。从常委会发言的情况看来，他现在并不占上风，因此他很需要李登云同志站出来支持他。

冯世宽甚至忍不住开口对角落里的李登云说：“登云，你的看法呢？”

李登云赶忙把另一只手也捂在腮帮子上，还是不说话，只是支支吾吾地对冯世宽表示，他今晚牙疼得连一句话也说不成……

这次常委会开创了本县会议史上最不寻常的记录：这一些情绪激动的人，竟然从天黑一直吵到天明！

尽管他们熬了一个通夜辩论原西县的“两条路线斗争”，而且争吵的双方几乎谁也没有说服谁，但他们仍然没有睡意，继续在辩论。现在，雄辩的马国雄正在进行他的不知第几轮发言，长篇宏论地指责田福军这几年所犯的“路线错误”。为了有说服力，国雄还在提兜里掏出一摞“学习材料”放在面前，不时地旁征博引。坐在他对面的张有智却用一两句尖刻的反驳话趁机插进他的发言中，逗引得马国雄反而更加说个没完……

正在这时，出去提开水的秘书脸色苍白地走进会议室，对诸位领导说：“快听广播！周总理逝世了！”

会议室猛地鸦雀无声。所有的人都惊得像木雕一般呆在了自己的座位上。

不知谁先哭出了声。

紧接着，会议室响起了一片抽泣和呜咽之声……

外面的高音喇叭上，中央台的播音员正用哽咽的声音播送着讣告——

> ……中国共产党中央委员会、中华人民共和国全国人民代表大会常务委员会、国务院以极其沉痛的心情宣告：中国共产党中央委员会委员、中央政治局委员、中央政治局常务委员会委员、中央委员会副主席、中华人民共和国国务院总理、中国人民政治协商会议全国委员会主席周恩来同志，因患癌症，于

一九七六年一月八日九时五十七分在北京逝世，终年七十八岁……

会议室的人都先后拥出了房子，来到院子的砖墙边上，静静地听着播音员播送讣告。阴沉沉的天空不知什么时间飘降起雪花。风雪中，县城的大街小巷站满了悲痛的人群。田福军和冯世宽无意间站在一起，他们似乎忘记了一整夜的唇枪舌剑，两个人此刻都泪流满面。

周恩来，人民的总理，人民的公仆，人民的儿子，他的伟大正在于他始终代表了中国普通人民的意志与愿望。这是一个不能用言辞说尽的光辉的名字。可是现在，这颗伟大的心脏猝然间停止了跳动……

一九七六年元月八日，是中国有史以来最为沉痛的日子。人民悼念这位伟大领袖的逝世，同时对中国的前途更加忧虑起来。这双重的压力沉重地压在每一个人的心上。在那些日子里，尽管有许多可耻的规定不许人民举行悼念活动，但周总理的葬礼也许是世界上最隆重的葬礼。锁链可以锁住门窗，锁住手脚，但人心是锁不住的——周恩来活在人们心中！

第三十四章

临近春节的前十几天，孙玉厚一家人就开始为少安的婚事忙碌起来了。

本来说好，少安这几天就要去山西接秀莲来。但前天突然接到秀莲的一封信，让少安不要接她来了。她说少安忙，来回路上要耽搁不少时间；她自己准备和父亲一块相跟着在年前赶到双水村……

真是个懂事娃娃！孙玉厚为这个还没过门的儿媳妇这么体贴他儿子，心里大受感动。他于是马上和老婆商量，得赶快准备过事情！

现在最大的问题是，少安和秀莲结婚以后，住在什么地方呢？

他家里只有一孔窑洞，挤着一家三辈人。至于少安现在住的那个小土窑，根本不能算个窑，只能算个放柴草的地方。怎么能让一对新人住在这样一个小土洞里呢？

那就只能又向别人借窑洞住了。这就是说，他，孙玉厚，又要像十五年前玉亭结婚时一样，得要去寄人篱下了。

唉，那时难是难，但他比现在年轻气盛，也不在乎这种穷折腾。可现在，他老两口先不说，少安他奶半瘫在炕上，大小便都不能自理；住在人家门上，肮肮脏脏的，怎么能行呢？

可是话又说回来，就是他乐意再搬迁一次，可谁家又有闲窑让他们去住呢！他们早年间住过俊海家的窑洞，可现在人家的孩子都已经大了，儿女各住一孔窑洞，另一孔闲窑又堆满了东西。再说，他的少平和兰香已经一年四季基本就住在人家家里——孩子大了，再不能和父母亲同炕，自家又没地方，只好挤在人家那里。

村里大部分人家，没有几户住宿宽裕的。有个把人家倒有闲窑，可他们和这些人家交情不深，没办法开口。就是人家勉强让你住下，也别扭啊！

当然，闲窑最多的是地主成份的金光亮弟兄几家。但他弟玉亭“文革”开始那年，带着贫下中农造反队在人家家里刨元宝和“变天账”，把弟兄几家的院子挖了个稀巴烂，现在有什么脸再开口问人家借窑洞住呢？

孙玉厚一下子又陷入到无限的苦恼之中。他先前只忙着借钱借粮，没把这件最大的事当一回事！现在眼看婚期已到，这可怎么办呢？唉，对于农村穷家薄业的人来说，要娶一个儿媳妇，真不容易啊！幸亏秀莲家还不要财礼钱，否则，这笔账债他孙玉厚临死前都不一定能还完！

正在孙玉厚愁得束手无策的时候，少安已经把这问题解决了。

少安先是给副队长田福高诉说了他的难处。他本没指望福高能解决这困难。不料福高却让他别发愁，说这事有他哩！

田福高当下把一队的一些主要劳力找来，和他们商量说，队长结婚没地方住，能不能把一队饲养室旁边那孔放籽种的窑洞，借给他住一两年？福高说籽种先可以倒腾到饲养员田万江住的窑洞。

大家一听是这事，都说：这有个啥哩！就让少安住去吧，三年五年都可以！饲养员田万江老汉还开玩笑说：“这下我也有个伴了。要不一个人住下，狼吃了都没人晓得！”田福高咧开大嘴对这个远门老哥说：“狼来了先吃牲灵呀，你那把干骨头，狼都怕把牙扳坏哩！”满窑的人都被逗得大笑了……会后，田福高马上就把大家的意见告诉了少安。

当少安把借下窑洞的事告诉父亲时，孙玉厚眉头子中间那颗疙瘩一下子展开了。他马上对儿子说："是这的话，秀莲也快来了，赶快得把这窑洞泥刷一下；再买些麻纸糊一下窗子。另外，你也把头发剃一下……"

几天以后，孙玉厚家的埝畔上，就传来了刺耳的猪叫声。村里的杀猪把式金俊文把袖子挽起，牙咬着一把锋利的尖刀，正准备为孙玉厚过喜事而宰他家的那口肥猪。玉厚和少平一人捉着两条猪腿，把猪压在埝畔的石床上。兰香端着个脸盆，准备接猪血。

此刻，少安他姐兰花正忙着在院子里滚碾做油糕的软糜子。她为了大弟的婚事，已经提前回到娘家门上，帮助母亲准备待客的吃食。猫蛋和狗蛋吊着鼻涕在院子里疯跑，也没人顾上照料——他们的外婆现正在金波家,和秀她妈一块为新人裁缝衣服,做被褥。按说，嫡亲孙玉亭两口子应该来帮忙，但妇女主任贺凤英到大寨参观去了，孙玉亭既要忙革命，还要忙家务，三个孩子大哭小叫，乱得他抽不出身来。再说，他来除过吃饭抽烟，也帮不上什么忙。

在一队饲养室那里，田福高前两天就叫了几个人，和少安一起把那个原来放籽种的窑洞，重新泥了一遍。因为这窑多年不住人，有些潮湿，少安就拿过来一捆干柴，白天晚上烧个不停。

现在，少安正扒在窗户上裱糊窗子，金波站在炕上给他递糨糊和麻纸。金波的妹妹金秀，已经用家里拿来的报纸，沿炕周围贴了一圈。这兄妹俩还把父亲从黄原带回来的一本《人民画报》拿来，把墙上贴得花花绿绿。对于他们来说，少安哥也是他们的哥；他们一家人像自已家里办喜事一样，都忙着搀和到这里面来了。

快到中午时分，少安就把窗户裱糊完毕。金秀也把窑洞的两面土墙打扮得满壁生辉。一切都看起来像个新房了。

少安拉金波兄妹俩到他家去吃饭——因为今天杀猪，按规矩要招待杀猪匠一顿，全家今天中午吃猪下水小米干饭。但两个懂事娃娃死活不去，硬从少安手里挣脱开来，跑回自己家里了。

孙少安只好把灶里的火加旺，然后锁住门回家去吃饭。

吃完午饭后，他随即带了几十块钱，就又起身去石圪节街上买些待客的烟酒。事真多！

他背着个线褡裢，也没借别人的自行车，一个人一边抽着旱烟卷，一边不慌不忙在公路上步行往石圪节走。

这季节，寒冬的山野显得荒凉而又寂寞。山上或沟道，赤裸裸地再也没什么遮掩。黄土地冻得像石板一样坚硬。远处的山坡上，偶尔有一垄高粱秆，被风吹得零零乱乱铺在地上——这大概是那些没有劳力的干部家属的。山野和河边上的树木全部掉光了叶子，在寒风中孤零零地站立着。植物的种子深埋在土地下，做着悠长的冬日的梦。地面上，一群群乌鸦飞来飞去，寻觅遗漏的颗粒，“呱呱”的叫声充满了凄凉……

东拉河已经被坚冰封盖得严严实实，冰面蒙了一层灰蒙蒙的尘土。河两岸的草坡上，到处都留下顽皮孩子们烧荒的痕迹——一片斑黄，一片枯黑。天气虽然晴晴朗朗，但并不暖和。太阳似乎离地球越来越远，再也不能给人间一丝的温暖了。

孙少安背着线褡裢，筒着双手，在公路上慢慢走着。为了躲避迎面吹来的寒风，他尽量低倾着头，使得高大的身躯罗得像一张弓。风吹着尖锐的口哨从后沟道里跑出来，不时把路面的尘土扬到他身上和脸上；路边排水沟里枯黄的树叶和庄稼叶子，随风朝米家镇方向涌涌而去……

孙少安到了罐子村的一座小石桥上时，突然看见，他姐夫王满银正圪蹴在路边一个土圪塄里打瞌睡。

满银筒着双手，缩着脖子，戴着那顶肮脏的破黑呢子帽，蹲在那里连眼皮都不往开睁。

少安走到他跟前，说："姐夫，你圪蹴在这儿干啥哩？"

王满银听见少安的声音，慌忙一闪身站起来。他把破呢子帽檐往头顶上扶了扶，咧开嘴不好意思地笑了笑，对小舅子说："……你姐走后，家里就没柴烧了。我两天没放火，窑里冷得不行，就到这地方来晒一晒太阳……"

少安气得顿时都说不出话来了。

王满银倒来了神，说："哈呀，我猜出来了！你大概到石圪节置办结婚的东西去呀？听说你媳妇是山西柳林的？那地方我去过！好地方！那年武斗正乱的时候，我到柳林还买过一箱'红金'烟呢！返回到无定河的时候，哈呀，又碰上……"

"没柴烧你不能上山砍一把吗？"少安打断他的话。

满银支吾着说："旱了一年，山上没长起来柴草……"

"那你连饭也不做吗？"

"没做……你姐走时留下几个干粮，我就到邻家锅里热一下……"

啊呀，天下哪里还有这样的庄稼人！少安真想破口臭骂一通这个二流子，但歪好还算自己的姐夫，只好忍住一肚子火气，说："是这个样子的话，那你到我们家里去嘛！"

王满银倒像个人似的说："你们这两天忙乱，我去给你们帮不上手。再说，你姐和两个娃娃都去了，我去连个住处也没有。等你办事那天我再去，过完事当天就返回来了……"

少安只好离开他姐夫这个天然"取暖"地方，自个儿又向石圪节走去——让那个二流子自作自受去吧！

孙少安来到石圪节供销社，买了十来瓶廉价的瓶装酒和五条纸烟，又买了一些做肉的大茴和花椒。

置办完这些东西以后，他想到应该去一趟公社，给他的同学刘根民打个招呼，让他到时去参加他的婚礼。根民和他、润叶，都是一块在石圪节上高小的，后来根民又到县城上完中学，被录用成了国家干部，一直在石圪节公社当文书。他俩在学校时关系比较密切，这几年虽然根民成了干部，但对他也不摆架子，两个人还像学校时那样要好。

可少安又想：他和秀莲还要来公社领结婚证，根民是文书，登记结婚还要经他手，到时候再邀请也不迟。

于是他就打消了去公社的念头，扛着那个沉甸甸的褡裢，准备回家了。

当他从石圪节清冷的土街上走过来，到了街上的理发店门前时，突然停住了脚步。他心想：我要不要进去理个发呢?

他在这理发店门前犹豫了半天。他从来也没花钱理过发。平时头发长了，总是让大队会计田海民理一下。海民自己有一套理发家具，一般不给别人理。但只要他开口，海民都从不拒绝，有时还主动招呼给他理呢；只是海民技术不行，常把一颗头弄得沟沟渠渠的。现在他要当新女婿，应该把头发理体面一些。可是一估算，理个发还得花二毛五分钱!

他犹豫了一会，决定破费进一次理发店，开一回洋荤!

这个理发店，是石圪节食堂胖炉头胡得福的弟弟胡得禄开的。说是个理发店，实际上只有胡得禄一个人；只不过小房子里有一把转椅，墙上挂一面很大的旧镜子，理发家具也都像原西城里的理发馆一样。胡得禄比他哥瘦一些，但恐怕除过他哥，石圪节街上再没有人比他胖了。物以稀为贵，人也以殊为贵。因为石圪节全公社就这么一个专业理发师，因此他和他哥一样，也是全公社人人皆知的人物。

孙少安花了二毛五分钱，让胖理发师胡得禄给他理了发。理毕后，他在墙上那面破旧的大镜子前端详了一下自己的容颜，觉得胡师的手艺就是比田海民高，一下子把他打扮得俊蛋蛋的——这二毛五分钱没白花！

孙少安扛起褡裢，赶忙起身回家。刚理完发，走到外面头皮都冷得有点发麻。不过，他心里热腾腾的。是呀，他马上就要当新女婿了！一个人一生能有几次这样的高兴事啊……

孙少安走过石圪节的小桥时，一颗热腾腾的心突然冰凉了下来。触景生情，他立刻又记起春天，在这小桥上面的公路上，他手里捏着润叶给他的"恋爱信"，两眼泪濛濛地站在那里的情景。此刻，润叶那含着羞涩的、红扑扑的笑脸又浮现在他面前；耳边似乎又传来她那熟悉的、令人温暖的笑声和说话声……噢，这一切将永远地过去了！他将马上要和秀莲在一块过日子，组建起一个地道的农民家庭来。

少安垂着头离开这小桥，迈着沉重的脚步向家里走去。不知为什么，他感到自己眼窝里热辣辣的。他也没什么可惋惜的，因为命运就该如此。但他此刻仍然想跑到一个没人的地方，痛痛快快哭一场！

孙少安不知道自己是怎样走回家的……

他背着那个褡裢推开家门，惊讶地看见：他的秀莲已经坐在他家的炕边上了！

秀莲见他回来，马上红着脸笑吟吟地从炕边上溜下来，走到他面前，大方地帮助他把褡裢从肩胛上卸下来。他丈人贺耀宗和他父亲，正亲热地挤在下炕根一块抽旱烟。后锅台上，母亲、姐姐和妹妹正笼罩在一片蒸气中，忙着给客人做饭。

一股热流刹那间涌上了少安的胸腔。他激动地问秀莲和老丈人："你们刚到？路上顺利不顺利？"

贺耀宗说："顺利着哩！我和秀莲在柳林打问了一辆去黄原的顺车，一直就开到你们家的坡底下！"

秀莲不时用眼睛瞄一下他刚理过的头发，满含着羞涩和喜爱。

因为两家的老人都在，她不好表示她的感情，但不时用她那双会说话的眼睛对他表示：我多么想你啊！同时还用这双眼睛询问他：你想我了吗？

是的，亲爱的人。从今往后，我们就要开始在一块生活。但愿你能永远像现在一样，爱我，合心帮助我，和我共同撑扶这个穷家薄业吧……

在快要临近春节的一天，孙少安和贺秀莲就在自己家里举行了一个简朴的婚礼。

婚礼尽管简朴，但也少不了应有的纷乱。亲戚们在前一天下午就先后都来赶事情了。少安的几个姨姨、姨夫、舅舅、妗子，再加上各自带的娃娃，都拥在他家的一孔土窑洞里，脚地上挤得都不能通行了。

王满银原来准备在举行婚礼这一天再来，但也在前一天的晚饭前赶到了——因为按老乡俗这晚上有一顿荞面饸饹。他啃了几天干粮，实在撑架不住饥饿，因此赶来吃上一顿，晚上再返回罐子村睡觉。当然，第二天他一早就又跑来了，生怕误了坐席。

这天午饭前，少平已经挨门逐户把村里的队干部以及和他们相好人家的主事人都请来了。窑里太挤，这些本村的客人，就都在少安家的院子里一堆一伙拉闲话，等待坐席。少平和金波每人手里拿一盒纸烟，满院子转着给众人散。院子里撑一辆新自行车——这是公社文书刘根民的。他刚从石圪节赶来，也是这个婚礼上惟一的国家干部。

第一轮坐席的是少安的娘舅亲和村里的队干部。炕上同时开两桌。后炕头是亲戚，前炕头是社队干部。少安他奶被少平临时背到邻居家，否则她老人家的一堆烂被褥要占很大一个炕面。

在前炕头的干部席上，正中坐着田福堂，他两边坐着公社文书刘根民和队里的副书记金俊山；接下来金俊武、田海民、田福高等人依次围成一圈。孙玉亭虽说也应该坐在这一席上，但他是自家人，这时候得充当“工作人员”。他也做不了什么，就帮兰香在灶火圪塄里烧火。贺凤英参观大寨前几天也回来了，现在正和她嫂子、金波他妈、兰花一起在锅灶上忙着。

在后炕头亲戚的这一桌上，还坐着一位诸位已熟悉的人物田二。在这样的场所，总是少不了他的。村里不论谁家的红、白喜事，田二都不请自到。在这种时候，别说田二是本村人讨吃上门，就是来个外地的叫化子，事主家除不讨厌，反而乐意接待。结婚是个喜事，还盼来个叫化子哩！按乡俗论，有叫化子参加红白喜事，是吉利的征兆。

王满银还没等坐席，就已经自己招呼着自己把肚子撑圆了。现在他正忙着往炕上端盘子。他吃高兴了，像要杂耍似的用五个手指头顶着一大红油漆盘子炒菜，唱歌一般吆喝着在人群中穿行。做席面菜的是金俊文——他不光杀猪是一把好手，做席面“碗子”在村里也是第一流的。金俊文把八碗主要以肥肉为主的菜放在红油漆盘里，王满银就吼叫着端起来往炕桌上送去。

少安妈和金波妈在锅上把油糕和白面馍，分别拾到几个盘子里，兰花和贺凤英两个人一前一后往席面上送。炕上的两桌人，吃着，说着，笑着，一个个脸上都汗津津的。少安在干部席上劝酒；而他的秀莲因为这里没地方，此刻正由金秀陪着住在金家湾那面——等这面坐完席后，她再回来……

这顿饭一直从中午吃到晚上。

当少安和秀莲终于回到一队饲养院的新房后，村里的一些年轻人又混闹了半晚上，这个婚礼才算全部结束了……

第二天临近中午，少安和秀莲正准备回家吃饭，书记田福堂突然来到饲养院他们的新房。他拿来两块杭州出的锦花缎被面，说是润叶今天上午捎回来的，让他把这礼物转送给新婚的少安夫妇。

田福堂把润叶的礼物放下，就告辞走了。

秀莲马上奇怪地问丈夫："润叶是个什么人，怎给咱送这么重的礼物？"

少安尽量轻淡地说："她是刚来的田大叔的女儿，她和我小时候同过学……"

"肯定和你相好过！要不送这么贵的东西？"秀莲敏感地追问。

少安承认说："是相好过……"

秀莲突然不言语了，背过身把头低下抠起了手指头。

少安一看她这样，就很快转到她面前，开玩笑说："你们山西人真爱吃醋！"

秀莲反而冲动地扑在他怀里，哭了，说："你再不能和她相好了！"

少安手在她头上拍了拍，说："人家是个干部，在县城工作着哩！"

秀莲一听送被面的润叶是个干部，马上揩去脸上的泪水，不好意思地笑了。这她就放心了——一个女干部怎么可能爱她的农民丈夫呢！

第三十五章

大自然不管人世间的喜怒哀乐，总是按它自己的规律循序渐进地变换着一年四季。

一九七六年的春天随着惊蛰第一声响雷，就如期地来到了黄土高原。

清明节的前一天，气候骤然间转暖，阳光和煦地照耀着解冻不久的大地。

原西河对岸的山湾里，桃花又一次红艳艳地盛开了。河两岸的缓坡上，刚出地皮的青草芽子和枯草夹杂在一起，黄黄绿绿，显出了一派盎然的生机。柳丝如同少女的秀发，在春风中摇曳。燕子还不见踪影，它们此时大概还在北返的路上，过一两天就能飞回来。原西河早已解除了坚冰的禁锢，欢腾地唱着歌流向远方……

可是，田润叶坐在原西河边的草坡上，心里依然是一个寒冷的冬天。

和去年这个时候相比，她瘦得都变了模样。尽管还是原来的衣服，现在却显得异常地宽大起来；原来鹅蛋形的脸庞凹陷下去，脸蛋上那两片可爱的绯红颜色也褪了。眼睛失去了往日的光彩，像暗淡下去的火焰。蓬松的剪发头又梳成了两条小辫，无精打采地耷拉在肩头。

现在，她手里捏着一朵刚摘下的马兰花，眼睛失神地望着哗哗东流的原西河水。问君能有几多愁？恰似一江春水向东流！那位失落江山的废君写下的这不朽的词句，正能形容田润叶此刻的心情。

完了！她和自己心爱的人一块生活的梦想彻底破灭了。他已经结婚，和一位山西姑娘一块过光景了。

人生中还有什么打击能比得上年轻时候的失恋对人的打击呢？那时候，人常常感到整个世界都一片昏暗。尤其像田润叶这样的人，她尽管在县城参加了工作，但本质上说仍然是一个农村姑娘。一旦当她第一次对一个男人产生了热烈的爱情，就会深陷进去而不能自拔。可一旦这热烈的想望落空，又很难从因此而造成的痛苦中解脱出来。她除过日常的生活和工作，又没有远大的事业上的追求来弥补感情上的损失……

当然，这样说，并不是说她就是一个饱食终日的庸人。不，我们的润叶对自己本职的工作始终尽职尽责，甚至充满了激情。她热爱孩子和教师职业；为了给学生们教好书，备课常常废寝忘食，有时直至夜半更深。至于工作中的一切规定、要求和任务，她更是模范地执行，兢兢业业地完成……毋庸置疑，她是一个普普通通的人。她的思想、气质、感情，优点和缺点，都是属于普通人的。但普通人和出类拔萃的人一样，也有自己的欢乐和痛苦，只不过不为大多数人了解罢了。人们宁愿去关心一个蹩脚电影演员的吃喝拉撒和鸡毛蒜皮，而不愿了解一个普通人波涛汹涌的内心世界……

此刻，田润叶的内心正如同汹涌的波涛一般翻腾着。少安的突然结婚，向前对她的没命追求，她二妈徐爱云和向前妈刘志英的轮番围困，现在又加了一个老将徐国强出马……如果少安没有结婚，不论有多少人进攻，她感情的阵地仍然会固若金汤。想不到，她在前方的战壕里拼命抵挡，但她为之而战的后方却自己烧成了一片火海……

由于腹背受"敌"，她现在对于这命运之战已经丧失了信心。我们已经说过，她是一个普通人，小学教师，农民田福堂的女儿，目前正寄居在亲戚的门下。她在"文化大革命"的混乱中受完高中教育——其实并没认真上过多少课。除过政治学习材料，她也没看过几本书。尽管她生活在我们的世纪，但思想仍然局限在狭小的世界里。她不知道安娜，更不知道娜拉。

但这并不是说，她就要答应和李向前结婚了。不，这不可能。她现在正处于感情葬礼后的"忌日"。一个臂挽黑纱的人怎么可能去进花烛洞房呢?

田润叶坐在这河岸上，望着春日里东去的流水。她想起去年的现在，是她和少安两个人坐在这地方。她当时心儿是怎样嘣嘣地欢跳啊！可是一年以后的今天，她一个人坐在这里，胸膛里像装着一块冻冰。抬头望，桃花依然红，柳丝照旧绿；低头看，青草又发芽，水流还向东。可是，景似去年景，心如冰火再不同！

她耳边依稀又听见了那缠绵的信天游从远山飘来——

正月里冻冰呀立春消，
二月里鱼儿水上漂，
水呀上漂来想起我的哥！
想起我的哥哥，
想起我的哥哥，
想起我的哥哥呀你等一等我……

两行泪水再一次从她的眼睛里涌出来了。此时没有人唱这歌，但是她听见了。哥哥，亲爱的少安哥！你为什么不等一等我……

她最后一次和少安分手后，尽管少安在她的追求面前畏怯地向后退缩，但她自己并没有死心。她理解少安的难处。尽管她的文化程度不高，但总还在县城呆了几年，相对而言，她并不认为爱情就要门当户对。门当户对不如两个人有情有意。可少安哥和她不一样，他一直在农村，家里光景也不好，因此看来没勇气答应和她一块生活。她想，也许过一段时间，他就会想通的。她知道他心里也是爱她的。再说两个人一块长大，青梅竹马，两小无猜，她坚信他最终一定会响应她爱情的呼唤的。因此在村里的偷水事件发生后，她借回去看望生病的父亲，想再和少安哥好好拉谈一次——上次本来是个好机会，但让她父亲无端地冲散了！

当她又一次兴致勃勃地回到村里后，才知道少安哥出了远门，到山西给他们队换小麦良种去了。她不知少安哥什么时间才能回来，没时间等他，于是就又失望地返回县城。她想，以后机会有的是，等少安哥从山西回来再说！

回到县城不久后，她弟润生从家里回来对她说，少安竟然把一个山西姑娘带到了双水村，并说他和这姑娘春节就要结婚呀！

当头一棒，顿时打得田润叶头晕目眩，天旋地转。天啊！她做梦也没有想到，少安到山西不是换良种，而是看媳妇去了！

在一刹那间，她真想抛开一切，奋不顾身地返回双水村，去找少安，让他把那姑娘打发走！哪怕寻死上吊闹腾一番也要让少安和她结婚！

但她毕竟还没有完全丧失理智。她很快知道不能这样。不能！就是一个字也不识的农村妇女，也不会这样做，更何况她还是个教师！

她一下子绝望了，甚至想找几包老鼠药一口吞下去，了却此生。

但这也不能！她不是一个人活在这世界上，她还有许许多多的亲人。她活着，自己一个人痛苦；她要是死了，会给众多的亲人都带来痛苦……

从那天以后，她就睡不着觉，也吃不下去饭，就像一个得了绝症的病人。十几天以后，她都不敢对着镜子看自己了。而在医院工作的二妈和向前妈，一股劲催她到医院检查看得了什么病。她的病是心病，原西县医院检查不出来！

眼看要到农历八月十五了。往年，她都像村里其他在门外的人一样，必定在农历十三日前回到双水村，以便参加十四日那个传统的“打枣节”。可是，今年不能回去了。那可爱的村庄，那红火的“打枣节”，现在对她来说，再不能引起一丝热望了。就是梦中出现的这一切，也蒙上了一层灰土。再说，听说那个山西姑娘仍然还呆在少安家里。啊啊！狠心的少安！幸运的山西姑娘！你们现在一定情意绵绵，要去参加热闹的“打枣节”去了。山西姑娘！你将在全村人面前露脸，让大家看你，羡慕你！你一定会幸福得两眼闪闪发光，脸像朝霞一般闪耀着光彩……

润叶想着这一切，泪如泉涌。她最近以来，已很少再回二妈家，通常都一个人呆在学校她自己的宿舍里。除过上课和非参加不行的集体活动，其余时间她一概闭门不出，关在这个小房子里，一个人流泪、叹息、自言自语——有些话对少安说，有些话对那个山西姑娘说，有些话是对她自己说的。她的精神已濒临崩溃的边缘！

她就这样一天天从秋天熬到冬天，又从冬天熬到春天……

马上就是清明节了，外面的世界已经到了阳光灿烂、桃红柳绿的好时光。她在自己阴暗的房子里，突然记起了去年这个时候，她和少安一同在原西河畔的情景。她于是忍不住想再到那个地方走一走。这是一次怀旧而伤感的出游，也是对那已被埋葬的爱情梦想的祭奠。

于是，她就一个人悄然地离开学校，来到了这个地方……

现在，她手里拿着那朵鲜艳的马兰花，已经在这里坐好长时间了。手里这朵花正是从去年那丛马兰草中摘下来的。那时候，她手里也拿着这样一朵花，正害羞地望着坐在旁边抽烟的少安哥。她现在忍不住又扭过脸，看了一眼去年少安坐过的地方——那里现在只有空荡荡一片枯草！

润叶在原西河畔一直坐了一上午，腿都有点发麻了，才站起来慢慢往回走。走了一段路以后，她又回过头来，怀着无限的感情，向河岸上的那个草坡投去最后的一瞥。别了，我的青草坡，我的马兰花，我洒过欢乐和伤心泪水的地方。我将永远不会忘记这一切！即使有一天我要远走他乡，但愿我还能在梦中再回到这里来……

第三十六章

田润叶从原西河畔回到学校以后，很快又进了自己的宿舍——她的“牢房”。她感到胸口像压了一扇石磨似的沉重。

她躺在宿舍的床铺上，很快想到，明天就是清明节，殷勤的向前一家人，又会来缠磨她，让她去他们家吃饭。

少安没结婚之前，尽管她反感这种邀请，但也抱着“吃顿饭又能怎么样”的态度，勉强去了——这主要是为了她二妈一家人的脸面。可是现在，她绝对再不能去向前家吃饭了！

但要是这家人死缠硬磨，她二妈又从旁劝说，她到时又可能没勇气和这一群县上的头面人物破开脸皮，让他们当场下不了台。

怎么办？

她从床铺上爬起来，一个人靠在炕栏石上，牙咬着嘴唇，烦乱地抠着手指头。

她突然想起她在黄原地区文化馆工作的同学杜丽丽。丽丽和她从初中到高中一直都是同班同学，两个人好得像亲姐妹一样。丽丽她爸原来是原西县文化馆长——去年晓霞和少平去黄原讲故事就是他带着的。杜叔叔去年秋后调到地区文化局，当了副局长，丽丽也从县文化馆调到地区文化馆了。听说她现在编《黄原文艺》小报。

丽丽爱好点文学，但也和她一样，不会写什么；听说主要是搞寄发和校对。润叶还听人说，丽丽已经有了男朋友，在地区团委当干部。

润叶想，这几天她也没课，干脆请几天假，到黄原丽丽那里去散一散心。同时，她也很想把她的不幸告诉这位好朋友，这样她心里也许会好受一些。这不幸只能给丽丽叙说，因为她了解她，也能理解她的痛苦。

她这样想的时候，就已经决定明天一大早就起身。这样清明节她就不必呆在县城，成为向前和二妈两家人缠磨的对象。

这个脱身计不错！好，明天一早就起身去黄原！

本来，她应该事先给丽丽写封信，告诉她要来，但现在来不及了。

她于是就草草率率收拾起一个出门的提包，准备第二天动身。

当天在学校吃完晚饭后，她回到二妈家，告诉二妈说，她在黄原的同学杜丽丽生病住院，写信让她一定赶清明节来一趟，因此她明天要去黄原。

润叶撒完这个谎后，她二妈遗憾地说："你刘阿姨昨天就给我安顿，让你明天一定到她家里去吃饭！"

"以后再吃吧！你知道我和丽丽的关系，现在她得病住了院，我不去看一下，就太不近人情了！"

她二妈无话可说，只好同意了。

第二天一大早，田润叶就提了一个小提包，买了一张去黄原的长途汽车票，动身到她的同学杜丽丽那里去了。

当汽车一从公路上奔驰起来，车窗外辽阔的山野、山野里火红的桃花和雪白的杏花从眼前扑过时，润叶顿时觉得呼吸舒畅了一些。她想：唉，要是我此去再不回原西来，那该多好啊！原来她一直深深依恋故土，从来也没想过在外地呆个三年五载的。但现在她很愿意离开故乡，离开原西县城，到外地去不再回来！

汽车下午两点才到黄原城。她二爸当年在黄原工作的时候，她曾到这城市来过几次。她自己工作以后，也来这里为学校办过几回公务，因此对这城市并不陌生。不过，地区文化馆她可不知道在什么地方——自丽丽调到黄原后，她还没来过呢！

她出了汽车站，提着那个小提包，一路打问着，终于来到了二道街上的地区文化馆。

杜丽丽正准备到男朋友家去过节，但一看老朋友来了，高兴地喊叫说：“你怎突然从天上掉下来了？怎？给学校办事？”

润叶对她说：“我没什么公事。我想你了，就来看看你。”

丽丽说：“我也想你想得要命！我还梦见过你几次呢！而且在梦中，还不光是咱们两个人！”

“还有谁呢？”润叶问她的女朋友。

“还有你的男朋友和我的男朋友！不过，你的男朋友可不是那个李向前！怎么样？没答应那个开车的吧？”

润叶苦笑着摇摇头。她本来此刻就想顺情一头扑在丽丽的怀里，向好朋友哭叙一番自己的不幸遭遇，但想她刚到，应该忍耐一下。她只是勉强装出笑脸，开玩笑问丽丽：“你的男朋友怎么样？敢不敢让姐看一下？”

丽丽调皮地扬了一下头，说：“他晚上准保来！你尽管看！也帮助我审查一下！”

润叶说：“我相信你的眼光……”

丽丽不到男朋友家吃饭去了，开始忙着自己动手做饭。润叶也想上手，但被丽丽拒挡了，说：“现在你成了客人，不像咱们在原西县了！”在原西的时候，她两个经常一块做着吃饭，有时在小学她的宿舍，有时在县文化馆丽丽的宿舍。

两个好朋友吃完饭，一直到九点钟的时候，丽丽的男朋友武惠良才来了。

丽丽赶忙介绍润叶和她的惠良认识。

润叶一搭眼就知道，丽丽挑了个称心女婿。惠良人模样英俊不说，一副诚实相，看来是个很可靠的人。

“你怎才来？”丽丽问她的男朋友。

“我一直在家等你呢！”惠良说。

丽丽笑了，说：“润叶来了，我就没去你那里……”

惠良马上对润叶说：“丽丽常说起你。虽然没见过面，我已经很熟悉你了。不知道你来，否则咱们一块去我家吃饭……”

“丽丽也在信上常说你的情况。”润叶对惠良说。

他们正随便说话，武惠良却突然变了脸色，说：“你们知道不？今天天安门出事了！我刚听完联播节目，说天安门成千上万的人借悼念总理，进行‘反革命活动’，说公安局都出动了，看样子抓了许多人……其实，这再明白不过了！我刚还和几个同学议论，这是一场正义的群众运动被残酷地镇压了！我们的国家现在正如《国歌》里唱的，已经‘到了最危险的时候’！人民都成了反革命，而真正的反革命却戴着马克思主义的面具，在人民头上舞棍弄棒……”武惠良激动地说着，手在空中挥着，和刚才沉稳的模样判若两人。

这惊心动魄的消息，使润叶和杜丽丽都感到无比震惊。听着武惠良激动地议论，润叶早已把自己的不幸搁在了一边。是啊，只要是一个有良知的公民，当国家出现不幸的时候，个人的不幸马上就会自动退到次要的位置。

他们三个立刻开始议论起眼前国家的不幸状况来。他们正当年轻之时，一个个热血沸腾，甚至指名道姓骂起了江青！

正在他们愤怒地议论的时候，门里突然进来一个戴黑边眼镜的人。这人三十多岁，脸色黝黑，穿一身邋遢的衣服，头发零乱地飘散在额头。他进门以后，先打量了一眼润叶。

丽丽和惠良马上招呼来人坐在椅子上。丽丽对润叶介绍说：“这就是我们馆的贾老师！”

“贾冰。”戴黑边眼镜的人向润叶点点头，自我介绍说。

尽管润叶马上知道这就是常在报纸上发表作品的那个诗人，但丽丽当她不知道，又立即给她补充说：“贾老师是大诗人！我们《黄原文艺》的主编。他常在报纸上发表诗歌哩！你记得不？咱们以前还在原西朗诵过他的诗哩！”

润叶拘谨地说：“我看过贾老师写的诗……”

“听你口音也像是原西人？”这位诗人问她。

“我是石圪节公社的。”润叶告诉贾老师。

“噢，那咱们是老乡！我是柳岔公社贾家沟的……对了，去年丽丽他爸带咱们县两个讲故事娃娃，他们说也是石圪节的。其中那个女娃娃是咱们县田主任的娃娃……”

丽丽马上指着润叶说：“这就是她姐！”

“那是我二爸家的娃娃，叫田晓霞。”润叶说。

“噢，是这样！你二爸我认识！福军是个好同志！有头脑！有胆识！你们是？”贾冰指着润叶问丽丽。

丽丽立刻说：“我和润叶是老同学，最要好的朋友！”

“噢,那我就不怕了！”诗人说着立刻从自己口袋里掏出两页纸，说，“我刚写了一首诗！惠良，丽丽，还有这位老乡，你们听一听！你们大概也听广播了，他妈的，把人肺都气炸了！我亲爱的祖国！千千万万的英雄儿女，又一次把鲜血洒在了光荣的天安门前……”诗人在未朗诵他的作品之前，就已经激动起来了。

贾冰展开稿纸，长长地舒了一口气，准备朗诵。润叶、丽丽、惠良静静地坐在椅子上，等待他开口。

一刹那间，诗人眼睛里骤然燃烧起了火焰，右手在空中扬起来，大声朗诵道——

今儿个，清明节刚刚过罢，

我，怀念
天安门广场上，那一朵朵
浸透了血泪的白花。

残雪，哪能锁住明媚的春光?
乌云，岂能遮定阴谋的狡诈!
我们的民族，是滔滔的黄河，
历尽磨难，
奔涌在英雄的华夏……

镇压，怕什么?!
死，又怕什么?!
阳坡上有草要返青，
背洼洼有树要开花!

野火烧不尽，
冰雪压不垮，
革命人，一代接一代，
头掉了，不过碗大个疤!
…………

诗人越朗诵越激动，到结束时，双拳挥舞，泪流满面！丽丽一边抹眼泪，一边轻声插嘴说：“贾老师，声音小一点，小心外面有人……”

贾冰像是回答丽丽，但实际上仍然在大声朗诵自己最后的诗句——

让他们来吧，

我不怕！

我们不怕！

…………

第三十七章

孙少平在高中的最后一个学期开始了。

从一九七五年春天起，他在原西中学已经不知不觉度过了一年半的时光。

一年半是漫长的。他在这期间忍饥、忍辱、忍冻，心中留下数不清的痛苦记忆。

他又感到一年半是短暂的。他在这里也有过欢乐和愉快，懂得了不少事，结交了朋友，获得了友情，开阔了眼界，抛弃了许多纯属“乡巴佬”式的狭隘与偏见……一切都好像才刚刚开始，可马上就要结束了。

但不论怎样，他还是为终于快熬到了高中毕业而高兴。这一切多么不容易啊！

他更为高兴的是，他已经跨过了十八岁的年龄。这就是说，他已经成了大人。即使高中毕业回去劳动，也能扛起一头子了。从心理方面说，他现在也已经有了强烈的独立意识。在以前，他总觉得自己是个娃娃，得依靠大人。现在，即就是没有大人，他也感觉能在这个世界上生活下去。他的另外一个成熟的标志，就是对大人的行为开始具备批判的眼光。以前，父亲和大哥说的话和做的事，他都认为是对的。可现在就不见得了。不过，目前这种批判性的意见只在心里而不会表现在嘴上，更不会表现在行动上。

总之，也可以这样说，他现在已经初步有了他自己的生活观——尽管这一切的确是刚刚才开始。

他现在最为遗憾的是，他在这一年半中请假的时间太多了。学校尽管经常搞政治运动和出山劳动，但总还上一点文化课。他耽误的课太多，以致都无法弥补了。本来眼下的一张高中文凭就不包含多少学识，他的这张文凭更不值几个钱，仅仅能说明个学历罢了。这倒不是说，他在这一年半里一无所学。不，他阅读过不少课外书。从学校的传统眼光看，这种学习是极不规范的。但在一个人往后的日常生活中，也许这种学习比课本知识更为有用；只不过参加正式的考试就不行了。不管在以前还是在以后的中国文科考试中；也不论大、中、小学，一律都在基本规定的“教学大纲”的范围内。而许多这样的考试已和旧朝代的“八股”无异。中国这种考试方式鼓励了死记硬背，但往往排斥了真正的才学。

孙少平的遗憾倒不在文科方面，主要是数、理、化。他误得太多，前后接不上碴，虽然这学期听课，也听不懂。听不懂就听不懂，反正也不上多少课——现在学校上课已是一件附带的事。

现在，他没有事的时候，就仍然看课外书。晓霞还像以前一样，从她家里拿许多书来让他看。他们每天也在学校操场的报栏前不期而遇。星期六的时候，晓霞还把她爸订的《参考消息》给他拿来，他星期天就哪里也不去，兴致勃勃地看这些外国通讯社的电讯稿，脑子里在许多国家游荡老半天。

这一天下午，田晓霞突然匆匆忙忙到宿舍来找他，让他跟她到外面走一趟。

少平有点莫名其妙。晓霞有什么话不能在这里说，非要到外面去不可呢？

因为宿舍有同学，他不好说什么，就只好跟出来了。

出了门以后，少平赶紧问她："什么事？是不是我家里又出事了？"他生怕自己家里又有什么灾难——他那个家常常猛不防就出意外！

晓霞一边走，一边对他说："不是你家里的事。"

"那是你们家出了什么事？"少平又撵着问她。

晓霞说："不是你家，也不是我家，是国家……"

国家？国家又出什么事了？今年国家真是灾难重重！元月周总理逝世，四月五日发生了"天安门事件"，撤销了邓小平的职务。紧接着，七月六日朱德委员长逝世，前几天又发生了震动全球的唐山大地震……多灾多难的中国啊，你叫人多么忧心和焦虑！

他匆匆跟着晓霞走，先不便再问她什么了。看来晓霞一句两句说不清楚，而显然在稠人广众面前也不好说。

他和晓霞出了学校总务处后面的那个小门，一直沿校墙根向一个小山沟里走去。

直到看不见人的地方，晓霞才停下来，从衣袋里掏出一个笔记本，递到他手里。

他不知是何事，慌忙紧张地打开那个神秘的绿皮笔记本——扉页上一行醒目的钢笔字立即跳入眼帘：《天安门广场诗抄》！

啊啊！原来是这！

孙少平先没顾上和晓霞说什么，激动地开始看这些诗。他看着看着，都忍不住读出声来了——

欲悲闻鬼叫，
我哭豺狼笑。
洒泪祭雄杰，
扬眉剑出鞘！

孙少平用飞快的速度把这个笔记本上的诗先翻着看了一遍，然后问晓霞：“你从哪儿搞来的？”

晓霞说：“我哥暑假里带回来的。先前他只让我爸爸看了，没给我看。后来我发现了他的笔记本，硬缠着哥哥把这些诗都抄下了。哥哥千安顿万嘱咐，不让我给别人看，说现在公安局正追查这些传抄的诗哩。我想，给你看一下不要紧……”

少平马上兴奋地说：“能不能让我也抄一份呢？”

晓霞想了一下，说：“你可以抄，但一定要小心，千万不敢叫人看见了！”

“没问题！”少平向她保证说。

两个人于是凑在一起，把笔记本又翻着看了一遍。这些诗如同烈火一般，把两颗年轻的心烤得热烘烘的。两个十八岁的年轻人都沉浸在严肃的思考之中。国家的不幸，社会的动荡，使大人成熟，孩子成长——一九七六年，中国人都好像年长了几岁！

从这天以后，每当夜深人静时，孙少平就偷偷爬起来，出了宿舍，走到教室里，埋头抄写这些诗歌。抄到激动之处，他心潮澎湃，热血沸腾，就走到院子里平静一会……

有一天晚上，他抄了一会去上厕所，回来时猛然发现顾养民正趴在他桌子上，看晓霞的那个笔记本。孙少平头“轰”地响了一声：这下完了！

顾养民见他回来，马上抱歉地说：“我出来解手，看见教室亮着灯，心想大概谁自习完忘了关灯，跑进来准备关灯，结果发现你桌子上的这些诗。本来我不该看，但一看就放不下手了……啊呀，这些诗写得太好了！我早听我父母亲说社会上正传抄天安门广场的诗歌，但一直没看见过。想不到你有这么厚一本呢！你从哪里搞到的？能不能让我也抄一下？”

孙少平本来想给顾养民发脾气，看他这样说，便又消了火气，说："这不是我的笔记本。"

"能不能让我抄一下呢？"顾养民又问他，而且看来非常渴望孙少平能答应他。

少平想了一下，这事得和晓霞商量。他对顾养民说："我现在不能决定，等明晚上再告诉你。"

"明晚上就这个时候，我再来找你！"顾养民高兴地说。

第二天，少平把顾养民发现他抄诗的事告诉了田晓霞。

"能不能让他抄呢？"他问晓霞。

晓霞一时也拿不定主意。

少平就对她说："我看让他抄去。他自己抄了，就不会把这事捅出去！"

晓霞觉得少平的话有道理，就说："那就让他抄去。可不能再叫人发现了！你一定要给他说清楚这一点！"

"你不说我也知道哩！"少平说。

第二天晚上夜深人静时，顾养民准时来了。他很感激少平让他抄这些诗。两个人于是就趴在一张课桌上，紧张地往自己的笔记本上抄写着。少平早已经淡忘了顾养民和郝红梅的关系。他自己当初和红梅的那点"瓜葛"更是变得遥远而模糊了。再说，他目前和晓霞的这种交往，已经使得早先的那一切都变得微不足道了。

经过两三个夜晚，少平和顾养民就先后抄完了这些诗。少平把那个绿皮笔记本又还给了晓霞——顾养民根本不知道这笔记本是谁的。在以后的日子里，顾养民脑子里还一直盘旋这件事，不知道少平从哪里搞来这么些"机密"。按说，少平来自农村，家里也没听说有门外工作的干部，他怎么可能把《天安门诗抄》搞到手呢？

不论怎样，这个农村来的同学不可小视！顾养民渐渐觉得，孙少平身上有一种说不清楚的吸引力——这在农村来的学生中是很少见的。他后来又慢慢琢磨，才意识到，除过性格以外，最主要的是这人爱看书。知识就是力量——他父亲告诉他说，这句话是著名英国哲学家培根说的。是的，知识这种力量可以改变一个人，甚至可以重新塑造一个人。养民自己出身知识分子家庭，因此很能理解这一点。

……一个星期以后，孙少平他们全班一起出动，到原西城外的一条山沟里，锄他们班种的高粱地——这是立秋之前锄最后一遍草。

那天，临近中午的时候，从西南面的山后突然铺过来一片乌云。不多时，这黑云彩就漫过头顶，遮住太阳，布满了整个天空。刹那间，电闪雷鸣，狂风大作——一场大暴雨眼看就要倾倒下来！

山洼上劳动的男同学纷纷去找躲雨的地方。沟道里锄地的女同学也都扛着锄，爬到山洼上来了。只有跛女子侯玉英不听其他女同学的劝阻，一个人扛把锄，一跛一跛走到一个石崖下面。其他女同学说怕沟里起洪水，那地方危险，劝她不要去。但跛女子让这些人别管她的事；她说雷雨就那么一阵阵，怎还能起洪水呢！

大暴雨说来就来了！随着狂风吹过，雨帘就从山后漫过来，顷刻就把天地间变成白茫茫一片。可怕的闪电不时在空中曲折地划过；雷声和狂风暴雨搅在一起，震耳欲聋。不多一会，就听见沟沟渠渠里传来了滔滔的流水声。

不到半个钟头，大沟道里就起水了。混浊的泥浪翻滚着跟头，吼叫着从后沟道里冲了出来！

在一片混乱的暴风雨中，沟道里突然传来了侯玉英尖锐的哭喊声！

少平缩在一个小山窑里，透过雨帘，看见洪水已快要涨到侯玉英避雨的那个石崖下了。跛女子正哭喊着，两手揪着旁边土台子上的几棵丛草，企图爬上去逃命。但由于腿不干练，加上泥地溜滑，三番五次爬上去又跌了下来！

孙少平知道，也许用不了多少时间，洪水就会淹没到那个石崖下，把跛女子一浪卷走！

他立刻从自己那个干燥的小土窑里冲出去，冒着瓢泼似的暴雨，踏崖溜洼地往沟底跑去。

孙少平不知摔了多少跤，才到了怒吼的洪水边。身上浸透了泥水，头发和脸也被泥糊得五麻六道。

他来到洪水边，一筹莫展了。侯玉英隔在河对面，他不得过去。他尽管在洪水中游过泳，但那是在原西河里——那水宽阔，也平稳，到河对面上岸选择余地大。可这是道小沟，水急浪险，要游过去太困难了！

这时候，洪水已经漫上了侯玉英正挣命的那个石崖边上。跛女子的手死揪住土台子上面的丛草，两只脚已经挨着洪水边了。她现在只是绝望地呼喊着："救命啊！救命啊！"

少平在暴风雨中大声向对岸喊："你先坚持一下，我过来了！"

他喊了一声后，就扑入了洪水之中——一个浪头很快把他整个吞没了……

还好，他又钻出了水面！他眼睛什么也看不见，只凭本能向对岸拼命游去。

谢天谢地，他终于上岸了！他用手摸了一把脸上的泥水，就撒开腿朝那个土台上面跑去。

他来到土台子上面，看见洪水已经淹没了侯玉英的下半身，如果不是她两手死死揪着丛草，恐怕早让水卷走了！

少平飞快伸出手，把她从土台子下面拉上来。

侯玉英一扑踏趴在土台子上，放开声嚎了！这哭声是庆幸她的得救，也是对救命的人表示她的感激之情！

当孙少平游过河对岸的时候，全班男女同学都纷纷从山洼上跑下来了。他们站在暴雨中的洪水边上，隔着翻滚咆哮的浊浪，心怦怦地跳着，扬着手，喊叫着，像看一幕惊险的戏剧，眼看着少平把侯玉英拉上了对面那个土台子。他们之中没有人敢从这洪水中游过去。现在，所有淋得像落汤鸡似的同学们都在沟道这面欢呼起来！女同学们都哭了；男同学也有流下眼泪的。这个时候，大家才强烈地意识到，人生活在一个集体里，就应该像兄弟姐妹一样啊……

跛女子侯玉英做梦也没想到，在她遇到生命危险时，竟然是她曾放肆地伤害过的孙少平，冒着自己的生命危险抢救了她。

跛女子为此感动得不得了！羞愧得不得了！

几天以后，惊魂刚定下来，她就单独来找孙少平，又一鼻子哭开住不了气，嘴里一股劲说着感激他的话。

她哭完后对少平说："我这下才知道你是个好人！郝红梅不是个东西！她和你相好着就不相好了，又跑去骚情顾养民！"

少平马上对她说："你不要说红梅和养民的长长短短！我不愿听你说这话。咱们都是大人了，不要多管旁人的闲事！"

侯玉英也就不说郝红梅和顾养民了，然后便硬拉着少平到她家去吃饭。跛女子说这不光是她的心意，也是家里大人的心意——她父母亲非要让她带少平到她家里去吃一顿饭不行。

少平好说歪说没有去。他不愿意因为这么一件事，就让人家把他看成是救命恩人。在他看来，侯玉英和他自己都好好的没什么事，这就行了，何必没完没了地还提这事呢！

可是，第二天上午，侯玉英的父亲又亲自来学校请他了。

孙少平怎说都推辞不了，只好去了侯玉英家。

侯玉英的父亲侯生才是县百货公司第二门市部主任。侯主任两口子专门为女儿的"救命恩人"摆了一桌子饭，像请个显要人物一样，还上了烧酒。两口子争着给他夹菜倒酒，捎带着嘴里感激话说个不停。少平不会喝酒，拘谨地在这个干部家里吃完了这顿饭。

饭后，他们村的金光明突然进来了。金光明就是这二门市的售货员。因为光明家是地主成份，少平他二爸孙玉亭“文化大革命”初期，曾带村里贫下中农造反队刨过这弟兄三家的窑洞和院子，因此这家人多年来不和他们家的人说话。现在，光明大概听说少平救了他们主任女儿的命，并且侯主任还亲自请少平来家里吃饭，就跑过来看他来了。由于侯主任是他的顶头上司，而少平又是侯主任尊敬的客人，因此金光明一副很热情的样子，和少平拉了许多关于他们双水村的一些四不沾边的话。少平心里知道，光明有意让侯主任看出，他和少平不仅是一个村里的，而且两家人的关系还不错呢……

第三十八章

现在，让我们抽出一点空隙，来说说孙玉厚家的兰香。

我们已经知道，这孩子正在石圪节公社上初中。

像任何穷家薄业的农家子女一样，这孩子在很小的时候就懂事了。她刚四岁的时候，就缠磨着让父亲给她编了一个小筐筐，整天挽在胳膊上，开始在院子外边的土坡下蹒跚着拾柴火；拾满了一筐筐，她就提回来倒在灶火圪塄里，然后又跑出去拾。尽管她一天拾的柴火只够她妈烧两灶火，但她心里挺高兴——因为这两灶柴是她拾回来的。农民家的孩子啊，他们的第一堂功课就是劳动！

当兰香跟着姐姐和母亲在村里光景好的人家串过几回门以后，就知道她的家是个可怜的穷家。她那幼小的心灵懂得，她不能像其他人家的孩子一样，想要吃什么就吃什么，想要穿什么就穿什么。因此，不管她多么饿，穿的多么破烂，从来都不向大人开口。只要大人没有注意到她的需要，她就能一直忍受着。

有时候，村里来了工作干部轮上他们管饭，家里总要把少得可怜的白面拿出来一点，给公家人做一顿好吃的。客人不会都吃完，最后总要剩那么一两碗。这样的时候，家里人就找不见兰香，她早已经找借口躲出去了。她知道，剩下的这点好饭，应该让奶奶吃。

就是奶奶不吃，也应该让爸爸和哥哥吃——他们出山劳动，活苦重。她心疼家里所有的大人，随时留心着看能为他们帮点什么忙。父亲和哥哥从山里回来，她就赶快给他们扫身上的土。早晨，她帮助母亲叠铺盖，或者双手抱把大扫帚，把脚地扫得干干净净。奶奶害眼病，家里又买不起眼药，夏天一大早，她就和二哥一起跑出去摘带露水的草叶，回来给奶奶淋在眼睛上……

这个看起来平平常常的孩子，头脑倒特别聪颖，尤其有一种能闪电般穿越复杂“方程式”网络而迅速得出结论的天赋。在她以后上学的时候，有一次数学老师出了一道非常复杂的方程式让大家计算。当这位老师把这道题满满写了一黑板，刚把那个等号画完时，兰香就站起来说：“等于零。”辛苦地写了半天的老师站在讲台上，张开嘴巴震惊得半天说不出话来。

兰香很小的时候，他们家还住在金波家的院子里，因此她和金波的妹妹金秀成了好朋友。以后，两个同岁的孩子又一同上了村中的小学。

金秀她爸是汽车司机，家里光景当然要好得多。无论吃和穿，金秀都要比她强。但她学习比金秀好。小学时，两个人坐一张课桌，像当年润叶对少安一样，金秀常拿干粮给她吃；她也在学习上帮助这个好朋友。

两个孩子眼看着长大了。在她们十三岁的时候，双双进了石圪节公社中学。与此同时，她们的哥哥少平和金波刚从这学校毕业，到原西县城上高中去了。

就在这一年，兰香扯开了身条，像一棵小白杨一般端庄和苗条；尽管穿戴破烂，面有菜色，但一看就知道能出挑成个漂亮姑娘。

她的好朋友金秀比她矮了半个头，但像她哥金波一样，圆圆的脸盘又白又光洁，扑闪着一对会说话的大花眼，穿着漂亮的时新衣裳，一搭眼就知道这是工作人家的女儿。到石圪节后，本来金秀完全有条件在学校上灶，不必起早贪黑，每天在双水村和石圪节之间跑来跑去。但因为兰香上不起灶，她也就不上灶了，陪伴着兰香跑回家吃饭、睡觉。

现在，她们已经十四岁，在石圪节中学上二年级。本来，她们应该在明年元月就毕业，但最近县上突然发了个文件，说要从明年开始，在全县中小学恢复实行秋季招生制度，将要毕业的初中学生，还要增加半年课程，延长到明年夏天才能毕业。

孙兰香听到这个消息后，心里很着急。这样说来，她还得要上半年学才能毕业。她知道，这半年还要花费家里不少钱。她自己不能给家里帮忙，还要家里给她负担，这使她心里非常难过。她也知道，他们家往后的日子会越来越困难。祖母半瘫在炕上，父母亲一年年老了，大哥结婚除借账不说，要是生了孩子，加上大嫂，全家就又要增加几个人。就是二哥高中毕业回来增加一个劳力，但过不了几年他也要娶媳妇，到时还得借账债——哪里有那么多不要财礼的媳妇呢？

本来兰香已经庆幸自己终于上完了初中。至于高中，她原来就没准备去上——原西城不像石圪节，花销更大！

可是这初中，又要延长半年！

怎么办？她要不要继续上这半年学？要是不上，她连一张初中毕业证也拿不上！

但她又想：多上这半年学无非也就是能拿这张毕业证书。如果命里注定一辈子当农民，那么，要这张纸片又顶什么用呢？而要是她早回去半年，除省了家里的费用，她还能挣不少工分，里外的钱不知能买多少张这样的纸片呢！

是啊，她上了这么多年学就已经不错了，不要像母亲和姐姐一样，连自己的名字都不认识。回家去吧！出山劳动挣工分，还得学点针线活——将来长大出嫁，一个农村妇女要会做的活计她都得学会……

孙兰香于是就在心里决定：她不再继续上那半年学了；歪好把现在这半年上完，她就回家劳动去呀！

当她把这意思先给她的好朋友金秀说了以后，金秀马上难过得眼圈都红了，说："你一定不能退学！如果你们家供不起你上学，我就哭着央求我爸我妈，让我们家供你！"

兰香笑了，说："你憨了，秀！怎能让你们家供我呢？再说，这上学也不顶事，将来还得劳动，迟回去不如早回去。你和我不一样，你爸在门外工作，高中毕业了，说不定还能在黄原给你寻个工作……"

金秀不听她的话，流着眼泪让她千万不能退学。

但兰香是个有主意的孩子，她一旦周密考虑过的事，就不打算再改变。她想：我现在就应该给家里的大人说一下自己的打算……

这天回家吃完晚饭后，她父亲到院子里乘凉抽烟，她就从窑里撵出来，给父亲一个人把她的想法说了。

她父亲听她说完，忧愁地说："你说的也是实情。但爸爸不愿意你退学。将来上不上高中先不说，但初中既然已经上了，你要念到毕业。延长半年就延长半年吧……"

这时候，她大哥吃完饭，也到院子里来了，父亲就对少安说："兰香说她不想上学了，要回家来劳动呀。说人家上面规定，初中还要延长半年哩！"

少安马上走过来，说："怎么能不上学呢！"他用手在妹妹头上亲切地抚摸了一下，"延长半年怕什么！你好不容易把初中都快上完了，怎么能中途退学呢？初中毕业后，你还要到原西去上高中呢！到时，你二哥也毕业回来了，我和爸爸、你二哥，三个人劳动，还供不起你一个人？再不要胡盘算了，好好念你的书！咱们家常就这么个穷，又不在你那点花费上！你不念书咱照样就是这么个烂摊场……你千万不要再胡思量了！我听石圪节中学的老师一再说，你的脑子灵醒，将来说不定能有大出展哩！你放心念你的书！只要你能把书念成，咱们就是把家当卖完，也要把你供到头！”

她听着大哥这些深切而厚爱的话，忍不住鼻子一酸，嘤嘤地啜泣起来。

大哥用他硬壳壳的手又在她头上拍了拍，说：“哭什么哩！你要给咱家争一口气，一定把书念成个样子！我十三岁从学校跑回来劳动，就是为了和爸爸一起，供你和你二哥上学……”

这时，在地上圪蹴着的老父亲，突然把头垂在胸前，哽咽着说：“都怨爸爸没本事啊……”

少安又对父亲说：“爸爸，你不要难受。你为这个家已经把力气出尽了！早年间，你就供我二爸上学，后来又供我。你除拉扯老老少少这么一群人不算，还要给二爸和我娶媳妇。你一辈子比我们任何人都苦！”

孙玉厚好一阵才抬起头。他对小女儿说：“那你就听你大哥的话，好好念书……”

再还有什么可说的呢？兰香一颗年少的心沉浸在无比的温暖之中。她在心里悄悄说：爸爸，大哥，你们放心！我一定不会给你们丢脸的……

孙兰香放弃了回家劳动的打算，又重新开始专心学习了。她是个有毅力的姑娘，决心要像大哥说的那样，学成个样子来。她不爱参加学校的任何活动，更不爱玩。只要有空子，就往数、理、化老师的房子里跑。这些老师也很喜欢这个天赋很高的女学生。尽管学校不安排多少上课时间，但老师们都热心地辅导她的功课。这些老师都惊讶地发现，她在数、理、化方面的程度，几乎快达到“文化大革命”前高中生的水平了！

由于兰香不再打算退学，把好朋友金秀高兴得笑逐颜开。她平时买什么学习用具，都是两份，她自己的一份，兰香的一份。她还把母亲给她的零用钱，硬给兰香口袋里塞一点。而兰香又带动她在学习上长进……

九月初，突然从县城传回来消息，说金秀她哥金波要去参军了。据说今年本来不招在校的高中生，但有特殊专长的例外。金波哥因为笛子吹得好，唱歌也不错，因此被征兵的人看上了，想叫他到部队文工团当文艺兵，金波哥很高兴，报名应征了。

消息传来的第二天，金波和少平就相跟着到石圪节中学来了。他们是从县城回家路过这里专门告诉金秀和兰香的。两个孩子高兴地看见，金波哥已经换上了军装，只是还没戴上领章帽徽。

她们两个便很快给学校请了假，和哥哥们相跟着回了双水村。下午，接到长途电话的金波他爸，也开着汽车从黄原回来了。

第二天，兰香、少平和金波一家人，坐着金俊海的汽车去县城为金波送行。

兰香是第一次到县城来。她第一次目睹“大城市”的风光，感到无比新鲜。她心想，明年下半年，她也要到这里来上学了！

她和金秀相跟着，兴奋地在原西街上串了大半天。兰香心里突然想到，金波哥当兵出远门，她应该送个纪念品给他。她想起自己身上还装着两块钱——这是金秀塞给她的。

走到县第二百货门市部前面，兰香让金秀在外面等一会，说她妈让她买几苗针，便进了门市部。

她走到柜台前转了一下，看上了一个绿皮笔记本，就问售货员多少钱？

这时，她听见柜台后面有个人说:“这不是兰香吗？你怎来了？”

兰香一看，这是他们村的金光明，就说:“我和金秀来送她哥当兵……我想买这个笔记本。”她指了指柜中的那个绿皮本，“多少钱一本？”

金光明马上取出来递给她说："一本八毛二分钱。"

兰香随即买了这个笔记本，就返身出了门市部。

金秀这才发现兰香哄她。不过，她心里很高兴她的好朋友给她哥送个纪念品。金秀自己也很快进去买了一本红皮子的笔记本。两个人回到县武装部，给扉页上写了"赠给金波哥"几个字。

金波接了两个妹妹的礼物，大受感动，立刻跑到街上给她们一人买了一支钢笔……

送走金波，兰香和金秀返回学校的第二天，中国突然发生了惊天动地的事情——毛主席逝世了！

悲痛与惊慌顿时笼罩了全中国……

九月十八日。毛主席的追悼会在天安门广场举行。

同一时刻，全国所有的人都在自己的所在地肃立。除过各种汽笛声在大地喧鸣，中国沉默了一分钟。在这一分钟，全国人民静静地谛听祖国的心脏在怎样搏动……

石圪节公社追悼会的中心会场设在中学的操场上。公社所有单位的人和各村来的代表，都沉痛地低着头肃立在这里。

孙兰香站在这悲伤的人群中哭着。她想起奶奶和爸爸常给她说的，是毛主席把他们这样的穷人从旧社会的苦海中救了出来。从她记事开始，要是天年有了灾害，他们家都要吃国家的救济粮。奶奶和爸爸说，这都是毛主席老人家给他们的！要是旧社会，遇到年馑，不知要饿死多少人呢！他们全家都深深热爱大救星毛主席。每年过春节，穷得哪怕什么也不买，但总要买一张毛主席像贴在墙壁上。现在，没有了毛主席，以后可怎么办呀？

此刻，大概所有的中国人都像这孩子一样，从不同的角度，像她一样问：以后怎么办呀？

……一个月以后，十月二十一日，从北京传来了一个爆炸性的消息："四人帮"被抓起来了！

中国，再一次显示了她的伟大无比；显示了她的镇静、自信、成熟和历史的不可逆转性。这是人民的胜利！

干杯！中国历史上灾难性的一页终于翻过去了。

十月。在这欢腾的日子里，全中国的人都好像住了十年医院；现在大病初愈，重新走到灿烂的阳光下面来啦！

当然，人们现在还不能预料未来；但一个不能再让人忍受的年代已经结束，这就应该大声地欢呼！谁也不会天真地认为，积了十年的垃圾，就能在一夜之间清理干净。但是人们坚信：尽管在原轨道上刹住的车子还要在惯性中滑一段路程，但中国历史的大轮必将重新启动，进入到一个转折性的弯道上……

第三十九章

十一月初，田福军到省上去听传达粉碎“四人帮”的中央文件，完了还要参加省党校理论班的学习，据说要到明年初才能回来。

白天大部分时间里，田福军家里除过徐国强老汉照门外，就再没什么人了。院子里经常静悄悄的；偶尔传来徐老的一声咳嗽和他对那只老黑猫的几句溺爱的训斥。只是在中午和晚饭时分，他女儿徐爱云才从医院回来，给他和晓霞做点饭。福军的侄女润叶最近不知为什么，也常不回家来。

徐国强虽说年龄早已过了花甲，但身板还硬朗。我们已经知道，日常没事的时候，这老汉就在院子花坛的那一小块土地上，营务各种庄稼。对他来说，这已经不是劳动，恰恰是一种休息。他觉得，要是一整天闲呆着，身子骨反而疼痛。只要劳动一会，立刻就感到筋脉舒展多了。

可是现在，气候已经寒冷，再没什么活可干了。那个花坛早已经没有了任何植物，变得一片荒凉。

这时候，徐国强老汉也像那花坛一样，荒凉而寂寞。太无聊了！一整天像土拨鼠一样，悄悄地钻在这院子里，真不是个滋味！他又不敢远离家门——要是乘他不在钻进来个小偷怎么办？

他于是就一个人在窑里呆一会，又到院子里晒一会太阳。惟一的伙伴就是那只老黑猫。这猫也像他一样老，连自己行走都不敏捷了，更谈不上让它去捉老鼠。话说回来，这娇东西一天好吃好喝，也懒得再去费那神。记得这黑猫在他老伴活着的时候，就是他们家的成员……唉，要是爱云她妈还活着，那他现在的日子就不会过得如此寂寞。少年夫妻老来伴！孤身一人生活，真凄凉啊……

现在正是下午，太阳还有点热力，徐国强老汉就从窑里出来，蹲在有阳光的墙角下，不停地抽着田福堂给他带来的旱烟。黑猫卧在他身边，合住眼睛在睡觉。他一只手拿着烟斗，一只手在猫身上抚摸着，眼睛无意识地瞧着对面山。

山里现在光秃秃的。死了的柴草一片枯黑，没有叶子的树木在寒风中抖颤着枝杈；庄稼地里有些黑乌鸦，像黄纸上滴下些墨水点子。一大群灰鸽在城市上空的烟雾中掠过，都能听得见翅膀扇动的声音。南关那里，不时传来电锯刺耳的声音。要是夏天，这里还能听见原西河水的喧哗声。可是现在原西河已经结冰了。

徐国强老汉无聊地坐在墙根下晒太阳，一锅接一锅地抽着旱烟。福堂这旱烟就是好！不硬也不软，又香又顺气，晚上睡觉还没痰。徐国强不无遗憾地想：这人营务旱烟的确是一把好手，可他自己有气管炎，竟然不能抽烟了。

想起田福堂，徐老马上又想到了福堂的女儿润叶。这娃娃在爱云家门上住了多年，在徐国强看来，也就是自己家里的人。既然是自家人，他就很关心这女娃娃，就像关心他的女儿女婿和两个外孙子一样。

他去年年底才知道，李登云家的向前看上了这女娃娃。他听说是这样，马上觉得是门好亲事。登云是他过去的老下级，志英他也了解，至于他们家的向前，更是他从小看着长大的。现在这小伙还开了汽车。在这山区，开汽车是个好职业，挣钱多，到外地买个东西也方便。

可是他又听爱云说，润叶还没利利索索答应这门亲事。他感到很奇怪。按说，润叶是个农民家的娃娃，能攀这门亲事就很不容易了。不要说人家登云一家人主动提这事，就是人家不主动，自家也应该主动一些嘛！听说眼下是向前在追，而这女娃娃还躲人家呢！唉，这倒是为什么呢？

他了解是这么个情况，心想：要不，让我给这女娃娃说一下！反正我一天闲呆着，也没什么事喀。

他有一天瞅了个机会，等家里人都不在光润叶在的时候，他就和她提起了这件事。不料，这女娃娃果真不说一句利索话。

他问："那倒究是因为什么？"

这女娃娃给他回答说，她还小，先不想考虑这事……

嗨，二十大几的人了，还小？记得他和爱云她妈结婚时，两个人都才十六岁半！现在提倡晚婚，这是政策，他不反对；但不能晚得没边没沿嘛！女人年纪一大，生个娃娃都困难哩！

他于是就七七八八给润叶说了老半天。除过关于将来生育方面的困难外，他主要阐述了这门亲事的好处。他从李向前说到他妈刘志英，又从刘志英说到志英的丈夫李登云，最后又从李登云说到他自己和这家人交情的历史渊源。

但这次谈话最终没有什么结果。这女娃娃只是礼貌和尊重地听他说话，自己一句话也不说。最后只给他留下个"话把子"，说让她考虑一段时间再说……

徐国强现在坐在这墙根下，抽烟，抚摸猫，又专心想润叶和向前的这门亲事。接着，他又从这门亲事深入进去，考虑起了登云和福军的关系。

徐国强很早就感觉到，登云和他女婿福军的关系不是太好。他知道，登云因为和他的老历史，面子上不好意思和福军争斗。但登云无疑是站在一把手冯世宽一边的。至于世宽和福军的矛盾他早就知道了——不仅他知道，全县的干部都知道。他因此常在内心为他的女婿担心。福军是个耿直人，又是个书生，冯世宽手腕高明，再加上李登云帮扶他——听说还有个马国雄也和他们站在一块，福军怎能抗过他们呢？就是张有智支持福军，可主要领导中，两个人怎么能抵挡过人家三个人？再说，世宽又是一把手，权大，福军和有智更是对付不了。

关键是李登云！登云虽然表面上看来粗粗笨笨，但这人有心计，办事能下手！面子上对人都哈哈一笑，可办事的时候，心像块铁一样硬。说老实话，不是登云撑台，他冯世宽那主任也不好当！

他真没想到，他一手栽培起来的李登云，现在竟然成了他女婿的对手。

唉，说来说去，他现在已经没权了。就是和登云挑明谈一次，让他不要和福军作对，登云表面上会说一堆“那怎还能”的哄人话，但背过他徐国强，该怎干还怎干！他知道登云这人哩！

这样看来，他女婿目前的处境很困难了。他知道福军处理许多事都是正确的。但正确的不一定就是时下吃香的。虽说“四人帮”已经打倒了，但颠倒事不一定马上就能再颠倒过来！你不看冯世宽“四人帮”时候紧跟着跑，现在又积极喊叫着批判“四人帮”哩！

徐国强想来想去，没有个好办法给他女婿帮点忙。按说，他在原西县当了多年领导，上下左右都很熟悉，应该为福军解点围。但这不是在街上的门市后面买两瓶好酒，只要他开口就能办到。这是政治！而实际上只有一个关键——那就是李登云！可登云现在位置高了，他成了个下台干部，已经没办法这家伙了！

他突然灵机一动，把田润叶纳到了这个“棋盘”上来。他想：这是一步好棋！润叶要是和向前结了婚，那他李登云就成了福军的亲戚，再好意思和福军作对吗？

对！他竟然多少时没认真朝这方面想！真是老糊涂了！

徐国强就像一个即将被将死的棋手，突然有了一着起死回生的妙棋，兴奋得从这个墙根下一闪身站了起来。老黑猫不知发生了什么意外，也赶忙站了起来，惊慌地看着它的主人。

徐国强激动地又点着一锅烟，然后立刻盘算：他要很快再和润叶谈一次话，千方百计要说服她答应这门亲事！

这天下午，爱云和晓霞先后都走了，润叶回家来取她的棉大衣。

好机会！徐国强立刻走到润叶和晓霞住的那孔窑洞里，着急地马上就进入了主题。

他和蔼地问润叶："你和向前的事考虑得怎么样了？"

润叶见徐大爷又问她这事，只好仍旧回答："我还没考虑好……"

"这么个事，还考虑一年哩？你听徐大爷一句话！这亲事再好不过了！你千万不敢耽搁。据我知道，人家向前一家人都很着急，现在就等你一句话哩！"

润叶真痛苦。她最近不愿回这个家，就是想躲避他们说这事。想不到她刚踏进家门，这就又来了。不过，这徐大爷一大把年纪，平时对她也好，再说又是二爸二妈的老人，她不能伤徐大爷的脸。她就很礼貌地说："大爷，我知道你的好意，但我……"

润叶急忙不知该怎么说。自少安找了山西姑娘开始，这已经一年多了，她慢慢恢复了一些正常。她真不愿意再把这伤口抓得血淋淋的。

徐国强看她还是原来的老样子，就只好把这件事背后的"那种意思"往明挑了！

他说："你可能不知情，你二爸和向前他爸关系不怎么好。就是因为向前看上了你，这一年多来，他们的关系才缓和了一些。你还不知情，你二爸在这县上工作很困难，人家许多人合在一起整他！其中最关键的是向前他爸。因此上说，你如果和向前成了亲，你登云叔和你二爸就成了亲戚，他就再不好意思和你二爸作对了；那你二爸的日子也会好过一些……可是现在，登云一家人都对你这么热心，你要是拒绝了这门亲事，那后果我不说你也知道……唉，你二爸真是困难啊！”徐国强说完后，长长地叹了一口气。

润叶一下子被徐大爷的话震住了。天啊，她没想到，在这门亲事的后面还有这么严重的情况呢！

她一下子不知如何是好，脑子重新被搅得天昏地暗！

徐国强见她被他的话慑服了，并且陷入到深思之中，就说：“润叶，我先走了，你好好考虑一下。考虑好了，你就给大爷打一声招呼……”

徐老引着黑猫退出了这孔窑洞——让娃娃一个人想想吧，这婚姻大事又不能逼迫！

徐国强出了门以后，润叶还手里抱着自己的棉大衣呆立在脚地上。

啊啊！事情原来这么严重！她早就觉得二爸情绪一直不好，原来有这么多人都反对他哩！而且作对的主要是向前他爸！

这可叫她怎么办呢？在她的心中，她最尊敬和爱戴的就是二爸。他爱护她，供她上学，又给她找了工作。平时，就是买一毛钱的水果糖，也是给她和晓霞各分一半……

现在，他竟然有这么大的困难！

她心疼二爸。她愿意为他分担忧患。

可是，她又并不爱李向前啊！

她内心又像狂风暴雨一般翻腾起来。她想：让她和向前结婚，这大概也是二爸的意思！他不好给她说，只好让徐大爷出面给她做工作……

怎么办？她不断问自己。

一个她说：不能答应这门亲事！因为你不爱向前！你爱的人是

孙少安！

可另一个她又劝说这个她：少安早已经结婚了，你一生也许不会再碰上一个称心如意的人。你最终如果还要和一个自己不满意的人结婚，那还不如就把这门亲事应承下来。这样，你还能给二爸解个围……

润叶干脆不再回学校去了。她把棉大衣放在炕上，一个人背靠着炕栏石，站在脚地上思考着这事，脑子像钻进去一群蚊子，嗡嗡直响。

她开始动摇了。她的力量使她无法支撑如此巨大的精神压力。当然，除过客观的压力以外，她主观上的素养本来也不够深厚。是的，她现在还不能从更高意义上来理解自身和社会。尽管她是一个正直善良的人，懂事，甚至也有较鲜明的个性，但并不具有深刻的思想和广阔的眼界。因此，最终她还是不能掌握自己的命运。

于是，她的所有局限性就导致她做出了违背自己心愿的决定：由于对爱情的绝望，加上对二爸的热爱，她最后终于答应了这门亲事……

徐国强老汉一获知润叶同意和向前结婚，立刻迫不及待地亲自去了一趟李登云的家，把喜讯传给了这家的三口人。

李登云一家马上喜出望外，紧急动员起来，开始备办婚礼了。向前结婚的东西实际上早已经准备停当，搁在两个大木箱中。现在只是该裁的裁，该缝的缝，该整理的整理；缺什么东西赶快出动去买！

街上缝纫社两个手艺最好的师傅第二天就进了李主任家。刘志英班也不上了，带着从农村叫来的亲戚忙着里外料理。李登云和儿子一块合计：婚礼该请些什么客人？一共得多少人？几桌饭？多少瓶酒？几箱烟？在什么地方举行？要不要动用车辆？要动用得多少辆……另外，得给女方置办什么东西？润叶需要给买些什么？还有田福军、徐爱云、徐国强？爱云的女儿田晓霞和在省城上学的晓霞她哥田晓晨……看来这后一项事宜一会还得向向前妈请示，他父子俩决定不了！

与此同时，这面的徐爱云也忙活起来了。她紧急地动手准备出嫁侄女的装备。遗憾的是，福军不在家，她爸人又老了，没人给她帮忙。跟前有个晓霞，上学不说，又是个疯丫头——她才不管这号事呢！

对！赶快让大哥来！真是的，润叶是他的亲生女儿，这时候他不忙让谁忙！

徐爱云赶紧给田福堂发了一封信。信发走后，她还觉得速度太慢，又让晓霞把润生叫来。她打发侄儿当天就骑自行车回双水村找他爸，让他赶紧到县城来备办他女儿的婚事……

第四十章

田润叶经过一段波澜起伏的爱情周折，最后还是没有逃脱她不情愿的结局。她想亲近的人远离了她；而她竭力想远离的人终于没有能摆脱——她今天就要和李向前举行婚礼了。

从古到今，人世间有过多少这样的阴差阳错！这类生活悲剧的演出，不能简单地归结为一个人的命运，而常常是当时社会的各种矛盾所造成的。

此刻，田润叶没有心思从根本上检讨她的不幸，她只是悲叹自己的命运不好。

她现在坐在自己窑洞的椅子上，已经穿罩起一身簇新的结婚服装：桃红棉袄外面罩一件蓝底白花的外衣；一条浅咖啡裤子；一双新棉皮鞋。她二妈一直陪伴着她——现在徐爱云正给她脖颈上系一条米色纱巾。润叶目光呆滞地坐在椅子上，像一具木偶，任凭徐爱云装扮。

从答应和李向前结婚的那一刻起，她就万分后悔。她感到她的一生被自己的一句话断送了。她一次又一次鼓足勇气，想立即找家里的大人，重新否定她答应了的事。但是临到头来，她又泄气了。她看见，有多少人已经开始忙着为她筹办婚礼。她父亲也赶来了，和李登云一家共同操办，并且相互称起了“亲家”。生米已经做成了熟饭。她要是再反悔这亲事，将会引起她无法想象的后果。再说，她反悔了，自己又怎办呢？

没有办法，只好睁着眼睛往火炕里跳。婚期已一天天迫近。她惧怕这一天，但这一天还是无情地来临了。

下午五点多钟，婚礼马上要在县招待所的大餐厅举行。徐爱云于是把早已放在柜子上的那朵红纸花给侄女佩戴在胸前。男女两家的一些女客，就和爱云一起引着新娘出了县革委会田福军家的院子。

在县革委会的大门外，一辆挽结着红绸带的黄吉普车正等待新娘的到来。本来县革委会离县招待所只有几百米远，但为了排场，李登云动用了全县所有三辆吉普车中的两辆——当时吉普车就是县上最高级的车，准备专车把新娘新郎接到招待所。

现在，李向前穿一身崭新的银灰色的制服，皮鞋擦得能照见人影子，胸前戴着一朵大红花，正喜气洋洋坐在吉普车的后座上。这位司机今天不用开车，自在地坐在小车里面，胖胖的脸上带着幸福的微笑。

这时，在县招待所的大餐厅里，已经是一片热闹非凡的景象了。几十张大圆桌铺上了干净雪白的台布，每张圆桌上都摆满了瓜子、核桃、红枣、苹果、梨、纸烟和茶水。早到的客人已经十人一桌，围成一圈，吃水果，嗑瓜子，抽纸烟，喝茶水，拉闲话。说话声和笑声嗡嗡地响成一片。这些县社干部们，今天不见明天见，相互之间都是熟人，凑到一起就有许多话可说。

这期间，仍然有新到的客人从餐厅门口走了进来。李登云两口子衣冠楚楚，分别立在大门两边，脸上堆着笑容，和进来的客人热情握手，表示欢迎光临他们儿子的婚礼。招待所的院子里停了许多汽车——这是向前的司机朋友们前来参加婚礼；他们有的是本县的，有的是从外地赶来的。不时还有一辆大型拖拉机震耳欲聋般吼叫着开了进来，从驾驶楼里跳下来一些公社的负责人——他们的专车就是这大型拖拉机。

在餐厅后面的厨房里，十几个炊事员正忙着准备婚礼上的酒菜和饭菜。全县几个著名的厨师都被请来了，其中有石圪节食堂的胖炉头胡得福——胡师有几个拿手菜名扬全县，尤其是红烧肘子。

人已经越来越多了，站在门口迎接宾客的李登云夫妇惊慌地发现，除过主宾席外，几十张圆桌已经快挤满了人，而客人到现在还没有来完呢！李登云一边对进来的客人满面笑容地说一声“欢迎”的时候，头上就渗出几粒冷汗——把人家“欢迎”进去让坐在哪儿呢？

就在这时候，被邀请来参加婚礼的石圪节公社主任白明川发现了李主任面临的尴尬局面。他站起来，把旁边他们公社的文书、润叶的同学刘根民拉上，又叫了田福堂的小子润生，到后面的房间里拉出一些椅子来，给每一张圆桌前又加了一把，立刻就把问题解决了。李登云看见了，马上松了一口气，心里说，这小伙子脑子就是好！倒说田福军那么器重他。本来，他对田福军喜欢的人向来不感冒，现在却对白明川有了好看法——不管他其他方面怎样，但今天他为我李登云解了围。好小伙子！

白明川和几个人给每个圆桌旁加了一把椅子后，迎面碰上了柳岔公社主任周文龙。文龙虽然和他是高中时的同班同学，但“文革”初期，文龙是造反派，他是保守派，两个人一直很对立。后来他们参加了工作，现在又都成了公社主任，因此面子上还能过得去。两个人在走道里寒暄了几句，互相邀请对方到自己的公社来转转，然后就各坐在各的桌子上去了。

徐国强和一群老干部挤在一桌上。他们吃不成硬东西，只是喝茶抽烟，说过去的一些事情。当老中医顾健翎到来时，医院领导刘志英亲自扶着他，也来到了这桌上。老干部们都纷纷站起来，迎接这个经常给他们看病的老神仙。他们立刻不再拉谈过去的事情，争抢着和顾老先生讨论各自的身体和疾病。

田福堂此时正一个人拘谨地坐在主宾席上。主宾席安排新郎新娘的双亲和县上的领导坐。领导按惯例总是最后出场，因此都还没到；登云两口子又在门口迎宾客；田福堂只好一个人干坐在这里。润叶妈也没来，说她“狗肉上不了筵席”，让丈夫一人来参加就行了。本来徐国强也安排在这桌上，但老汉为红火，撵到老干部席上去了。

田福堂现在一个人坐在这地方真不自在。他气管不好，也不能吸烟；而这种场所又不能拿根纸烟凑到鼻子上闻——这太不雅观了。他只好两只手互相搓着，有点自卑地罗着腰，看着一桌桌说说笑笑的县社干部们。在这样的场所，双水村这个有魄力的领导人，马上变成了一个没有见识的乡巴佬。

不过，福堂此刻内心里也充满了说不出的骄傲和荣耀。是呀，看这场面！真是气派！他感叹地想：他，一个农民，能这么荣耀地和县上的领导攀亲，真是做梦也想不到。他更为自己的女儿高兴——出嫁到这样的人家，那真是她娃娃的福分！

田福堂明显地感到自己的腰杆子更硬了。他弟弟是县上的副主任，现在，他又有了个副主任亲家！

田福堂正一个人在主宾席上又自卑又荣耀地坐着，他儿子润生忽然走过来，在他耳朵边悄悄说：“爸，咱村的少平叫你到外面来一下。”

“怎？”田福堂瞪起眼问儿子。

“少安给我姐送了一块毛毯，托少平捎来了，少平说要交给你。”

“那让他进来一块吃饭嘛！”田福堂说。

“他说他是步行从村里走来的，累得不想参加了。”

田福堂听说是这样，就跟儿子往出走。走了几步，他又转身在桌子上抓了一把瓜子，拿了几颗苹果，才来到院子里。

少平把那块毛毯交给田福堂，说：“这是我哥和我嫂送给润叶姐的结婚礼物，他们让我亲手交给你……”

“那你进去坐席嘛！”田福堂接过毛毯说。

“不了，我走累了。”少平推托说。

田福堂就把那把瓜子和几颗苹果，硬塞在少平的衣袋里，少平就告辞走了。

少平的确累了。金波当兵走后，他就不能再和他一块骑自行车回家。他又买不起汽车票，只好来回都步行。但他不想参加这个婚礼，更主要的是，他心里隐隐地有些难受。他现在越来越清楚地感觉到，本来，润叶姐应该是他哥的媳妇。但是两个家庭贫富的差别，就把两个相爱的人隔在了两个世界。他们是不得已，才各自找了自己的归宿。人生啊，有多少悲哀与辛酸！

现在，他不愿意目睹亲爱的润叶姐和另外一个男人站在一起！

少平两只眼睛热辣辣地穿过亮起灯火的街道，在料峭的寒风中向学校走去……

田福堂抱着少安夫妇送来的礼物，绕厨房后面回到了餐厅。他此刻也不由得想起了润叶和少安的关系。他原来多么担心这两个娃娃给他弄出丢脸事来。现在好了，两个人都成了家，他再也不必为这件事忧虑了。

宾客们送的礼物，都早已摆到餐厅前面的几张大桌子上，红红绿绿，花花哨哨，在几张桌子上摆的边边沿沿都是。

田福堂拣了个很不起眼的地方，放下了那块毛毯，然后又在主宾席上正襟危坐了。

他刚坐下不一会，县上的领导就依次进了餐厅门。冯世宽主任走在前面；后面是副主任张有智和马国雄；再后面是几个常委和老资格中层领导。餐厅里大部分干部都站起来。冯世宽和县上的其他领导纷纷和人群里的熟人握手问候。

领导们即刻在刘志英和登云的引导下，在主宾席上落了座。登云把亲家介绍给领导们。田福堂慌得抖着胳膊和众位领导们握手。李登云同时硬把老首长徐国强也拉到了这桌上。

不一时，徐爱云就带着新娘新郎进来了。餐厅里立刻掀起一阵欢娱的喧哗和骚乱。有些爱开玩笑的年轻人都不由自主地喊叫起来了。

特邀司仪马国雄宣布婚礼开始。为了给李登云带面子而亲自担任主婚人的冯世宽，即席发表了简短而热情的祝辞，勉励两个新人继承毛主席的遗志，在革命大道上携手并进……

接着，餐厅里就响起了一阵乒乒乓乓的碰杯声和吆喝声，整个大厅顿时像一锅煮沸了的水一般开始喧腾了……

田润叶低着头，和李向前并排坐在主宾席前面的两把椅子上。她感到头晕目眩，甚至不知道自己身在何地。命运啊，多么无情！这不是婚礼，而是她青春的葬礼……

她低倾着头，两只眼睛微微闭合着。她在这一片嗡嗡的嘈杂声中，仿佛又听见了那亲切而熟悉的声音从远方传来……

此刻，她那叶想象的白帆又驶回了遥远的童年，在记忆中的每一个温暖的港湾里停泊了一下。她想起在双水村解冻的阳土坡上，她和少安用肮脏的小手一块刨“蛮蛮草”吃；想起夏日里的东拉河，水流一片碧澄，她和少安浑身不挂一条线，嬉闹着互相往光身子上糊泥巴；秋天的神仙山，崖畔上缀满一串串红艳艳的酸枣，少安哥赤脚爬上去，给她摘了那么多；冬天虽然寒冷而荒凉，但他们心里热呼呼的，手拉着手走过东拉河的冰面，穿过庙坪落光了叶子的枣树林，跨过哭咽河上的小桥，在金家湾的草丛里寻找那些破碎的瓷片。是的，破碎。一切都破碎了……

“让路！油啊……”

“六的六呀，五魁首……”

“喝！”

“吃！好好吃！”

“夹菜！”

“咦呀，哈哈哈……”

…………

在这一片洪水般喧嚣的声音之上，她似乎又听见了那令人心碎的信天游——

正月里冻冰呀立春消，
二月里鱼儿水上漂，
水呀上漂来想起我的哥！
想起我的哥哥，
想起我的哥哥，
想起我的哥哥呀你等一等我……

第四十一章

孙少安和贺秀莲结婚已经近十个月了，但小两口仍然还像在蜜月里一般热火。

少安对他的婚姻很满意。他越来越依恋这个大眼睛的山西姑娘了。每当他从山里劳累一天回来，晚上在一队饲养院的小窑里接受秀莲亲热的抚爱时，他尝到了说不尽的温暖和甜蜜。

结婚不久，秀莲就不顾一家人的劝拒，开始出山劳动。她先是在生产队跟他一块种庄稼。秋后庄稼收割完毕，全村男女劳力都上了农田基建工地，他们就又一扶相跟着去打坝修梯田。秀莲劳动和他一样，很快博得了全村人的赞赏。她能吃苦，干什么活都不耍滑头。一般来说，新媳妇在一年之中都是全村人关注的对象。渐渐地，大家都和秀莲熟悉了，工地上常开他们两个的玩笑。捣蛋老汉田五叔还给他们编排了一段子——

上山里核桃下山里枣，
孙少安好像个杨宗保。

前沟里韭菜后沟里葱，

贺秀莲好像个穆桂英……

众人见了他俩，就像口歌一般唱田五的这几句小曲。

晚上劳动回来，在家里吃完饭，小两口就相跟着回到田家圪塄饲养院的那个小窑里。秀莲马上放火暖炕，给他烧洗脸洗脚水。庄稼人一般睡觉谁还洗脸洗脚呢？但秀莲硬是把这“毛病”给他惯下了；现在不洗个脸，不烫个脚，钻到被窝里都睡不着觉。把他的！

每天晚上，在他还没脱衣服前，秀莲就把一切都收拾好，自己先钻进了被窝——她要先用自己的体温把被子暖热，才让少安睡进来。秀莲是个感情热烈的人，每晚上都非让少安和她在一个被窝里睡不行。少安起先不习惯，后来不这样他倒反而不行了。

因为一大家人在一个锅里吃饭，他们这面就没什么东西，因此也不开灶。那点少得可怜的口粮，还敢在两个锅灶上吃吗？只是寒露以后，他妈让他们拿过来一些老南瓜。这样，秀莲在烧炕的时候，就煮一些南瓜汤，两个人在睡觉前热热呼呼喝一碗。

入冬以后，夜长了，晚上他们也就不像往常那样早睡。秀莲在灯下给他缀补那些破烂衣服，做鞋袜。他蹲在前炕头上化玉米粒或捻毛线。外面寒风呼呼吼叫，但窑里暖烘烘的，有一种无法形容的安宁和舒服。两个人做活中间，由不得相视一笑，传达着内心无限的情感。她有时会停下手中的活，发呆地傻看他半天。当他卷起一支旱烟的时候，她就又凑过来，像个孩子似的，给他擦火柴点烟。两个人这时候就干不成活了，依偎在一起，静静地坐在热炕头上，好像互相倾听对方的心跳声。

这两个年轻人太黏了！只是不知为什么，秀莲还没有怀娃。这不要紧，他们两个已经悄悄去石圪节医院检查了一回，医生说两个人都没病，肯定会生养的，让他们不要着急。不着急！晚生一两年也好，两个人还能利利落落过一段日子呢！

但是，使少安感到不安的是，秀莲对他好得也许有点太过分了。每次吃饭的时候，她都给少安碗里捞稠的。家大口多，七老八小，一锅饭里汤多粮少，能有多少稠的呢？要是他碗里稠了，那家里其他人碗中就稀了。这太不像话！父母亲年纪那么大，妹妹年龄小，一天到石圪节上学还要往返跑路，而老祖母又半瘫在炕上，他怎么能在锅里捞稠的吃呢？

他曾含蓄地提醒妻子，以后再不能这样。他们年轻，吃饭应该先敬老后让小！

但秀莲蛮有理由，说他一天出力最重，应该吃稠一些。他看一时不能说服秀莲，以后就不让她给他盛饭，吃饭时自己盛。他知道，秀莲的这些举动，父母亲和妹妹都看在眼里了，但他们又都装着没看见。这不是说，他们对秀莲这种行为没看法。少安为此而感到很痛苦。他心疼家里的老人和妹妹，可他又不能过分指责秀莲——她也是心疼他啊！

的确是这样。

对于秀莲来说，宁愿她自己饿肚子，也不愿让少安吃不饱。

在没结婚之前，她来这家时，根本没认真注意这家的实际情况。反正她爱少安，觉得一切都无所谓。结婚以后，她才知道，这家正如少安说的，已经穷到了骨头上。一年分不了几颗粮食，还供养两个上学的。顿顿饭基本都是黑豆高粱稀汤。过一两天，才蒸一锅高粱面馍——这就算改善生活。能在喝稀饭的时候吃两个黑面馍，简直就是奢侈。

这样的吃食，别说是在山里挣命劳动一天的庄稼人，就是一天什么活也不干，都受不了。

但一切又无法改变。她从小到大，还没受过这样的罪。正是因为她和丈夫火热的爱情生活，她才忍受着如此的饥饿和贫穷。她仍然一如既往地觉得，只要跟了少安这样的男人，就是讨吃要饭也心满意足。是的，他那男子汉的体魄，他在村里庄稼人中间的威望和婆姨女子对她羡慕和妒忌的目光，都使秀莲内心充满了幸福和骄傲。

唉，饿就饿吧！只要她和亲爱的人在一起，饿肚子心里也是畅快的！

本来，她娘家光景不错，也可以从山西拿点粮食来。可这么一大家人在一块过光景，那点粮食添进去连个影子也寻不见。

秀莲心里也这样想过：要是她和少安两个人单另过光景，那他们就会成为村里的上等家户。他们两个劳力，再加上她娘家的补贴，日子会过得红红火火！

可她心里也清楚，要是他们分了家，那家里其他人当下就活不下去了。光老公公一个人怎么可能养活那七老八小一大群人呢？

秀莲知道少安会坚决不同意分家的，因此也就不敢提念这方面的一个字。真的，她非常清楚，少安宁愿和她离婚，也不会抛下家里这么一大群人的。

唉，看来只好就这个样子了！

但是，就在眼下这状况中，她也总想千方百计照顾她的丈夫。于是，她就借盛饭之机，每顿都从盆底上给少安碗里捞一些稠的。她心想：我男人撑扶着这个家，他的活苦也最重，难道不能让他稠些吃一碗吗？

可是，少安又坚决不让她这样做。现在，他连饭也不让她盛了，开始自己动手给自己盛。每次盛的时候，她见他都用勺子在盆里搅半天，搅匀了，才把饭往碗里盛。每当看见这情况，她常背转家里人，忍不住眼泪都掉在了饭碗里……

孙少安完全能体谅亲爱的人儿对自己的一片好心！

但他决不能允许妻子为他搞“特殊化”。他宁愿不吃饭，也不愿意他吃稠的让家里人喝汤——他怎能咽下去呢？

好了，他的秀莲是开通的，她一定能理解他的心情。为了不使她情不自禁地再犯这错误，以后他就干脆自己给自己盛饭了……

少安是在田福堂动身去县城的时候，才知道润叶要结婚了。据传回来的消息看，那个男人就是去年原西河畔润叶提起的县上领导的儿子。

他听到这事后，心里忍不住一阵隐隐地难受。这是很正常的。他爱过这个人，而这个人不仅爱他，还公开向他表示了自己的爱情；只是他没敢接受这爱，跑到山西去给自己找回来了秀莲。

但是，在难受之时，他对这消息又不感到意外。这事也是很正常的。他已经结婚了，润叶也总要结婚。事情本来就会是这样的。对于孙少安来说，润叶在他内心掀起的暴风骤雨已经在贺秀莲温暖的抚慰下平息了，现在只留下一些细微的痕迹。他祝福亲爱的润叶也能寻找到自己的抚慰。归根结底，他们只能这样。人只能按照自己的条件寻找终身伴侣。就好像种庄稼一样，只能把豆角种在玉米一块，而不能和小麦种在一起。

听说润叶马上要举行婚礼，少安着急起来——他给人家送什么礼物呢？他和秀莲结婚的时候，润叶给他们送了两块缎被面，少说也值五六十元。而他们现在除过这两块被面，就再没什么值钱东西了。总不能把这两块被面再送回去吧？

晚上睡觉前，他只好忧愁地对秀莲提起了这件事。

“就是那个和你相好过的女子？”妻子自己红着脸问他。

“就是的。我们小时候一块耍大的……人家给咱送了那么重的礼，咱给人家送什么呢？”少安熬煎地问秀莲。

秀莲想了一下，说：“人家有义，咱不能无情！我看是这样，我爸走时给我丢下五十块钱，我原来准备给你缝一件大氅，钱一直在箱子里搁着。你干脆都拿去，给人家买件像样的东西！”

少安感激地把妻子拉在自己怀里，在她脸上亲了亲。

于是，他就拿着秀莲给他的五十块钱，跑到米家镇用四十六块钱，买了一块黄原出的羊毛毯。剩下的四块钱，他给秀莲买了一条围巾。星期天少平回学校时，他就把毛毯让少平捎给田福堂，让他转交给润叶夫妇……

这件事过后不久，一九七六年就临近结束了。

阳历年底前的一天，他丈人贺耀宗突然托顺车给他们捎来二斗小米。这点粮食顿时使一家人高兴万分。这样，在他们那黑豆高粱稀饭里，又能加一点小米了。对农民来说，小米就是最好的粮食；小米煮饭好，又经得住吃，一斤米能顶二斤面。同时，家里也就能腾出更多一些高粱喂那口肥猪。

阳历年的最后一天，农村没有显出什么节日的气氛。农民不过这个“洋”年。他们过年就是过春节。

吃晚饭的时候，少安端一碗放了调料的黑面蒸土豆丝和两个高粱面馍，在院子里一边吃饭，一边照料着喂猪。天气冷了，让家里人在窑里吃饭暖和一些；他外面干一天活，习惯了，不怕冷。

他一边吃饭，一边往槽里给猪倒食。由于加了粮食，猪已经开始上膘，毛色也变得油光黑亮。这口猪对他们来说太宝贵了。春节前后卖上一百多块钱，就可以还一半他结婚时欠下的账债。剩下几十块，除过明年的油盐酱醋外，还要供念书的。少安高兴地想到，他弟弟少平下个月就高中毕业了。虽然兰香明年后半年又要到原西城上高中，但他们三个男劳力供一个小妹妹上学，就要松宽多了。

少安一边喂猪，一边这样想的时候，见秀莲从窑里出来，端着个饭碗向他这里走过来。他心想：这家伙像只绵羊，我走到哪里她撵到哪里；这一阵工夫不见面，这就又撵出来了。

秀莲走到他跟前，突然从自己的碗里拿出一个白面馍，放在他的碗里，也不说什么，向他莞尔一笑，转过身又回窑里去了。

少安一下子生气了！秀莲怎么把奶奶吃的白面馍给他拿来了呢？

这真是太不像话了！

他们一年夏季分那么几斗麦子，除过几个重要节令，一家人谁也不吃，都是留给老祖母的。祖母年老多病，牙口又不好，她根本不能像其他人一样吃这又粗又黑的东西。再说，老人家受了一辈子苦，儿孙们应该尽量照顾好她的晚年。这是人之常情！

其实，奶奶一顿也吃不了多少；每一顿饭，母亲给她老人家做一小碗细面条，她都吃不完。另外，有时候在他们蒸黑面馍的锅上，捎带着给她蒸几个白面馍，每顿饭她掰着吃一块。

今天母亲又给奶奶蒸了五个白面馍，秀莲竟然给他拿出来一个！他们家还从来没有一个人吃过奶奶的白面馍；就连猫蛋和狗蛋，也不能这样随随便便吃他老外婆的干粮！

秀莲太过分了！先前给他碗里捞稠饭，现在又把奶奶的白面馍拿来让他吃，这简直不能再让人容忍！

少安匆忙地把自己饭碗里的黑面馍吃完，又把吃饱的猪吆到圈里拦好，就端着那个白面馍回到窑里。

他脸阴沉沉地把那个白面馍又放回到馍篮里，一句话也没说，转身就往门外走。本来他还没吃饱，但连稀饭黑面馍也不想再吃了。这件令他难堪而痛心的事，已使他无法继续在窑里呆下去。

在他出门的时候，母亲拿起那个白面馍追出来，偷声缓气地说："死小子！这是妈让秀莲给你拿的！"

少安头也不回地只管往出走。他知道，母亲这样做，是为了让秀莲好下台。

他出了院子的时候，听见窑里传来秀莲的痛哭声。哭就哭吧！谁让你把事情做得这样令人失望！

少安第一次没有和妻子一块相跟着回饲养院他们的家。

他心烦意乱地一个人回到田家圪塄这面，进了自己住的窑洞，连鞋没脱，就倒在了土炕的铺盖卷上。

少安的额头像感冒一般发热。他第一次感到了成家后的烦恼。

是的，这是一个征兆。随着秀莲进了家门，矛盾已经开始露了头。他多少年和父母弟妹生死与共，秀莲即使是因为爱他而伤害了家里的人，他也不能原谅。他是一个成熟的庄稼人，绝对不会像农村的有些年轻人，如俗话说的“娶了媳妇忘了娘”。不！牺牲自己而全力支撑这个穷家，这是他多年来的一贯信念，已经成了他的生活哲学。也正因为如此，他才没有从无数艰难与困苦之中垮下来，甚至因而感到自己活得还有点意思……

天很晚的时候，秀莲才一个人进了家门。少安知道她回来了，也没睁开眼看她。

他感觉那只熟悉的、温热的手在他腿上轻轻碰了一下——不是无意，而是专意碰的。

他睁开眼睛。

血立刻怦然地再一次涌到了他的头上！

他看见，秀莲立在他面前，竟然在手帕里包了两个白面馍，给他递过来，正等着他坐起来接呢！

他气愤地一闪身坐起来，大声说：“你怎么能这样不懂事呢？”

秀莲看来也生气了，说：“这是妈让我给你拿的！”

她说的当然是实话。在他甩手一走，秀莲难为情地哭了以后，婆婆、公公和兰香劝说了她半天。公公还怒气冲冲地准备到饲养院来教训儿子，被兰香硬拉住了。

她临起身回来的时候，婆婆为了掩盖这个难堪的局面，硬让她把两个白面馍给少安带来，以便解脱儿媳妇。贤惠的婆婆原谅秀莲，虽然事情做得有失体统，但这不是儿媳妇自己贪嘴，而是她心疼他们的儿子哩！

但孙少安完全忍受不住了，他竟然一下子失去了理智，冲动地跳起来，在秀莲的肩膀上捣了一拳头！

秀莲完全想不到亲爱的丈夫会动手打她。在少安生硬的庄稼人的拳头落在她肩膀上的时候，手里的两个馍就滚在了前炕席上；她自己也一个趔趄，跌倒在了脚地上！

她伏在土脚地上，伤心地痛哭了。哭了一会，又猛烈地呕吐起来。

少安在打了秀莲以后，马上就后悔自己太粗暴了——秀莲不管怎样，都是为了心疼他，他怎么能动手打她呢！

他本来想下去劝说秀莲，并且向她认错道歉。但一时又克服不了男人的自尊心。他只好两把将铺盖绽开，衣服也没脱，烦恼地钻进被子里，蒙住了头。

过了一阵，他听见秀莲不哭了，并且像上了炕，开始窸窸窣窣地脱衣服。

不一会，他觉得自己被子的一边被拉开了，接着，那熟悉的、丰满的光身子就悄然地躺在了他身边。少安心里忍不住一热。

秀莲把脸贴在他背上，又委屈地啜泣起来。她一边哭，一边说："你把人打得这么重……人家都有了……"

"啊？"少安一下子翻过身，紧紧地搂住妻子，泪流满面地在她脸上狂吻起来……

第四十二章

一九七七年元月中旬，孙少平要在原西县高中毕业了。

在最后的几天里，所有的毕业班都处在一片混乱之中。

同学们互赠礼物，整理自己的东西；单个照相，集体合影；要好的朋友也纷纷聚在一起照一张留念照。县照相馆干脆专门抽出几个人到中学来为同学们服务。

许多手头宽裕的学生，都一群一伙到街上的国营食堂去聚餐——那里的桌子板凳这几天都让这些年轻人占据了。

这样的时刻，同学们心里都有一种说不出的复杂感情。进校时盼着毕业的一天；可临近这一天的时候，又都有些依依不舍。更主要的是，所有的人都认识到，他们的少年时代也就随之而结束了。现在大学不直接在应届高中生中选拔，这就意味着大家从此不得不走向社会，开始过另一种生活：城里的同学除过个别情况特殊者，都要到附近的农村去插队；乡里的学生得各回各家，开始自己的农民生涯。别了，无忧无虑的少年时代……

少平和同学们的心情一样。他对终于能离开这学校而高兴，同时又有一种说不出的惆怅。是的，再过几天，他就要回双水村了。从这点上来说，他内心里隐隐地充满了烦恼。

说心里话，他虽然不怕吃苦，但很不情愿回自己的村子去劳动。他从小在那里长大，一切都非常熟悉。他现在觉得，越是自己熟悉的地方，反倒越没意思。他渴望到一个陌生的世界去！他读过不少书，脑子保持着许多想象中的环境。他甚至想：唉，我在这世界上要是无亲无故、孤单一人就好了！那我就可以无牵无挂，哪怕漫无目的地到遥远的地方去流浪哩……

当然，这只是一种少年的可笑幻想罢了。他超越不了严峻的现实，也不可能把一种纯粹的堂·吉诃德式的浪漫想法付诸行动——他其实又是一个冷静而不浮躁的人。

孙少平热爱自己家里的每一个亲人。但是，他现在也开始对这个家庭充满了烦恼的情绪。一家人整天为一口吃食和基本的生存条件而战，可是连如此可悲而渺小的愿望，也从来没有满足过！在这里谈不到诗情画意，也不允许有想象的翅膀——一个人连肚子也填不饱，怎么可能去想别的事呢！

他从此以后，就要开始这样生活：他每天要看的是家里人的泪水、疾病、饥饿和愁眉苦脸。他将没有住处，在家里喝两碗稀汤饭后，继续到金家湾那边找地方睡。当然，第二天还要早起，因为要返回田家圪塄这面的一队来劳动。毫无疑问，他将再没有读书的时间——白天劳动一天，晚上一倒下就会呼呼入睡。再说，到什么地方去找书呢？报纸可以到村里的小学去看，但《参考消息》再也看不成了。他将不可避免地又一次和外面广大的世界隔绝。如果他当初不知道这世界如此之大也罢了，反正双水村和石圪节就是他的世界。但现在他通过书本，已经“走”了那么多地方，他的思想怎么再会仅仅局限于原来的那个小天地呢？

但不论他怎样想，现实终究是现实。几天以后，铺盖一卷，他就得动身回家。当然，眼下他还要正常地在学校度过这最后的几天……

他们班的集体相已经在学校大门口照过了。他又和一些要好的同学分别也照了几张。毕业证和档案里需要的单人相片，他半月前就在县照相馆照过，并且加洗了几十张，已经按规矩给班里的同学每人送了一张。其他的礼物他也送过了：男同学一人一个小笔记本；女同学一人一块手帕。他同时也收下了几十张照片、一堆笔记本和十几块手帕。

毕业的花费少说也得二三十元钱。他在暑假的时候，为了攒够这笔钱，和妹妹兰香挖了二十多天药材，才勉强够应付现在这局面。

在离校的两天前，所有的公事和私事基本都完结了。他把自己的一点零七八碎收罗在一起，就一个人出了校门。他想在离别之时，再到县城转一转。

他不是去逛商店，也没有什么具体事可办。他是到自己曾熟悉的那些地方去走一圈。这些“熟地方”有的在城里,但大部分在城外。有些地方是他经常去寻觅吃食的山野；有些地方是他读过书的土圪塄；也有他曾饿着肚子睡过觉的小草窝。当然，他也没忘了来到原西河畔，在他因最初的失恋而落过泪的地方，再一次伤感地追忆当初的情景……

当他立在原西河边的时候，他也想起了他的好朋友金波。金波已经当兵去了青海——他来信说在师部的文工团吹长笛；还说他们住在藏民区，附近有一个军马场……他很羡慕金波，什么时候能像他一样去远方闯荡一回呢？他想，下一次征兵的时候，他能不能也去当兵？

临近吃下午饭的时候，少平已把“该走的地方”都走过了，于是就返身回学校。

冬日西沉的残阳余晖在原西河对面的山尖上留了不多的一点。原西河两岸的河边结了很宽的冰，已经快在河中央连为一体了。寒风从河道里吹过来，彻骨般刺冷。

少平很快地进了破败的城门洞，走到街面上。

街上冷冷清清，已经没有了多少行人。城市上空烟雾笼罩，远远近近灰蒙蒙一片。县广播站高杆上的信号灯，已经闪烁起耀眼的红光。从不远的体育场那里，传来人的喊叫声和尖锐的哨音……所有这一切，现在对少平来说，都有一种亲切感。他在这里生活了两年，渐渐地对这座城市有了感情——可是，他现在就要向这一切告别了。再见吧，原西。记得我初来之时，对你充满了怎样的畏怯和恐惧。现在当我要离开你的时候，不知为什么，又对你充满了如此的不舍之情！是的，你曾打开窗户，让我向外面的世界张望。你还用生硬的手拍打掉我从乡里带来的一身黄土，把你充满炭烟味的标志印烙在我的身上。老实说，你也没有能拍打净我身上的黄土；但我身上也的确烙下了你的印记。可以这样说，我还没有能变成一个纯粹的城里人，但也不完全是一个乡巴佬了。再见吧，亲爱的原西……

孙少平怀着愉快而又伤感的情绪，用脚步，用心灵，一个下午回溯了自己两年的历程。

当他回到学校以后，见田晓霞正在他宿舍里。她显然是在等他。

“你到哪儿去了？”她问他。

“我出去走了走。”他说。

“现在咱们走吧！”她穿着一件带帽子的“棉猴”大衣，已经出了门。

他只好跟出来，问：“到哪儿去？”

“我请你吃饭！”她说。

孙少平不愿到她家里去，就说：“我在大灶上报饭了……”

“啊呀，都快毕业了，你还舍不得丢你那两个黑面馍？”她开玩笑说。

少平没吭声。其实，他今天下午报的是白馍——他把几张“欧洲”票一直攒到了这几天。

少平原来以为晓霞让他到她家去吃饭，但她却把他引到了街上的国营食堂。

她把饭菜买齐后，对他说：“咱们就要分别了，我应该请你吃一顿饭。家里人多，这里咱们清静一点，还可以拉话。”

少平第一次单独和一个女同学一块下馆子，因此他有点不好意思。好在晓霞是个大方姑娘，他们也熟悉，才使他心里不特别慌。他说：“我也应该请你一次。礼尚往来！”

“别，”晓霞说，“等我回咱们双水村的时候，你在你家里请我吃一顿饭，也许更有意思！”

“你会到双水村来吗？”少平问她。

“肯定会的！我还从没回去看大爹大妈呢！再说，就是没他们，我也会去看你的！你要是到县城来，也一定要来找我！行不行？”

“行……”

少平一边吃饭，一边心里非常激动地想：他竟然这么大方地和一个女的坐在一起吃饭，拉话，这简直不可思议！

话说回来，也只有和晓霞在一起的时候，他这个年龄的和女同学交往的羞怯心理，才不至于成为一种严重的障碍。他们常常像两个大人一样探讨一些“大问题”，这使他们的关系限定在友谊和严肃的范围内。

“毕业后你准备怎办呀？”晓霞一边给他碗里扒拉菜，一边问他。

“一切都明摆着，劳动种地……这些我都不怕。主要是读书困难了。没时间不说，借书也不方便。晓霞，你要是找到好书，看完后一定给我留着；我到城里时，就来拿。看完后我就会想办法还你的。”

“这当然没问题。就是《参考消息》，我也可以一个星期给你集中寄一次，你看完保存好就行了。其他报纸听你说咱村的学校里都有？不管怎样，千万不能放弃读书！我生怕我过几年再见到你的时候，你已经完全变成了另外一个人。满嘴说的都是吃；肩膀上搭着个褡裢，在石圪节街上瞅着买个便宜猪娃；为几根柴火或者一颗鸡蛋，和邻居打得头破血流。牙也不刷，书都扯着糊了粮食囤……”

孙少平仰起头，笑得都快喷饭了。这个晓霞啊！

笑毕，他说：“我不会变成你描绘的那种形象。”他立刻严肃起来，“你不知道，我心里很痛苦。不知为什么，我现在特别想到一个更艰苦的地方去。越远越好。哪怕是在北极的冰天雪地里；或者像杰克·伦敦小说中描写的严酷的阿拉斯加……”

“我很赞赏你的这种想法！”晓霞用热情而鼓励的目光望着充满激情的少平。

“我不是为了扬名天下或挖金子发财。不知为什么，我心里和身上攒着一种劲，希望自己扛着很重的东西，在一个不为人所知的地方，不断头地走啊走……或者什么地方失火了，没人敢去救，让我冲进去，哪怕当下烧死都可以……晓霞，你说这些想法怪不怪？我也说不清楚这是为什么！但我心里就是这样想的。我回到家里，当然也为少吃没穿熬煎。但我想，就是有吃有穿了，我还会熬煎的。说实话，几年前，我没这么些怪想法。但现在我就是这样想的。我不知道这是为什么；也不知道这情绪对不对……”

“坚决正确！”晓霞把两个不能连在一起的词连在一起，笑着对他说。这是他两个创造的一种幽默用词法，时不时从双方的嘴里冒出来，其中的滋味只有他两个才能品尝到。

这顿饭他们吃得时间很长，谈的话也很多。他们相约：他们还要见面；她要回双水村来；他也还要到县城来找她。他们只是没好意思说互相可以通信。

回到学校后，晓霞把她托父亲在省城买的那个多兜黄挂包，作为毕业礼物送给了少平。少平给她送了一个漂亮的大黑皮笔记本……

晚上亮灯的时候，少平正破例和几个同学在宿舍打扑克，跛女子侯玉英突然来找他。

她也不进宿舍来，踮着脚立在门口，让少平出来一下，说她有个话要给他说。

少平看见她脸上带着一种紧张和激动，并且气喘吁吁的，不知发生了什么事，就把手里的扑克塞给旁边一个观战的同学，跳下炕走了出来。

在院子里，侯玉英悄悄地对他说："郝红梅做下丢脸事了！"她说这话的时候，脸上露出一副幸灾乐祸的神色。

"什么事？"少平的头皮一阵发麻。他心想，红梅和养民是不是有什么不规矩行为，让人家捉住了？马上要分手，说不定两人感情冲动……

"你猜！"侯玉英故弄玄虚地向他挤了挤眼。

少平着急地说："你快说是什么事嘛！我猜不着！"

侯玉英这才一脸的神秘，说："郝红梅在二门市上偷手帕，让售货员抓住了！"

"啊？"少平一下子震惊得张开嘴巴，"什么时候？"

"今天下午快吃饭的时候。"

"现在她人在哪儿？"

"在二门市后面一个办公窑里锁着。我爸让我到学校来找领导……"

"你去了没有？"少平一步跨到侯玉英面前，瞪着眼问她。

侯玉英被他的凶相吓了一跳。本来，她来是给孙少平报喜讯的。她知道过去郝红梅和少平相好，后来又抛开少平，和班长顾养民相好了。自从孙少平救了她的命以后，她就一心一意想报答少平；并且对这个过去她瞧不起的乡巴佬崇拜得五体投地。今天郝红梅大概穷得给同学送不起毕业礼物，买手帕的时候又偷着拿了几块，让售货员抓住了。她父亲听她说，这女贼是她的救命恩人的仇人，就立刻让她到学校来找领导，好把这个贼娃子美美处理一家伙！她到学校没顾上找领导，就先兴奋地给少平报讯来了。

现在，她看见少平一脸凶相，很奇怪他听了这事为什么不高兴，反而给她瞪眼睛？好像她侯玉英倒成了个贼娃子！

她看少平这样逼问她，只好说："我还没顾上找领导呢……"

"你不能去找！"少平仍然很凶狠地瞪着眼，"对谁也不能说！也不能对顾养民说！你听见了没？你要是说了，我就掐死你！"

侯玉英吓得跛腿倒退了一步，惊慌地看着孙少平，以为这个人疯了。

她赶忙说："我听你的话！谁也不给说！"

"这事除过你爸，还有谁知道哩？"少平问。

"再就是你们村的金光明。红梅就是他抓住的……你说不让找学校领导，那现在怎么办？"侯玉英畏怯地看着孙少平那张火暴暴的脸。

少平抬起头想了一下，说："走！我跟你到门市上去！"

侯玉英只好转过身，一瘸一跛地引着孙少平，向自己家里走去……

第四十三章

郝红梅像一只兔子被猎人关进了笼子。惊慌。绝望。痛不欲生。她在二门市后面的这个窑洞里，哭得死去活来。她在心里喊叫说：一切都完了……

本来，眼看就要高中毕业，她心中充满了无限的快乐。她终于熬到了头。另外，更让她心花怒放的是，她和养民的关系也眼看快要成功了。虽然他们还没有具体谈论婚姻的事，但她相信顾养民确实爱上了她。尽管毕业后，她要回农村去劳动，但未来的生活已在她面前展示了灿烂的前景。她知道，她不会在农村呆很长时间的。养民的父母亲都是黄原地区像样的人物，他们怎么能让他们的儿媳妇在农村劳动呢？他们一定会想办法在黄原给她找工作！她将在那个梦想中的城市和养民一块幸福而荣耀地生活。这并不是梦想，养民实际上已经给她暗示过这一切。因此，当毕业来临，农村来的同学都心神不安、忧郁惆怅的时候，红梅心里却像五月的阳光照耀着一般，亮堂堂，暖洋洋。太阳就是顾养民。这位高贵人家的子弟给她的生活带来了无限美好的希望。最使她感动的是，养民不嫌她的地主成份；说他们家“文化大革命”中父亲也被打成了“反动学术权威”，挨过整，受过批判；他说成份不能决定一个人是好是坏。多有水平的见识啊！亲爱的养民是世界上最好的男人！

当郝红梅在毕业的这几天里万般欢乐的时候，却遇到了一个让她扫兴的情况：班里所有的同学在分别之际，都互相赠送礼物，以作留念。原来她想大概是相互要好的同学之间才这样呢——她初中毕业时就是相好的同学才互赠礼物。但这里却兴这样一种人人都送的风气！这也许难怪，人一上点岁数，就变得世故了，不管平时关系怎样，这种时候好像都成了兄弟姐妹。

既然大家都是这样，她也只得随俗入俗。

但让她头疼的是，她的钱不够买这么多礼物。她原来积攒下的钱，只够买当初她准备给人送的东西——这点钱也是在牙缝里省下来的。现在她来不及再筹备这其余的一笔钱了。家里一分钱也拿不出来。她又不能开口问顾养民要钱；两个人现在八字还没见一撇，就开口向人家要钱，这简直成了那种不要脸的妇女。她是一个高中生，怎能这样庸俗不堪呢？话说回来，如果她这样，养民也会唾弃她的！

没有办法。眼看一两天同学们都要离校了，她还对自己的礼物一筹莫展。她脸上的笑容已经消失得一干二净，焦急得如同热锅上的蚂蚁。最使她恐惧的是，同学们已经都把自己的礼物送给她了，这逼迫她非要给人家回赠不行。她已经凑合着把男同学们的笔记本都送过了，但十几个女同学的手帕还没买下。她剩下的钱只够买几块——另外那十来块手帕的钱到哪儿去找呢？

但她又不能让女同学看出她没钱给她们回赠礼物。她不时掩饰着自己的慌乱，对她们说，她到商店跑了几次，发现没什么太好看的手帕了，等一两天再去看有没有新来的……

可是，再有两天就要离校了！还能再等那“新来的”手帕吗？

郝红梅觉察出，有几个女同学已经用鄙夷的目光看她了。

她没有办法，只好在这天商店快关门的时候，硬着头皮去了街上。她想，先买几块再说吧……

她来到就近的二门市部时，活页板的门面已经关住了，只剩下一个小门——实际上已经停止营业，那个小门是留给售货员下班走的。

她不管三七二十一，硬从那小门里挤了进去。

她看见柜台后面只留了一个梳大背头的售货员，正在封炉子，显然其他售货员都走了。

那大背头售货员见她进来，立刻说："下班了！"

她只好乞求似的说："我只买几块手帕，能不能麻烦一下呢？"

那售货员见她这样说，就一只手提着铁铲子，走过来用另一只手从柜底下拉出一叠手帕放在柜台上。

郝红梅按自己的钱数挑了五块不同花色的手帕，就把钱交给了售货员。

售货员接过钱以后，就赶忙又去封冒死烟的炉子去了，剩下的那叠手帕也没顾上收拾，仍然扔在柜台上。

郝红梅在往自己的书包装那五块手帕的一刹那间，产生了邪念——她没有时间来检讨她这行为的全部危险与可怕，便很快瞥了一眼那个封火炉的售货员，见他脊背朝着她，就闪电般伸出手在柜台上的那叠手帕上面抓了一把。在她还没来得及将手中的赃物塞进自己书包的时候，那售货员大概是凭第六感觉也闪电般转过身来！

于是，一切都完了……

这个叫金光明的售货员，把贼娃子很快带到门市后面，交给了主任侯生才。

侯生才立即进行了审问。郝红梅痛哭流涕如实招了。

侯主任一听她是自己女儿一个班的同学，倒动了恻隐之心——说不定是他玉英的好朋友呢！

他于是让金光明先把这女娃娃引到他的办公室去，他自己要到家里向女儿问问这姑娘的情况。

侯主任走了以后，金光明也要回去吃饭，就把郝红梅领进他的办公室，门一锁，屁股一拧就回了家。

侯主任回到家里，一问女儿，才知道这个女贼平时就不是个好东西！又听说她还把玉英的救命恩人孙少平哄闪了一回，这就更不能轻饶她了！

他打发女儿到学校去，立刻把领导找到这儿来。哼！什么东西！这种贼娃子，干脆甭给发毕业证书，还要给档案里写上一笔！听说还是地主成份，这不是阶级斗争的新动向吗？

女儿跛着脚走了以后，侯生才匆忙地扒了几口饭又返回到门市后面。

他来到门市后面一看，金光明办公室的门锁了。锁了？他狐疑地想：是不是金光明把这女贼放了？

可能哩！光明也出身地主家庭，一个阶级的嘛！

侯生才不由自主地走到金光明门上，想在门缝里看一看人在不在里面。他还没弯下腰，就听见里面有哭声。在哩！就是的，他金光明岂敢把贼娃子放了！他不想端公家的饭碗子了？

侯生才这才又回到自己的办公室，洗了几个茶杯，等中学的领导人来处理这个行窃的女贼……

这时候，侯玉英正领着孙少平往这里赶来了。

一路上，少平内心波涛汹涌。他没有想到，红梅在这即将离校的时候，给自己招致了如此严重的灾祸。他知道，这事一旦公开处理，红梅的一生就要被彻底毁灭了。他无法目睹活人的这种惨状。在他看来，一个人哪怕让汽车压得当场断气，也比背着个贼名活一辈子强。尤其对一个女人来说，这简直惨不可言！

他心急火燎地走在跛女子旁边。夜晚料峭的寒风吹拂着他烫热的脸颊。这时候，他觉得二门市后面关的不是郝红梅，而是他的妹妹兰香。他要奋不顾身地挽救她，就像他冒着生命危险救下了他身边走着的这个跛女子。他似乎看见红梅也像侯玉英一样，两只手揪着两把丛草，洪水已经淹没了半身，她绝望地呼喊着：“救命！救命！”

“你坚持一会！我来了……”他在心里向她喊叫说。

跛女子走得太慢了！他真想一把扯住她的袖口，飞快地向二门市跑去。可又想也不能怨侯玉英走得慢——她腿不好！

路灯如同一些诡秘的眼睛，窥视着夜行的人。风摇动着街道两边的门环，发出“咣当咣当”的声响。冬夜中的原西城充满清冷和凄凉。但是，此刻，孙少平心中温热地想起，两年前，在这样寒冷的日子里，他总是和郝红梅在中学的饭场上不期而遇。那时候，两个穿戴破烂的乡下娃，曾经多么难为情地躲避众人的嘲笑，偷偷地取回自己的两个黑面馍……一股辛辣的味道顿时涌上了他的咽喉与鼻管，使得两大滴热泪迅疾地冲出眼窝，洒落在脚下的石板街上……

当孙少平跟着侯玉英来到二门市她父亲的办公室时，侯生才惊讶地问他们：“你们学校的领导哩？”

孙少平立刻说：“侯叔叔！这事不要经领导了，由我来处理！”

侯生才吃惊地看着这个严峻的青年，不知他怎处理这事呀？会不会先跑到隔壁，把这个耍弄过他的女学生捶一顿？

少平马上接着说：“叔叔，我请求你的是，除过现在的几个人，这事决不能再让任何一个人知道。而且永远不能让人知道。你要对我起誓！我们村的金光明，你要把这话给他说到，因为你是他的领导，他会听你说的。

“你要想想，郝红梅是我和你们家玉英的同学。她因为家穷，给同学送不起礼物，才犯了这个错误。你应该相信，她是一个好人。谁也不能伤害她！如果谁要是伤害了她，我就不会原谅，迟早会向伤害她的人算账的！”

“你喝水！”侯主任一直震惊地听这个青年说话。他万万没有想到，这后生竟然这样来“处理”这件事。尽管他没听说过“起誓”这两个字——但他明白这是叫他赌咒发誓，不能断送这个贼娃子的名誉和前途。侯主任那颗精于计算的冷冰冰的心，此刻又一次让一片人情的烫水暖热了——他曾为这个年轻人冒着生命危险抢救自己的女儿，心中很不平静了一段时间。

“叔叔，请你把这钱交给金光明。那十几块手帕还让红梅拿走。请记住，她没有偷人！这手帕是她买的！”少平把自己身上剩余的钱掏出来，一边往办公桌上放，一边对侯主任说。

“我知道哩！这手帕不是偷的！”侯主任硬把钱往少平手里塞，大方地说，“啊呀，这怎能让你出钱呢！既然这女娃娃是你和玉英的同学，这钱让我出！”

少平仍然把钱放下，说：“就这样了。一会光明来了，把门打开，让红梅走。你几个不要过来，让我单独领她出去……”

“那好，那好，”侯主任感叹地说，“你这年轻人心肠真好！啊呀，现在没这种年轻人了……我年轻的时候，也和你一样，门上来个讨饭的，尽管玉英她妈关住门不让进来，但我总要掰半个馍打发这些可怜人……”

不一会，金光明来了。侯生才立刻把他拉到一边，在光明的耳朵边说了半天。金光明明白了。他走过来，亲热地在少平的肩胛上拍了拍，说：“人才！双水村的人才！”

金光明很快领着少平去开他办公室的门。门打开后，光明按侯主任的指示，又转身回隔壁窑洞去了。

少平的心咚咚地狂跳着，走进了窑洞。他看见红梅瞪着一双哭红的眼睛，惊慌地看着他。

少平走到她跟前，说：“红梅，我把一切都处理好了。现在你走吧！”

“什么？”红梅仍然惊慌地看着他，不知这个从天而降的同学怎样“处理好了”。她知道，她伤过这个人的心——他大概是乘她落井之时，幸灾乐祸地投石来了。但她根据两年的同学生活，又深知孙少平不是这样的人！

正在她胡盘算的时候，少平把前前后后的一切都给她说了。

红梅立刻如梦初醒，她就像死里逃生一般出声哭了起来。少平把桌上的“赃物”塞进她的书包，说：“别哭了。事情已经完结，赶快走吧！”

红梅一边哭，一边赶紧拿起她的书包，跟着少平一溜烟似的就从门市后面出来了。

到街上的时候，少平对她说：“你先回去，我一个人慢慢后边走……”

昏暗的路灯下，红梅无限感激地看着他，嘴唇颤动着，一句话也说不出来。

她这样久久地站了一阵，然后就低着头，抹着眼泪，在前面先走了。

少平一直目送着红梅的身影消失在远处的黑暗中，然后才长长地叹了一口气，一个人慢慢向学校走去。严厉的寒风像碎针扎在脸上一般刺疼，但他心里感到很熨帖。好了，一切都平息了。红梅又能正常地生活在人们之间，生活在阳光之下。把黑夜留给鬼魅吧，白天应该是属于人的……

第二天，城里的学生们已经纷纷离校了。乡里的学生将在母校住宿最后的一天，明天一大早就要各自东西，各回各家。

学校大门口，同学们依依不舍地在相互送别。有的女同学都哭了。

是的，两年共同的生活，相互之间也许发生过口角、误会，甚至龃龉；但是，一旦到了分别的时刻，一切过去的不愉快就都烟消云散了，只留下美好而温暖的回忆和难分难舍的感情。在人的一生中，最美好的时光也许正是在自己的中学时代。那时我们多么年轻、纯洁、真挚，内心充满了生活的诗情……

少平和大家一样，不时簇拥着一位离校的同学，走出了学校的大门口——他们的结束与开始之门！他和乡里的同学们一块相约，什么时候到各自的村子里看望对方……

下午快吃饭时，侯玉英肩膀上挎个黄书包，又一瘸一跛来找他。她怪不好意思地给少平送来一个非常精致的大笔记本，外面还用两条红丝线束着。她说："咱们就要分别了，这点礼品送给你。你要是进城来，希望一定到我们家串串门……"

侯玉英说完，就很快转过身走了。走了几步以后，又很不自然地回过头向他笑了笑。

孙少平这才想起，他还一直没接到侯玉英回赠的毕业礼物；原来她在最后的一刻，才把这么一个漂亮笔记本送给他——这个心眼很稠的人，送东西都是三等两样。少平见她前几天送给别人的笔记本根本不如这个好。

现在，侯玉英已经走出了校门口。孙少平奇怪：这笔记本上怎还缠着两条红丝线？

他好奇地把这两条丝线解开，翻开笔记本的硬皮，突然从里面掉出一张折起来的纸片。

他打开纸片，原来是一封信——

亲爱的少平：

自从你昌（冒）着生命危险，奋不过（顾）身地抢救了我的生命后，我就从心里面爱上了你。因为我腿不好，可能你看不上我。但我们家光景好，父母亲工资也高。我是城市户口，因为腿不好，也不要去农村播（插）队，你要是和我结婚了，我父亲一定会给你在城里找到工作，我们一定会很幸福的。我会让你一辈子吃好穿好，把全部爱情都献给你。你要是心里情原（愿），回家后给我回信说明。

你回家后，需要钱和什么东西，我一定全力以付（赴）支原（援）你。

盼着鸿雁早飞来！

爱你的人：玉英

孙少平看完他有生以来接到的第一封“恋爱”信，脸上露出温暖而感动的笑容。他把侯玉英的信揉成一团，正准备随手扔掉，但马上又想到这样不合适。

他于是很快到隔壁抽烟的同学那里借了火柴，走进厕所，把这封信烧掉了。然后他回到自己的宿舍，收拾东西，准备明天一早就回家呀！

第四十四章

自从出嫁罢女儿，双水村大队书记田福堂情绪一直很好。他不仅满意地了结了一桩心事，而且还攀了一个高门亲家。

最近以来，不论在村中还是在石圪节的土街上，他听到许多庄稼人都在热心地谈论他。啊呀，在这个天地里，他田福堂越来越成个人物了！他尽管身体不太好，但现在感到自己浑身是劲。他想：这今后家里也就再没什么牵挂了，趁威信高涨之时，得把双水村的工作搞得更加出众——不能光在石圪节当先进，还要把名声扬到外面，让原西县和黄原地区也知道有个叫田福堂的人！谁说农民干不成大事？看看人家陈永贵！早年间，老陈不也是个大队书记吗？可就这么一个穿对襟衣服、头上包着毛巾的农民，在中央都坐了一把椅子！有些穿制服的干部瞧不起农民？哼，农民里面能人多着哩！

田福堂现在思谋：他怎样才能在双水村这个小天地里，干出一番大事情来？当然，农民嘛，除过和土地打交道，还能做出什么惊天动地的业绩！

说来说去，文章还得在土地上做。种庄稼当然是老本行。关键要在农田基建方面下功夫。怎样下功夫？他一时倒也想不出什么新名堂来。双水村土坝打了不少，梯田也修得前后村子都出了名——

你不看庙坪山从根到顶都修成个“花卷馍”了！川道里，由于公社徐主任的争取，前年冬天和去年春天，全公社集中好多劳力来会战，也修整得有模有样了。

看来，这个冬春他也来不及再谋划干大事。等秋后庄稼收割毕再说！到时，就不能小打小闹，得干一件有震动性的工作才行！

总之，因为门里门外的事都很顺心，福堂的事业心更强了，抱负也比以前更大了。对于一个五十岁的农民来说，这倒也不容易。“就是的嘛！”田福堂心里说，“年纪虽大，革命意志可不能衰退！”

正在田福堂踌躇满志进而心猿意马地考虑自己如何施展抱负的时候，有件事却又叫他头疼起来：他儿子润生高中毕业，回家来了。

唉！这件事的确让他头疼。现在高中毕业的学生，都得回来劳动。就是他有办法给儿子找个公差，也不行。因为政策规定，不经过两年以上的劳动锻炼，没资格推荐出去工作或上学。连中央领导的娃娃都要到农村来插队落户，接受贫下中农再教育，他田福堂的儿子怎么可能例外？

但是，他自己知道，润生从小娇生惯养，平时连一回水也不担，更不要说整天把日头从东山背到西山了。娃娃吃不了苦！这不，他高中毕业回来眼看已经快一个月，还没出山劳动一天哩，人家孙玉厚家的少平，回来的第三天就上了村里的农田基建工地。

福堂看见他儿子本人也很苦恼。这娃娃性格像他妈，比较绵软；可身体又像他，瘦瘦弱弱的。说心里话，他也舍不得让润生出山受苦。他自己都好多年没参加什么劳动了，怎忍心让儿子去受这罪？当然，他是书记，要忙着做工作，不劳动别人也不能说什么。可他的儿子也不劳动，这就说不过去了。不劳动不行嘛！这倒不是说为了那几个工分——那点工分能值几个钱？况且，就是儿子不挣工分，他也能养活了他；问题不在这里！问题是以后有个工作和学习机会，大队推荐时，润生不参加劳动，不好往过通！就是众人因为他田福堂的面子，同意把大队公章盖在推荐表上，还有上面的机关哩！而村里有些人说不定当面举拳头赞成，背后马上就跑到上面告状去了。再说，假如给双水村来一个名额呢？那人家孙玉厚的娃娃劳动好，当然轮人家娃娃去；人家其他条件都不比他家差！不像金家湾那面，他还可以在成份上做点文章——孙玉厚是老贫农！

田福堂想了后果，又想眼前的现实；想来想去，他也没什么好办法。他难过地看见，儿子现在一天也没多少话，在家中走里走出，只是个抽纸烟。本来他很反感儿子抽烟——年轻轻的，就抽成了一副老烟瘾，这还了得！弄不好将来和他一样，成了气管炎。但他又想到娃娃苦闷，只好睁一只眼闭一只眼。抽就抽去吧！他发现，他搁在家里的纸烟，都让这小子抽完了，可他仍然烟不离嘴。奇怪！他买纸烟的钱是哪里来的？慢慢一想，他才估计到是他妈偷偷给他塞钱哩！唉，也难怪，他老两口就这么个宝贝儿子，从小娇惯了这么大。就是儿子开口问他要钱买烟，他也得给！

在田福堂为儿子的事万般焦虑的时候，有一天，他的主要助手孙玉亭来他家串门。

在拉谈了一会村里的工作以后，玉亭对他提起了润生的事，说："福堂哥，你最近大概为润生的事犯愁着哩？"

田福堂心里想：这玉亭！真是把他的心思摸透了。他的一切喜怒哀乐，玉亭马上就能入微地体察到。不叫金俊武敲怪话说，他打个喷嚏，玉亭就感冒了。

玉亭既然提起了这事，他就只好说："唉，就是的……这娃娃身体不好，从小也没受过苦，现在回来要参加劳动，怕吃消不了。我想来想去，也没个好办法……"

"怎没办法？"玉亭盯着愁眉苦脸的书记，"我也一直替你想这事呢，最近倒想出了一个好办法！"

"什么办法？"田福堂很感兴趣地问。

“让润生教书去！”

“教书？到哪里去教呢？”田福堂立刻感到玉亭有点不着边际了。

“就在咱本村教！”

“本村？本村两个教师，位置满满的，能增加进去人吗？”

“咱办初中！”玉亭兴奋地说，“只要办起了初中，不就得增加教师吗？现在党号召发展教育事业，提倡社队办初中。咱们村完全有条件搞这事！实际上，这也不难，只要增加一个初中班就行了，村里小学一年又毕业不了几个娃娃！再说，公社教育专干前几年也给我提念让咱们村办初中班呢……”

田福堂听玉亭这么一说，倒开始认真思考这个大胆的设想，觉得这里面还真有些门道哩！他就说：“咦？你这主意倒还新鲜！玉亭，你再往下说！”

“另外，从政治路线方面说，咱们贫下中农应该占领教育阵地。可咱们村两个教师，一个是地主家的儿媳妇姚淑芳；另外一个金成虽然是俊山的娃娃，但成份也是中农。咱们学校的教师，连一个贫下中农也没有啊！这怎么行呢？只要从这方面把问题提出来，他队里的其他领导人也没话可说！”

田福堂越听越觉得玉亭说的有道理。他从箱盖的烟盒里给玉亭拿了一根纸烟，然后手在头皮上搔了半天，说：“也许这事能办哩！但要开个会通过才行。”

“咱们马上就召开支部会讨论！”孙玉亭鼻子嘴里烟雾大冒，性急地对书记建议。

田福堂又搔了半天头皮，才说：“玉亭，你是个精明人，应该想到，这事牵扯我润生，因此我不能出面召开这会……能不能这样，干脆你来给咱出面！你是学校的贫管会主任嘛！你出面名正言顺！只要贫管会通过了，大队支部没理由反对！就是有人反对，那时我出来说话就主动了！”

“没问题！我今晚上就召集贫管会开会，专门讨论这事！”

田福堂马上又补充说：“要办初中，恐怕还得增加两个教师。那就先考虑让你哥家的少平上。润生嘛，只要大家同意，我也就不推辞，让娃娃到学校去锻炼上几年！”

“按文件规定，农村当教师也算劳动锻炼，到时门外有工作和学习的机会，就能符合推荐条件了……”

“这我知道哩。”田福堂说。

孙玉亭从田福堂家出来后，已经快到吃午饭的时候。他也没回家去，穿着那双缀麻绳子的烂布鞋，绞着两条腿匆忙地向后村头他哥家走去。

玉亭一路上很激动。他又一次感到自己在双水村是个举足轻重、有智有谋的人物。连田福堂都感到头疼的问题，他孙玉亭三下五除二就迎刃而解了。不用说，福堂将因此而更会器重他的。不论是从政治上还是其他方面说，他想他当然是双水村革命事业的接班人。将来福堂和俊山年纪大了，就看他带领双水村人民，继续沿着毛主席的无产阶级革命路线前进哩！

另外，他还高兴的是，在村里办个初中班，他哥家的少平也能到学校去教书。

作为村里学校的贫管会主任，孙玉亭一直为贫下中农没有占领这块教育阵地而感到很痛心。金光明的老婆姚淑芳，一天穿戴得像个资产阶级小姐，怎么能教育好贫下中农的后代？只是她属于公派教师，他把这女人没办法。他前几年曾跑到公社找教育专干，让他把姚淑芳调到外村去。但专干不同意，说姚淑芳家在双水村，生活和各方面都比较方便，又是一个教龄不短的老师，没理由把人家调开。他也就再没办法了。另一个教师金成，仗着他爸是大队副书记，本人又在学校负责，也常不把他孙玉亭放在眼里。他知道，姚淑芳和金成虽然表面上尊重他这个贫管会主任，但心里都瞧不起他。哼！我孙玉亭除过缺吃少穿外，什么地方不如你们？共产党员！贫农成份！怎？

孙玉亭一路走，一路庄严地想：双水村资产阶级把持教育阵地的历史就要结束了。再说，润生和少平不仅是贫下中农子弟，还是自家人，他这个贫管会主任就再不会像晁盖一样被架空了！

玉亭走得紧急，又用脑子，虽然天气冷，但额头上却渗出了汗水。

他上了他哥家的小土坡，脸上不由自主地露出笑容。他知道他哥一家人听到这消息，一定会很感激他，而且也会另眼看待他了。哥！别以为玉亭光知道连累你们，吃你们一碗饭，抽你们几袋烟。我在大事上给你们帮大忙哩！哥，你说你早年间供我念书，后来又给我娶了媳妇；可我也帮你娶了个不要财礼的儿媳妇嘛！现在我又把少平拉扯到学校去教书，这该把欠你的情补上了吧？

孙玉亭进了他哥家的门，看见除过他的老母亲和大嫂外，其余五个人都出山劳动还没有回家来。他大嫂正在锅灶上忙着做饭。老母亲坐在一堆被褥里，手里拿些白药片，用手指头拨拉着一颗一颗细心地数着。

他不想先把这事给大嫂说——等其他人回来再说。

他于是就费劲地把那双烂鞋脱在脚地上，上了他哥家的土炕，坐在他妈身边。

老母亲心疼地用瘦手摸了摸小儿子的破棉袄，说："这么单薄，你冷呀！叫你媳妇再给你絮上一点棉花……"

玉亭对他妈说："家里连一点旧棉絮都没了。"

"那你把我那个旧棉袄拿回去，拆了给你絮上……"老母亲难过地揩了揩自己的红眼。

这时候，在锅上忙着的少安妈说："我们还剩点旧棉花，罢了你拿去。"

“能哩！”玉亭马上应承了下来。他今天在这家中理直气壮。既然给他，那他就要。而且今天这顿午饭，他也就不客气了——他把鞋脱在脚地上，就是准备在这里吃饭的。

不一会，他哥，少安两口子，少平和兰香，都先后进了家门；窑里顿时乱纷纷地挤满了人。他哥和少安两口子进门还给他打了个招呼，但少平和兰香就像没看见他一样。

尽管大家都没显出什么特别的热情欢迎他，玉亭也不计较。他常来哩，这家人已经习以为常了。但他想，必须在吃饭前把他准备让少平当教师的事，说给这一家人听！否则，他就不好意思四平八稳坐在炕上吃这顿饭——他知道锅里没给他做进去；他吃了，他哥家就有一个人没饭可吃。

他等大家都聚在窑里时，就很快把他想方设法在村里办初中班，准备让少平去当教师的事，给他哥一家人叙说了一通。

不出他所料，一家人都马上开始为这消息而兴奋起来。

哈呀，这事当然应该高兴！要是少平教了书，两个假期不算，一年就能挣二千六百工分，公社一个月还补助六块钱呢！要是假期里出工劳动，队里还单另给记工分。这样下来，一年比一个最好的劳力都挣得多！要是少平当社员，恐怕一个工评八分就到顶了——还要好好卖劲干活才行呢！

少安问二爸：“这事大队开会研究了没？”

“还没哩。估计问题不大！贫管会肯定能通过。支部五个人，福堂和我当然没问题。海民不会反对。金俊山他不好意思反对；他儿子可以教书，难道福堂的儿子就不能教吗？主要反对的人，大概会是金俊武。不过，党的原则历来是少数服从多数，他一个人反对也不顶事！”

孙玉厚老两口没有想到，他们的这个弟弟能给他们帮这么大的忙。看来，家里有个人在大队负责，还顶事哩！

少安也为自己的弟弟能教书感到高兴。他知道少平在学校多年，尽管不是娇惯出来的娃娃，但一时也怕适应不了繁重的体力劳动。再说，有个当教师的，全家人也体面一些——难道他们一家人天生都要让黄土弄得灰头灰脑吗？

孙少平更为这消息而激动。他不是庆幸逃避劳动，主要是教书能有时间看书看报。另外，他不仅能顶一个全劳力挣工分，一年还有七十二元的补助费，可以为家里还一些账债。

孙玉亭报告完这振奋人心的好消息，就心安理得在大哥家吃了一顿中午饭。然后他把自己空瘪的烟布袋补充满，胳膊窝里夹着大嫂给他的一卷旧棉絮，拖拉起烂鞋就很有精神地回了家。

晚饭以后，玉亭把其余几个贫管会委员找到自己家里，研究办初中班的事。几个委员大都是田家圪崂这面的——金家湾那面除过几家人外，贫下中农很少。

不用说，孙玉亭的提议三秤二码就通过了。

为了趁热打铁，田福堂和孙玉亭商量，第二天晚上就紧接着开大队支部会讨论。

孙玉亭分析得完全正确。支部会上，田海民不反对，金俊山不好意思反对。只有金俊武一个人不痛快。

俊武是个精人，他也不直接反对，开始时还说："这当然是件好事嘛。如果咱们办了初中班，村里的娃娃就不要跑路去石圪节上学了，大队也再不要给石圪节中学出钱……"田福堂和孙玉亭还没来得及为金俊武的话高兴，这家伙就调转了话头："不过，咱村眼下就办初中，条件恐怕不行。旁的不说，教室哩？现在挤得满满的，增加一个班，在什么地方上课？"

大家都瞪起眼，被金俊武问住了。

田福堂想了一会，说："猪场有一孔窑洞哩，要不，把一年级的碎脑娃娃搬到大队猪场去，腾出窑来让初中班上课。"

“人娃娃和猪娃娃住在一块，这恐怕……”金俊武脸上露出嘲讽的笑容。

“大队猪场就丢下两口老母猪，干脆卖了！”孙玉亭说。

“当然可以！”田福堂立即接上孙玉亭的话碴。

金俊武看来无力再改变这个形势了。大家都不反对，他一个人反对也的确不顶事。他虽然明白这是田福堂和孙玉亭为自家人捞好处，但没办法拒挡他们。他心想，这样一来，学校四个教师，就有三个是大队领导人的亲属了——没办法，他的娃娃没长大嘛！

金俊武尽管心里很不痛快，最后也只好勉强同意了。

于是，春天开学以后，双水村就办起了初中班。高中毕业回村的田润生和孙少平，走马上任，到学校当了教师。

第四十五章

乡谚：强扭的瓜不甜。

李向前结婚以后，才真正体验到了以上这句俗话的滋味。

自从婚礼仪式一结束，他的不幸就开始了。结婚虽然已经几个月，但他还是等于一个光棍。实际上，这样一种夫妻生活，还不如他打光棍。光棍没有女人的温暖，但也不要受女人的折磨。

从洞房花烛之夜起到现在，他用尽了甜言蜜语，甚至下跪乞求央告，润叶死活不和他同床。每天晚上，她不脱衣服，在墙角的一张小床上独自睡觉，而把他一个人丢在那张漂亮的双人床上。两个人就像陌生的路人住在同一个旅馆里。李向前夜夜倒在床上流泪、叹息；他真想大声狂叫，又想用拳头把所有的东西砸个稀巴烂……

刚结婚的时候，向前以为这是润叶怕羞——大概所有刚结婚的姑娘都是这样。于是他就原谅了润叶的反抗，并且还在内心责备自己操之过急。因此，他晚上强迫自己安分守己地睡在大床上。他想，也许过一段时间，他就会得到妻子的温存——他耐下心等待着这一天的到来……

虽然父母亲都是领导干部，但李向前没有一点从政的素质。他喜欢自由自在地干一种体力活。他在小时候就迷上了开汽车，觉得这工作可以走南闯北，也没人成天跟在身边指手画脚。他想走就走，想停就停，两只手把着方向盘，可以随心所欲把一个庞然大物摆弄得像一只绵羊一般乖顺。司机工作虽然餐风饮露，很辛苦，但人心情畅快呀！

高中毕业后，他父亲想让他在县革委会机关当干部，但他坚决不干，而给县供销社的一位老司机当了助手。在这方面，他表现得心灵手巧，又能吃下苦，因此不到一年工夫，就考取了驾驶执照，独立开车了。就像实现了一个美梦一般，李向前完全沉醉在了自己的职业中。对待汽车，他一点也不马虎，哪怕为了洗干净一个螺丝帽，他可以把饭丢下不吃。汽车在他的眼里是有生命的。就像爱马的人看见自己的坐骑一样，他每次向自己的汽车走去的时候，心里就有一种抑制不住的激动和亢奋，甚至要温柔地把这个钢铁家伙抚摸一下。

当然，在其他方面，他也是一个平平凡凡的普通人。他不爱看书，也不关心多少正经八百的社会大事。他喜欢听轶闻趣事，和同行东拉西扯地谝一些不上串的话。有时候看起来见识很广，但实际上说的都是些没名堂的事。除过汽车行道，对吃、穿、用的东西他也很在行；炒一手好菜，知道什么衣服正流行，并且极其关注新出现的日用产品。有些玩艺儿他已经用了多时，可原西县的人还没听说过，比如电动刮胡子刀等等。

但这个身体略嫌发胖的青年，心肠倒并不坏。他不像他这个行道的有些青年，动不动打架生事，或者时不时在公路上演出一些恶作剧来。李向前本质上是个本分人。他只是在吃、穿、住和开汽车这几个范围内兢兢业业而又精精明明地奔波操劳，其他范围的事他没什么兴趣。

但是，这一切方面所用的心思加起来再乘以二，也抵不上他对田润叶所用的心思。这没有办法，一个男人一旦迷上了一个女人，就觉得这女人是他的生命、他的太阳。除过这个女人，世界上所有的女人都暗淡失色了。为了得到这女人的爱，他可以付出令人难以想象的牺牲。甚至得到的不是爱，而是鄙视和侮辱，心里也很难为此而悔恨自己。正如两句信天游唱的——

我爱我的干妹妹，
狼吃了我也不后悔……

经过漫长时间的不屈不挠的追求，李向前终于如愿以偿地和润叶结了婚。就像当年他终于开上了汽车一样，他觉得这又是把一个美梦变成了现实。

他是多么爱她啊！她身上的一切在他看来都是完美无缺的，简直可以说是个天仙。

但这位“天仙”虽然已经和他同宿一房，可好像仍然还在天上。现实又无情地变成了一个美梦——他不能把自己所爱的人搂进自己的怀抱！

当他耐下心安分守己地睡在床上好多天以后，他的妻子还没有“克服羞怯”，仍然独个儿睡在墙角的小床上不理他。

李向前苦恼得实在没办法了。

他突然想：干脆让我离家一段时间，让润叶一个人呆着。在她这段独处的时间里，也许就会开始想念他，盼他回来。当他再返回家时，不要他去找她，她自己说不定就会迫不及待地扑入他的怀抱。

这个带有浪漫色彩的想法，使李向前很兴奋。就像要实行一个精心的计划一样，他打点了一点行装，找了个借口，就一个人去了北京。他父母直到现在，也并不太清楚自己儿子的不幸，只是觉得儿子新婚不久，就一个人去外地出差，多少有些不合情理。他们曾劝说他把润叶也一块带上去玩；但向前说他妻子身体不舒服，就不一块去了……

李向前到了北京以后，找了个旅馆住下。他也没开车，又没什么具体事，几乎完全是要白白地熬过一段时光。他就像自己给自己判了个有期徒刑，在这里屈指计算着刑满释放的那一天到来。日子过得多么平静，什么事情都没有。可他的心如火焚，如油煎，真的就像一个囚犯坐牢一般难熬。白天，他拿着一张月票，从一辆公共汽车上跳下来，又上了另一辆公共汽车。首都所有的名胜古迹都去了两次以上。

那一晚上，他躺在旅馆的床上，像通常一样，翻过身调过身睡不着。他又回到了自己的家……

现在，他似乎看见润叶已经拆掉了墙角的那张小床，把自己的被褥抱到了双人床上，和他的被褥摞在一起。两只枕头也亲密地紧挨在一起了。润叶腰里束起了一件叫人心疼的小小的印花布围裙，正在拿一把笤帚把双人床单扫得干干净净。炉子的火正旺，房间里暖烘烘的；炉上的铁壶冒着水蒸气，发出轻微的嗞嗞声。她现在坐在炉边的小凳上，正给他洗衣服，两只小巧的手在肥皂水里浸得通红。她突然停止了揉搓衣服，坐在小凳上发起了呆。她一定是想起了他。是的！你看她都不洗衣服了，站起来冲掉了手上的肥皂沫，慢慢地踱到那个小窗前面来。对，小窗正是朝北开的。啊！她是在向遥远的北方眺望呢！看她的嘴唇在微微地翕动——那一定是在喃喃地念叨着他的名字，呼唤他赶快回到她身边来……

李向前热泪盈眶地沉浸在自己的幻觉中。不，他不认为这是幻觉。这一切都是真的！

他于是在第二天怀着无比激动的心情，在西单，在东单，在前门大街，在王府井，跑来跑去买了一整天东西。他主要是给润叶买衣服。他把身上带的钱，除留够路费以外，全部都买了东西，装满了一个大箱和一个小箱。大箱里全是给润叶买的衣服和日用品，小箱里是给他家和润叶家的老人买的礼物。

他提着这两箱东西，就像多年在外的游子要回到亲人的身边，坐完火车，又坐汽车，恨不能长上翅膀，飞回到原西县城。眼泪在眼眶里旋转着，幸福的情感如同电流一般不时在全身通过，使他忍不住想咧开嘴哭上几声。

他在省城下了火车后，就给润叶拍发了一封电报——

我于×月×日坐汽车到请接前

本来到原西车站后，离家也就不太远了，他自己可以提着箱子回家。但他觉得还是应该给润叶打个电报。否则，她说不定要埋怨他不让她到车站来接他。

当汽车快要到原西城的时候，李向前脸烫得像炭火一般；并且能听见自己“咚咚”的心跳声。农场，机械厂，银行，副食公司，林业站，自行车修理部……前面就是汽车站！他早已把头从车窗里探出来，在车站门口的人群中寻找那张亲爱的脸——到现在还没发现……

直到下了汽车后，李向前还没见润叶的面。他想大概润叶以为汽车不会这么早到，过一会才来。

他于是就把两只皮箱放在地上，等待自己的妻子。本来他可以提起箱子很快就走到家。但他固执地认为，润叶要来接他。他不能让自己的妻子失望！

但是，过了好大一会工夫，车站上的旅客和接人的亲友都走光了，还不见润叶来。

现在，在候车室外面的土场子上，只剩下他一个人孤零零地站着，陪伴他的还是那两只皮箱。

向前又想，可能润叶没接到电报——他现在多么希望是邮电局出了差错！

因为润叶没有来车站，向前只好自己提着两只皮箱，向家里走去——他结婚后住在运输公司的家属院。

一路走着的时候，向前尽管已经受了点打击，但并不沮丧。他反而又责备起了自己：是的，这么几步路，他不该打电报让润叶来接他。说不定润叶有事忙着，或者正在家里给他准备洗脸的热水和饭菜……

他终于走到了自家的门前。心狂跳着，把两只皮箱放在脚下，然后举起微微抖着的右手敲了一下门。

没有动静。他想，润叶大概是和他开玩笑哩！等他自己进了门，她说不定就会从大立柜或门背后突然出现在他面前，用胳膊勾住他的脖子，在他的脸上吻一下……

他从身上摸出钥匙，打开了门。

他呆呆地怔在了门口，头上顿时像被人狠狠打了一棍。

他看见，家里空无一人。一切都还是原来的样子。他的床上，仍然是一个枕头一床被子；墙角的那张床也是老样子。家里冷冷清清，炉子里没一点火星。

他拖着两条沉重的腿，走进了房子，把两只皮箱扔在了脚地上；他自己也一扑踏坐在两只皮箱中间，抱住头痛哭起来。命运啊，竟如此残酷无情！

一刹那间，狂怒的火焰骤然间在这个绝望的人心中熊熊地燃烧起来。他发疯似的跳起来，两脚就把地上的那只大皮箱踩瘪了。他把那一件件花花绿绿的衣服从箱子里扯出来，两只手拼命地使着劲，把这些衣服都撕成了一些碎布条，扔得满地都是。

做完这件粉碎性的工作，李向前就连鞋也没脱，倒在自己的床上，蒙住头睡了。

他当然不可能睡着，只是在被子里无声地啜泣着。

不知什么时候，他听见妻子回家来了。他仍然在床上蒙头大睡，连动也没动，像具活尸。

在一阵沉静之后，他听见她在收拾地上他撕碎的东西。他的心又一次怦怦地狂跳起来。他多么希望润叶来到他床边，对他说，她对不起他，请他原谅她……

一直到了夜间，他盼望的一切都没有发生。他现在知道，她已经上了她的床，睡觉了。

再也忍受不住了！他一下子从自己的床上跳下来，走到墙角她的床边，一把将她的被子揭过，然后就用两只握方向盘的铁钳般的手，把她上身的衬衣和乳罩撕得粉碎。他脸上先是挨了一记耳光，然后又被狠狠抓了一把，火辣辣地疼。他不管这一切，只是疯狂地抱住她，开始撕她的裤子。两个人在黑暗中拼命地厮打起来——在这万般寂静的黑夜里，李向前要强奸他的妻子了！

经过一阵剧烈的搏斗后，强奸未遂。他和妻子都伤痕累累，两个人几乎都要晕死过去。

向前突然放开妻子，一下子跪在她床前，痛哭流涕地说："原谅我吧！我对不起你！我错了！我再也不会这样了……"

他说完这些话，就站起来，打开家门，摇摇晃晃地向外面的黑暗中走去……

三天以后，田润叶已经从床上起来了。她拖着疼痛的身子，勉强换了一身衣服，梳了梳自己喜鹊窝一般乱蓬蓬的头发。李向前那晚上出走后，再也没有回来。

三天来，她几乎没吃什么东西；脸色蜡黄，眼窝深陷，就像刚从地狱里回到人间一般。

此刻，夜幕又一次笼罩了大地。窗外，星星在蓝天上眨巴着眼睛，张望着人世间这个不幸的小房屋。

她呆呆地坐在床边。脑子是杂乱的，又是空泛的。

她听见门外“咚”地一声响。什么声音？她怀着恐惧站起来轻轻开了一点门缝。

她看见，李向前像死人一般横在门口。一股强烈的酒味扑鼻而来。

她闭住眼，沉重地叹了一口气，然后就弯下腰，把这个烂醉如泥的人往房子里拖——门外一夜肯定会把这个醉汉冻死的。

本来已经没一点力气了，但她仍然拼命把这死沉沉的躯体，拉到了房中的脚地上。李向前已经醉得不省人事，身上、脸上和头发上都糊满了肮脏的呕吐物，发出一股刺鼻的臭味。

她现在开始连扯带剥，把他的脏外衣扔在了一边。但她无论如何再没有力气把他弄到床上去。她干脆把他大床上的被褥拉到地下铺开，把这个沉重而失去知觉的人硬拖进去。

她给他盖好被子，又看见他脸上也糊满了泥土和脏物，就拿热毛巾给他擦干净。她安顿他睡下后，就拉灭电灯，回到她的小床上睡了……

第二天早晨，李向前醒来后，看见他睡在脚地上，身上还盖着被子。老半天，他才回忆起这以前的种种事情。他现在明白，他躺着的这个舒适而暖和的安乐窝，是润叶为他搞的。

他的心“呼”一下热了！

他立刻从地上跳起来，冲动地向妻子扑了过去。

在他还没来得及搂住她的时候，他的脸上就“啪”地又挨了一记耳光。

他像木雕一般呆立在脚地上，看见妻子把收拾好的一个提包拎在手上，连看也没看他一眼，就打开门头也不回地走了……

第四十六章

如果不查看有关的统计数字，谁能想象来黄土高原的千山万壑中，究竟有多少个村落和人家呢？旅人们！你们也许跑了不少路，但对这块和阳光同色的土地所留下的印象，恐怕仍然是豹之一斑。

黄土，这个名词在中国的史籍中早已有之。地质学研究表明，黄土是第四纪陆相黄色含石英、长石、云母等六十多种矿物的钙质胶结而成的粉砂质土状沉积物。在占全球陆地十分之一的黄土覆盖面积中，我国包括陕西、山西、甘肃、青海、宁夏、河南、内蒙七省（区），面积就达五十九万平方公里；分布之广，堆积厚度之大，类型之完整，为世界所罕见。在我国，自西北向东南，戈壁——沙漠——黄土，依次呈带状序列分布，因而在黄土成因史上，被认为是由风力远距离搬运而来。另外还有水成和成土作用的不同学说。由于黄土堆积物中蕴含着丰富的第四纪信息，有关的科学工作者往往有意识地把黄土作为一个独特的研究对象——第四纪代表地球发展史上最新的一个纪。

因为黄土具有垂直节理发育、孔隙性大和湿陷性等特点，所以遇水很容易流失、滑塌和崩解。在漫长的二三百万年间，这片广袤的黄土地已经被水流蚀割得沟壑纵横，支离破碎，四分五裂，像老年人的一张粗糙的皱脸——每年流入黄河的泥沙就达十六亿吨！

就在这大自然无数黄色的皱褶中，世世代代生活和繁衍着千千万万的人。无论沿着哪一条“皱纹”走进去，你都能碰见村落和人烟，而且密集得叫你不可思议。那些纵横交错的细细的水流，如同瓜藤一般串连着一个接一个的村庄。荒原上的河流——生命的常青藤。有的村庄实在没办法，就被挤在了干山上；村民们长年累月用牲口到沟道里驮水吃，要么，就只能吃天上降落的雨水了。在那些远离交通线的深山老沟里，人们谈论山外的事，就如同山外的人谈论国外的事一样新鲜。据《黄原报》的一则消息报道，某县一个偏僻村庄的几十户人家，竟然没有一个人见过钟表！此种落后状况，恐怕让加西亚·马尔克斯笔下的“马孔多”的居民们都会大为惊讶的。不用说，这样的村庄，别说县里的干部，就是公社干部，通常也从不去踏个脚踪……

一个星期以来，田福军已经走过三个这样的“死角”村子了。他不是专门来这些地方解决问题的，而是自己临时决定进行这次不在计划内的造访。

一个星期前，他到全县最偏远的后子头公社来检查工作，在偶然中发现这公社有四个村子，公社干部们两眼墨黑，根本不知情——他们竟然没一个人去过这几个地方。据了解，去这些村庄别说汽车，连自行车都骑不成；就是步行，也要翻山越沟在羊肠小道上走整整两天才能到达。

田福军对后子头公社的这种工作状况非常生气。他不要公社干部陪同，决定自己一个人步行到这几个被遗忘的村庄去看看。

已经看过的三个村子，情况十分令人震惊。缺吃少穿是普遍现象。有些十七八岁的大姑娘，衣服都不能遮住羞丑。一些很容易治愈的常见病长期折磨着人；严重一些的病人就睡在不铺席片的光土炕上等死。晚上很少有点起灯的家户；天一黑，人们就封门闭户睡了觉。野狼如入无人之境，跳进羊圈任意啃咬，也没人敢出来打撵——据说这里的狼早不把人放在眼里了。没有什么人洗脸，更不要说其他方面的卫生条件了。大部分人家除过一点维持活命的东西外，几乎都一贫如洗。有的家户穷得连盐都吃不起，就在厕所的墙根下扫些观音土调进饭里……

当田福军来到这些村子的时候，村民们几乎都跑出来站在远处观望他，就像来了一个外星人。每到一个村子，他都是一家一家往过看。有些问题马上可以解决的，他当下就和队里的负责人商量着解决了。有些问题是需要公社解决的，他都记在了笔记本上。有些问题公社也解决不了，他准备回到县上后，会同有关部门，争取在短时期内尽快解决。

现在，田福军在一条崎岖的山路上爬蜒着，到最后一个“死角”去。他手里拄着一根柴棍，外衣搭在肩膀上，在这万籁寂静的山野里一边走，一边警惕地观察周围有没有野狼出现。

快过端阳节了，头上的太阳热烘烘的。山鸡和野鸡清脆的叫唤声，不时打破这梦一般沉寂的世界。大地上的绿色已经很惹眼了。大部分秋庄稼刚锄过一遍草。庄稼地中间的苜蓿盛开着繁密的紫红色的花朵。向阳的山坡上，稀稀拉拉的麦穗开始泛出了黄颜色；路边灰白的苦艾丛中有时猛地会蹿出一只野兔子，吓得田福军出一头冷汗。

他一边走，一边揪了一把苦艾，凑到鼻子上去闻。这苦涩而清香的艾叶味，使他不由想起小时候的端阳节，他和福堂哥总要一大早就爬起来，拔好多艾草，别在门上，别在全家人的耳朵上，然后再揭开喷香的粽子锅……唉，从那时到现在，不觉得几十年就过去了。人啊，有时候觉得日子过得太慢；有时候又觉得太快了，简直来不及做什么事！记得“文化大革命”开始时，他刚三十出头，正是风华茂盛之时——结果这好年华白白地浪费掉了。前几年虽然恢复了工作，但也等于仍然在油锅里受煎熬。直到不久前“四人帮”被打倒，他才好像一下子又变年轻了。只要国家有希望，工作就是把人累死也畅快！他多年来一直处在实际工作中，因此非常清楚十年“文化大革命”造成的灾难性破坏是多方面的，不可能在朝夕间就消除。他常想，作为一个基层领导干部，必须在他的工作范围内既要埋头苦干，又要动脑筋想新办法。当然，眼下最重要的仍然是农民的吃饭问题。现在看来，没有大的政策变化，这问题照样解决不了。那么，能解决多少就解决多少，最起码先不要把人饿死……

临近中午的时候，田福军才走到这个叫土崖凹的小村子。这村子只有十来户人家，是个生产队，属几架山外的一个大队管辖。全村没一个党员，也没一个团员；生产队长轮着当，一年换一个，每个男劳力几乎都当过了。

田福军被现任队长引到家里吃午饭。队长的一孔土窑像个山水洞一般黑暗，大白天进去急忙看不清家里有几个人。他坐在烂席片炕上向生产队长询问村里的情况。队长的老婆在锅灶上做饭。不久他才发现，这家人六个孩子一个比一个大点，都挤在门圪塄里惊恐地看他。孩子们几乎不穿什么衣服，也分不清男女，一律剃着光头——大概是怕生虱子。

午饭端上来后，田福军拿起一个玉米面馍。他刚准备吃，发现这黄馍上沾些黑东西。他一下从炕上站起来，走到后炕头上揭开锅盖。他看见，锅里只有两个玉米面馍，其他都是糠团子。他的喉咙顿时被堵塞了。

田福军把自己碗里的玉米面馍放进锅里，用手去拿糠团子。他手刚一抓，这团子就被他捏成了一把碎渣子。他顺手拿起锅台上的铁铲子，把这堆渣子铲在自己碗里，然后浇了两勺熬锅水，回到炕上埋下头吃起来。队长一家人吓得连一句话也不敢说。两个大人和六个孩子都眼睁睁地看着他吞咽那碗糠水饭。

他还没有把饭碗放下，门里突然闯进来一个老汉。田福军还没有反应过来，这老汉就双膝跪在队长的脚地上，一边向炕上的他磕头，一边嘴里连哭带喊：“青天大老爷！快救救我一家人的性命……”

田福军慌得一把掼下碗，跳下炕来扶起老汉，问他：“什么事？什么事？”

老汉连哭带说：“我一家三口人四天都没吃一颗五谷了！快饿死了……”

“一颗粮也没了？”田福军问。

“就是的……”

“口粮哩？”

“扣了！”

“为什么扣了？”

这时，队长开口说：“他家的小子出门盲流了，公社和大队命令要扣口粮。我们也不敢给……”

“我娃也是饿得不行了，才出门的……”老汉哭着说。

“走，我到你们家去看看！”

田福军立刻扶着老汉出了队长家的门；队长本人也紧撵在后面来了。

田福军进了这老汉家，看见炕上睡着一个老婆婆，已经饿得奄奄一息了。他弯下腰问话，这老婆婆连眼皮都抬不起来，更没力气给他回答。在窑墙根下，还有一个十四五岁的女孩子，合住眼靠墙坐着，脸上已经成了青黄色。她见来了生人，勉强用手托着墙站起来，绝望地望着他。

田福军目睹这惨状，泪水汹涌般从眼睛里淌出来了。他哽咽着，狠狠揪着队长的肩膀，说：“快去盘粮食！”

队长愚蠢地嗫嚅说：“公社和大队领导不让给他们分粮，我……”

“混蛋！”有教养的田福军忍不住破口大骂。他一把扯住队长的衣服，拉着他即刻就去盘粮食。

当田福军和队长一人扛一口袋粮食回来时，这一家三口人都爬蜒着跪在门口，哭成了一堆……

三天以后，遵照田福军的指示，后子头公社把二十几个大队书记都召集在了公社来开会。

会议一开始，田福军劈头就问："你们哪个队有断了粮的家户？有多少户？缺多少粮？"

他的问话刚完，许多支部书记都哭开了。他们纷纷叙说各自队里的不幸状况。看来除过个别村，大部分村子都有许多缺粮户；有的只能维持一两个月，有的当下就揭不开锅了。

问题相当严重。如果不能及时解决，后子头公社今年可能要饿死不少人。不是说这些队没一颗粮食。所有的大队都有"战备粮"。但这些粮食是准备未来打仗吃的；上面规定，任何情况下都不准动用——动用这粮食就等于犯法！

此刻，田福军无法顾及个人的后果——他不能看着把人饿死。他当即决定，立即打开各队的粮库，尽快把粮食分发给缺粮户。战备粮空缺下的数目，以后逐渐再补上——这样就可以看做是借粮，而不是分粮。反正不管怎样，他已经严重违犯了禁令。他想，为此就是把他押到法庭上，他也可以为自己的行为辩护……

田福军原来还准备在后子头公社呆几天，想再到公路沿线跑几个大队。但县革委会的吉普车突然到这里来接他。因为中央一位老首长来黄原视察工作，这位老首长又是原西县人，过几天就要回县上来，地区要求原西县全力做好接待工作。冯世宽接到通知后，立即派车接所有在外面的常委们回城，商量如何接待这位老首长。

田福军虽然坐在了飞驰的吉普车里，但他的思想还在后子头公社。通过这次匆匆的调查，使他认识到，"四人帮"虽然打倒了，但农村贫困的局面依然如旧。要改变这种状况，必须从根本上来解决问题。他想：战备粮里拿出来的那点吃完了怎么办？还不是要继续饿肚子？

回到县里的当天晚上，福军在自己家里吃完饭，心情依然不好。他也不愿意和家里人说话，就一个人来到自己的办公室。

他坐在办公室的圈椅里，久久地盯着窗户纸发愣。一张张面黄肌瘦的脸又浮现在他的眼前。他痛苦地埋下头，用手指头神经质地梳理着自己的头发；不一会，他看见白发黑发在桌面上落了一层。他听见有人敲门，就说：“门开着，请进来！”

他看见门里进来的是他的侄女润叶。他惊讶地发现，他的这个侄女也是面黄肌瘦，就像他在土崖凹见到的那个四天没吃五谷的女孩一样。他以为他刚才的思绪沉浸在那些饥饿的人群中，此刻对自己的侄女产生了错觉。但认真一观察，也觉得并没有看错——他的侄女的确像个饥饿人一样憔悴。怎么啦？她难道也没饭吃吗？

田主任并不知道，他的侄女缺乏的是另外一种“粮食”。

侄女自从和李登云的儿子结婚以来，就很少再回他家来。他由于工作繁忙，也分不出心来关怀侄女。他想，润叶已经成了家，已经有人对她关怀和负责了，他自然就不必对她再多操心。润叶现在不经常回他家也是正常的，娃娃自己已经有家了嘛！不管他和登云在工作中有什么矛盾，但他对这门亲事还是满意的。他不是从世俗的门当户对观点来看这亲事——只要两个娃娃互相爱恋，这比什么都强！

当然，田福军完全不知道这门亲事背后的情况。他只是遗憾侄女结婚的时候，他在省上学习，没有能参加孩子的婚礼；她结婚以后，他也没顾上再多关心她。

现在，侄女亲自到办公室来找他，他感到很高兴，也有点内疚。

他让润叶坐在办公桌对面的椅子里，一边亲自给她冲了一杯糖水，一边抱歉地说：“你成家后，二爸也忙得没顾上去看看你们……

听说你们住在运输公司的宿舍里？”

“没有。我住在学校。”润叶接过二爸递过来的水杯，也没喝，放在办公桌的边上。

“住在学校？怎么？向前不是在运输公司有房子吗？你俩怎住在学校的办公室里？”

“我一个人住着……”

“一个人？”

“嗯。”

“为什么？”

田福军的心一沉。他从侄女那张忧郁而憔悴的脸上，似乎看出了一些不幸的迹象，便皱起了眉头。

润叶突然脸扭到一边，嘴一咧，哭了。

她一边哭，一边哽咽着对二爸说：“你给我在外地找个工作！我不愿意在原西呆了……”

“为什么？”田福军从椅子里站起来，又一次问侄女。

“我不情愿和李向前……”润叶哭着说。

田福军从办公桌后面转出来，走到侄女面前，弯下腰亲切地对她说：“润叶，你从小就是个明白娃娃，你给二爸说，倒究发生了什么事？你和向前不是两个人情愿才结婚的吗？现在怎么成了这样？你快给二爸说说！”

润叶用手摸了摸脸上的泪水，说：“我原来心里就不情愿！”

“如果是这样，那你为什么要结婚哩？”

“因为我徐大爷说……”

“他说啥了？”

润叶犹豫了半天，才吞吞吐吐把徐国强当初劝她和向前结婚的那些话，都给二爸叙说了。

“老糊涂虫！”

田福军听完侄女的叙说，气愤地骂了一声老丈人。

田福军万万没有想到，爱云她爸不只是在他家的院子里种些杂七杂八的庄稼．而且还干这样一种荒唐和愚蠢的事。这等于把他的侄女和李向前都毁了。

由于前几天乡下所看到的不幸，他本来心情已经很沉重。现在又加上侄女的不幸，使他的心情坏到了极点。

他垂着两条胳膊，痛苦地在脚地上走来走去，胸口感到隐隐作痛。

这时候，润叶用手绢揩去脸上的泪水，不哭了。她对二爸说："你也不要过分为我的事熬煎，二爸。反正现在生米做成了熟饭，没办法了。我也不离婚；我担不起这名声。再说，要是我离婚了，家里两个老人当下就能急死。我现在就这样凑合着。要是以后有机会，你把我调到外地去工作；我实在不想在原西呆下去了……二爸，你从小关心我，把我培养大，我会永远记住你的恩情的……"

田福军一只手按在自己的额头上，一边听侄女说话，一边焦虑地思索着他该如何对待这件事。事情相当复杂。他眼下一筹莫展。他不能一下子就率直地建议侄女离婚——本来这是最合适也是最合理的。不能。归根结底，主意还要润叶本人拿。唉，他只能像一个悲观的哲学家一样想：也许只有时间才能解决问题……

这时候，门外的院子里传来冯世宽的声音："福军，你回来啦？"

田福军在窑里回答说："回来了。"

润叶马上站起来向二爸告辞。

"你一定要把思想放开朗一些，千万不敢把自己的身体搞垮，要好好吃饭……"他把侄女送到办公室门口。

润叶刚踏出门槛，冯世宽主任就走进了田福军的办公室，和他商量如何接待中央老首长的问题……

第四十七章

一九七七年的端阳节，刚好和夏至是同一天。这一天，太阳黄经为九十度，是一年中北半球白昼最长黑夜最短的一天。

端阳节是中国的一个重要节日。无论是城里人还是乡里人，都讲究在这一天吃粽子。

在农村，人们通常在很早的时候就准备好了糯米、红枣和苇叶。一到农历五月四日晚上，家家户户就都煮开了三角形的粽子，到处都弥漫着米和枣的香甜味；粽子讲究凉吃，因此头晚上就得提前煮好。

端阳节早晨，在吃粽子之前，看重风俗的人家，往往先要出去拔一些艾叶回来，搁在门上，别在一家人的耳朵上。早年间，大人还要给孩子们缝一个雄黄香包挂在胸前——所有这一切据说是为了驱除虫蚊和灾病的。

农历五月的黄土高原，阳光明媚，不凉不热，原野里也开始热闹纷繁起来。麦黄，杏黄，枣花黄；安详的蝴蝶和忙碌的蜜蜂在花间草丛飞来飞去。晶莹的小河水映照着蓝天白云，映照着岸边的青杨绿柳。这季节，除过回茬荞麦，农人们已经挂了犁，紧张地进入了锄草阶段。所有的庄稼人都脱掉鞋袜，赤裸着双脚踩踏在松软的黄土地上，多么舒坦啊!

无论平时光景歪好，端阳节的一顿好饭总是不会少的。有些农村的家庭主妇，在去年就考虑上了今天的这一顿吃食。当然，县城的市民和干部家庭，这一天不仅吃粽子，还要炒几个菜，喝几盅酒……

总之，这是一个欢乐和美妙的日子，大人娃娃都沉浸在节日的气氛中。

但是，原西县的常委们这一天还泡在他们心爱的会议里。

这会议不说别的，单讨论如何接待中央的高老。

高老是本县高家园子公社高店子村人。他少年时就参加了革命，是当时有名的“赤匪”。后来成了红军和解放军的高级指挥员。全国解放后，他一直任中央部级领导。“文化大革命”开始那年底，高老的名字在报纸上消失了。当时传说他已经被红卫兵从楼里扔下去摔死了。后来又听说他没死，只不过被关了禁闭。直到“四人帮”被粉碎不久,他的名字才又出现在了报纸上。据说眼下高老虽然“解放”了，但还没安排什么工作。老人家从当年离开故乡后，一直没顾上回来。现在年纪大了，又没具体工作，想回来看看，捎带着搞一些调查研究。

几天前，黄原地区革委会主任苗凯就亲自给冯世宽打了电话，布置了接待高老的有关事宜。

眼下高老正在南面几个县搞调查。苗主任考虑原西县是高老的故土，又是他这次重点调查的地方，因此昨天又亲自赶到原西县来。他一到原西，先单独和冯世宽交换了意见；今天又出席了县常委会，和县上的同志们一块研究接待工作的细节。

其实，在苗主任到来之前，冯世宽就早已经铺排开了。县革委会已经成立了“接待高老办公室”，由副主任马国雄挂帅。“接高办”由县上各个部门抽出来的人士组成；办公室下面又设立了接待组、膳食组、联络组、交通组、保卫组。包括石圪节“红烧肘子专家”胡得福在内的几个本县著名厨师，都已经到了县招待所的食堂。有些东西原西县没有，已经派人到黄原采购去了。马国雄给采购人员指示，如果黄原还买不到这些东西，就火速坐飞机到省城去采购。

苗凯同志亲自来原西县，还顾不得这些吃住方面的事——他最头疼的不是这些，而是高老提出的另外一个要求。

这位老首长一到黄原就提出，他此次回原西县，要召开一个当年在原西和他一块闹过革命、现在仍然在农村的老红军、老赤卫队员座谈会，通过他们了解目前农村的状况。

苗凯知道，这些在农村的老红军、老赤卫队员，目前本人的生活状况并不美气；有的甚至非常贫困。弄不好，这个座谈会要开成一个诉苦会。原西县是全地区农业学大寨先进县，这将会使他苗凯在高老面前下不了台。如果老首长把这情况反映到省上和中央，那后果就更严重了。这些问题他在电话上不好对冯世宽讲，因此现在赶来看能不能有个妥当的应付办法。

他昨天一到原西，先和冯世宽单独为这事商量了半天。冯世宽出主意说，干脆先把这些老汉集中到县上，把他们的衣服换成新的。然后私下里一个一个给他们做工作，让这些老汉不要在座谈会上砸“洋炮”；让他们在会上说他们的一切都好着哩；会后他们有什么困难，县上一定给他们解决。冯世宽估计，只要答应背后给这些老汉好处，他们就不会在会上“胡说八道”。

苗凯虽然知道冯世宽这主意不像话，但竟然还同意了；并且在心里赞赏这位下级头脑敏捷，在紧急情况中能拿出行之有效的办法来。

但这件事无法瞒哄原西县的常委们。因此这两个人商量，干脆开个常委会，由冯世宽把这意见含蓄地在会上提出来。如果没人反对，就照这样办。如果有人反对，那么就只能作罢；到时候苗凯就假装不知道这提议，并且还出面否定冯世宽的“馊主意”。至于冯世宽，到时他会表现出心甘情愿接受苗主任的“批评”……

现在，常委会已经接触到了这个问题。冯世宽拿一支红蓝铅笔在面前的一张白纸上随意画道道，正在发言：“……尽管我们原西县革命和生产形势都很好，但我们在工作中也有漏洞，比如对这些老革命战士关心不够。这次借高老来我县视察工作的东风，我们要彻底改进这种状况。因此，咱们先把这些老同志集中起来，把他们的衣服给换一换……老吴，这事就由你们来安排！”

民政方面的负责人吴克俭赶忙回答说：“我们一定把这事办好！”说着掏出笔记本，把冯主任的指示记了下来。

冯世宽接着又含蓄地谈了他已经和苗主任商量过的其他“办法”。

冯世宽发完言后，对坐在长条会议桌中央的苗凯说：“请苗主任给我们做指示！”

苗凯同志用手摸了摸自己的头发，笑眯眯地环顾了一下四周，说：“还是先让常委同志们发言吧！总之，高老是我党德高望重的老首长，在‘四人帮’时期又遭受了不白之冤和残酷折磨。我们一定要让高老此次故乡之行，高兴而来，满意而去！”

苗凯的话说完以后，会议室好长时间一片沉默。这沉默甚至叫人感到难堪。不知什么时候飞进来一只苍蝇，在常委们的头上嗡嗡地盘旋着，在静默中听起来像轰炸机一般刺耳。苗凯仰靠在椅背上，望着天花板。冯世宽仍然拿红蓝铅笔在白纸上画道道。李登云低头专心致志地抠指甲。张有智不知为什么脸涨得通红，扭过头，面对着墙上的原西地图。马国雄把一根纸烟往另一截正在燃烧的烟屁股上衔接。田福军胳膊肘放在桌子上，两只手使劲地交叉握在一起，眉头子中间挽结着一颗疙瘩。在后排列席会议的“接高办”成员中，不知谁响亮地打了一声喷嚏，把人吓一大跳。

“我说点看法，”田福军打破沉默，眼睛扫视了一下苗凯和冯世宽，“高老这次回故乡来，我们当然要在各方面做好接待工作。至于高老要召集的这个老战士座谈会，我理解他是搞调查研究，是搞工作；他要知道的正是实际情况。而我们这样公然地弄虚作假，欺下瞒上，就不仅是犯错误，而且是犯罪！”

田福军的话如同给会议室扔了一颗炸弹。坐在后排“接高办”的成员们，深表同意地抬起头，敬佩地盯着他们的田主任。张有智立刻扭过仍然涨红着的脸，说：“我完全同意田福军同志的看法。”

冯世宽的脸也涨红了。但他尽量镇静地询问李登云和马国雄：“你两个的意见呢？”

李、马二人相互看了一眼，不知如何说是好。

这时，苗凯同志发言了：“福军同志的意见很好嘛！我们还是要实事求是。世宽同志的意见也对。我们以后的确要多关心农村的这些老红军、老赤卫队员，他们是我们革命的功臣！

“关于高老要开的这个座谈会，你们下去再好好研究一下。总之，一定要让高老满意。我下午要回地区去，一切就都拜托在座的诸位了……”

苗凯讲完话后，马国雄向大家汇报了接待工作其他方面的准备情况，然后就散会了。

会后，冯世宽陪着苗凯到县革委会的客房去休息。路上，情绪不佳的苗凯只说了一句话：“我今天才领教了这个田福军！”

冯世宽只是微笑着，一句话也没说。还再用他说话吗？田福军自己跳出来在苗主任面前表演了一番，这比他给老苗反映他的问题更好。他在心里说：你苗凯领教了就好！你这下可认识了田福军是个什么人了吧？狂妄、自大，把谁也不放在眼里！田福军任职时，我跑到地区做工作，让把他排在李登云之后，组织部门不同意，你苗凯也不说话，结果这几年把我冯世宽折腾得好苦哇！好，你苗主任今天也“领教”了这位被地区呼主任吹捧为“有能力、有魄力”的人物——这就是他的能力和魄力！

冯世宽今天太高兴了。从另一方面说，田福军否定他的意见也否定得好：这实际上是否定了苗主任的意见，只不过这意见由他嘴里说出来罢了。这种弄虚作假的事他冯世宽也不愿意做——将来万一被揭露了，吃亏的还不是他吗？到时苗主任还是苗主任，他会板下面孔义正词严地训斥他冯世宽丧失了党性原则！

吃过午饭以后，苗主任就坐车返回黄原地区了。冯世宽又把马国雄找来，让他很快把其他方面的工作抓紧进行——后天高老就要回原西县来了……

第二天一大早，原西城就变成了一个乱纷纷的世界。所有的机关和学校，所有的干部、学生、工人、市民，都根据“〔原革发〕第六十九号”文件精神，开展爱国卫生运动。到处都在大扫除，擦门窗，拔杂草，油漆牌匾。城市上空黄尘笼罩，就像进行一场战争。

县革委会副主任马国雄穿一身旧军装，戴一副墨镜，如同一位战时的城防司令，到处奔跑着检查和指挥。身材魁梧的马主任爱领导这些热闹工作；他红光满面，风尘仆仆，指手画脚，不时发出一些庄严的指示和命令。

全城人忙了大半天，原西县城倒也顿时换了另一个面貌。

现在，从入城开始到十字街的一段路面，都修补得平平整整；两边还像黄原城一样筑起了人行道——不过刚刚能走一个人。所有道路两边的青草都被铲除得一干二净；本来这青草倒不失为一种风景。在县招待所的院子里，用白灰画出了一些方格子，准备到时按秩序停放汽车。最为瞩目的是，在那个小小的十字街中央，用石头块垒起了一个交通指挥台。那上面已经站了本城惟一的一名交通警察。因为没什么汽车，这位警察就指挥进城的手扶拖拉机和驴拉车。他手里也没有指挥棒，见有驴拉车过来，两条胳膊便像路标一般指示方向；慌得农民手忙脚乱地喝住牲畜，不知道这是什么意思？他们以为自己犯了法规，竟然惶恐地站在原地不动了。这位警察就气急败坏跳下指挥台，亲自扯着驴缰绳，把架子车拉过十字街。这恐怕又是个“新生事物”吧？原西城的一些闲人都好奇地聚在十字街周围，兴致勃勃地观看这热闹……

这天上午十一点左右，一摆溜卧车和吉普车进了原西县招待所的院子。高老在苗凯和地区其他两位领导的陪同下，终于回到原西县来了。早已等候在县招待所的冯世宽等人，热情地把这位老首长迎进了招待所的会客室。

高老已快七十岁，身体看来也不太好，但一双眼睛炯炯有神。他回到久别的故土，情绪显然很激动。他马上就开始询问原西县的各种情况。高老的记忆力看来很好，地名、人名说出一大串，有些地方冯世宽都不知道，本县人田福军和李登云就在旁边作补充。

稍事休息以后，地县领导们就陪高老到餐厅去吃午饭。

餐厅已被几排屏风在一角围出单独一个场所，里面摆了两张饭桌。

首长们进来以后，饭桌上各种酒菜已经摆置齐备了。

马国雄像十字街上的那位警察一样，用两条胳膊做出路标状，弯下腰在前面引导大家入席。

高老来到席前，却不坐下来。他脸色冷峻地发问：“谁让搞这么铺张的酒席？”他扭过头看着旁边的苗凯，“我在黄原就给你们说，不要搞这一套！饭菜简简便便就行了，怎么你们还这样搞？”

苗凯尴尬地搓着双手，不知如何是好。所有其他的地县领导都肃立在桌前，面面相觑，谁也不敢说话。冯世宽赶忙出来给苗凯解围，说：“这都是我们的责任，苗主任和地区领导都不知情……”

“把这些东西都撤掉，换一点便饭就行了！”高老生气地说。

冯世宽立刻对马国雄使了个眼色。马主任就慌忙把服务员叫来，把桌子上的酒菜都端下去了。霎时，琳琅满目的两张饭桌空荡荡地只留下些调料瓶子。

好在厨房里准备的主食都是本地的风味小吃，不值什么钱；原来准备酒席完了以后才品尝，现在马主任随机应变，干脆指挥着让把这些东西端上了桌子。

高老这下高兴了，说："这就对了嘛！我在家里就爱吃咱本地的饭食，花钱少，吃着还可口……你们以后可再不能动不动搞那些大吃二喝的酒席。我跑了几个县，农民的生活还很苦呀！你们怎么能心安理得吃下去这些山珍海味呢？"

苗凯现在才松了一口气，连忙说："我们今后一定纠正这些不正之风！感谢高老对我们的批评……不，这实际上是高老对我们的最大爱护……"

吃完午饭后，高老竟然不休息，兴致勃勃地坐车回他的出生地高店子村去了……

两天以后，高老已经走访了当年他打过仗的许多地方；又到年轻时的老朋友顾健翎家里吃了一顿饭——当年他在本县打仗挂过两次花，都是顾先生给他治愈的。

离县的前一天，全县三四十名仍然健在的当年的老战友，都在县招待所聚齐了。几十年没见面，高老和这些年轻时一块出生入死的弟兄们都百感交集。大家一个个都老泪纵横，又由不得喜笑颜开。

中午，高老坚持自己出钱，让招待所备办了几桌饭，请这些老战友一块聚餐。他破例端着杯子，挨桌子一个一个给老战友们敬酒。

饭后，有地县领导参加的座谈会在县招待所的会议室举行。高老不断地向这些老同志询问他们的生活和农村的其他情况。这些老汉说着说着就哭开了，纷纷张开没牙的嘴，向老首长描述农村的贫困状况和他们缺吃少穿的不幸处境。

高老戴着老花镜，一边往笔记本上记，一边不时摘下眼镜揩眼泪。所有的地县领导都低倾着头，好像被告一般接受这些老汉的审判。

临近会议结束，苗凯和冯世宽先后做了检讨式的发言。他们表示一定要狠批“四人帮”，抓纲治国，继续坚持农业学大寨运动，争取早日实现三年变面貌，五年粮食翻一番……

在苗凯和冯世宽发完言后，高老脸抽搐着，说：“我们敬爱的周总理生前非常关心黄原老区人民。他老人家逝世的前一年，听说黄原有的地方农民还饿肚子，都难过得流了泪……”他转过脸看着苗凯和冯世宽，“你们在几年前就给总理做过保证，要三年变面貌，五年粮食翻一番。现在仍然这样说！是不是过五年以后，还这样说？同志们，再不要光在嘴上喊口号了，要真正解决问题！照我看，现在最主要的问题是，‘四人帮’的那一套做法还在作怪……”

苗凯和冯世宽连连地给高老点头，表示完全同意老首长的意见。

第四十八章

立秋前后，报纸和广播就开始号召今冬明春要大搞农田基本建设。八月七日，《人民日报》专门为此发表了社论。

田福堂的心里立刻火烧火燎起来。春天的时候，他就想到要在今冬和明春在农田基建方面大显一下身手；不仅要震动原西县，还要震动整个黄原地区。想不到中央和他想到一块去了！田福堂感到惊讶的是，他的想法竟然和中央的想法不谋而合。这位农村的土政治家又一次自大地想：如果早年间他就能好好施展自己的抱负，说不定如今也像永贵一样成为全国性人物了。

不过，话虽这么说，福堂自己也清楚，他不敢和陈永贵同志相比。他田福堂能名扬黄原就不错了。实际上，这个目标也不容易达到。眼下能人辈出，一个比一个想得大，一个比一个干得大。他要引人注目，就要想更大的，干更大的。

可是怎样干呢？他一时也想不出个眉目。修梯田已经不算一回事了；沟沟岔岔打几个小土坝也弄不出个啥名堂。他站在自己的院子里，望着周围的山山峁峁，像孩子一样突发奇想：如果能造出一种比山都高的推土机，一铲子就能削掉一座山就好了；那样用不了几天双水村就变成了小平原，恐怕他大寨的人都要跑到这里来参观呢！

这不着边际的荒唐想法把田福堂自己都逗笑了。他随即严肃地转回到窑里，一边闻纸烟，一边继续盘算。

就像诗人常有的那种情况一样，田福堂突然来了灵感：能不能用炸药把神仙山和庙坪山分别炸下来半个，拦成一个大坝，把足有五华里长的哭咽河改造成一条米粮川呢？

这想法使他异常兴奋！一阵猛烈的咳嗽过后，他灰白的瘦长脸涨得通红。他竭力让自己平静下来，以便对这个大胆的设想进行详细的考虑。

这的确是一件非凡之举！神仙、庙坪二山合拢，筑起一座大坝——恐怕起码是石圪节公社最大的一座坝；一两年后，哭咽河道就会淤成一道平川，双水村就能增加几倍的良田呢。到时产量别说过"纲要"，恐怕"黄河"和"长江"都挡不住！

田福堂越想越激动。尽管这还只是一个带有浪漫色彩的设想，但他好像已经看见了几年以后的壮丽美景。

但是，深入一想，一连串问题紧接着就来了。不用说，炸山拦坝应该选择最佳的地方；而最佳的地方也是最叫人头疼的地方。庙坪山这面没有住人家，炸哪儿倒不成问题。可神仙山这面，只能在姓金的几家人那里动土——这地方是个突出的山嘴，与庙坪山的距离最接近。这样一来，这几家人就必须搬家。就是避开这山嘴，这几家人恐怕也无法在这里住下去了——十几吨炸药不把窑洞震垮才怪哩！

好在不论怎样选择坝址，看来还不会伤到金家祖坟；如果让那一片死人"搬家"，整个姓金的人家都会出来反对的。

但让那几家活人搬家又谈何容易！

这山嘴上的两大家中，金光亮弟兄三家还好说。他们是地主成份，恐怕不敢胡拧龇。难说的是金俊武弟兄三家——实际上最难对付的是金俊武一个人！要撬动这个人可不是一件轻而易举的事。

这样一想，田福堂的情绪有点低落下来；他的宏图大计一开始就遇到了严重的障碍。可他又不甘心放弃这个可以一鸣惊人的壮举……

在焦虑之中，田福堂想到了他的高参孙玉亭。

他马上打发放学回家的润生去叫孙玉亭到他家里来。

玉亭刚到，田福堂就很快把他引到隔壁窑洞去共同谋划这件事。

孙玉亭听了田福堂的宏伟设想，马上击节叫好，对书记的雄才大略佩服得五体投地；同时意识到在这样一场大战中，他自己也能大显一番身手了。

紧接着，当书记把此举的困难之处一一给玉亭摆出之后，这位高参倒没把这些问题当个问题。

他先对自己的统帅说："革命事业从来不会一帆风顺。我们要与天斗，与地斗，与人斗，才能把农业学大寨搞好。大寨还不是斗出来的吗？"

田福堂说："这些道理我也懂。毛主席大概说过，具体问题要具体解决。首先这搬家问题就很具体。"

"这问题不难解决。"孙玉亭说，"咱们在金家湾北头给他们几家箍新窑洞不就行了？一孔旧窑洞换一孔新窑洞，他们又不吃亏！"

"人在老地方住惯了，恐怕不情愿倒腾。"

"咦呀！革命还能管他情愿不情愿呢？蒋介石情愿到台湾去吗？"

田福堂笑了，说："话可以这样说，但这几家人又不是蒋介石。"

"怎？他金光亮弟兄几个都是地主成份，难道他们敢拒挡农业学大寨运动？"

"光亮弟兄几个估计不敢反对，俊武和俊文的工作恐怕就难做了。关键是俊武！只要他同意了，俊文没什么能耐。彩娥是个妇道人家，主不了大事。再说，俊斌就是活着，也是听两个哥哥的话……”

“金俊武他有什么理由反对？他自己是个共产党员，又是大队党支部委员，本来就应该积极支持革命事业！”

“你又不是不知道金俊武这个人。”田福堂提醒雄辩的玉亭说。

“我看他不敢拒挡。破坏农业学大寨这顶帽子他金俊武不敢戴！”孙玉亭信心十足地说。

在这样的情况下，孙玉亭不屈不挠的革命精神往往能给田福堂很大的鼓舞。有时候，他心里也嘲笑和瞧不起这位穿戴破烂的助手；但一旦他要干件大事，他就离不开这位贫穷而激进的革命家强有力的支持。

“那你看咱现在先从哪里下手？”田福堂问孙玉亭。

玉亭想了一下，说：“咱先开个干部会。只要干部们思想统一了，群众好办。村看村，户看户，社员看的队干部！”

在田福堂和孙玉亭拉谈罢这事的第二天晚上，双水村有点职务的干部都被集中到了大队部的办公窑里。田福堂兴致勃勃地给大家谈了他的宏伟设想。福堂谈完后，孙玉亭装出第一次聆听书记的“哭咽河畅想曲”，马上惊讶地赞叹了一番，并且借题发挥，长篇论述了这件事的“伟大意义”。

这两个人的“双簧”演完以后，与会的人都沉默不语。谁也没理由出面反对。看来反对这行动，就等于反对农业学大寨。反对农业学大寨就等于反对革命。但是众人又不好表态支持，因为所有的人都看见二队队长脸红得像一块烧红的铁。俊武蹲在下炕角闷头抽烟，就像一颗一触即发的炸弹。

沉默了一会以后，孙玉亭挑衅性地问金俊武：“俊武，你的意见呢？”

所有的队干部都把目光“刷”一下移到金俊武脸上，紧张地看这位强人说什么呀。

金俊武对孙玉亭恶毒地笑了笑，说:“我的意见是这工程太小了。农业学大寨嘛，像福堂哥说的，要想大的，干大的。我看咱可以搞更大的，干脆把金家湾和田家圪崂两面的山都炸掉，把东拉河拦起来，几十里沟道就变成了一马平川;那不光咱双水村粮食能跨过‘长江’，全石圪节公社都能跨过哩！这样不是对中国革命和世界革命贡献更大吗？”

窑里所有的人都被逗笑了。田福堂和孙玉亭两个人脸也像金俊武一样变得通红。红脸对红脸，就像斗阵的老公鸡。

田福堂硬忍着一肚子气，尽量用平和的语气说:“今晚上先把这问题提出来。当然有许多具体困难，罢了咱们再解决……”

会议不欢而散。看来孙玉亭过于自信——事情并不像他推断的那么简单。田福堂说得对，最大的绊脚石就是金俊武。

田福堂又一筹莫展了。当然，他可以以革命的名义，强行实行他的计划。但除非万不得已，他不愿意这样做。不论怎样，他生活在双水村;不仅这一代，而且下一代也要和金家共处，因此不能结仇太深。最好一切都做得水到渠成，让金家无话可说。当然，队里新箍的窑洞一定要比金家现在住的窑洞好。但就这样，金俊武也不见得就同意搬家。金俊武如果不搬，那其他人的工作就不好做。

正在田福堂再次陷入苦恼之时，不屈不挠的孙玉亭又给田福堂献上一条“妙计”:把金俊武先撇在一边，做其他几家人的工作;只要其他人都同意搬家，共产党员金俊武还能再反抗吗?

这计策太好了！田福堂惊叹玉亭脑瓜子越锻炼越灵敏。他说:“这是个好办法！先从金光亮弟兄下手！我亲自和他们上话！”

玉亭说:“我给咱做彩娥的工作！彩娥一同意，就把俊武家的缺口也打开了！”

田福堂很快把金光亮和金光辉两兄弟找来，不是商量，而是把大队的决定通知了这两个人。两个地主成份的农民二话也不敢说，表示完全服从大队的决定；什么时候让他们搬家，他们就什么时候搬。

但是，几天以后，在原西城百货二门市当售货员的金光明，满脸阴沉地回到了村里。他是接到妻子姚淑芳的信赶回来的——淑芳在信中告诉了队里让他们搬家的事。

作为在门外工作的干部，金光明虽然出身不好，但精神状态不像他哥和他弟那样什么事都胆战心惊。他现在窝着一肚子火气赶回家来，不想如此束手就擒。他气愤的是，“文化大革命”刚开始，孙玉亭就带着村里的造反队把他家刨得一塌糊涂。现在，竟然连这么个破墙烂院都保不住了，实在是欺人太甚！

多少年来，他们弟兄三人为了死去的父亲的罪过，一直像惊弓之鸟一般生活着，几乎连出气都不敢张大嘴巴；大人娃娃在村里都好像比别人小了一辈。就这样还不行，眼下又要把他们从住了几十年的老地方赶出来！他现在回来，准备找田福堂说一说道理。尽管他出身不好，道理总可以讲吧？再说，“四人帮”打倒后，他已经感觉来，社会也许要有某种变化。他还不敢奢望把他们弟兄头上的沉重的帽子揭掉，但他明显感到这社会在某些方面已经慢慢松动起来。

光明回到家里后，还没等他把自己的意见说完，他哥，他弟，他爱人，都劝他千万不能这样。这些已经被多少次运动吓得丧魂失魄的人，纷纷劝说光明：这样做并不能改变他们家的命运，反而会招致更大的灾祸。既然不能改变队里的决定，还不如举双手赞成落个好表现。他哥金光亮对大弟说：“你图个痛快，说完挣气话屁股一拍就回了原西城，我和光辉，还有淑芳，还有娃娃们，都要在这村里活人哩……”

金光明痛苦得一晚上没合眼。为了兄弟，为了家属，他只好屈从了亲人们的劝告，放弃了找田福堂评理的冲动。第三天，他垂头丧气地推着自行车，又返回了原西县城……

与此同时，孙玉亭兴致勃勃地赶到田福堂家里，告诉书记说，他把王彩娥的工作做通了！

田福堂喜出望外。想不到事情换一种方式解决，就能取得意想不到的结果。金俊武眼看就要孤立无援了！田福堂感到由衷的高兴。他又不失时机地去了一回公社，给上级领导汇报了他的打算。对于这样一种学大寨的雄心壮志，公社领导除了支持还有什么其他说的呢！

好，有了这把“尚方宝剑”，他的腰杆子就更硬了！

回到村里以后，田福堂索性不再做金俊武两兄弟的工作，当下就准备召开社员大会，作紧急动员——因为现在就要抽调人力，在金家湾北头箍新窑，以便到开工时把搬迁户挪出哭咽河沟道。

但副书记金俊山劝告田福堂说，最好还是先能做通金俊武两兄弟的工作，然后再召开社员大会比较稳妥。他认为这样强行逼迫金俊武兄弟，恐怕将来要留下后遗症；甚至说不定到时金俊武就是不搬家，反倒更缠手了！

金俊山提出：让他自己去和金俊武兄弟俩再谈一谈。

田福堂考虑这样也好，就同意了俊山的意见。他心想：只要你金俊山揽这个工作，我田福堂才巴不得哩！再说，工作做通做不通，看来他金俊武拒挡不了革命的车轮滚滚向前！

金俊山本来不愿揽什么事。但作为一个上了年纪的老基层干部，觉得田福堂这种做法太过分了。革命也不能这么个革法！怎能不经本人同意，就把人家住了几辈子的家给踢踏掉？他也知道，尽管俊武是个强人，但最终还是不能拒挡田福堂实现他的雄心。他想说服这位户家兄弟，与其反抗得不到结果，还不如顺势买个好。

当金俊山来到俊武家，向俊文、俊武两兄弟说明他的意思之后，金俊文先破口把田福堂和孙玉亭臭骂了一通。

金俊武黑丧着脸，对金俊山说："俊山哥，我知道你是好意。但田福堂和孙玉亭欺人太甚了。我这个家已经够倒霉了。俊斌为队里送了命，现在又要砸先人传下来的几孔窑洞，这不是让我家破人亡吗？我就是不挪窝！看他田福堂能怎样？老虎吃人还要摆顺吃哩，我不信他田福堂就能把我一口吃掉！"

金俊山沉默了一会，然后说："兄弟，你说的都在道理上。可是俗话说，好汉不吃眼前亏。俗话还说，能硬能软，方为好汉。你兄弟俩听老哥一句话，还是不要犟牛顶到墙。再说，金光亮三弟兄都同意了，你们家俊斌媳妇也同意了，你们再要坚持，到时田福堂汇报到上面，人家把你们当破坏农业学大寨的典型抓，这样你们就划不来了。

"你们再好好想想！老哥都是为你们好，要不，我也不愿为这些事费口舌；你们知道，我虽然也算队里的领导，但聋子的耳朵，只是个摆设……"

金俊山一番苦口婆心的劝说，显然使这两兄弟为他的诚心所感动了。唉，俊山哥说的也都是些实话。世事啊，把人逼到了这样一种地步！归根结底，他们都是普普通通的老百姓，怎么可能和社会的大潮流对抗呢？

兄弟俩先后叹了一口气，都深深地埋下了头。金俊文吸了吸鼻涕，竟然忍不住呜咽着哭开了。

金俊山安慰他们说："你们也不要太伤心了，把世事看开些。人活一生，都得经许多愁肠事啊！我知道你们的心理，老地方住惯了就有了老感情；再说，这是先人手里传下来的……

"不过事到如今，也就只能受委屈了！俊武，我知道你不愿给田福堂下脸，那就让我给他传个话，说你们也同意了……"

金俊山见这兄弟俩仍然埋着头，不再言传，就知道他们默认了他的建议，因此就从俊武家告退了。

田福堂听金俊山说，金俊武兄弟俩终于同意了搬迁，高兴得嘀嘀地笑了。

他对金俊山说：“我知道俊武是个明事理的人，他最终肯定会同意的。咱们一定把新窑洞给他们箍好。哈呀，这事搁在谁头上都一样嘛！鸟都恋旧窝哩，更不用说人了！我完全能理解俊文俊武的心情儿……”

几天以后，双水村大队在小学校的院子里召开了全体社员大会。田福堂在会上作了关于炸山打坝的紧急动员讲话。

会后，立刻抽调村里的匠人，开始在金家湾北头为将要搬迁的六户人家箍新窑。同时，决定让孙玉亭负责卖掉大队的几万斤储备粮，用这钱到县水利部门购买炸药。等秋庄稼一收割完，双水村就准备干这件惊天动地的大事呀！

第四十九章

金俊武在庙坪后山犁完麦地，让其他人吆上牲畜先走了。他自己镢把上扛着一捆子犁地翻出的柴草，一个人慢慢下了山。

几天来，他心里一直像揣着一块硬邦邦的石头。他在大势压迫之下，只得同意从祖传的老家里搬出来。但他对田福堂和孙玉亭的怨恨却越积越深了。

说实话，他不是惧怕这两个人；而是惧怕落个破坏农业学大寨的罪名。不论怎样，在这件事上，田福堂和孙玉亭逞了强。他金俊武眼睁睁地让人家的腿从自己头上跨过去了。他妈的，他咽不下去这口气！

他扛着这捆子柴草，在庙坪山的梯田小路上一边走，一边难受而气愤地想着这件事。时令已接近白露，不多日子就要收割秋庄稼；庄稼一收割完，他们就要搬家了。一想到要离开自己从小住大的家，金俊武的胸腔里就一阵绞疼。

现在，他从庙坪山走下来，到了哭咽河岸边的一个土台子上。

隔河就是他的家。一摆溜九孔接石口窑洞，被两堵墙隔成了三个院落。中间三孔窑洞住着他哥俊文一家；他和俊斌家分住在两边的院落里。俊斌家靠后边不远的地方，是金光亮弟兄三家。他家这面不远的地方是金家祖坟；然后是学校和紧挨着的一大片高低错落的村舍。

在整个金家湾这边，他们家和金光亮家自成一个单元。米家镇已故米阴阳当年给金光亮他父亲看宅第，说这地方是双水村风水最好的地方，因此老地主独霸了这块宝地，不让村里其他人家在这里修建住舍。他父亲当年是前后村庄知名的先生，看在这个面子上，光亮他爸才破例让他们在这里修建了这院宅子。为修这院落，父亲把祖上和他自己积攒了大半辈子的银元全都花光了……

现在，这份饱含着先人血汗的老家当，将在他们这不孝之子手上葬送了！也许队里新箍的窑洞比这窑洞强，可九孔旧窑洞维系着他们和先人的感情；对于后人来说，这里就是他们生活和生命的根之所在。现在，他们深植在这里的根将被斩断，而要被移植到新土上了。多么令人痛苦啊！

壮实的庄稼人金俊武两腿发软了。他索性把肩头上的这捆柴草扔到地下，自己也跟着一扑踏坐下来，两只铜铃般的大眼睛里充满了忧伤。他把忧伤的眼睛投照到对面的祖坟地上。第六棵柏树左边的第二座坟，就是他父亲的长眠地。他父亲下面的那座新坟，埋着去年去世的俊斌。阴间和阳界一样，俊斌旁边给俊文和他留出了一块地方；死后他弟兄三个还并排住在一起。金俊武难受地想：他对不起死去的父亲和弟弟……泪水忍不住从这个四十出头、强壮得像头犍牛一样的庄稼人眼里涌出来了。

坐了一会，金俊武用搭在肩膀上的毛巾揩了揩脸，准备扛着柴草回家，忽然看见正在井子上担水的俊文搁下桶担，烟锅挖着烟袋，从土坡的小路上向他这里走来。俊文显然是找他来的，他就只好等着他哥上来。

金俊文上了土台子，在弟弟旁边坐下来，也没说话，把自己的烟锅点着，然后把烟布袋给俊武递过来。金俊武在他哥烟布袋里挖了一锅烟，两兄弟就吧、吧地抽起来。

过了一刻，俊文望了弟弟一眼，嘴张了张，想说什么，但又没说出来。

俊武看着他哥，等待他开口。

俊文知道弟弟看出他有话要说又没说出来，就只好开口说："孙玉亭那龟子孙又跑到俊斌家去了……"

血一下子涌上了金俊武的脑袋。他知道他哥的这句话里包含着什么意思。

实际上，俊斌死后不久，金俊武就隐约地感觉到，他的弟媳妇和孙玉亭之间发生了一些微妙的事。作为一个精明人，他知道事态将会怎样发展；作为一个当哥的，他又对这事态的发展无能为力。

到后来，彩娥和孙玉亭的关系已经成了公开的秘密。他知道全村人早已背着他家的人，议论成了一窝蜂。但他除过气得肚子疼外，没有任何办法。

没办法！彩娥是个风骚女人。俊斌活着的时候，仗着他在村里的悍性，没人敢来骚情；彩娥自己也不敢胡来。俊斌一死，这女人就胆大了。

话说回来，一个三十出头的女人，没个男人也的确是个问题。金俊武知道，彩娥迟早总得寻个出路；但在没寻出路之前，不能败坏金家的门风啊！他希望彩娥要么出金家的门，另嫁他人；要么光明正大招个男人进门。不论其中的什么方式，这都合乎农村的规范。反正俊斌已经殁了，也没留下个后代，这些都不会使他们过分难肠。但是，这女人放下正道不走，专走见不得人的歪路。如果是旧社会，他弟兄俩说不定把这个下贱货拿杀猪刀子捅了。可这是新社会，他们没办法惩罚她，只能睁一只眼闭一只眼。金俊武本来想，彩娥既然在俊斌入土不久就无耻地失节，那么还不如赶快去另嫁男人。但是，这女人硬要把骚气留在金家的门上，迟迟没有改嫁的迹象。更叫他们弟兄气愤的是，她竟然和他们最痛恨的孙玉亭勾搭在了一起，并且背叛性地表态同意搬迁……

金俊武听他哥说了那句话后，半天没言传，不由朝河对面俊斌家的院子瞥了一眼。那院子此刻空荡荡，静悄悄。从前，勤劳的俊斌就是中午也不休息，在院子里营务蔬菜。现在，那块当年叫村里人羡慕的菜地，已经一片荒芜。好吃懒做的王彩娥连院子也不打扫，到处扔着乱七八糟的杂物。此刻，她正封门闭户，和那位死狗队干部一块厮混……

弟兄俩各怀着恼怒沉默了一会以后，金俊文又开口说："咱这门风被糟蹋成这个样子，再不能忍受了。干脆把孙玉亭那小子扣在窑里捶一顿，把他的腿打折一条再说！"

金俊武继续沉默了一会。然后他说："我和你一样气愤。只是俗话说，家丑不可外扬……"

"早扬到外面了！"金俊文气得头一拐。

"别人议论那是另外一回事。自己闹腾，等于是把这顶骚帽子自己扣在了自己的头上。"

"那你说就这样白白叫人家糟践？"

"你能不能叫我桂兰嫂去探问一下这个贱货，看她有没有什么正经打算？如果能尽快寻个出路最好。唉……"金俊武丧气地叹息了一声。

"这就是你的办法？亏你还在村里落了个强人名！这就是你的悍性！"

金俊文向来都是尊重弟弟的；现在由于气愤，竟忍不住挖苦起了俊武。

"哥！"金俊武眼里含着泪水，一时急忙不知对他哥说什么。

金俊文显然对弟弟这种甘愿忍受屈辱的表现很不满意。他一下子站起来，说："这事你不管我管！我不能叫外人看咱家的笑话！哼，金家死了一个人，但没死光！有的是汉子！”

金俊文丢下他弟弟，脸色阴沉地一拧身就走了。

金俊武一个人呆坐在土台子上，不知如何是好。

这时候，他看见兴致勃勃的孙玉亭，正从王彩娥住的窑洞里出来了；彩娥一直撵着把他送到大门口。两个人招手晃脚地告了别，孙玉亭就像个窃贼似的一溜烟出了哭咽河，向庙坪的小桥那边走去了。

怒火即刻在金俊武的胸膛里狂暴地燃烧起来。加上刚才他哥的那些刺激话，使得这个人牙齿都快把嘴唇咬破了。

他扛起柴捆子，一路疯疯魔魔地下了沟道。

回到家里，金俊武连午饭也没吃，扛了把镢头又上了自留地。他空着肚子在地里没命地干了一下午活，一直到天黑得看不见人影的时候才又返回家里。

晚饭他仍然没有吃，一个人和衣躺在前炕边上蒙头大睡。小儿子像往常那样亲热地来到他身边和他磨蹭，被他一巴掌打在了炕中间，孩子便尖叫着哭起来。这是他第一次动手打他的这个宝贝蛋。

金俊武不管孩子和老婆的哭叫，只顾蒙头睡他的觉。

其实他怎么能睡得着呢？干了一天重活，又没吃饭，但肚子也不饿。他在被窝里睁着眼睛，痛苦地从俊斌的死开始，追溯他家一年来遭受的种种灾难。生活像磨盘一样沉重地压在这个壮汉的胸口上，使他连气也喘不过来……

午夜时分，仍然失眠的金俊武，突然听见窗户外面他哥神秘的声音：“俊武，你起来一下……”

金俊武一挺身从土炕上爬起来，听见自己鬓角的血管也哏哏地跳着——他预感出事了！

他没有惊动熟睡的家人，悄悄溜下炕，来到了院子里。

他看见他哥站在朦胧的月光下，神色很不对头。他紧张地问：“出了什么事？”

“金富和金强把孙玉亭那小子扣在俊斌家里了。”金俊文平静而有些高兴地说。

一刹那间，金俊武就感到了事态的严重性。他在心里抱怨他哥做事太鲁莽——但嘴里又说不出来。

“把人打了没？”金俊武先问最主要的事。他怕遭下人命，就得要去吃官司了。

“没。把外面的门关子挂住了。那小子就在窑里面。俗话说，捉贼捉赃，捉奸捉双。这下看他小子怎么办！”金俊文对他弟说。

一听还没遭人命，金俊武先松了一口气。但他意识到事态仍然包含着一时都说不清楚的危险性——这种事弄不好很容易出人命！

他先顾不得说什么，和他哥赶快向俊斌家的院子走去。

金俊武和他哥进了俊斌家的院子，见中间彩娥住的那孔窑洞，窗户上已经亮起了灯光，里面不断传来彩娥恶毒的叫骂声。两个侄子金富和金强在门外立着，显然不知道该如何处理这事。

俊武进了院子，用手势示意两个侄子不要出声。他放轻脚步来到彩娥的窗户下，听见弟媳妇在窑里叫骂声不断。不是骂孙玉亭，而是骂他们家的人；甚至把他家祖宗三代翻出来臭骂。他还听见孙玉亭在窑里嘟囔说：“总有个组织哩……”

金俊武一看这情况，就知道事情复杂了。这类事，只要女的不承认，天王老子也没办法。他的心不由得“咚咚”地狂跳起来。依他的想法，最好赶快把人放出来再说。可他又知道，他哥和两个侄子肯定不让，说不定先要和他遭一回人命哩！但就这样下去，万一出个什么事，王彩娥或孙玉亭还会反过来咬一口，就像田五的“链子嘴”说的：拿起个狗，打石头，石头反过来咬了个手……

金俊武对金富招了招手，示意让大侄子跟他到院子外面去。

金俊武把金富和俊文一起引出院子，来到院墙外的埝畔上。他对这父子俩说："既然事情到了这个地步，那就要经组织处理！金富，你先去叫田海民；海民是村里的民兵队长，这事先要报告他。你就对田海民说，孙玉亭深更半夜强奸良家妇女，被你和金强捉住了，让他来处理！"

金富立刻遵照二爸的指示，跑到田家圪崂那边叫田海民去了。

金俊武对他哥说："咱两个得赶快各回各的家去，假装这事是金富和金强捉住的，咱们不知道。等田海民来了，处理事情的中间，咱两个才能露面。这样，万一有个三长两短，就不会把一家人都扯进去！"

在这种时候，金俊文知道自己脑子不够用，无条件地服从精明的弟弟。

金俊武又示意金强出来，给他如此这般安咐了一番，老弟兄俩就赶紧各回了各家。金强重新返回到三妈的门下，看守着现场。

与此同时，金富已经气喘吁吁地蹚过东拉河，赶到田家圪崂，即刻进了田海民家的院子。

这小子来到海民的门前，一边用拳头捣门板，一边嘴里反复大声嚷着他二爸教他的那些话。

海民一家人被惊醒了。旁边姓刘的一家人也被惊醒了。

这院子的两家大人都先后跑了出来；他们的孩子们在窑里没命地哭着。什么地方扑棱棱地惊起了一群飞鸟；接着，传来了一阵狗的惊恐的吠声。

金富站在黑暗的院子里，气喘吁吁地给民兵队长报了案。

没等田海民说话，他媳妇银花就对丈夫说："这么大的事不找田福堂和金俊山，你能处理了？"

其实田海民一听这事，就知道自己的脑水处理不了。他对金富说："你去叫田福堂，我处理不了这事！"

这下金富可不知道该怎办了。但他记起二爸让他找的是田海民，没说让他去找田福堂,因此他不敢贸然自作主张。他对田海民说:“反正你是民兵队长！我给你说了，你不管，遭下人命要你负责！”

金富说完就转身走了。

金富走了以后，田海民两口子和邻居刘玉升两口子在院子里议论了老半天。三个人都给田海民出主意说，这是大事，人命事，海民应该马上去给田福堂报告，自己千万不敢一个人去金家湾处理。

田海民立刻动身去找田福堂。

当海民把田福堂叫到院子里，向他说明事态以后，田福堂问他：“玉亭和王彩娥两个人承认了没？”

田海民说:“这我不知道。”

田福堂披着件衫子，在自家的院子里沉吟了半天。

他突然微笑着对田海民说:“你回去睡你的觉去！谁也别管！看他金俊武弟兄们怎处理！玉亭要是承认了，那他屙下的由他自己拾掇去！如果玉亭和彩娥一口咬定不承认，那他金俊武就有好戏看了！不要管！你睡你的觉去！”

田海民一看书记是这个态度，就一溜烟回去了——他巴不得不管这事哩！反正我给你田福堂报告了;将来出了事，你去承担责任吧!

田海民走了以后，田福堂仍然站在院子里没回家去。

在这种情况下，他怎么还能睡得着觉呢?他意识到情况非常严重。但想来想去，他现在决不准备插手！他要等到天明以后，看事态如何发展，再决定他应该怎么办。他在院子里转圈圈走着，脑子像一团乱麻。

在金家湾这面，金俊文和金俊武也在自各的院子里转圈圈走着，焦急地等待田海民的到来。他们并不知道，海民已经脱光了衣服，搂着银花蒙头大睡了。

这时候，一条黑影神不知鬼不觉地溜出了双水村……

第五十章

天明以后，事态仍然保持着夜间的状态。但整个双水村被惊动了。在农村，没有什么事能比得上这种事所具有的刺激性。人们都不由自主地面带着微笑，然后纷纷向哭咽河金俊武弟兄们住的地方跑去；不多时分，金俊斌家的大门外和窑顶上面就挤满了黑鸦鸦的村民。孩子们也都不去学校，跑到这里来看红火热闹。只是不见孙家的人——他们已经无脸在村中露面了。田福堂、金俊山和田海民这些队干部也不见踪影，大概生怕把自己直接扯进这种麻糊事件中去。

现在最着急的也许是金俊武了！田海民和田福堂不出面处理这事，精明的俊武就意识到，现在被动的不是王彩娥和孙玉亭，而是他们自己了。事到如今，继续扣人不行，马上放人也不行；更为糟糕的是，全村人都涌到了这里，眼看就要酿成一个大事件。

能人金俊武感到自己已经没有能力再控制这个局面了。他在自己的窑洞里，眉头子挽结着一颗疙瘩，来回在脚地上走着，心里在抱怨他哥和两个侄子愚蠢透顶。他感到事态越来越险恶，但又不知道险恶倒究在哪里。他已经失去了任何判断，只能被动地任事态继续发展。

此刻，被关在窑里的王彩娥和孙玉亭，反而倒不那么恐慌。刚开始的时候，孙玉亭吓得浑身像筛糠一样，但王彩娥立即制止了他的慌乱。彩娥骨子里有她母亲的那种吃钢咬铁劲。她吼着让玉亭不要害怕，先把衣服穿好再说。孙玉亭这才像死人缓过了一口气，赶忙手脚慌乱地穿衣服，结果把裤子前后都穿反了，又被彩娥骂着调了过来。

王彩娥把灯点着，不慌不忙穿好了自己的衣服，又把被子拾掇得齐齐整整；然后便一屁股坐在窗前，开始破口臭骂金俊武一家人。孙玉亭哆嗦着坐在脚地的板凳上，浑身汗水淋漓，嘴里只会嘟囔说："总有个组织哩……"

天明以后，两个人听见外面人声沸腾，知道全村人都知道了这件事，赶到这里看热闹来了。孙玉亭马上又吓得面色灰白，头垂到裤裆里，浑身再一次筛起了糠。王彩娥吼着对他说："你这个没骨头的家伙！怕什么？屁的事也没！看他金家这群王八羔子怎放人！你光明正大来串门子，谁家的龟儿子看见你和我睡觉了？"

孙玉亭这才又些许定下了心。他感激地望着这位相好。他根本想不到，女人平时像水一样绵软，紧要关头就像生铁一样坚硬。在一生之中，孙玉亭除过和贺凤英，还没和旁的女人相好过。他一心一意闹革命，从来不做这种偷鸡摸狗的事。自从俊斌死后，他给彩娥安排了照枣这个全村人眼红的好营生，彩娥就渐渐把他的魂勾住了。起先他还没意识到彩娥勾扯他；直到去年打枣那天她偷偷在他手上捏了一把以后，他才全明白了她的"意思"。他当然一下子就招架不住了，很快着了魔似的，不顾一切到这个窑洞来寻找温暖和抚爱，终于落到了今天这个地步……此刻，玉亭惟一的希望寄托在田福堂身上。他相信福堂哥一定会想办法解救他的——他忠心耿耿追随书记闹革命二十来年了……

在田家圪塄这面，田福堂像往常一样，一大清早先泡了一壶浓茶，有滋有味地喝着。他已让一队副队长田福高到金家湾那面看情况去了。

不一会，五大三粗的福高就回来了。

田福堂问他："情况怎样？"

"人还关着。"田福高说。

"玉亭和彩娥在窑里有什么动静没有？"

"我没到窑跟前去，就听说两个人都不承认。彩娥还在窑里骂金俊武一家人哩……"

田福堂"嘿嘿"地笑出了声，说："这就好了。俊武精明得都憨了！他现在就像从火堆里拿出颗烧土豆。拿，又拿不住；丢，又丢不得……玉亭哩？"

"玉亭听说就在窑里嘟囔一句话。"

"什么话？"

"说总有个组织哩……"

"哈呀！这玉亭！这号事还什么组织哩！怎？组织还给他嘉奖呀？他最好是在窑里闹着寻死上吊遭人命，那金俊武恐怕马上就得把门打开！"

"玉亭怕早吓得屙到裤子里了，还顾上耍计谋哩！"田福高笑着说。

"现在这样闹也不迟！不知有没有办法把这话给玉亭传进去？"福堂问福高。

"恐怕没办法。金富和金强两个守在门上，不让人走近前去。"

"那就等着看他金俊武怎结束这场戏呀！"

田福堂随即给福高递上一根纸烟，他自己端起茶杯子，不慌不忙喝了起来……

孙玉亭自己没想到在彩娥的窑里闹腾着遭人命，他老婆贺凤英却在他家的院子里哭喊着要寻死上吊了。闻讯赶来的少安妈和秀莲，死活拉扯着她，不让凤英出自己的院子。玉亭的三个孩子不知道发生了什么灾祸，杀猪一般在黑窑洞里嚎叫着。

孙玉厚父子三人在自己家里沉着脸，谁也不说话。他们也没出山，等待看事态如何发展。不管怎样，孙玉亭总是自家人，他们不能不关心这件事。

沉默很久以后，少安对父亲说："看来福堂不会出面解决问题，让我到石圪节去找公社领导。要不，眼看出人命呀！"

"不要去！"孙玉厚对儿子大声吼叫，老汉不愿意他家的人再扯进这是非坑里。他对两个儿子说："你们不要出门！谁要出去，我就打折你们的腿！他们愿意死谁哩，和咱没相干！"

这种时候，孙玉厚的家长地位是神圣的，少安和少平谁都不敢有丝毫的反抗。他们只好都呆在自己家里。

早饭时分，事态终于扩大了。王彩娥娘家户族里的几十条后生，手里拿着碾棍磨棍，从金家湾后山里转小路赶过来，给金家遭人命来了。双水村谁也不知道，消息是刘玉升摸黑赶到王家庄报告的。刘玉升是双水村不多几家杂姓之一，属于"少数民族"，在村中不参与三个主要家族的矛盾。但玉升和王彩娥的娘家有亲戚关系，因此昨晚上听金富在他们院子里给田海民报案，就在后半夜偷偷溜出村，赶到王家庄报了信；赶天明他又返回双水村家里，一切遮盖得人不知鬼不觉。

王彩娥的几个兄弟听到消息，一打早就动员了本族几十条好汉，操起家具向双水村赶来了……

在农村，从古代到现代，似乎有一条不成文的"法规"：此类"桃色事件"可以不经官方，由户族与户族之间解决。这就意味着暴力与战争。在历史上，这种事件往往酿成了惨痛的流血和屠杀。户族、种族之间的冲突，也许是人类最大的悲剧。这种战争往往是由一些鸡毛蒜皮引起的，而且根本分不清谁是谁非，结果就让许多人毫无意义地倒在了血泊之中。

王氏家族的武士们首先冲进了金俊斌家的院子。金富和金强尽管是打架老手，但寡不敌众，没几个回合就被乱棍打得抱头鼠窜了。

彩娥家被关住的门很快打开。孙玉亭乘混乱之机，赶紧冲出了人群，向哭咽河后沟道里落荒而逃，霎时就不见了踪影；王彩娥两把抖乱了自己的头发，哭骂着爬上了金俊文家的窑顶，要往他家的院子里跳，给金家遭人命，被她的一个弟弟硬拉住了。

与此同时，一些王姓后生开始砸金俊文和金俊武家的窑檐石；另外一些人分别冲进这两家人的院子，见什么砸什么。有的人已经开始往家里冲。金俊武、金俊文和金富弟兄分别拿着切菜刀和杀猪刀子把在自家的门口，准备决一死战。

村中所有看热闹的人立刻四散而逃了。大人拉着娃娃，哭叫声响成一片；那情景真是混乱得如同战争一般。

约摸十分钟以后，金家户族里的二十来条后生，也操起家具，向金俊武家赶来了。作为同宗同族的人，他们自觉地负起了传统的责任：当这类事发生后，本族有人遭外族大规模进攻的时候，有义务用同样的方式聚合起来与之对抗。这种关头，作为同族人，就是历史上或现实中相互之间有嫌隙，也暂时被放在一边，要庄严地为神圣的传统原则而战了！

金家户族的人很快冲进了两个院子，和外村的王姓展开了一场混战。金俊武父子弟兄们看见本族人赶来支援他们，都感动得眼里涌满了泪水。

在这混战的人群中，只有一个毫无缘由的两旁世人也在参战——田二的憨儿子田牛。田牛在混战开始、外姓人纷纷撤退的时候，他觉得更有意思了，竟然笑嘻嘻地顺手拉了一根柴棍子，也搀和到里面打开了。他不分敌我，见谁打谁。王姓户族的人以为他是金家的人，就和这个憨汉也打了起来。田牛身上挨了几棍，顿时勃然大怒；混乱中，他拿棍子追着把金俊武的一只猪娃子腿打折还不罢休，又把一只老母鸡也打死了！

正在双方打得难分难解之时，金家户族里一个对田福堂极端不满的人，突然对王家庄的人喊叫说："门是大队书记田福堂让关起来的，你们不找他算账，在这里遭什么殃呢！"

这不怀好意的谣言一下子扭转了这场战争的局势。王家庄的人根本不知道双水村的情况，立刻对这话信以为真了。

这群盲目的暴徒先后停止了在金家院子的攻击，在为首的人带领下，直奔田家圪崂去了——这真是一个戏剧性的变化！

现在，金俊武和金俊文家的院子，遍地狼藉。外村王家族里被打伤的人，被同族人扶到了王彩娥家的院子。金家族里受伤的人，分别被抬回了自己家里。金俊文衣服被扯得稀巴烂，手上流着血；他的小儿子已经被打得睡在土炕上直喊爹妈。金俊武大眼睛里充满了红丝，两只手分别拿着切菜刀和杀猪刀子，仍然僵立在自家的门口——他终于使王家庄的凶徒没有能进入家门。而他哥的家门却没能守住，攻进去了几个人；尽管俊文父子三人拼力作战，但家里还是被砸得一塌糊涂；水瓮，盆碗，没有一件是完好无缺的……

现在，王家庄的二十来条后生已经蹚过了东拉河，到田家圪崂寻田福堂的麻烦来了。田福堂做梦也不会想到，这股祸水会被引到他家！

这些打红了眼的人刚过了哭咽河的小桥，有人就跑到前面给田福堂传了话。福堂由于没任何精神准备，一时慌乱得不知如何是好。他先吼叫着让老婆和儿子赶快去邻居家避难；老婆和儿子走后，他又把窑洞的门都锁了起来。然后他飞快地跑到院墙外，吼叫田福高和田姓人家的后生们，赶快来保卫他的家庭！

以田福高为首的田姓人家的几十条后生，几乎和王家庄狂暴的后生们同时赶到了田福堂的院子里。

一场混战立刻又在这里展开了。王家几个捷足先登的人，已经爬上了田福堂家的窑顶，把窑檐石挨个地往过砸；碎石头顿时劈劈啪啪落在了院子里！

田福堂身弱体瘦，根本无力参与这种暴力事件。他急得大声向王家庄的人解释，这件事与他田福堂一点关系也没！王家庄的人已经打红了眼，根本不听田福堂说什么。幸亏田福高几个蛮汉抵挡，要不田福堂早已被乱棍打倒在地上了……

当早晨王家庄的人刚刚进村以后，大队副书记金俊山就知道事情不妙。他本来指望田福堂赶紧出面制止事态恶化——如果福堂自己解决不了，就应该赶快给公社报告。

但是，群架已经打起来了，俊山还没见田福堂有什么动静。他对福堂的这种态度非常生气：尽管你和俊武有意见，但这种事上怎能坐山观虎斗呢？你这个大队领导太没水平了！

金俊山想，田福堂不管这事，他金俊山不能像田福堂一样袖手旁观！别说他还是大队副书记，就是个普通社员，也不能眼睁睁地看着出人命！

他立刻跑到田家圪塄去找田海民，让他开上拖拉机，赶快去石圪节找公社领导。海民不敢怠慢，马上就去发动拖拉机。

拖拉机临开动时，金俊山还不放心，索性自己也坐拖拉机到公社去了。

他两个人来到公社，碰巧白明川下乡不在机关。他们就马上向副主任徐治功紧急汇报了情况。

徐治功说："这种说不清楚的事，公社怎个管法？再说，明川也不在……"

金俊山着急地警告徐治功说："公社要是不赶快去人，恐怕马上就会有许多人被打死了！"

徐治功想了一下，觉得自己不去，将来出了人命，恐怕他也的确担当不起。于是，他很快把公社武装专干杨高虎找来，让他赶快出去在公社事企业单位找十几个基干民兵，全副武装，立刻跟他赶到双水村去。

一时三刻，徐治功和杨高虎带着十几个武装民兵，坐着田海民的拖拉机，火速向双水村赶来了。

公社的人马开进双水村时，正赶上王家庄的人和田家的人在福堂院子里的大混战。徐治功一下拖拉机，就命令一个民兵对空鸣了三枪。

枪声一下子把双水村惊呆了。

打架的人和看打架的人都被震慑住了，立在原地方，不敢再动弹。

治功和高虎领着民兵冲进了田福堂的院子，立刻把斗阵双方手中的器械都缴了。徐治功同时命令，把金家湾那面参与过斗殴的金姓村民都带到田福堂的院子来。

处理这种事，治功还是有魄力的。他命令民兵把外村的王家和双水村田家、金家三姓所有参与打架的人都捆起来。由于人太多，急忙找不下这么多的绳子，高虎立即派人四处去寻；甚至把牛缰绳都用上了。霎时，田福堂的院子里横七竖八捆倒了一大片人；连憨牛也被捆在了磨盘上。全双水村的男女老少都赶到了这里，观看了这幕悲剧或者是闹剧的最后一个场面……

午饭前，王家庄大队的领导也被徐治功派人叫来了。

在田福堂的中窑里，徐治功主持召开了两个大队领导人的紧急联席会议。会议决定：一、谁砸烂的东西，由砸东西者原价赔给物主。二、谁被打伤，由打人者负责医药费；并负责赔偿伤者养伤期间的工分（也可按两队平均工分值折成人民币）。三、孙玉亭和王彩娥的男女关系问题，因两个人都不承认，不予追究……

在开会之前，惊魂未定的田福堂还没忘了安排让人杀了队里的两只羊，又搞了十几斤白面，给公社来的同志们准备了午饭。

下午，徐治功、杨高虎和十几个公社各单位抽来的民兵，在双水村吃完羊肉烩白面片，喝了茶水，田海民又用拖拉机把这些人送回了石圪节。在此之前，王家庄打架的人也被他们村的领导人带上走了。

于是，双水村才结束了一天的大动乱，把许多有趣的话题留给村民们以后慢慢去说……

第五十一章

秋分以后，再经过寒露、霜降、立冬几个节令，黄土高原就渐渐变成了另一个世界。

庄稼早已经收割完毕。茫茫旷野，草木凋零，山寒水瘦；那丰茂碧绿的夏天和五彩斑斓的秋天似乎成了遥远的过去。荒寞的大地将要躺在雪白的大氅下，闭住眼回忆自己流逝的日月。

大地是不会衰老的，冬天只是它的一个宁静的梦；它将会在温暖的春风中苏醒过来，使自己再一次年轻！

睡吧，亲爱的大地，我们疲劳过度的父亲……

但是，双水村的这块土地，任何时候都不会安宁下来。一进入冬季，这里反而更加充满了激荡的气氛。

现在，田福堂从夏末开始筹划的拦截哭咽河的宏大工程，已经紧张地进入了实施阶段。

福堂亲自从县上请来的有关方面的工程专家，早在初秋就选好了炸山和拦坝的具体地址；并且绘好了图纸。这期间，已经恢复了一些元气的孙玉亭，组织人力卖掉了大队几万斤储备高粱；又用这钱买回了几千斤炸药。

与此同时，金家湾北头为搬迁户修建的新窑洞也在不久前全部完工了。在大队领导的参与下，金俊武两兄弟、金光亮三兄弟，都一起去验收了自己的新居。除过金俊武兄弟提出一些细节问题外，他们基本上都通过并接受了。现在，只要这几家人一搬迁，就准备立即炸山。

几天以后，搬迁的最后期限终于来临了。

对于搬迁的几家人来说，这是一个非常动感情的日子。

是啊，离开自己住惯了的老地方，心里的确不是个滋味。他们大部分人从出生到现在，一直生活在这块风水宝地上，对这个小山嘴满怀着亲切的感情。这窑洞，这院子，每一个角落，每一块石头和土疙瘩，都是他们生活的一个有机部分。失掉这些东西，多少日子他们都会感到心中空落落的。对于一个普通农民来说，家庭院落就是自己一生中最重要的世界。和如此依恋的天地告别，那痛苦是外人所不能全部理解的。

临近搬家的前几天，在县城工作的金光明就回到了家里。他带回一架照相机，给自家和光亮、光辉两家人，在即将化为乌有的故居前留了影。这家人因为成份不好，尽量克制着自己的情绪，老老少少都装出没有什么的样子。但是,晚上关住门后,当孩子进入梦乡，大人们就忍不住坐在灯下相对而泣。

金俊文和金俊武两家人，在这个时候则无法控制他们的感情。接二连三的灾难给这个大家庭蒙上了一层阴郁的色调；就连生性爱耍笑的俊文的妻子张桂兰，也失去了往日的活泼，经常冷着面孔对左邻右舍说话。搬家的日子来临后，这家人如同去年给俊斌办丧事一样悲痛。

但俊斌的媳妇王彩娥是个例外。她对搬迁新居反倒表现出无比的高兴。她厌烦现在这三孔窑洞。这里曾经因为她和孙玉亭的关系，爆发过震惊石圪节公社的武斗事件。另外，她常在梦中看见死去的俊斌在这院子和窑洞里走来走去，吓得她半夜出一身冷汗，不得不点亮灯坐到天明。她庆幸这该死的地方，将要在“轰隆”一声爆炸中消失得无踪无影了！

这些日子以来，这家的主事人金俊武元气大伤，两只火耿耿的铜铃大眼，已经失去了一些挑战的意味。他把这一切都归结为命运，因此不再徒劳无益地去消耗自己的精力了。但他在内心只承认自己屈从的是命运，而不是屈从田福堂和孙玉亭。他相信总有一天，命运也会把报应之剑高悬于现在得意忘形之徒的头上。

搬家的这一天，村里和这两大家关系融洽的人家都来相帮了。哭咽河东岸从南到北的那条小路上，来回穿梭着搬运东西的人们。帮忙的人都是搬运那些笨重的东西——碾子，磨，水瓮，炕栏石，锅，锅台……娇贵和值钱一些的东西都是自家人搬运。

在同一个时间里，队里抽调的一些劳力，正在庙坪山和神仙山对称的两边，开挖安放炸药的山洞。哭咽河两岸又一次处于激战前的骚乱中。

这时候，在金俊文家里，突然传来一片痛哭之声。正在搬家和开挖山洞的许多人，不知这两年多事的金家又发生了什么事，纷纷向金俊文家的院子拥来。

在金俊文被搬迁的七零八乱的家里，俊文和他的一家人都在哭鼻子。俊武的爱人和两个孩子也都挤在这里哭成了一堆。男人们低声呜咽，女人们放声长嚎。所有哭啼的人都围在炕边的脚地上。土炕的席片上坐着金俊文的老母亲。快八十岁的老太太一边用瘦手拍着炕席片，一边咧开没牙的嘴巴哭得死去活来。现在，已故金先生的遗孀已经流干了眼泪，只是痛不欲生地喊叫着，喃喃地念叨着：“我不走呀！我就往这窑里死呀！叫他们来把我活埋在这窑里……”

正是因为老太太这撕心裂肺的痛哭，才把金俊文一家人都惹哭了。其实，家里所有的人都早想哭了，但硬忍着。当金老太太拒绝孙子金富背她到新居，继而放开声痛哭以后，这家人就再也忍不住了，跟着老人一齐哭开了。

金俊武终究是个硬汉。他不哭，也不去拒挡家人们哭。他黑丧着脸，一声不吭，在自己家里收拾东西。

金家户族里一些有威望的长者和妇女，先后进了金俊文家的窑洞，开始七嘴八舌劝导这家人不要哭了。他们指出，乔迁新居是一件吉利事，在这样的日子里哭鼻流水很不适当。金俊文父子三个于是就不哭了；接着，张桂兰和俊武的媳妇也先后停止了哭声。但俊武两个年幼的孩子继续在炕上和奶奶一起哭个不停。俊文他妈是金家族里的老寿星，又稍识文理，她不会接受晚辈们浅薄而世俗的劝导，只管哭她的。她一边哭，一边一次又一次声明：家里的其他人愿往什么地方搬哩，反正她不走！她死也要死在这窑洞里！

宽容的读者，你们想想，对于这老太太来说，世界上还有什么地方能比得上她丈夫留下的这地方值得她留恋？她住在这窑洞里，就会温暖地回忆起已故的先生；回忆起当年她和丈夫在这里度过的那些美妙的时光。如果离开这些回忆，让她怎样再活下去呢？因此在她看来，迁居到另外的地方，还不如让她去金家祖坟那里和金先生合葬在一起！

下午时分，搬迁的几家人都已经把所有的东西搬运光了，现在马上要动手拆门窗。但是金家的人做不通金老太太的工作。老人家仍然坐在金俊文家土炕的光席片上，死活不离开这个家。

没有办法！金俊武只好打发金强去报告大队副书记金俊山，看大队领导怎么办呀。在金俊武看来，这里的家无论怎样都已经完蛋了，能劝说母亲起身也就算了。但老母亲宁死不屈，他也没办法。让大队领导去做工作吧！给他们出个难题也好！反正这是个快八十岁的老人，他们总不敢动武吧？如果他母亲有个三长两短，那也叫他们吃不了兜着走！

金俊山听说这事后，想来想去自己也没办法——连儿子们都劝说不下这位老祖宗，他是两旁世人，怎么可能做通工作呢？

他只好又去找田福堂，看他咋办呀。

田福堂已经把夏末那一场动乱早已抛在了脑后。他现在正情绪高涨地准备创造惊世骇俗、震动四方的业绩。

他听俊山汇报了俊武家的情况后，心里倒有点着急起来——他没想到事到临头却又横生出这么一个障碍！

这件事的确令人头疼。俊武他妈已年近八十，又是当年前后村庄有名望的金先生的遗孀，除过劝说和开导老太太挪窝，其他办法显然都不是办法。可眼看一切方面都准备好了，仅仅因为这么一个老人就把一河活水堵塞，怎么行呢？

他一时也没有个好主意，就让金俊山先去做点工作，说让他自己想一想再说；他告诉金俊山，他一会就过金家湾来。

金俊山走后，福堂本来想把玉亭叫来商量一下。但他又很快想到，玉亭因为和彩娥的事件，谈起这家人如同谈起老虎一样惊慌，恐怕给他出不了主意。于是他只好一个人在家里仔细盘算怎样处理这件事。

好办法急忙想不出来，可时间又不能再拖了。按计划，明天放置炸药，后天就准备炸山；因此，这家人无论如何今天要腾开这块“风水宝地”。

尽管没想出什么周全办法，他也得动身去金家湾那里。既然要去，田福堂就似乎知道自己应该怎样去做。即使没什么把握说通老太太，他也得去试一试——不行了再说！

当田福堂走进金俊文家里后，情况依然如故。俊文父子和俊武现在都到新居忙去了，只留下两个儿媳妇守在哭啼的婆婆身边。金俊山已经不在这里——显然他的说服工作以失败告终了。

田福堂刚进了窑洞，金老太太就恼怒地用瘦手抓起了炕上的拐杖，准备驱赶新来的说客。两个儿媳妇慌忙上前劝阻婆婆。不料，田福堂却拨开桂兰和俊武媳妇，不慌不忙上了土炕，凑到了金老太太的身边。他双膝一下跪倒在炕上，说：“干妈，你就打我吧！我知道你老人家心里有气。你就痛痛快快打我几下，也许心里的气就能消一消。干妈！我知道你老人家的难过哩……”

金老太太举起的拐杖停在了半空中。

给人下跪，这是对人至高无上的尊敬。老太太是知书达理的金先生的夫人，农村的礼教家规她比谁都看重。她虽然年近八十，脑瓜并不糊涂。她闹着不搬家，也并不是专意要赖——设身处地想一想，老太太为此大动感情也是人之常情。但一当有人为消她心头之怒之痛，给她双膝下跪，老太太就立刻明白她再不能以粗俗的乡妇之举，来对待别人对她所致的最高形式的敬意了！

老太太把拐杖无力地撇在一起，颤动着没牙而干瘪的嘴巴，扭过头沉默了下来。

双膝跪倒的田福堂仍然跪着。他现在立刻又接上刚才的话茬，语调诚恳地说：“干妈！我知道你老人家不愿离开这地方。这地方是我干大当年用血汗修建起来的；对你老人家来说，就是搬到天堂里也不如住在这老地方好。可是，你老人家也知道，这地方要建个大坝，没办法为你老人家保存住这院子了。

“你老人家知道，队里打这坝，是为全双水村的人民谋福哩。记得我干大在世的时候，就常教育我们这些后人，要为众乡亲谋福。干大一生一世，为乡邻村舍谋了多少福啊！东拉河一道川里上了年纪的人，至今提起金先生，哪个不说先生的好话？记得小时候我们穷人家娃娃上不起学堂，金先生就一分钱不收，义务办冬学，教我们念书识字；现在想起来都感动得叫人眼热哩……

“现在，我们在哭咽河炸山打坝，正是像金先生当年教育我们的，为众乡亲谋福哩！你老人家因为气在心头，动了悲伤，后人们完全能体谅来你老人家的心情。我知道哩！你老人家知书达理，是双水村头一个开通老人！一旦你老人家消了气，就会顾全大世事，为全村人的幸福而着想……干妈！我作为一村之主，因为大家的事而惹你老人家伤心，实在是不孝不敬！现在我跪在你面前，向你老人家道歉……”

桂兰和俊武媳妇看见一把年纪的书记屈尊跪在婆婆面前，有点不好意思，都劝说田福堂不必这样。精明人金俊武的媳妇也很精明，赶快给书记倒了一杯开水。

金老太太也渐渐恢复了一些正常。她让田福堂不要这样了；说他的话都在理上；她虽然年纪大了，但还没到麻糜不分的程度。

田福堂在一番出色的演说之后，也有点疲倦，于是顺势下了炕，喝了几口俊武媳妇递上的开水，就准备走了。临走之前，他又关怀地对金家的两个媳妇大声安顿，让她们不要逼迫金老太太；干妈什么时候想通了，再让老人家起身。

说完这些话后，田福堂又劝慰了一会金老太太，就告辞了这家人，蛮有把握地回田家圪塄去了。

临近吃晚饭的时候，俊文他妈终于让孙子金富背着，搬到了金家湾北头的新居里……

这一天刚吃过早饭，双水村就陷入了一种激动和不安的气氛中。

哭咽河两岸马上就要开始炸山了！人们匆忙地丢下饭碗，跑出了自己的家门，似乎要经历一生中一次非凡的事件。

哭咽河的沟道已经封锁了。除过孙玉亭带领的爆破组外，村里的大人娃娃一律不准进沟。学校以及处于危险区的居民都被撤到了安全地带——其中有些人不断地向冥冥之中的上苍祷告，不要把自己的窑洞震塌！

田海民带着村里的几个民兵，用学生娃的红领巾扎了几面小红旗，在哭咽河的小桥附近站岗堵人。其实也没人敢进沟去为看热闹而冒生命危险。人们都远远地站在适当的地方，等待那天摇地动的一刻。所有的村民都莫名地感到惶惶不安。这一天西北风刮得正凶，天地间灰蒙蒙一片混沌。乌鸦落在庙坪光秃秃的枣树上，哇哇地叫唤着，听起来叫人不由得毛骨悚然。此时此刻，空气中似乎能嗅到一种不祥的气息。有些老者论证，这种黄风斗阵天气，往往会出不吉利的凶险事；记得当年斯大林逝世时，就是这种天气……

这时候，孙少安正在大队部院子里检查抽水机的马达，以便大爆炸后冲土垫坝基。正在他心不在焉地摸揣机器的时候，他弟少平突然紧张地跑来叫他，说秀莲肚子疼得很厉害，大概要临产了！

孙少安一听这情况，不顾一切地丢下手中的活，立刻和弟弟一同往家里跑去。半路上，他叫少平赶快去拉一辆队里的架子车回来，好把秀莲送到石圪节医院去。

少安一口气跑回家后，见他的秀莲正满头大汗在炕上打滚叫喊。

他立刻叫母亲准备东西，赶紧去石圪节医院！

但他妈不同意。她平静地对儿子说，说自己完全可以给儿媳妇接生。少安看见，他妈已经从炉灶里挖了许多炉灰，放在了炕上的簸箕里。

少安生气地说："这太不卫生了！万一有个三长两短，自家怎么能处理了？"

他妈也生气地说："你们还不是你奶奶帮我就在这土炕上生养的！生个孩子跑到医院里去干什么？真是的！"

少安多少是个有些文化的人，他不同意由他母亲给秀莲接生，坚持要到石圪节医院去。在和母亲争辩的时候，他已经动手收拾起了东西。母亲一看拗不过儿子，也赶忙帮他收拾开了。

这时候，少安他奶怎么也不明白他们为什么胡乱拉东西，而把主要的事搁在一边不管？赶快让秀莲坐在炉灰上呀！老太太一边咒骂少安和少安他妈，一边摸索着自己动手将一簸箕炉灰扬在了炕席上！少安和母亲因为着急，只顾手忙脚乱地收拾去医院的东西，而顾不了昏庸的老人家在炕上瞎折腾……

秀莲躺在炕上呻吟着，问丈夫："医院里接生的是男大夫还是女大夫？"

少安气得嘴一张，都不知道该怎么回答妻子这愚蠢的问话。

"要是男大夫接生，我就不去！我让妈在家里给……哎哟哟……"

"哈呀！你简直是……"少安脸色煞白地喊叫起来。

他们刚收拾好，少平已经把架子车拉在了院子下面的公路上。壮实的少安一把抱起妻子，旋即出了门。少平拿着被褥，他妈提着零碎，急忙紧撵着来到了公路上。

婆婆抱着儿媳妇坐在架子车上，少安兄弟俩拉起车子就往石圪节跑。

到了公社医院，医生检查完毕，就用手推车把秀莲带进了产房。秀莲看大夫是个女的，也就平静了下来。

秀莲进产房以后，少安让少平带着母亲，先去公社文书刘根民家里休息，他自己立在医院院子里，等待秀莲生产的消息。

快两个钟头过去了，一切都还没有动静。少安在院子里焦躁不安地走着，一支接一支地吸着自己卷的旱烟卷。

突然，他看见他们村的几个人拉着一辆架子车，气喘吁吁地从医院大门里跑进来了；车上似乎躺着个老汉。紧接着，田福堂、金俊山和他二爸也紧跟着跑了进来，大声喊叫医生快来抢救人！

出事了！

少安紧张地跑过去，问："谁？"

他二爸说："田二。"

"再有没有人受伤？"少安生怕他父亲有个三长两短。

"再没……"孙玉亭回答说。

可怜的田二立刻被抬进了抢救室。虽然这是个"半脑壳"老汉，但是一条人命，谁也不敢怠慢！

孙玉亭询问了秀莲的情况后，就告诉少安说，哭咽河两面山的大爆破都很成功。只是谁也没防备住，田二不知什么时候进沟来看热闹，结果被炸起的土埋住了。等众人发现后赶紧往出刨，刨出来就已经不省人事……

不一会，抢救室里走出来一位大夫。他摘掉口罩，对守在院子里的田福堂等人说："人已经死了！"

院子里所有的人都呆住了。

这时候，突然听见产房那面传来一阵婴儿的啼哭声。

孙少安胸口一热，丢下众人撒开腿就跑。

他来到产房门口，一位女护士正往出走，笑吟吟地对他说："一切都正常。是个胖小子！"

泪水刹那间就蒙住了少安的眼睛。他猛一下感到，他现在和这世界上所有的人，都处在了平等的地位。他在心里庄严地说：是呀，我有了儿子；我要做父亲了！

第五十二章

孙少平在村里教书已经快一年了。在这一年的时光里，小伙子的个头又蹿高了一截，眼看着撵上了他哥。

这期间他在家里吃饭，不管歪好，总能填饱肚子，因此身子骨明显地壮实起来，成了一位引人注目的漂亮后生；加之他身上透露出来的那种有文化的素质，使他各方面都给人一种很不一般的印象。在农村，这样的后生往往成为年轻姑娘们所暗暗爱慕的对象。

他家里的光景依旧很不景气。粮食不够吃；钱更是恨不得一分钱掰成两半花。直到眼下，大哥结婚时借下的粮食和钱都没有还完。他哥和他嫂子加上小侄儿虎虎，一家三口仍然在一队的饲养院和一群牛驴为伍。他已经接替大哥，住在自家院子旁边戳开的那个小土洞里。妹妹兰香依然如故，每天晚上过金家湾那边借宿。父亲一年年老了，而祖母更老了；母亲的身体也比前几年差了许多。至于他大姐兰花一家，那光景烂包得仍然连提也不能提……

少平感到欣慰的是，他自己终于能进入本村的学校当了教师。眼下对于一个农家子弟来说，这就是一个再好不过的营生。这一年里，他挣的工分和大哥一样多；而且每月那几块钱的补贴，把家里的账债也偿还了一部分。近二十年来，他都是向家里索取。现在，他终于给家里贡献一点什么了。他感到自己真正成了一个大人。

在双水村学校，他带初中班的语文和全校各年级的音乐课。学校负责人、大队副书记金俊山的儿子金成带初中班数学。另外两个教师姚淑芳和田润生带小学各年级的课。润生还兼带全校的体育。

和他一块共事的三位老师各有各的特点。

金成一副小康人家的自满，穿一身质地很好而裁剪俗气的制服，故意把里面的红线衣从脖项里竖出来。一根拴在裤带上的明灿灿的镀金钥匙链子，在屁股蛋上露出弧形的一圈，将另一头伸进裤口袋里；行走起来，那钥匙就在里面叮当作响。他工作很负责任，布置起事情来，第一点，第二点，第三点……头头是道。要是公社来个干部，他总要设法和田福堂争夺管饭权；能招待脱产干部在自己家里吃一顿饭，那简直就像是一种荣誉。不过，这人和他父亲一样，一般说来都是忠厚的，不会借机欺负别人。在不损害自己的情况下，也不眼红别人有能耐。他尊重孙少平，但不能成为知心朋友。

田润生是少平的同班同学，两个人相互都很熟悉。他们尽管从小一起长大、一起上学，但两个人交往并不密切。润生和他父亲不一样。这人性格比较随和，心中也没什么城府；遇事随波逐流，但从不胡作非为。

另一位女教师姚淑芳年龄比他们三个都大，是本校惟一的公派教师。由于她丈夫家成份不好，本人一切方面都很谨慎。她是一个很自爱的人，无论公事还是私事，都做得干干练练，无可挑剔。在双水村人看来，虽然姚老师住在他们村，但她似乎并不属于这个天地，就像外面来的一个女工作人。双水村的年轻庄稼人在山里除过爱谈论风骚的王彩娥外，也常说这个漂亮女教师的酸话。姚淑芳非常看重孙少平。尽管她家和孙家有深刻的隔阂，甚至都互不搭话，但两个有文化的人都自觉地超越了农民狭隘的意识，在高一级的层次上建立了一种亲切的信任关系。在她和少平之间，已经丝毫感觉不来他们是属于两个相互敌对的家庭。少平有时候都不称呼她姚老师，而叫她淑芳姐。

顺便提提，在这一年里，孙少平的生活中还有一件外人所不知晓的事。他根本没想到，在他教书不久后，城里的跛女子侯玉英接二连三给他写了几封“恋爱信”。少平接到信看完就烧了，也不给她回信。如果出身于一个光景好而有地位的家庭，接到一个自己毫无兴趣的女人的求爱信，那也许会不以为然的；而对侯玉英这样有生理缺陷的女人，说不定还会产生一种不愉快的情绪。但孙少平接到侯玉英如此热情地表白自己心迹的书信，却油然生出一种温暖和美好的心情。活在这世界上，有人爱你，这总不是一件坏事。尽管他实在不能对侯玉英产生什么爱情，但他仍然在心里很感谢这位多情的跛女子，在他返回农村以后，仍然不嫌弃他贫困的家庭，在信上发誓:“愿和你一辈子同作比冀（翼）鸟,如果变心,让五雷洪（轰）顶……”

少平觉得他不能藐视和嘲弄跛女子的一片热心，后来便很诚恳地给她回了一封信，说他现在根本不愿考虑自己的婚姻；让她再不要对他提这事了。他还说了他对她的谢意，并说他不会忘记她对自己的一片好心……

而在这期间，孙少平倒一直和田晓霞保持着密切的联系——尽管他们不是谈情说爱。晓霞不失前约，过一个星期，就给他寄来一叠《参考消息》；并且在信上中外古今海阔天空地谈论一通。她在原西城郊插队，实际上除过参加劳动外，就住在城内的家中。少平去过几次县城，在她那里借了不少书……

现在，少平一直怀着一种激动的心情，等待他的同学回双水村来。晓霞说过，她年底一定要回一次老家——按她当初说的，也许最近几天就要回来了。

每一个年龄的人，都有自己的生活圈子。对于孙少平来说，目前田晓霞就是他生活中最重要的一个人。在某种意义上，这个女孩子是他的思想导师和生活引路人。在一个人的思想还没有强大到自己能完全把握自己的时候，就需要在精神上依托另一个比自己更强的人。也许有一天，学生会变成自己老师的老师——这是常常会有的——但人在壮大过程中的每一个阶段，都需要求得当时比自己的认识更高明的指教。

在田晓霞的影响下，孙少平一直关心和注视着双水村以外广阔的大世界。对于村里的事情，他决不像哥哥那样热心。对于他二爸跑烂鞋地“闹革命”，他在心里更是抱有一种嘲笑的态度；常讥讽他那“心爱的空忙”。他自己身在村子，思想却插上翅膀，在一个更为广大的天地里恣意飞翔……

但是，孙少平并不因此就自视为双水村的超人。不，他归根结底是农民的儿子，深知自己在这个天地里所处的地位。

在双水村的日常生活中，他严格地把自己放在“孙玉厚家的二小子”的位置上。在家里，他敬老、尊大、爱小；在村中，他主要是按照世俗的观点来有分寸地表现自己的修养和才能；人情世故，滴水不漏。在农村，你首先要做一个一般舆论上的“好后生”——当然这是一个很含糊的概念——才能另外表现自己的不凡；否则你就会被公众称为“晃脑小子”！

孙少平在农村长大，深刻认识这黄土地上养育出来的人，尽管穿戴土俗，文化粗浅，但精人能人如同天上的星星一般稠密。在这个世界里，自有另一种复杂，另一种智慧，另一种哲学的深奥，另一种行为的伟大！这里既有不少呆憨鲁莽之徒，也有许多了不起的天才。在这厚实的土壤上，既长出大量平凡的小草，也长出不少栋梁之材……

这样，孙少平的精神思想实际上形成了两个系列：农村的系列和农村以外世界的系列。对于他来说，这是矛盾的，也是统一的。

一方面，他摆脱不了农村的影响；另一方面，他又不愿受农村的局限。因而不可避免地表现出既不纯粹是农村的状态，又非纯粹的城市型状态。在他今后一生中，不论是生活在农村，还是生活在城市，他也许将永远会是这样一种混合型的精神气质。

毫无疑问，这样的青年已很不甘心在农村度过自己的一生了。即就是外面的世界充满了风险，也愿意出去闯荡一番——这动机也许根本不是为了金钱或荣誉，而纯粹出于青春的激情……

十月份，当报纸上发表了教育部关于今年大学招生的消息后，少平像所有的青年一样激动无比。“白卷英雄”的时代已经过去了，今年采取统一考试，地市初选，学校录取，省级批准的办法。少平和他高中时的同班同学都去应考了，但一个也没考上。他们初、高中的基础太差，无法和老三届学生们匹敌，全都名落孙山了。这结果很自然，没有什么可难受的。当年不正常的社会生活害了他们这一茬人。在以后几年里，除过一些家在城市学习条件好的人以外，大学的门严厉地向他们关闭了；当老三届们快进完大学的时候，正规条件下的应届毕业生又把他们挤在了一边。

孙少平原来就没有抱多少希望，因此他对高考落榜心情是平静的。他很快又正常地开始进入他现在的生活中去了……

十二月上旬，去年夏天当兵走了的金波，突然复员回来了！

这真叫人大吃一惊——金波当兵才一年半，怎么就复员了呢？而且这家伙事先也不给家里和好朋友来个信，就穿着一身没有领章帽徽的草绿色军装，出现在了双水村。

少平闻讯立刻从学校赶到金波家里。

两个好朋友久别重逢，高兴地握住手，四只眼睛忍不住泪花闪闪。

金波看来情绪很正常，忙着把给他和兰香带的礼物拿出来，又让着叫抽纸烟；少平对好朋友说他还没学会。金波于是自己一支接一支地抽，给他叙说青海的民情风俗。他外表看来没什么大变化，仍然细皮嫩肉的；只不过两颊有点发红——这是青海粗狂的风沙给他留下的惟一印记。他一边说青海的事，一边也向少平询问班里其他同学这一年多的情况。两个人一直拉谈到夜半更深，才像当年那样挤在一块睡了……

金波回来后，一直没有对他解释为什么服役未满就从部队回来了。少平已是一个接近成熟的青年，也不向朋友打问这一点。

不久，谁知从什么地方传到村里一股风言，说金俊海的儿子在青海和一个藏民女子谈恋爱，叫部队打发回来了。村民们大为惊叹：这小子怎么爱上了一个外路货？啊呀，听说那些藏民女子连衣服也不穿，用手抓着吃饭，更不用说操一口谁也听不懂的卷舌头话了！金波这娃娃真是鬼迷了心窍！

少平听到这个浪漫的传闻后，倒没有过分惊讶。他了解自己的朋友。是的，金波是个不凡俗的人，而且情感又非常丰富，这传闻也许有很大程度的真实性。不过，既然朋友不愿提及这事，他也不好问他。也许金波为此事而受了精神上的创伤，内心很痛苦，不应该再去打扰他的心灵。

金波似乎对这一切都若无其事。他也变得成熟多了，看来已经脱尽了少年之气，和村里人交谈时，完全是一副大人的骨架。

只是每天临近黄昏的时候，这位复员军人却常常一个人穿上那件军大衣，神秘地爬上金家湾后面的神仙山，在山野里孤魂一般游荡着；并且反复忘情地唱那支青海民歌——

在那遥远的地方，
有位好姑娘；
人们走过了她的帐房，
都要回头留恋地张望。

她那粉红的笑脸，
好像是红太阳；
她那活泼动人的眼睛，
好像晚上明媚的月亮。

我愿抛弃了财产，
跟她去牧羊；
每天看着她粉红的笑脸，
和那美丽金边的衣裳。

我愿做一只小羊，
跟在她身旁；
我愿她拿着细细的皮鞭，
不断轻轻地打在我身上……

从金波的歌声中，少平已经全部体会到了朋友心中的伤感情绪。他知道，金波在唱这歌的时候，一定是满脸泪水涟涟……

在一次交谈中，少平问他："你打算怎办呀？"

金波对他说："我准备到黄原找我父亲，跟他去学开车。我无心在村里呆下去。将来开个汽车也好，一个人随随便便，也省得和众人搅在一起心烦……"

金波说了他的打算后，犹豫了一下，又补充说："本来我有些事不该瞒你。但我现在心情不好，不想提这些事。以后我一定会给你原原本本说出来……"

少平完全理解朋友，对他点点头。

三天以后，金波就坐顺车去了黄原。临走前他对少平说，他先去看看能不能上车，然后再赶回来在村里过春节——据说今年春节各个村都要闹秧歌……

金波走后，学校的工作正进入繁忙阶段。因快要进行期终考试，教师得分别给学生们辅导功课。有些学习特别差的同学，还要单另给“吃小灶”。

少平的班上有金光亮的一个孩子。这孩子数学不错，但语文很差，连篇简单的作文也写不好。少平对这娃娃的功课很着急。

这一天下午他改完作文后，发现金三锤的作文满篇都是胡言乱语，便临时决定晚上到金光亮家去给这孩子好好开导一下。

孙家的人要进金光亮家的门，这可是村里的一条大新闻。自从孙玉亭在“文化大革命”初带着造反队，把金家三兄弟的家砸得像破庙一般以来，十来年里这家人就和孙家断绝了交往；甚至面对面碰上也不打个招呼。现在，孙玉亭的侄儿竟然要到金光亮家给他的儿子去辅导作文，对于双水村的公众来说，就像基辛格第一次去中国那样富有爆炸性。

当少平把自己的意思给姚淑芳说了以后，淑芳非常高兴少平去她大哥家。姚老师是个有文化知识的人，觉得十年前两家人结下的疙瘩还不解开，这太不正常了。因为一直碍着他哥和他弟两家人，她多年来也没勇气破这个“家规”。现在，年轻的孙老师表现了如此豁达的精神，这使淑芳很受感动。

这天晚上，她事先没有征求他哥的意见，就把少平带到了光亮新搬迁的家里。

金光亮两口子见孙玉亭的侄儿进了自家门，猛一下反应不过来这是怎么一回事，竟然呆住了。

金三锤倒立刻亲热而尊敬地拉过来一个凳子，说：“孙老师，你快坐！”

淑芳马上对大哥和嫂子说：“三锤作文太差，少平很关心他，专门到咱家给他辅导来了！”

金光亮夫妇听弟媳妇这么一说，才明白了过来。夫妻俩立刻忙乱起来。尽管他们对孙家的人有一种别扭情绪，但还是热情欢迎“敌方”来的这位友好使者。光亮先用大碗给孙老师泡了一碗茶水；他老婆忙着到锅上给孙老师炒南瓜子去了。

淑芳和三锤引着少平来到他们家的中窑。少平便开始给三锤讲解如何写记叙文。金光亮看少平如此认真地点化他的儿子，便在旁边虔诚地拨弄着照明的煤油灯。他不时惊讶地张开嘴巴，打量着孙玉厚家的这个二小子；除过内心为这小伙子的大度行为大受震动以外，同时还不断揣摸思量：孙家的这小子为什么要这样？是他自己做主来他们家，还是受大人的唆使来给他们设什么圈套？

不用说，当这件事在村子里传开以后，人们在惊讶之余，很是议论了一阵子。当然，对此最为恼火的是孙玉亭。他几次找到侄儿，埋怨他竟然丧失阶级立场，跑到金光亮家帮助地主的孙子学文化去了！

孙少平对二爸说：“我的事你不要管！”

玉亭对侄儿的态度大吃一惊。他这才发现，侄儿已经再不是个毛头小子了！他同时还隐约地意识到，他不论是作为长辈或者领导人的权威，已经受到了下一代的严重挑战。他觉得，他还是他，但世事似乎已经发生了某些令他不解的变化……

在阳历年前的一天，田晓霞像她说过的那样，如期回到了双水村。

她到了大爹家的当天，就让润生把少平叫来了。田福堂两口子都为弟弟的这位千金到来而高兴。他们忙碌地为侄女备办乡下的稀罕吃食。而田晓霞却在另外一孔窑洞里，和少平天南海北谈了个热火。润生才学平庸，插不上多少话，只是似懂非懂地在一边认真听他俩说。

在晓霞和田福堂一家人的热情挽留下，少平在润生家里吃了一顿午饭。吃完饭后，他和润生又带着晓霞到山上转了一下午。城里长大的田晓霞，对山野里的一切都感到新鲜和激动。因为跟着个呆板的润生，他们也没放开乐。要是把润生换成金波，那他们一定会忘情地疯一疯的。

第二天，少平给家里人打招呼说，他要请晓霞到他们家来吃饭。

小儿子第一次带客人回家吃饭，玉厚老两口又高兴又熬煎。他们高兴儿子长大了，已经在社会上有了交情，并且引来做客的是尊贵的田福军的女儿！但发愁的是，他们穷得没什么好东西招待儿子的客人。

少平对两个老人说："就吃饺子！让我到石圪节给咱割几斤羊肉！我身上还有几块钱哩！"

于是，等少平买回羊肉后，这家人就忙碌地开始准备了。这正是个星期日，兰香也在家。妹妹细心地把这孔破窑洞收拾得干干净净，准备迎接二哥的客人。少安夫妇因为忙孩子的事，在饲养院那边抽不出身过来帮忙。不过，他们都为弟弟能将县上领导人的女儿引回家吃饭，心里都有说不出的高兴。

一切齐备以后，少平立刻到田福堂家去叫晓霞。晓霞就愉快地和少平肩并肩相跟着到他家来了。在两个人经过村中的时候，许多人都站在院边上惊讶地观看和议论着。人们似乎意识到，他们村不知不觉地又出了一个人物！

在少平带着晓霞走了以后，田福堂心里也犯了嘀咕。他怎么也不明白，孙玉厚的两个儿子，身上是不是都有魔法？他女儿曾经那么迷恋过孙少安；现在，他的侄女怎么又和少平搞得如此热火？

唉，这个世事啊！这些年轻人啊……

第五十三章

阳历年过后阴历年还没有到来的时候，北方进入一年中最寒冷的季节。在这些日子里，山乡圪塄有些不讲卫生的“懒大嫂”们，冷得不想出门，往往就让自己的娃娃把大便拉在炕席片上，然后把狗唤进来给她“打扫卫生”；因此就有了那句著名的乡谚“三九四九，隔门叫狗”……

天气的确是寒冷啊！

可是在这个冬天里，孙少安的心头却热烘烘的。

自从儿子降生以后，他突然觉得自己的人生有了新的意义。一个作了父亲的男人才真正感到自己是个男人。

秀莲生孩子后，大部分时间里都是他母亲过饲养院这边来侍候。妻子奶水很旺，因此麻烦事不多，他很快就正常出山劳动了。

往日在地里，他常贪活，总嫌太阳落山太早。可这些天来，他却怨太阳迟迟地不下西山——他急着收工，好跑回家去看亲爱的儿子。

当他急切地跑回家，扑上炕，看着自己的亲骨肉一对黑溜溜的眼睛望着他的时候，他就忍不住欣喜得鼻子一酸，他赶忙俯身去亲吻儿子的小脸蛋，却让秀莲把他的头掀在一边。妻子嗔怒地说：“你那副嘴巴把娃娃都亲疼了！”他也就嘿嘿笑着退开了。他的秀莲更丰满了，圆脸红润润的，带着做了母亲的幸福——多么满足啊！

但是，当无比欢欣的情绪过去以后，生活本身的沉重感就向他袭来了。

现在，孙少安更加痛切地感到，这光景日月过得太恓惶了！儿子来到这个世界上，他作为父亲，能给予他什么呢？别说让他享福了，连口饭都不能给他吃饱！这算什么父亲啊……

连自己的老婆和孩子都养活不了，庄稼人活得再还有什么脸面呢？生活是如此无情，它使一个劳动者连起码的尊严都不能保持！

按说，他年轻力壮，一年四季在山里挣命劳动，从来也没有亏过土地，可到头来却常常是两手空空。他家现在尽管有三个好劳力，但一家人仍然穷得叮当响。当然，村里的其他人家，除过少数几户，大部分也都不比他们的光景强多少。农民的日子，难道就要永远这样穷下去？这世事难道就不能有个改变？

作为一个整天和土地打交道并以此为生的人，孙少安知道，这一切不幸都是一村人在一个锅里搅稠稀造成的。说句反动话，如果让他单干种庄稼，他孙少安就不相信一家人连饭也吃不饱！

有一天，他突然想起，前不久他到石圪节赶集时，听安徽跑出来谋生的一个铁匠说，他们那里有的村子，现在把生产队划成了小组，搞了承包制，超产还带奖励呢；结果庄稼都比往年营务得好，农民不仅吃饱了饭，还有了余粮。少安当时像听神话传说一样，把安徽铁匠的话没当一回事。吹牛哩！难道你安徽就不是中国的地方？

现在，他心想：也许真有这事哩！这办法当然好嘛！这样一搞，就肯定没耍奸溜滑的人了。而现在一群人混在一起，干多干少大家都一样，因此谁都不出力，结果一年下来都受穷！

少安马上心血来潮地思量：他领导的生产队能不能也这样搞？

他尽管只有高小文化程度，又是个农民，但他凭直觉，感到“四人帮”打倒一年多来，社会已经开始有某些变化的迹象了。平时，少平经常看报纸，也给他透了不少外面的消息和国家大事。他知道，现在又提倡学雷锋了，上大学也不再是推荐，而是像“文化大革命”前一样要考试；并且还提倡学文化知识；有本事的人也开始吃香了。许多被打倒的老干部也恢复了名誉；报纸上还号召开展社会主义劳动竞赛哩！最重要的是，去年七八月份，群众拥护的邓小平又恢复了职务……

孙少安想，他把一队分成几个承包责任组，来他个社会主义劳动竞赛，不是也符合中央的政策吗？

但他又知道，这种“理论根据”是很牵强的。现在上级还号召叫农村批判资本主义道路，抓阶级斗争，学大寨，赶昔阳。他还听少平说，报纸上登了个消息，说外地一个社员挖了些药材没交公，就被村里的政治夜校批判了三天三夜……

这样一想，孙少安萌动的勇气就又不太足了。他像所有的这一代中国人一样，在不断的政治运动的惊涛骇浪中长大，知道这事弄不好会给他和家庭招致无穷的灾难。他想起前几年，他就因为给社员多划了点猪饲料地，被拉到公社批判了一通……

不过，在以后的几天里，这件冒险事一直在他脑子里盘旋纠缠，无法摆脱；这叫他痛苦不堪。

有一天，他突然又想：我为什么不和队里的社员们商量一下呢？人多主意高，说不定这事还有门哩！再说，只要大家都同意，也就不要他孙少安一个人担风险了！

这样想过以后，他就立刻去找一队的副队长田福高。他想先和福高通通气再说。

他没有想到，福高听了他的想法，竟然高兴得手在大腿上一拍，说：“我看这事敢做哩！咱个农民，怕个球！他公家还把咱老镢把夺了不让受苦吗？干脆！咱把队里的社员召集起来，看大家的意见怎样？如果大家都愿意这样干，咱就干！球！怕甚哩！”

少安一看副队长对这事如此热心，把他心中的火又燃旺了。他对福高说：“既然你支持，咱今晚上就开社员会！”

当天晚上，一队的社员们都聚在了饲养员田万江的窑洞里——这是一队的“会议室”。往常，开会前总有许多人拥到隔壁少安家里闹腾耍笑半天。今天队长门上别着红布条，示意媳妇坐月子，外人不得入内。

当社员们聚齐以后，少安就把他和福高商量过的意见，给大家端了出来。

这个空前大胆的设想，先把众位乡亲惊呆了。

紧接着，饲养室里顿时像煮沸了一锅水！

所有与会的人，都纷纷争抢着说话。几乎所有的人都支持这么做，并且一个个情绪非常激昂。庄稼人都明白，只要这样做，那今年下来，一队家家户户恐怕都要大囤冒尖小囤流了！

这群泥腿把子穷得都濒临绝境，因此没有那么多患得患失；这么严重的离经叛道行为，甚至连后果也考虑得不多。这样做，个人、集体都增加了粮食，为什么要拒挡他们呢？

干！头脑热烘烘的庄稼人，已经沉浸在一片激动之中。他们已经纷纷议论起怎样分组；分组后怎样劳动；有的甚至描画这样一年下来，他们的光景日月将会如何美气……

干脆！一不做，二不休，趁热打铁，现在就研究着往开分！

在众人的闹哄声中，小队会计田平娃已经在炕桌上铺开了几页白纸，准备记录大家的意见。众人立刻你一句我一句地吵开了。

弄了大半夜，庄稼人还连一点瞌睡也没。这些没文化的农民，竟然搞出了一份叫人大为惊讶的“文件”——田平娃给它起了个正确的名字：合同。

现将其中的一份抄录于后，无兴趣的读者可以跳过不读，有兴趣的不妨浏览一下——

双水村大队第一生产队
一九七八年农业作业组生产合同

经协商，第一生产队（甲方）与第三农业组（乙方）签订一九七八年生产合同如下：

一、生产任务:定土地220亩。夏田103亩,其中小麦83亩、复种荞麦20亩；秋田117亩，其中玉米60亩、谷子15亩、糜子25亩、蔓豆10亩、其他豆类7亩。

二、交队产量:小麦12940斤、玉米17700斤、糜子3550斤、谷子3300斤、蔓豆1700斤、荞麦800斤、其他豆类1190斤。

三、定工：按照各种作物的工序和组内社员投肥，共定工3140个。其中工序工(见附表)2340个;组内社员投肥工2800个。

四、投资：投化肥2300斤、农药款10元。

五、奖赔：全奖全赔。所定工序如有一道工序未搞，除扣本工序定工外，再扣总定工的10%。

六、说明:组内搞副业需经生产队批准。其收入队、组各半；队按1.50元一个工给组记工。

队长：孙少安（签名）

第三农业组长：田福林（签名）

第二天上午，孙少安拿着这些“文件”进了田福堂家。他向书记详细汇报了一队今年的这新打算、新办法；并且把开会的情况也给书记说了。

田福堂听了这事，就像耳朵边响了一声炸雷，都懵了！

他半天弄不懂倒究发生了什么事！

但有一点他很快明白了过来：一队长胆大包天，准备带上社员走资本主义道路了！

他一时不知该对少安说什么。

本来，他自己可以毫不犹豫地一口否定这无法无天的行为。但听少安汇报说，一队的社员都拥护这样做；并且是全体一致通过的。这样一来，他就先不能忙着表明他的态度了——当然，他就是立即表态反对，他也肯定是正确的！但这样做，一队的社员就都会骂他田福堂；而这个队大部分又都是他的同族人。如果田家圪塄的人也起来反对他，那他田福堂在双水村就成了孤家寡人。不能！先把少安这小子打发走，让他想一想再说！

他于是就对等待他表态的少安说："这么大的事，我田福堂一个人怎敢给你们表态？你先回去，等我和大队其他人开会研究后再答复你们！"

少安就马上从书记家告辞了。

田福堂手里拿着少安放下的"材料"，就像拿着一颗即将爆炸的手榴弹，慌慌忙忙地把孙玉亭叫到了家里。

孙玉亭一听这情况，立刻震惊得张大了嘴巴。他激愤地说："毛主席老人家一去世，人的心胆越来越大了！竟敢明目张胆走资本主义道路！这还了得！没王法了！"

田福堂讥讽说："你们家出了大人物，敢领着群众造社会主义的反！"

孙玉亭坚定地说："谁反对社会主义，我就反对谁！别说是我的侄儿，就是我父亲现在活着，他反对社会主义，我也坚决不答应！"

田福堂说："不论怎样，你侄子已经闹腾成了这个样子，你说怎么办？"

“把那小子捆起来！扭送到石圪节去！”孙玉亭气愤地说。

“也不必这样。咱是不是先开个支部会，看他们其他人怎说？”

“这还要开什么支部会哩？”孙玉亭说，“这明摆着是走资本主义道路嘛！他们其他领导人还敢支持吗？干脆，别再费这神了，你赶快到公社汇报去！”

孙玉亭一下子提醒了田福堂。对！这么严重的路线斗争，不是双水村能解决了的，应该马上向上级汇报！

田福堂说走就走，骑上自行车很快动身去石圪节公社，找白明川和徐治功汇报去了。

与此同时，孙玉亭连家也没回，火急火燎地找到他哥孙玉厚，让他赶紧说服孙少安不要再执迷不悟；否则，恐怕公安局的法绳就要套到他娃娃的脖子上了！

那晚上的社员会孙玉厚没有去参加，因此并不知道儿子闯了这么大的乱子。

他紧张地听完玉亭的叙说后，立刻拉着弟弟到一队饲养院去找儿子。

老兄弟俩来到饲养院，因为秀莲坐月子，按乡规他们不能进家去。

他们就把少安从窑里叫到院子来。

兄弟俩立刻围住他，连说服带吓唬，让他赶紧声明不再“胡闹”了。孙玉亭还建议侄儿主动到公社投案，好争取党和政府从宽处理。

少安一看两个老人这么惊慌，心里烦乱极了。说心里话，他对这事也没有什么把握。但现在已经骑到了老虎背上，也不好轻易下来。尽管一般情况下他都老成持重，但有时也有年轻气盛的一面。事情究竟怎样，现在还没最后定论呢！他不能答应两个老人的要求。再说，事到如今，这事就不是他孙少安一个人的，而牵扯一队的几十户人家呢！

他平静地对两个老人说："我知道你们是为我好。但既然已经这样了，那就要好汉做事好汉当！你们先不要管，有什么差错我自己承担！"

这老兄弟俩没想到少安这样回答他们，气得一时不知如何是好。

孙玉亭一看侄儿冥顽不化，干脆一拧身回家去了。哼！到时吃了亏，甭怨你二爸没提醒你小子！

孙玉厚一看玉亭走了，自己便抱住头蹲在寒风地里，急得几乎快要哭了。

少安见父亲这样痛苦，就劝他说："爸，你别这样。你先回家去，让我一个人想想再说……"

孙玉厚看当下说不转儿子，只好骂骂咧咧地走了……

当田福堂气喘吁吁地赶到公社，向白明川和徐治功汇报了双水村的"严重政治事件"后，公社的两位主任也惊呆了。从白明川来说，他不久前心里也闪过这种设想，但很快就知道这不过是一种天真的想法而已——他没想到，孙少安这家伙竟然这样干开了！

两位主任意识到事情非同小可，公社也不敢处理，就立刻用长途电话向县革委会的领导作了汇报。

这消息顿时使原西县革委会炸了！

冯世宽很快召集常委们紧急开会——讨论双水村出现的严重的资本主义复辟倾向。

在会上，冯世宽没等大家说话，他自己先严肃地对这件事进行了批判性分析发言。在发言中间，他停顿了一下，立刻指示一名常委出去给各公社打电话，看其他公社有没有出现类似的情况；如果出现，要立即制止，狠狠批判，严厉打击！

冯世宽发完言后，李登云和马国雄接着发言，坚决支持冯主任的意见。但副主任田福军提出，县革委会能不能心平气静地研究一下这个新情况呢？另外，是否可不必忙着处理这事？他建议先由县、社、队三级组成一个联合调查组，把具体问题调查清楚再做结论也不迟！

田福军由这个问题，转而很沉痛地论述了全县的农业生产情况。他大胆地指出，他们村子出现的这个情况，也许能反映了全县农民的一种情绪。孙少安的这种做法是否正确，可以讨论；但目前农村既然已经贫困至极，人们就得想办法维持自己的生存。作为管农业的副主任，田福军立刻给常委们摆出了一摊数字：一九五三年全县人均生产粮九百斤，而去年下降到六百斤，少了近三分之一。从一九五八到一九七七年的二十年间，有十六个年头社员平均口粮都不足三百五十斤；去年仅有三百一十五斤，而其中三百斤以下的就有二百四十一个大队、四万一千多人，占全县人口的三分之一。一九四九年人均生产油品九斤二两，去年下降为一斤九两……社员收入低微，负债累累，缺吃少穿。劳动日值只有二三角钱，每户平均现金收入只有三四十元。超支欠款的达二千三百户。去年国家贷款余额近一千万元，人均欠款五十多元。社员欠集体储备粮一千三百多万斤，相当于全县近一年的征购任务……

田福军罗列完这些数字后，痛心地说："我们是解放四十多年的老革命根据地，建国已经快三十年了，人民公社化也已经二十年了，我们不仅没有使农民富起来，反而连吃饭都成了问题……"

田福军发完言后，常委们都沉默了。

大家知道，他说的是事实。但事实归事实，问题归问题。归根结底，总不能让农民去走资本主义道路吧？

冯世宽的激动情绪也平息了一些。他沉吟了一会，说："你们先谈着，让我打个电话，把双水村的情况向地区领导汇报一下，看上级有什么指示……"说完他就出去了。

一刻钟以后，冯世宽回到了会议室。他向常委们传达了地区革委会主任苗凯同志的指示：坚决制止！

这是“终审判决”。大家都再不言语了。

常委会决定：立刻通知石圪节公社，坚决制止双水村的资本主义复辟倾向。对于当事人孙少安，因其计划在事实上还没有实行，不予处分；但责成公社通过适当的方式，严肃批评教育这位生产队长。另外，针对这种新出现的问题，县革委会要立即专门发一个文件……

这也许是整个黄土高原农村的第一次自发性改革尝试——在短短的时间里就以失败而结束了！

第五十四章

一九七八年初，临近春节的时候，原西县革委会主任冯世宽，因为领导原西县在农业学大寨运动中做出显著成绩，被提拔到了黄原地区，任了地区革委会副主任。

与此同时，县革委会副主任田福军也被调回了地区，另行分配工作。本来，地区革委会主任苗凯准备把这位他很不满意的人，调到地区防疫站去任副主任，但地区分管组织工作的副主任呼正文提出不同意见。呼副主任指出，把一位很有能力的同志这样使用显然是不适当的，会引起各方面的反应。其他几位地区常委也都支持老呼的看法。苗凯只好不再坚持把田福军打发到防疫站。但他暂时也不准备安排田福军的工作，指示组织部门把他调回地区浮存一段时间再考虑任用。

这样，三把手李登云同志就擢升为原西县的一把手了。

这个任用在原西县的干部们中间引起一片哗然。当然，冯世宽的提升是预料之中的事。但大家没想到，竟然不是田福军，而是李登云接替冯世宽任了原西县革委会的主任。大部分干部认为，论水平，论作风，论品质，不管论什么，田福军都在冯世宽之上；他即使不被提拔当地区领导，最起码也应该让他当原西县的一把手。李登云无论如何比不上田福军。而更叫人莫名其妙的是，福军调回地区还暂时浮存着，不给安排工作！

在县上的两个主要领导调出后，石圪节公社主任白明川和柳岔公社主任周文龙，被增补提升为原西县革委会的副主任。这两个人的同时提升，是县领导班子中两种力量斗争或者说是调和的结果。紧接着，两社原来的副主任徐治功和刘志祥，分别担任了本公社的正主任。石圪节公社原文书、孙少安的同学刘根民也提拔成了公社的副主任。总之，春节前后，原西县上上下下进行了一系列的人事调动……

田福军完全明白他自己目前的处境。

他难受的倒并不是职务高低，而是将在一段时间里，他没有什么事可干——他是一个闲不住的人啊！他知道苗凯同志对他不感兴趣，什么时候给他安排工作，还很难说。

那么，他就这样无所事事地闲呆下去吗？

这时候，他想起了他的老上级石钟同志。老石“文革”前是省农工部部长，现任省革委会副主任。他和老石相识多年，他是很了解他的。

田福军于是很快给老石写了一封信，含蓄地告诉了他目前的情况。他在信中向老石提出，看省上有没有什么临时性的工作，他可以在自己浮存的这段时间里帮忙去做。

石钟同志马上回信说，他和有关同志碰了一下头，决定暂借调他去省委组织部搞“清查”工作，并说已经通知了黄原地区。

这样，田福军就不打算先搬家了。过不久，他就准备去省委组织部报到。等他的正式工作单位最后确定下来，然后再考虑家属问题。

不知听村里谁来说，双水村今年正月十五要闹秧歌转九曲。田福军突然兴致勃勃地和爱云商量，让她跟自己回去看一下农村的红火热闹。他多年在门外忙于工作，很少这样放松自己了；他回忆起从前村里闹秧歌，他都上场扳过旱船呢！爱云很乐意陪丈夫回双水村去，让他散散心，解解闷……

农历正月十五，一吃过中午饭，双水村就沉浸在一片热闹气氛中：锣鼓喧天，丝弦悠扬，鞭炮劈啪。村子上空到处弥漫着灰白的硝烟。全村的大人娃娃，说说笑笑，咿咿呀呀，手舞足蹈，都穿上了自己最体面的衣裳，纷纷走出家门，在众人面前露脸来了。人们把一年中的贫困、不幸和忧愁都暂时抛在了脑后，而尽情地享受几天这生活的热闹和快乐！

双水村的秧歌是全石圪节公社最有名的。在这个秧歌传统深厚的村庄里，大人娃娃谁都能上场来几下。往年，一进入冬天，这个村就为正月里闹秧歌而忙起来了。所有的家户都在准备招待秧歌队来为自家“转院”时的吃食；每一家都要借此机会来夸耀自己的“门户”好。有的家庭，仅仅因为一回秧歌招待得好，来年就有好多人家给说媳妇。因此，就是光景最破败的家庭，也要省吃节用，把那些红枣呀，瓜子呀，核桃呀，挑最好的留下来，准备撑这一回门面。一旦进入正月，双水村的人就像着了魔似的，卷入到这欢乐的浪潮中去了。有的秧歌迷甚至娃娃发烧都丢下不管，只顾自己红火热闹。人们牛马般劳动一年，似乎就是为了能快乐这么几天的。

但“文化大革命”一开始，闹秧歌就作为“四旧”而被禁止了。打坝修梯田代替了这传统的节日。那些年提倡“吃罢饺子就大干”，人们在正月初一就被赶上农田基建工地。可以想来，这些年里，双水村人在一个正月，那情绪是多么灰啊！那胳膊腿是多么痒痒啊！伞头田五急得没办法，常常在工地上以锨代伞唱上几段，众人就一边劳动，一边给他呼应。过去的十来个春节，对于双水村来说，那不是过年，而是过晦气。好！现在政策松动了，双水村的人就立刻把熄灭多年的红火又扇起来了；双水村的火一起来，石圪节公社所有村庄的火都烧起来了！公社和县上除不拒挡，还支持农民恢复这传统的红火热闹。仅就这一点，庄稼人也感到像死去的田二常嘟囔的：世事要变了……

双水村不仅恢复了闹秧歌，还像往年一样恢复了正月十五晚上“转灯”的传统。已经约定，这一天，石圪节村、罐子村、下山村等五六个村庄的秧歌队，都要来双水村“打彩门”，转九曲……

现在，双水村的人分别集中在村里的两三个“中心”忙碌着。在田家圪崂这面的大队部，以田福堂为首的几个人正进行闹秧歌的总料理。福堂已经披上了他那件狐皮领子大氅，戴上了栽绒火车头棉帽，布置接待外村秧歌队的具体事宜。聚在这里的除过福堂，再没有队里的其他领导，而是一些上了年纪的村民。在此种事上，这些穿戴齐整的老汉成了领导人和权威。几家秧歌队凑到一起，礼节如同国家元首互访一样繁多；稍不周到，就可能酿成战争。因此这些威严的老者像美国联邦法院的最高法官，随时准备负责仲裁和解释“法规”。

在庙坪枣林前面的一个大空场地上，金俊山、孙少安、金俊武、田福高和金光亮等人正负责栽灯。地上摆满了高粱秆和萝卜做成的灯盏。

最大的人群中心在金家湾那面的小学院子里——大秧歌队正在这里排练。全村所有闹秧歌的人才和把式都集中在这地方。婆姨女子，穿戴得花红柳绿；老汉后生，打扮得齐齐整整。秧歌队男女两排，妇女一律粉袄绿裤，长彩带缠腰，手着扇子两把；男人统一上黑下蓝，头上包着白羊肚子毛巾。随着锣鼓点，这些人就满院子翩翩起舞。伞头当然是田五，此人唱秧歌闻名全原西县，五十年代还去黄原参加过汇演；他出口成章，妙语连珠，常常使众人大饱耳福。但石圪节其他村庄与他相匹敌的伞头也不乏其人。伞头极其重要，往往能反映一个村的秧歌水平。

此刻，在小学的教室里，另外一些人正在排练小戏。演员有少平、金成、姚淑芳、润生、银花、海民、金富、金强、田平娃、兰香、金秀等人。金波已从黄原赶回来，正负责“五音”班子。金波笛子、二胡、手风琴都能来。孙玉亭和金光辉吹管子；光辉他二哥金光明拉板胡。小戏算是“阳春白雪”，大秧歌完了，就看这些节目撑台呢。

这时候，我们的玉亭同志也临时放弃了阶级立场，和地主的两个儿子坐在了一条板凳上闹“五音”。排戏休息的时候，大队会计田海民嬉笑着对孙玉亭说：“玉亭叔，你的头发以后再不用我理了吧？”

这句话逗得众人哄堂大笑。原来，这话里有话：不久前，王彩娥在她妈的主持下，改嫁到了石圪节，和胖理发师胡得禄结婚了。

在大家的哄笑声中，金富两兄弟和孙家的人都十分难堪。好在这种红火时候，人们谁也不计较这种露骨的玩笑。

双水村大秧歌和小戏的总导演是孙少平。他在高中时就是全县出名的“把式”，还到黄原讲过故事，因此理所当然由他来指拨大家了。少平此刻跑出跑里，一会在教室排戏，一会又去院子指导大秧歌，真是出尽了风头……

下午，路程最近的罐子村的秧歌队伍，已经开到了村头的彩门下。孙少安家土坡下面的公路上，前几天搭起的彩门五彩缤纷，并且缀满了翠绿的柏叶——为闹红火，金家破例让人在祖坟里折了一些柏树枝来装扮这门面。

罐子村的秧歌一到，双水村的队伍就立刻前去迎接。两队秧歌在彩门下相遇，热闹纷乱的气氛霎时达到了高潮。彩门两边的公路上锣鼓喧天，鞭炮声炸得人耳朵发麻。

两家的大秧歌队分别扭开了，公路上立刻成了一条七彩的长河。在罐子村的秧歌队里，王满银鼻子上画了块白颜色，身上斜挂着驴串铃，手里甩着蝇刷子，丢腿撂胯地扮个“开路小丑”，逗引得娃娃们撵着看他出洋相。他老婆兰花昨天已经带着猫蛋狗蛋来到娘家门上，现在正挤在人堆里看热闹。这几天，双水村几乎所有在门外工作的干部和出嫁在外的女人，都赶回到亲爱的故乡来——他们有的情不自禁地上场露两手；不上场的就挤在人群中间如痴如醉地观看。在这些人中，我们只是没有发现田润叶。是的，她没有回村来。她眼下没有心思观看这红火热闹。她到黄原她的同学杜丽丽那里去了。

田福军夫妇正由福堂和村里的一些长者陪同着，站在彩门上面的一个土台上，兴致勃勃地观看着。女儿晓霞没有跟他们回来，留在城里照顾她外爷徐国强……

现在，彩门两边的秧歌队已经纷纷编成了两根“蒜辫子”——这意味着两家的伞头要对秧歌了！

罐子村的伞头王明清，也是远近闻名的“铁嘴”，按规矩由他先给不可一世的田五发难。田五在彩门这边腰扭得像水蛇一般，伞头转成了一朵莲花，正准备接受王明清的挑战。

只见王明清伞头轻轻一点，双方的锣鼓声便戛然而止。王明清亮开嗓门唱道——

> 锣鼓停声我开音，
> 万有亲朋你细听：
> 转九曲来到双水村，
> 不知你们栽下些什么灯？

王明清尾音一落，锣鼓和人群的赞叹声就洪水一般响起。一些行家在人群中评论道：“好口才！”

田五不甘示弱，几乎闪电一般把伞在空中一劈，锣鼓声立即落下。他应声而唱——

罐子村的亲朋你细听，
欢迎你们来到双水村。
你问我们栽下些什么灯？
今年和往年大不相同——

西瓜灯，红腾腾，
白菜灯，绿蓁蓁，
韭菜灯，翠铮铮，
芫荽灯，碎粉粉，
茄子灯，紫茵茵，
七扭八歪是黄瓜灯！
龙儿灯，满身鳞，
凤儿灯，花蓬蓬，
老虎灯，实威风，
摇头摆尾是狮子灯！
银蝶金蝉莲花灯，
还有那起火花花带炮
嗦啰啰啰乒乓两盏灯，
那是依呀嗨！

田五别出心裁，将秧歌和“链子嘴”串在一起，唱得如同一串鞭炮爆响，人群随即为之卷起了一片欢腾的声浪！

两个伞头你来我往，十个秧歌一对完，双水村就敞开了自己的大门，欢迎罐子村的秧歌进村来。两家的秧歌立刻混合编队，两个伞头并排在前面引路，庞大的秧歌队就一路翩翩舞蹈着向村中走来。看热闹的人群随着秧歌队在公路两边涌涌移动。村子南北先后堵住了几十辆汽车；司机们也兴高采烈跳下车来，加入到这欢乐的人流中去了……

在人群中，田福军突然看见了孙少安。

他立刻挤过来，捉住了少安的手。

福军把少安拉出人群，两个人一起来到公路旁边的一个小土坡上。福军问他：“上次你们队因为分组的事，以后你再没受什么整吧？”

少安对尊敬的田主任说：“没！”

紧接着，福军就开始和少安热烈地拉谈起了农村目前的许多情况。两个人谈了很久，谈得很投机。临毕，田福军用手亲切地拍了拍少安的肩膀，说：“小伙子，不要灰心！相信一切都会开始变化的。我坚信农村不久就会出现一个全新的局面。一切恐怕都势在必行了！”

田福军说完后，和少安紧紧地握了握手，就向人群中走去了。此刻，两个村的秧歌队已经扭到了庙坪，向金家湾小学院子那里涌去。东拉河和哭咽河两岸到处都挤满了狂欢的人群……

孙少安站在小土坡上，用手飞快地卷起了一支旱烟卷。他抽着烟，久久望着欢腾的村庄和隆冬中的山野——再过半月就是惊蛰；那时一声响雷，大地就要解冻啦！

准　备：1982—1985 年

第一稿：1985 年秋天—冬天

第二稿：1986 年春天—夏天

图书在版编目（CIP）数据

平凡的世界．第一部 / 路遥著．-- 北京 ：北京十月文艺出版社，2019.12
（路遥全集 ：典藏版．长篇小说卷）
ISBN 978-7-5302-2009-2

Ⅰ．①平… Ⅱ．①路… Ⅲ．①长篇小说－中国－当代
Ⅳ．① I247.5

中国版本图书馆 CIP 数据核字（2019）第 222989 号